巴黎图书馆

The Paris Library

［美］
珍妮特·斯凯斯琳·查尔斯
（Janet Skeslien Charles） 著

张文跃 译

图书在版编目（CIP）数据

巴黎图书馆 /（美）珍妮特·斯凯斯琳·查尔斯著；张文跃译 . -- 北京：中信出版社，2021.10（2022.1重印）
书名原文：The Paris Library
ISBN 978-7-5217-2445-5

Ⅰ . ①巴 ... Ⅱ . ①珍 ... ②张 ... Ⅲ . ①长篇小说－美国－现代 Ⅳ . ① I712.45

中国版本图书馆 CIP 数据核字 (2020) 第 248985 号

Copyright © 2021 by Janet Skeslien Charles
This edition arranged with Kaplan/DeFiore Rights
through Andrew Nurnberg Associates International Limited.
Simplified Chinese edition copyright © 2021 by Beijing Guangchen Culture Communication Co., Ltd.
ALL RIGHTS RESERVED
本书简体版由北京光尘文化传播有限公司与中信出版集团联合出版
本书仅限中国大陆地区发行销售

巴黎图书馆

著者：　　[美] 珍妮特·斯凯斯琳·查尔斯
译者：　　张文跃
出版发行：中信出版集团股份有限公司
　　　　　（北京市朝阳区惠新东街甲 4 号富盛大厦 2 座　邮编　100029）
承印者：　天津丰富彩艺印刷有限公司

开本：880mm×1230mm 1/32　印张：13.5　　字数：300 千字
版次：2021 年 10 月第 1 版　　印次：2022 年 1 月第 3 次印刷
京权图字：01-2021-0842　　书号：ISBN 978-7-5217-2445-5

定价：59.00 元

版权所有·侵权必究
如有印刷、装订问题，本公司负责调换。
服务热线：400-600-8099
投稿邮箱：author@citicpub.com

Atrum post bellum, ex libris lux.

读书点亮生活。

目　录

巴黎，1939 年 2 月　　　001

图书馆就是我的避风港。我总能在书架的一角找到自己的窝儿，在那里看书，做做梦。我想让每个人都有这样的机会，尤其是那些感觉自己和别人格格不入的人，他们需要一个可以被称为家的地方。

弗罗伊德[1]，1983 年　　　011

我想坐上飞机在跑道上滑翔，想在时装秀上精彩亮相，想在百老汇进行演出，想透过铁幕窥视。我想要体察法语单词在我嘴里翻滚的滋味。只有一个人体验过弗罗伊德外面的那个世界，那就是古斯塔夫森太太。

1　此为美国蒙大拿州小镇（本书注解无特殊说明，均为译者注）。

I

弗罗伊德，1984 年 1 月 ———— 040

心电图显示，妈妈曾有过几次心脏病发作，对她的心脏造成了大面积伤害。妈妈只是有点呼吸困难，怎么又变成了心脏病？我不知道事情怎么会变成这个样子。

巴黎，1939 年 6 月和 7 月 ———— 081

我明白了，爱不是耐心的，爱不是仁慈的，爱是有条件的。离你最近的人可能会背弃你，会为一些看似毫无意义的事情跟你说再见。你只能依靠自己。

巴黎，1939 年 8 月 ———— 130

这是自打我和雷米出生后，我俩第一次分开这么久。对我来说，雷米的存在就像日出，就像我们桌上的面包，就像塞纳河一样自然。他一直都在那儿，啜饮着他的咖啡，刷牙时咕噜咕噜漱口，哼着歌儿和我一起看书。雷米是我生活中的配乐。没有他，日子就变成了一部无声电影。

弗罗伊德，1985 年 4 月 ———— 182

"现在，你可以吻你的新娘了。"这句话总是婚礼的高潮，因为它很浪漫，而且意味着接近尾声。看着爸爸亲吻另一位女士，我总感觉怪怪的。玛丽·路易斯用胳膊肘搡搡我，好像她也不敢相信眼前的这一切。

巴黎，1940 年 8 月 ———— 196

我原以为这个纳粹只是个不识字的野兽。没想到，他曾在柏林最负盛名的图书馆里工作。玛格丽特和我等着女馆长做出指示，但她和"图书馆保护者"都沉浸在老友见面的惊喜中，顾不上我俩了。

巴黎，1941 年 12 月 ——— 257

玛格丽特和一个纳粹。把他俩相提并论，真是太古怪了。两者原本属于完全不同种类的书籍，被放置在不同的书架上。但随着战争的持续，人们开始纠缠在一起。原本黑白分明的东西，如同墨水和纸张，现在混合交融在一起，变成一片模糊的灰色。

弗罗伊德，1987 年 8 月 ——— 305

"我不走，求求你了！"我痛苦地摇着头，靠近她。我怎么能指控她做出那种事呢？我一定要弥补自己的过错。我会替她给花园除草，替她修理草坪，整个冬天都行。我要让她忘掉我那愚蠢又伤人的质问。"我错了，对不起！"

巴黎，1944 年 8 月 ——— 361

巴黎解放了。普赖斯－琼斯先生一瘸一拐地穿过图书馆，大声喊道："德国人已经逃走了！"德·内西亚特先生紧跟着喊道："我们自由了！"两人在我的双颊留下激情一吻。然后他们拥抱在一起，片刻之后又迅速分开。只有他们保持着谨慎。我拥抱了比茨、鲍里斯和伯爵夫人。她的仆人把酒窖里剩下的香槟酒都拿了出来。我这一天喝的比我有生以来喝的都多。

弗罗伊德，1987 年 12 月 ——— 384

接受他人本来的样子，而不是希望他们变成你期待中的样子。

巴黎，1944 年 9 月 ——— 394

我想离开这里，不再见到那些我认识的人。重新开始，变成别人，更好的人。

弗罗伊德，1988年2月 —— 399

她说的话让我惊呆了。我时而盯着她窗前那温顺的蕨类绿植，时而看看整整齐齐的一摞信件，还有书架上我们最喜欢的书。真相被揭开了，就像龙卷风呼啸而过，我的世界坍塌了，眼前这些东西似乎也应该坍塌在地板上，一片狼藉。

弗罗伊德，1983年 —— 405

如果把我的人生比作一部小说，里面的章节有时枯燥有时刺激，有时伤痛有时滑稽，有时悲苦有时浪漫，但现在这本书应该翻到最后一页了。我孤身一人。希望我的故事能尽快有个结尾。要是我能勇敢地把这本书彻底合上就好了。

作者手记 —— 414

巴黎，
1939 年 2 月

[第一章 - 奥黛尔]
-

    数字如星辰般在我的头上飘荡。823。这些数字是我开启新生活的钥匙。822。希望的群星。841。这些数字一组接着一组——810（美国文学），840（罗曼语言文学），890（其他语言文学）——在我眼前涌现。它们意味着自由和未来。除了这些数字，我还研究过 16 世纪的图书馆历史。当时英国的亨利八世正忙着砍掉妻子们的脑袋。而在同时期的法国，弗朗索瓦一世国王开始对他向学者们开放的王室藏书室进行改造。改造后的王室图书馆就是法国国家图书馆的前身。

    我坐在卧室的书桌旁，为亚米利加图书馆的面试做准备。我再一次回顾了自己所做的笔记：这家图书馆于 1920 年成立；是巴黎首个允许公众进入书库的图书馆；读者来自三十多个国家，其中四分之一是法国本地人。我牢牢记住这些事实和数字,希望能让自己显得可以胜任这份工作。

我从公寓里大步走出来,来到外面的罗马大街上。对面是圣拉扎尔火车站,火车头冒出滚滚浓烟。风吹起了我的头发。我一边把鬓边的鬈发塞到三角帽下,一边想面试官会问我什么问题。或许会问我的实习经历,或者问杜威十进制分类法。我看到远处圣奥古斯丁教堂的金色圆顶。宗教类,嗯,是200。《旧约全书》,221。那《新约全书》呢?我等着大脑给出答案,但它迟迟没有响应。我有些紧张,怎么能把这么简单的事实给忘了!我从手包里拿出笔记本。啊,对了,225。我就知道是这个。在图书馆学校读书时,我最喜欢的就是杜威十进制图书分类法这门课。

杜威十进制这个分类系统是美国图书馆专家杜威先生在1873年构思而来的。它用十个类别,根据不同主题归纳整理图书馆内的藏书。所有事物都能从他的分类法中找到对应的数字,这方便了每一个读者在任何图书馆里找到他想看的任何一本书。比如,妈妈自豪于自己的家政能力,"家政"类书的编码是648。爸爸并不承认妈妈的家务水平有多高,但是他真的很喜欢室内乐,对应的分类编码就是785。我的双胞胎弟弟喜欢636.8,而我更喜欢636.7,它们分别代表着猫和狗。

我来到勒格兰德大道,走过那里的一个街区。整座城市风格突变,它脱下了工人阶级的外套,换上了上层社会的貂皮大衣。刺鼻的煤球气味消失了,空气中浮动的是JOY香水的味儿,甜美的茉莉花香型。在莲娜·丽姿的服装橱窗和基斯勒商店绿色皮手套的橱窗里,阔太太们高兴地争相穿戴着。我继续往前走,可以看到音乐家们从一家卖活页乐谱的商店里鱼贯而出(那家店的乐谱皱巴巴的),穿过巴洛克风格的蓝色大门,转过一个弯,步入一条狭窄的小巷子。我对这条路烂熟于心。

　　我爱巴黎，这是一座拥有无数秘密的城市。在巴黎，每一扇门都像一本书的封面，有的是皮质的，有的是布艺的，通往事先无法预知的世界。有的庭院里可能堆着几辆绞在一起的自行车，有的会走出一个胖胖的扛着扫帚的门房。而亚米利加图书馆那扇硕大的木门开启后，你会看到一个秘密花园。一边是矮牵牛花，一边是草坪。小路上的白色鹅卵石在脚下嘎吱嘎吱地响着，你会被它带到一座砖石结构的豪宅前。你跨过门槛，可以把夹克外套挂在摇摇晃晃的衣帽架上。你的头上是并列飘扬的两面旗帜，法国国旗和美国国旗交相辉映。你可以呼吸这世界上最好闻的空气，古旧的书籍散发出霉味儿，还有刚印刷出来的挺括报纸的油墨气息。在这里，你会觉得像回到家一样亲切、自在。

　　我来得比预约时间早了一点儿。一群人站在借书处，围着那个温文尔雅的图书管理员聊天。"我在哪儿可以找到好牛排啊？"一位穿着牛仔靴的新读者问。"我都没看完，为什么要交罚款啊？"难相处的西蒙夫人问。我绕过服务台，进入安静而舒适的阅览室。

　　就在落地窗旁的桌子边，科恩教授正在认真地看报纸，一根孔雀翎插在她的发髻上，神气活现地颤动着。普赖斯-琼斯先生一边抽着烟斗，一边拿着《时代周刊》陷入沉思。通常情况下，我会过去打个招呼，但这次想到面试，我有些紧张，于是就一头扎进书堆。我喜欢被书籍包围的感觉。有些书像时间一样古老，有些却是上个月刚刚出版。最近我经常半夜被弟弟雷米打印宣传册的嗒嗒声吵醒，他有时会持续整个晚上。在小册子里，他号召法国人行动起来，援助那些西班牙难民，他们因为内战被迫逃离家园。还有些时候，雷米提醒人们要注意希特勒，就像用卑劣手段占领捷克斯洛伐克大片土地那样，他也会用同样的招数继续染指欧洲。只有拿到一本好书，雷米才会忘掉他对政治的担忧，或者对其他人的担忧。

我决定为他挑本好书。我的手指轻轻划过那些书脊，选中其中一本，随便翻开。我不会翻翻一本书的开头就乱下断言，因为书的开头就像我唯一的那次约会，两个人都笑得过于浮夸了。不，我会翻到中间一页，这时作者不再试图紧抓读者的眼球。"生活中光影交错，有黑暗，也有光芒，而你，是光芒中的一束，是所有光芒中最耀眼的那一束。"是的，斯托克先生。我也想对雷米说这样的话。

我迟到了！我猛地冲向借书处，在那里填写了一张借书卡，把《吸血鬼德古拉》塞到了手包里。图书馆的女馆长里德小姐已经在那里等着了。像往常一样，她栗色的头发盘成一个发髻，手里拿着一支银光闪闪的笔。大家都认识里德小姐。她为报刊写文章，通过广播发表令人赞叹的观点。她热诚邀请所有人来图书馆，不管是学生、老师还是军人，不管是外国人还是法国人。里德小姐坚信图书馆是为所有人敞开的。

"我是奥黛尔·苏谢，很抱歉迟到了。其实我到得挺早的，然后我打开了一本书……"

"阅读令人沉溺。"里德小姐心照不宣地笑着说道，"去我的办公室吧。"

我跟着她穿过阅览室，那里已经坐了很多读者，很多人穿着商务休闲装。他们看到馆长过来，纷纷放下手中的报纸，用目光跟她打招呼。我们顺着螺旋楼梯走上去，又沿着一条走廊前行，经过一个"员工专用"的耳房，最后来到她的办公室。那里有一股咖啡的气息。办公室的墙上挂着一幅巨大的城市鸟瞰图，它的街区就像是一个纵横交错的棋盘，与巴黎蜿蜒的街道形状截然不同。

看到我对这幅地图感兴趣，里德小姐说："这是美国的华盛顿特区，我曾在那里的国会图书馆工作过。"她示意我坐下，然后自己也坐到办公桌旁。桌子上堆满了文件，有些高高地堆在桌子一角的托盘里，高得快要滑下来，有些被打孔器固定在原处。一部光泽照人的黑色电话放在桌子一角。

里德小姐的座位旁还放着一把椅子，上面堆放着一摞书。我在其中发现了伊萨克·迪内森[1]和伊迪丝·沃顿[2]的小说。每本书里都插着一个书签，其实就是一条条颜色鲜亮的丝带，像是伸出的一只只小手，呼唤着馆长再次翻开。

里德小姐是一个什么样的读者呢？她跟我不一样，不会不做页面标记就把书摊开了放。她也不会把它们堆在床底下。她会同时看四五本书。当她坐上公交车穿过巴黎时，手包里总会装本书并在路上看。她之所以读那本书，有时是因为好友寻求意见，有时只是兴之所至，毫无理由，比如在阴雨绵绵的周末午后，享受一本好书带来的小乐趣……

"你最喜欢哪位作家？"里德小姐问道。

你最喜欢哪位作家？真是个让人无法回答的难题。为什么一定要"最"呢，为什么只能选一个呢？为了避开类似的选择困难，我和卡罗阿姨曾经创建过一些分类，把作家分为已经过世的和尚在人世的，外国的和法国的，等等。

我在想刚才在阅览室里摸到的那些书，我又想起那些一度打动我的书。我钦佩拉尔夫·沃尔多·爱默生[3]思考的方式：纵然无人在我

---

[1] 伊萨克·迪内森是丹麦著名女作家。
[2] 伊迪丝·沃顿是美国女作家。
[3] 拉尔夫·沃尔多·爱默生是美国思想家、文学家、诗人。

身旁，只要读书或写作，我就感觉自己并非独处一隅。还有简·奥斯汀。尽管这位女作家写的是18至19世纪的事，但她笔下的女性的处境，仍然适用于现在：女性的未来取决于她们的婚姻。就在三个月前，当我告诉父母我不需要一个丈夫时，爸爸哼了一声，从此开始在每次"周日午餐"[1]时带一名年轻下属回家。

那些小伙子在爸爸的安排下隆重登场，就像妈妈把精心烹制的火鸡摆好造型装盘，再撒上翠绿的香芹。爸爸这样向我推销："马克可是个好小伙儿，他从没请过一天假，哪怕得了流感也坚持工作！"

里德小姐继续问道："你爱阅读，对吗？"

爸爸经常抱怨，说我有时讲话不经过大脑，嘴巴比脑子快。

在一闪而过的沮丧后，我回答了里德小姐的第一个问题："在过世的作家里面，我最喜欢的是陀思妥耶夫斯基，因为我喜欢他书里的角色——拉斯科尔尼科夫。他想打别人的脑袋，我敢保证，他不是唯一一个有这种想法的。"

一片寂静。

我为什么不能给出一个正常答案？比如说佐拉·尼尔·赫斯顿，那是我最喜欢的尚在世的作家。

"很荣幸和您见面。"我知道面试已经搞砸了，说完这句话，我起身向门口走去。

就在指尖触到门上那个陶瓷把手的时候，里德小姐说道："走进生活中去吧，不要迟疑，不要害怕——洪水会承载你到彼岸，会让你再次脚踏实地。"这是我最喜欢的句子，来自《罪与罚》，891.73。我转

---

[1] 按照西方传统，一个人度过星期天是孤独的，与家人一起才温馨而完整，他们把周日的这顿午餐称为"周日午餐"（Sunday Lunch）。像圣诞节的大团圆一样，每周日是小家庭团圆的日子，一家人聚在一起吃一顿丰盛的午餐，边吃边聊家常。

过身来。

"多数应聘者说他们最爱的作家是莎士比亚。"里德小姐说。

"杜威十进制分类法专门为他设立了一个编码,他是唯一一个享有这项特权的作家。"

"还有几位提到了《简·爱》。"

这也是很正常的回答。为什么我没提夏洛蒂·勃朗特,或者三姐妹中另外两个勃朗特?"我也喜欢《简·爱》。勃朗特三姐妹共用同一个杜威十进制编码——823.8。"

"但我喜欢你的回答。"

"真的吗?"

"你说的是自己的感受,而不是你以为我喜欢听到的。"

这倒是真的。

"不要害怕与众不同。"里德小姐说道。

她向前探过身来,目光坚定而充满智慧:"为什么你想在这里工作呢?"

我不能告诉她真正的原因,因为那听起来实在是太可怕了。"我对杜威十进制分类法烂熟于心,而且在图书馆学校以全优毕业。"

里德小姐扫了一眼我的申请表:"你的成绩单令人印象深刻,但你还没有回答我的问题。"

"我是这里的读者。我喜爱英语……"

"我看得出来,"她说,语气中带着一丝失望,"谢谢你抽时间过来。不管结果怎样,我们都会在几周后通知你。我送你出去吧。"

站在院子里,我沮丧地叹息了一声。也许我应该老实承认为什么我想要那份工作。

"你怎么了,奥黛尔?"科恩教授问道。我喜欢她的"美国图书馆里的英国文学"系列讲座，这个系列很受欢迎，就放置在亚米利加图书馆的英国文学书架上。在她标志性的紫色披肩的魔力下，像《贝奥武甫》这样令人望而生畏的大部头也变得通俗易懂起来。她的课生动有趣，充满了狡猾诡秘的幽默感。而在她身后，始终飘动着一缕缕闲言碎语的阴云，如同她留下的紫丁香香水的气息。

传言科恩教授来自米兰，本来是一位芭蕾舞大师。因为爱上一个人，她放弃了明星身份还有古板的丈夫，跟随情人去了刚果的布拉柴维尔。后来她独自一人回到巴黎，进入索邦大学学习。和西蒙娜·德·波伏娃一样，她通过了国家学位考试，这是一项几乎不可能通过的高难度的考试，通过后就能在最高学府教书。科恩教授现在在索邦大学——法国的最高学府教书。

"奥黛尔，你到底怎么了？"她重复道。

"我刚才的面试，表现得跟个傻瓜一样。"

"不会吧，像你这样聪明的年轻女孩？你没告诉里德小姐，我的课你一堂都没落下吗？真希望我的其他学生跟你一样认真！"

"我没想到说这些。"

"你可以给她写封感谢信，把你想告诉她的都写进去。"

"她不会选我的。"

"生活就是一场战争，你必须争取你想要的。"

"我不确定……"

"好吧，可我确定。"科恩教授说道，"想想索邦大学的那些老古板，我就是这样让他们雇我的。我拼了命地工作才让他们相信一个女人也可以教大学课程。"

我重新打起精神，抬起头看向她。以前我只注意到科恩教授的紫色披肩，现在我看到了她那坚毅的眼神。

"坚持并不是坏事，"她继续说道，"尽管我父亲时常抱怨，说我总是强辩到底。"

"我爸爸也是，他给我起了个外号，叫我'不屈不挠'。"

"是时候要把'不屈不挠'派上用场了。"

她是对的。在我最喜欢的那些书里，女主人公们从不轻言放弃。科恩教授让我把心中的想法写入感谢信的建议很有意义。写信总比面对面交谈容易得多。如果觉得写得不够好，我可以把不合适的内容划掉，然后重新开始，如果有必要，重写一百次都行。

"您说得对……"我告诉她。

"那当然了！我也会告诉馆长，你在我的课堂上总能提出最好的问题。你一定要坚持到底。"随着披肩发出的沙沙声，她大步走进了图书馆。

不管我的情绪有多低落，只要来到这个图书馆，总会有人伸出热情之手，把我从沮丧的泥沼中拉出来，并确保我不会再跌落下去。图书馆不是只有砖瓦和书，它的核心是那些彼此关心的人。很多人来自异国他乡，却在这里扎下根。这些根慢慢发芽，长出了善良友爱、志同道合的枝叶。我也曾在其他图书馆待过，那些地方的人彬彬有礼，却透着一种冷漠和疏离："你好，小姐。""再见，小姐。"那些地方的藏书没有任何问题，只是人们之间缺少一种真正的社群情谊。而这个图书馆却有家的感觉。

"奥黛尔，等一下！"说话的是普赖斯-琼斯先生，一位戴着佩斯利纹蝴蝶结的英国退休外交官，后面跟着的是图书馆的编目员特恩布尔夫人，她留着一绺绺卷曲的蓝灰色刘海。科恩教授一定把我的挫败情绪告诉他们了。

"没有什么好失落的，"普赖斯-琼斯先生笨拙地拍了拍我的背，

"你会赢得馆长的青睐。只要写封信,列明你的观点,就像任何一个称职的外交官做的那样。"

"别再哄骗那个女孩了!"特恩布尔夫人训斥他。她转向我说:"在我的温尼伯[1]老家,在那里我们习惯了和逆境共生。正是逆境让我们成为自己。哪怕是在零下40℃的冬天,你也不会听到我们抱怨,不像那些美国人……"她伸出一根瘦骨嶙峋的手指,像老板一样指着我说道:"振作起来,千万不要轻易说不!"

我笑了,意识到像家一样的地方就没有秘密可言。但我乐在其中,"共享"在我的人生中已必不可少。

回到家里,我不再紧张了。我趴在床上提笔写道:"亲爱的里德小姐,谢谢您今天的约见,很高兴您能给我这个面试机会。对我来说,这个图书馆比巴黎其他任何地方都有更重要的意义。在我很小的时候,卡罗阿姨带我来到这个图书馆,享受'一小时讲故事'。正是她的陪伴让我下决心学习英语,也是因为她,我深深爱上了图书馆。尽管卡罗阿姨现在不和我们住一起了,但我在这个图书馆里还能找到她。我翻开书,在扉页插着的借书记录卡里能找到她的名字。我和她阅读同一本小说,这让我觉得我们依然亲密。

"图书馆就是我的避风港。我总能在书架的一角找到自己的窝儿,在那里看看书,做做梦。我想让每个人都有这样的机会,尤其是那些感觉自己和别人格格不入的人,他们需要一个可以被称为家的地方。"

我郑重地签上自己的名字,这次面试才算真正落下帷幕。

---

[1] 温尼伯位于加拿大,是世界上最冷的城市。

弗罗伊德，
1983 年

[第二章 – 莉莉]

她就住在我家隔壁，镇子上的人叫她古斯塔夫森太太，还背地里叫她"二战新娘"。可在我看来，她一点也不像新娘。首先，她从来不穿白色的衣服。其次，她年纪太大了，比我父母大得多。最后，每个人都知道有新娘，就得有新郎，可她的丈夫很早就已经死掉了。她能流利地说两种语言，可大多数情况下她都不和人交谈。从 1945 年她就住在这里，但总是跟我们格格不入，一直被当作外地人。

她是弗罗伊德镇上唯一的"战争新娘"，就像斯坦奇菲尔德是这里唯一的医生。我偷看过她的客厅，连桌椅都是外国的，精致无比，像玩具屋里的家具一样。椅子都是胡桃木的，椅子腿上有繁复的雕花，椅面上罩着松软的绣花罩毯。我偷看过她家门前的邮箱，里面不时会有一封信件来自遥远的芝加哥,信封上写着"给奥黛尔·古斯塔夫森太太"。和我熟悉的那些名字,比如特里西亚、蒂芙尼等相比,"奥黛尔"这个名字显得充满异域风情。

人们说她来自法国。出于对她的好奇,我仔细阅读了百科全书中关于巴黎的条目。我看到了圣母院的灰色石像鬼,还看到了拿破仑的凯旋门。但这些都没法回答我的问题:为什么古斯塔夫森太太那么与众不同?

她和镇上其他女人都不一样。其他女人往往体态丰满得像胖乎乎的鹌鹑,穿着款式粗笨的毛衣和样式乏味的鞋子,看起来灰扑扑、毛茸茸的。她们会戴着满头的卷发器,在杂货店里晃来晃去。但古斯塔夫森太太从不会这样,即便是出来扔垃圾,她也会穿上自己最好的衣服,往往是一条百褶裙配一双高跟鞋,一条红色的腰带让她的身姿更为窈窕。她一向精心打扮,甚至去教堂都涂着颜色鲜艳的口红。而且,其他教徒会尽量在后排落座,不想引起上帝,或者牧师的注意,但古斯塔夫森太太总是大步走向前排,眼睛藏在帽子的阴影里。人们经常在她背后嘀咕:"这位太太,显然有点自视甚高啊。"

那天早晨,绰号"铁领"的马洛尼神父要我们为269名遇难乘客祈祷,他们乘坐的飞机被苏联发射的K-8导弹击中。电视里,总统口气沉痛地发表演讲,告诉我们这次失事的747客机,是在从美国的阿拉斯加飞向韩国的汉城[1]途中遭袭的。在教堂钟声的哀鸣中,他的声音在我的耳边回荡:"悲伤、震惊、愤怒……苏联侵犯了人权的方方面面……他们会做出这种暴行,对此我们一点也不惊讶……"他似乎想说,苏联人会谋杀任何人,包括儿童。

---

1 即首尔。

即使在蒙大拿州，冷战也让我们不寒而栗。沃尔特叔叔曾在梅尔斯特姆空军基地工作过，他说，军方在这片平原上"种植"了一千枚核导弹，就像种马铃薯那样。在水泥砌成的圆形地下室里，核弹头耐心地等待着，就像一具具尸体潜藏在地底，等着末日王国的降临。他吹嘘说，这些核导弹是升级版的，比摧毁广岛的那颗威力更大。他说，导弹会寻找导弹，苏联的武器将绕过华盛顿，直接瞄准我们。作为回应，我们的导弹也会腾空而起，袭击莫斯科的时间比我准备上学的时间还要短。

弥撒结束后，教徒们穿过街道来到大厅，在那里享用咖啡和甜甜圈并参与闲聊八卦。我和妈妈排队等糕点，而爸爸和其他人则围在银行行长艾弗斯先生身边。爸爸是银行的工作人员，每周努力工作六天，就是希望有一天能成为这家银行的副行长。

"苏联人是不会让任何人收殓尸体的，这群浑蛋！"

"当年肯尼迪总统当政的时候，国防开支比现在要高出百分之七十。"

"我们现在就跟飞不起的鸭子一样，只能被动地等着挨枪子儿。"

我听到他们在说话，但说的内容根本听不进去——冷战带来了无休止的戒心，这样严肃的对话成了每一个礼拜的背景音。我忙着在盘子里堆放甜甜圈，一时间都没意识到妈妈在剧烈地喘息。以前妈妈头晕又气喘时会这样解释："农民们在收割庄稼，空气中的灰尘引发了我的哮喘。"或者说："马洛尼神父点的香太多了，好像要做熏烟消毒。"但是这次，妈妈紧紧抓住我的上臂，什么话都说不出来。我把她扶到最近的桌子旁，让她坐在古斯塔夫森太太旁边的椅子上。妈妈一屁股坐在冰冷的金属椅子上，把我也拽下坐到她身边。

我想把爸爸叫过来。

"我已经好多了,别大惊小怪的。"妈妈严肃地说道。

坐在对面的艾弗斯太太说道:"真是太惨了,飞机上的那些人都遭遇了什么啊。"

默多克太太说:"这就是我留在家里的原因,到处闲逛会给自己带来麻烦。"

"那么多无辜的人死去了,"我说,"总统说有位国会议员也遇难了。"

"又少了一条白吃白占的寄生虫。"默多克太太把最后一个面包圈塞进了棕色的牙齿之间。

"这么说话实在有些过分了。人们有权利安全地坐着飞机来来回回,而不是被导弹击落。"我气鼓鼓地说。

古斯塔夫森太太看向我的眼睛。她点点头,好像很重视我的想法。在此之前,我一直在偷偷观察她,但这是她第一次注意到我。

"你能站出来为那些无辜者说话,真勇敢。"她说道。

我耸耸肩,说:"人们不应该自私自利。"

"我完全同意。"她说。

这时,我的耳边传来了艾弗斯先生的怒吼:"冷战已经持续将近四十年。我们从来没赢过,以后也不会。"

一群人纷纷点头应和。从房间的那头,又传来艾弗斯先生的声音:"他们就是一群冷血杀手。"

"你见过苏联人吗?"古斯塔夫森太太大声问道,"你和他们一起工作过吗?我和他们一起共过事。我可以告诉你,他们和你我没什么两样!"

整个大厅一片静寂,人们惊呆了。她竟然遇到过敌人?还和他们共过事?在弗罗伊德小镇,我们对每个人都了如指掌。我们知道谁总是喝得醉醺醺的，又是为什么买醉不归；我们也知道谁偷税漏税，谁欺骗了自己的妻子；我们还知道谁和迈特诺城来的风流爷儿们发生过一段罪恶关系。在这座小镇上，唯一的秘密就是古斯塔夫森太太。没人知道她爸爸是干什么的，没人知道她有没有兄弟姐妹，没人知道她是怎么把巴克·古斯塔夫森先生骗到手的。各种各样的谣言围着她转，却都没有持续太久。她的眼中流露出悲伤，但那是失落还是遗憾？在世界上最有活力的城市里待过之后，在我们所处的这个无聊乏味的乡下，她怎么待得下去？

我是个喜欢坐在前排举手回答问题的好学生。在我身后，玛丽·路易斯正在桌子上乱涂乱画。汉森小姐站在讲台上卖力地讲课，想让我们对七年级必读的《撒克逊劫后英雄传》感兴趣。玛丽·路易斯低声嘟囔着"撒克逊，我们要说不"。隔着一条过道，罗比用晒黑的手指转着一支铅笔。他的头发和我的一样是棕色的，像羽毛一样支棱着。他已经可以开车了，因为他得帮父母运送粮食。他把铅笔放在嘴边，粉红色的橡皮擦过他的下唇。我想盯着他的嘴角看，直到永远。

法式接吻，法式吐司，法式炸薯条……所有的好东西都来自法国。法国的青豆也比美国的美味。法国的歌曲肯定会更好听，远胜于美国的乡村音乐，就是镇上唯一的电台播放的那种。"那个娘们儿找别的小伙儿鬼混，我的生活崩溃了。"同样，法国人可能更懂爱情。

我想坐上飞机在跑道上滑翔，想在时装秀上精彩亮相，想在百老汇进行演出，想透过铁幕窥视。我想要体察法语单词在我嘴里翻滚的滋味。只有一个人体验过弗罗伊德外面的那个世界，那就是古斯塔夫森太太。

尽管我们比邻而居，但她好像在一光年之外。每年万圣节时，妈妈都会警告我，"'战争新娘'门廊上的灯已经关了，她不想让你们这群小孩子去敲她的门"。当玛丽·路易斯和我去售卖童子军饼干时，她妈妈会说，"那位老妇人没什么钱，所以你们别去找她"。

这次和古斯塔夫森太太的交流让我的胆子大了起来。就差一份合适的学校作业了，这样我就可以借学业的名义，名正言顺地去采访她。

正如我所预料的那样，汉森小姐让我们课后写一份《撒克逊劫后英雄传》的读书报告。下课后，我走到讲台前，问她我能不能换个题目，写一篇关于法国的报告。

"下不为例，"她回答说，"不过我很期待你写的关于法国的报告。"

我沉浸在自己的计划中，以致有点疏忽大意了。课间时，我去了一趟洗手间，既没有检查其他的隔间，也没有把洗手间的门锁上。果然，当我从隔间里出来时，发现蒂芙尼·艾弗斯和她的姐妹们已经在洗手池旁等我了。蒂芙尼对着镜子摆弄着自己的一头金发。

"马桶堵住了，"她说道，"来了个大粪球！"

她的攻击手法不算老练。我看着镜子里自己的影子，只能看到那头棕褐色的头发。我停留在原地，犹豫不安。我知道如果自己去洗手，蒂芙尼就会把我整个人推到水龙头下面，把我淋成落汤鸡。但是如果不洗手，她们就会告诉老师我没有洗手。她们就是这样折腾梅西的——没有人愿意和上完厕所不洗手的人坐同桌。现在她们有四个人，双臂抱在胸前，等着我上钩。

洗手间的门吱呀一响，汉森小姐往洗手间里面瞥了一眼，说："蒂芙尼，你又去里面了？你的膀胱一定有问题了。"

蒂芙尼带着那三个女孩子走了出去。她们的眼睛死死地盯着我，好像在说"这事儿可还没完呢"。我当然知道。

我妈妈看问题一向乐观积极，她告诉我任何情况下，都要看光明的那一面。比如，至少艾弗斯家老来得女，至少今天是星期五。

通常在星期五，爸爸、妈妈会举办一场晚宴，妈妈会烤肋排，凯拌沙拉，苏·鲍勃会烤上一只倒过个儿来的菠萝蛋糕，而我会在玛丽·路易斯家过夜。不过，今晚我哪儿也没去，而是待在自己的房间里，思考要向古斯塔夫森太太提哪些问题。大人们在外面吃吃喝喝，笑声从餐厅和客厅传了过来。当笑声安静下来后，我知道就像英国的贵族和淑女那般，女人们要离开了，这样男人们就可以放松地坐在椅子上，谈论一些妻子在场不方便讲的话题。

女人们在厨房刷洗碗碟，我听到了妈妈的另一种声音，和朋友们在一起使用的那种。和闺密们在一起，她看起来比平时欢快得多。这让我觉得妈妈身上有些我不知道的东西，它们藏得很深，虽然妈妈并不像古斯塔夫森太太那样神秘。

趴在书桌上，我写下脑海中涌出的问题——断头台最后一次被用来行刑是在什么时候？法国也有耶和华见证会吗？为什么人们说你偷了你的丈夫？现在他死了，可你为什么还留在这里？——我写得如此投入，都没意识到妈妈就站在我后面，直到感觉肩膀上有她温热的双手。

"你不想到玛丽·路易斯家过夜？"

"我在做作业呢。"

"可这是星期五啊。"妈妈半信半疑地说道，"你今天在学校的日子不好过？"

大多数日子都不好过，但我不想谈论蒂芙尼·艾弗斯。妈妈从背后拿出一个鞋盒大小的礼物说："我给你做了点东西。"

"谢谢！"我撕开包装纸，发现那是一件钩针毛衣背心。

我把背心套到T恤上，妈妈在我的腰部那里抻了抻，很满意尺码的大小。"你真漂亮。绿色衬得你的眼睛更明亮了。"

我朝镜子看了一眼,觉得镜子里的女孩像傻瓜一样。如果我穿这件毛衣上学,蒂芙尼·艾弗斯会活活地吃了我的。

"太……好了。"我吞吞吐吐地说道,但还是太晚了。妈妈笑了笑,掩饰着她的失落。

"那么你正在做什么?"妈妈问。

我解释说,我要做一份跟法国有关的研究报告,想采访古斯塔夫森太太。

"哦,宝贝儿,我觉得我们不应该打扰她……"

"就只有几个问题。我们能请她到家里来吗?"

"我想可以吧。你想要问她什么?"

我指了指桌上的作业。妈妈扫了一眼我的问题单,长舒了一口气。"你知道,她再也没回过法国,这一定是有原因的。"

星期六下午,我匆匆地绕过古斯塔夫森太太的那辆旧雪佛兰,走上摇摇晃晃的门廊木台阶,按响了门铃。"叮咚——"没有人应答。我又按了一次,还是没人应答。我试着推了推前门,吱呀一声开了。"有人吗?"我一边问一边走了进去。

房子里很安静。

"有人在家吗?"我问道。

寂静的客厅里空无一人,墙面都被书遮挡住了。蕨类植物在落地窗下站成了一排。还有一套立体音箱,像一个冷藏箱那么大,能够装下一个人。我的目光划过她收集的唱片:柴可夫斯基,巴赫,更多的是柴可夫斯基。

古斯塔夫森太太拖着脚朝客厅走来,好像刚刚在小睡,被我的闯入吵醒了。即便只有一个人在家，她也穿着一件连衣裙，配着那条红色腰带。她穿着长筒袜站在那里，看起来有些虚弱。我突然想到，一直以来我从未见过有朋友开车来看她，也从没见她招待过家人。她的确是"独自"居住。

她停在离我几英尺[1]远的地方，瞪着我，好像我是来偷《天鹅湖》唱片的强盗。"你来这里想干什么？"她问道。

我想知道你知道的那些东西。

她交叉双臂放在胸前，说："嗯？什么意思？"

"我在写一篇关于你的报告。确切地说，是关于你的国家。你可以来我家接受采访吗？"

她的嘴角向下撇了撇，没有立刻回应。

这种沉默让我有些紧张。"这里就跟图书馆一样。"我指着她的书架，上面有很多我不认识的名字——斯塔尔夫人、《包法利夫人》、西蒙娜·德·波伏娃。

也许这不是个好主意！我转身准备离开。

"什么时候？"她问道。

我转身说道："就现在，怎么样？"

"可我正忙着呢。"她简单地说道，好像她是总统，需要回去治理卧室里的小王国。

"我得写篇报告。"我争取道。

古斯塔夫森太太套上高跟鞋，抓起钥匙。我跟着她走到门廊，然后她返身把门锁上了。在弗罗伊德，其他人都不会锁门，我真想知道她的房子里装着什么秘密。

---

[1] 1英尺≈30.5厘米。

"你总是这样闯进别人家吗?"在我们穿过草坪时,她这样问道。

我耸耸肩,说:"人们通常会来开门。"

到了我家餐厅,她先是紧握双手,然后又慢慢放到身体两侧。她的目光掠过地毯,掠过靠窗的座位,还有墙上的家庭照片。她的嘴动了动,似乎想说些什么。就像其他女士那样,说些"真的很不错啊"之类的恭维话。可她最后什么也没说,下巴绷得紧紧的。

"欢迎欢迎。"妈妈一边说着,一边把一盘巧克力曲奇饼放在桌上。

我请这位邻居随意落座。妈妈和我用的是两个大马克杯,而在古斯塔夫森太太面前,她摆了一只真正的茶杯。我记得这只茶杯的历史。多年前,艾弗斯太太去英国的古堡旅游,爸爸特地请她捎一套精美的茶具。但是英国瓷器实在太贵了,艾弗斯太太只带回来一只茶杯和一个配套托碟。她害怕这套瓷器会在行李箱中被压碎,所以在横跨大西洋的航程中,她把这套杯碟放在大腿上,一动不动地守护了一路。在我看来,这只印着蓝色花朵、精巧纤美的茶杯和坐在我家桌旁的古斯塔夫森太太一样,都来自一个更好的地方。

妈妈把茶倒好了。我率先打破了沉默:"巴黎最好的东西是什么?它真的是世界上最美的城市吗?在那里长大是一种什么感觉?"

古斯塔夫森太太没有立刻回答。

"希望没有麻烦您。"妈妈说道。

"上次这样被人追问,还是我在巴黎面试的时候呢。"

"那时你紧张吗?"我问。

"当然紧张,我背了整本整本的大部头,就是要为面试做准备。"

"最后有帮助吗?"

她哀伤地笑了:"没有。总有一些问题是没有准备好的。"

"莉莉不会问那种问题的。"妈妈对古斯塔夫森太太说道,同时也是在警告我不要乱问。

"你问什么是巴黎最好的东西?是它的书和爱书的人,它是一座读者之城。"我们的邻居回答。

她说在她的朋友们的家里,书和家具一样重要。整个夏天,她都待在郁郁葱葱的公园里读书,等到天气凉了,就像旁边那些盆栽棕榈树被送去温室那样,她又挪到图书馆里,膝上抱着一本书,蜷缩在窗前度过整个冬天。

"你喜欢读书吗?"因为对我来说,阅读作业可是个苦差。

"我活着就是为了阅读,"她回答道,"大多是读历史类和时事类的书。"

听起来好像跟看着雪慢慢融化一样有趣。"那,你在像我这么大的时候呢?"

"那时候我喜欢读小说,比如《秘密花园》。我的孪生弟弟对新闻更感兴趣。"

孪生弟弟?我想问他叫什么,现在在哪儿,但她已经接着讲起了巴黎。她说,巴黎人对食物的迷恋程度不比对文学低。虽然过去了四十多年,但是她还记得她第一天下班后爸爸带给她的甜点,一款叫作"费南雪"的杏仁小蛋糕。她微闭着眼睛回忆,说上面的黄油杏仁粉在嘴里融化,会让人有种进入天堂般的幸福感。她妈妈很喜欢"欧培拉斯",那是一层又一层叠着咖啡蛋糕的黑巧克力……"费——南——雪""欧——培——拉——斯",我品尝着这些字词的味道,喜欢它们在我舌尖上跳跃的感觉。

"巴黎是一个会和你交流的地方。"她接着说道,"那是一座哼唱着自己的歌的城市。夏天,巴黎人会开着窗户,这时你能听到邻居弹钢琴发出的叮叮咚咚声和扑克牌洗牌时的咔嚓声,还有人把收音机旋钮转来转去调台时的哧啦声。总有一个孩子在笑,总有人在争吵,总有一个单簧管乐手在广场上演奏。"

"听起来真不错。"妈妈遐想了一番。

通常,礼拜日做完弥撒后,古斯塔夫森太太的肩膀总是无力地垂着,她的眼睛就像周一时"绿洲酒吧"的霓虹灯,没有插电,所以暗淡无光。但现在,她的眼睛熠熠生辉。谈到家乡,她脸上的线条也变得柔和起来,声音也变得更加温柔。在她的描述中,巴黎是如此生机勃勃,可她为什么要离开呢?

让我吃惊的是,妈妈竟然问道:"战争期间,你们过得怎么样呢?"

"很艰难。"古斯塔夫森太太的手指握紧了茶杯。当尖厉的空袭警报响起的时候,她们一家躲进了地窖。由于食物需要配给,每个人每个月只能吃到一个鸡蛋。人们变得越来越瘦,瘦成了一道光。纳粹在街上随机设置了许多检查点,动不动就逮捕巴黎人。他们像狼一样成群结队。人们被捕有时毫无原因,有时是因为微不足道的事儿,比如在宵禁时仍在外溜达。

我皱起了眉头。宵禁不是只针对十多岁的孩子吗?玛丽·路易斯的姐姐安吉尔就被宵禁过。"你最想念巴黎的什么啊?"我问道。

"我的家人和朋友,"古斯塔夫森太太说道,棕色的眼睛里流露出渴望,"那些理解我的人。我还想念说法语的日子。我想念回家的感觉。"

我不知道该说些什么。房间里一片寂静,妈妈也有些烦躁不安。但客人似乎没受到任何干扰,她呷完最后一口茶。

注意到古斯塔夫森太太的茶杯空了,妈妈跳了起来,说:"我再烧壶水。"

就在去厨房的半道上,妈妈突然停了下来。她一个趔趄,猛地伸出一只手抓住了橱柜。我还没来得及反应,古斯塔夫森太太已经跳了起来,冲过去用胳膊搂住妈妈的腰,把她带回椅子上。我蹲在妈妈旁边。她的脸颊通红,呼吸又慢又浅,好像空气不愿意进入她的肺。

"一会儿就没事了,"妈妈说道,"我起身太猛了,下次会注意。"

"以前发生过吗?"古斯塔夫森太太问道。

妈妈看了看我。于是我回到自己的座位上,假装扫掉上面的饼干屑。

"发生过几次。"妈妈承认道。

古斯塔夫森太太打电话给斯坦奇菲尔德医生。在弗罗伊德,所有的成年人都这么说:"在城里,如果你给医生打电话,他才不会来呢,不管你病得有多重。但在这里,医生秘书会在第二声铃声响起前接起电话,然后斯坦奇菲尔德绝对会在十分钟内到达你家。"他在附近三个县里接生孩子——对我们中的绝大多数人来说,他是第一个抱起我们的人,用他那双温暖的、长着斑点的大手。

他敲了敲门,拎着黑色皮包走了进来。

"其实不用麻烦你来的。"妈妈有些慌乱地说。她会带我去看斯坦奇菲尔德医生,只因为我打了个喷嚏,但从没想着为自己的哮喘跟医生预约。

"还是让我自己判断吧。"医生轻轻地把妈妈的头发拨到一边,把听诊器放在她的背上,"深呼吸。"

妈妈开始吸气。

"如果这也算是深呼吸……"斯坦奇菲尔德医生又量了量她的血压,皱了皱眉头。他说妈妈的血压很高,然后开了一些药丸。

当妈妈说她得的仅仅是哮喘时,或许就已经错了。

吃完晚饭,我和玛丽·路易斯趴在地毯上写各自的报告。"古斯塔夫森太太是怎么说的?"她问道。

"她说战争很危险。"

"危险?怎么个危险法?"

"到处都是敌人。"我想象着古斯塔夫森太太走在上班的路上,街上到处都是肮脏的狼。有的龇着牙咆哮,有的撕扯着她的高跟鞋。她继续往前走着。或许她每次都要变换路线,从没有走过同一条路。

"所以她必须暗中行动?"

"我猜是这样的。"

"万一她是个特工呢,听起来是不是很酷?"

"那是绝对的。"我想象着她用发霉的书传递信息。

"既然说到秘密……"玛丽·路易斯放下手中的铅笔,"我抽了安吉尔的一根香烟。"

"你自己一个人抽的?别再抽了。"

她什么都没说。

"别再抽了。"我重复道。

"是和蒂芙尼一起抽的。"

这句话给了我重重一击。

"如果你抽烟,我就再也不跟你说话了。"我屏住呼吸说道。

我们都是十二岁,但玛丽·路易斯什么都比我先知道,因为她有个姐姐安吉尔。玛丽·路易斯早就知道避孕套了,还知道啤酒聚会。我的父母不允许我化妆,所以玛丽·路易斯把她的化妆品借给我用。她比我强壮,跑得也比我快,我感觉她离我越来越远。

"好啊,"她说,"反正我也不太喜欢。"

在接下来的几周里,我和爸爸看着妈妈的病情恶化,那些药根本就不起作用。她不再有食欲,身体越来越瘦,衣服空荡荡地挂在身上,她的身体就像个衣架。她很容易疲惫,连饭也做不了了,所以爸爸每天都做三明治。感恩节那天,我们父女俩坐在厨房料理台前吃烤奶酪三明治。我们的眼神不停地瞟向卧室门口,希望妈妈能感觉好点儿,能和我们一起吃点儿东西。

爸爸清了清嗓子,问:"你在学校还好吗?"

我各门成绩全优,没有男朋友,蒂芙尼·艾弗斯想从我这里偷走玛丽·路易斯。"很好。"我回答。

"真的?"

"其他女孩都开始学化妆了,为什么我就不行?"

"像你这么漂亮的姑娘,不需要在脸上涂那些黏糊糊的东西。"

爸爸说的这些我大部分都没听进去。我没听到他的关心,没听到他说我漂亮,我能听到的就是他毫不含糊的拒绝。

"但是爸爸——"

"不要打扰妈妈休息。"

我和爸爸再次望向通往卧室的那扇门。

我和玛丽·路易斯把书包甩上肩头,然后晃荡回家。我们在第一条街上停下来,那儿有一条叫"烟仔"的德国牧羊犬,我们摸了它一会儿,然后我们又经过弗雷什酒吧,那儿院子里散落着四十七个陶瓷侏儒。自打这对夫妻结婚后,每年他们都要置办一个。在街角的那栋房子,默多克太太正在打理蕾丝窗帘。如果我们不走人行道,而是穿过她家的草坪,她就会给我们的父母打电话告状。

在弗罗伊德,我们在同一家杂货店购物,喝同一口水井里的水。我们分享同样的过去,又重复同样的故事。默多克先生在铲雪时摔倒了,从此一病不起,而在此之前默多克太太并没那么刻薄。而巴克·古斯塔夫森先生也是在战后才变得和以前大不一样的。我们读同一份报纸,指望同一个医生给我们看病。我们在烟尘滚滚的土路上开车。我们看到联合收割机在田里收割,车头抓着麦穗。空气闻起来干净而质朴。我们的嘴巴和鼻孔里都是鲜嫩的干草气息,血液里流淌着丰收的尘粒。

"咱们搬到大城市里住吧,"玛丽·路易斯冲着默多克太太吼道,"搬到没人认识我们的地方去。"

"在那儿我们可以做任何事情,"我补充了一句,"比如在教堂里尖叫。"

"或者干脆不去教堂。"

我们停下脚步,这个主意实在是太出乎意料了,让我俩花了一段时间才回过神来。我们默默地走过最后一个街区,来到我家门前。我在街上看到了妈妈,她坐在窗户旁边,玻璃的反光让她看起来异常苍白,像一个幽灵。

玛丽·路易斯继续朝家走去。我来到邮箱前面,抓住那根风化变形的柱子,我不想进屋。以前妈妈喜欢在厨房料理台旁做饼干,或者和好友聊天。有时,她会从学校接上我,一起开车去药湖保护区,那是她最喜欢的观鸟胜地。我们面朝同一个方向,看着大路在前面延伸,通向各种未知的可能。我可以很轻松地和她交心,比如和蒂芙尼·艾弗斯起冲突了,或是某次考试没考好。当然也会有一些好消息。比如在体育课上,如果罗比当队长,他会第一个选我当他的队员,甚至我要优先于那些男生。我发挥失常的时候,其他家伙会嘲弄我,但罗比始终站在我这边。他鼓励我说:"下次,下次你会超过他们的!"

妈妈知道我的一切。

药湖保护区有270种鸟类。妈妈把双筒望远镜的带子挂在脖子上,带我穿过齐膝高的草地。"也许雄鹰看起来更威严,"她说,"而笛鸻有最棒的名字[1]。不过,我还是最喜欢知更鸟。"

我笑话她,知更鸟在我家前面的草坪上就能看到,她却开上车大老远跑这里来看。

"知更鸟很优雅,"她对我说,"象征着吉祥如意,提醒我们要珍惜眼前的幸福。"说完这话后,她紧紧地抱住了我。

但现在,她只能一个人待在家里,连和我说话的力气都没有了。

就在这时,古斯塔夫森太太出来拿她的信件。我穿过那片变成褐色的把两家隔开的草坪带,迎上她。她把一封信贴在胸前。

"是谁写给你的信?"

"我在芝加哥的朋友卢西恩。几十年来,我们一直通信。我们是在从诺曼底到纽约的轮船上认识的,真是难忘的三个星期。"她看着我问道,"一切都还好吗?"

"挺好的。"每个人都知道社交中的规则:不要让别人注意你,没人喜欢自我炫耀的家伙;在教堂里别回头,哪怕炸弹就在你身后爆炸;当别人问候你时,回答"挺好的",哪怕你很悲伤、很害怕。

"想进来坐坐吗?"她问我。

我跟她走进屋,把书包丢在书架前。她的书架上摆满了书,却只放了三个相框,其中的照片小得像宝丽来拍出来的一样。在我家,照

---

[1] 笛鸻的英文名是 piping plover,也有水管工的意思。

片比书多得多。我家的书品种有限,只有《圣经》、妈妈的田野指南,还有一套百科全书,那是我们在一次车库拍卖会上买到的。

第一张照片是一个年轻的海军陆战队士兵,他有一双和古斯塔夫森太太一模一样的褐色眼睛。

古斯塔夫森太太挪到我旁边,说:"那是我儿子马克。他死在了越南战场上。"

记得有一次,我正在教堂里分发简报,一群太太聚在圣水盆那里,这时古斯塔夫森太太走了进来。艾弗斯太太小声说:"明天是马克的忌日。"默多克太太一边摇头,一边回答:"她失去了自己的骨肉,世界上没有比这更糟糕的了。我们应该送束花或……"

"你们应该停止闲聊,"古斯塔夫森太太厉声说道,"至少在做弥撒时。"

那些太太把颤抖的手指浸到圣水里,飞快地画了个十字,然后偷偷地溜回长椅上。

我抚摸着相框说道:"我很抱歉。"

"我也是。"

她的声音里透着浓浓的悲伤,让我很难过。没有人来看她,无论是丈夫这边的亲戚,还是她的法国亲戚。要是她爱的那些人都死了呢?她可能不想让我在这儿把她的伤心往事翻出来,于是我考虑拿起书包回家。

古斯塔夫森太太问:"来点儿饼干怎么样?"

我跟着她来到厨房,抓起盘子里最大的两片,狼吞虎咽地吃了下去,古斯塔夫森太太还没来得及碰她那一份。这些糖饼干又薄又脆,被卷成微型望远镜的形状。

她刚做完第一批饼干,于是在接下来的一个小时里,我帮她烤完了剩下的部分。我很感激她没有提到妈妈,不像其他太太那样。她们对我说:"我们都记得和你妈妈一起参加家庭教师联谊会,告诉她要加把劲啊。"或者说:"她的烤猪肉做得那么好吃,真是个完美的女人,一丁点儿毛病都没有。"我从没觉得沉默会这么好。

"你管这些饼干叫什么?"我一边抓起一片饼干,一边问。

"拉塞尔香烟,苏联人的香烟。"

共产主义饼干?我把它放回盘子里:"是谁教你做的?"

"一个朋友。她从图书馆借了几本书,我给她送了过去,当时她做了这种饼干。"

"她为什么不自己去拿书?"

"战争期间,当局不允许她进入图书馆。"

我还没来得及问原因,门外传来砰砰的敲门声。"古斯塔夫森太太,您在吗?"

是爸爸。这就是说现在已经 6 点了,到吃晚饭的时间了。完了,我有麻烦了!我赶紧擦擦嘴上的饼干屑,得马上为自己辩解:时间过得太快了,或者,我不得不留下来帮忙……

古斯塔夫森太太打开门,我以为爸爸会大发雷霆,劈头盖脸训我一顿。但爸爸的眼睛睁得大大的,领带也歪歪斜斜的。"我要送布伦达去医院,"他对古斯塔夫森太太说,"能麻烦您照顾一下莉莉吗?"

我本想说对不起的,但爸爸匆匆离去,没有给我说话的机会。

巴黎，
1939 年 2 月

[第三章 – 奥黛尔]
–

我和妈妈、雷米刚刚结束一个无聊的星期天弥撒，圣奥古斯丁教堂的身影在我们上方隐现。教堂里的熏香让我倍感压抑。我大口呼吸着外面凛冽的空气，庆幸于可以远离牧师和他那干巴巴的布道。妈妈催着我和雷米赶紧回家。我们急匆匆地走着，经过雷米第二喜欢的书店，经过面包房（心碎的面包师把面包都烤焦了），最后跨进公寓楼那烟熏色的门槛。

"今天要来的是哪位，皮埃尔还是保罗？"妈妈有些烦躁地问，"不管是谁，反正随时会到。奥黛尔，别皱眉头。你爸爸只是想了解一下这些小伙子，他们又不是全部都在他手底下工作。说不定某个会很适合你呢！"

又要和一个毫无戒心的警察吃顿午饭。当一个相亲对象对我表现出兴趣时,我感到尴尬;当他显得毫无兴趣时,我又觉得难堪。

"换上你那件白色的衬衫!你竟然穿着这件褪色的工作服去了教堂,人们会怎么嘀咕啊!"说完,她就冲进厨房,去看她的烤肉了。

在法国家庭,周日午餐和弥撒一样,都是很神圣的仪式。妈妈坚持我们得表现出最好的样貌。在门厅那儿,我拿着一把有缺口的镀金梳子,站在镜子前,重新梳好辫子;雷米往乱蓬蓬的鬈发上打了些摩丝。"在杜威分类法里,这顿午餐怎么归类呢?"雷米问道。

"很简单,841,《地狱一季》。"

他笑了。

"爸爸逼着多少下属来家里吃过饭啊?"

"已经有十四个了,"雷米说,"我敢打赌他们不想来,但又不敢在他面前说个不字。"

"为什么你就不用遭受这样的折磨?"

"因为我是男的,没人管我结不结婚。"他顽皮地咧嘴一笑,然后一把抓过我的围巾,搭在自己的脑门上,在下巴处打了个结,就像妈妈平时那样,"我的女儿,女人的保质期是很短的。"

我咯咯地笑了起来。他总是知道怎么逗我开心。

"你要是一意孤行,"他继续模仿妈妈那不依不饶的口气,"就只能一辈子待在货架上,成了卖不出去的滞销货。"

"不是货架,是图书馆的书架,如果我能得到那份工作。"

"你什么时候能得到呢?"

"我不确定……"

雷米把围巾从脑门上扯下来:"你有图书馆学的学位,英文说得流利,在实习时也得到了高分。我对你很有信心,你也要有信心啊!"

有人敲门。我们打开门，是一个穿着海军双排扣大衣的警察，头发是金色的。

我打起精神。上周见面时，当时那位"潜在买家"用他油腻腻的下巴蹭我的脸，留下了一脸的汗渍。

"我是保罗。"这位说道。他的面颊几乎没怎么碰到我的脸。

"很荣幸见到两位，"他一边和雷米握手一边说，"早就听说过你们的光荣事迹了。"

他说话的样子看起来很严肃，但我很难相信爸爸对我和雷米会有什么正面评价。他总是说雷米的成绩一塌糊涂，事实上雷米是他们那个班的最佳辩手。他还抱怨我不整理房间："床上和床下都堆满了书，你怎么睡得下去？"

"对于今天，我已经盼了整整一周了！"这位"潜在买家"对妈妈说。

"我做了一些家常菜，希望能对你的胃口，"妈妈说，"很高兴你能来。"

爸爸把客人安置在壁炉旁的扶手椅上，然后端上开胃酒——男士们喝苦艾酒，女士们享用雪利。妈妈的座位在她最喜欢的蕨类绿植旁，但她不停地在座位和厨房间穿梭，确保厨师贯彻执行了她的各项指示。爸爸坐在路易十五风格的椅子上，扫帚状的小胡子随着嘴巴的开合抖动着。

"谁需要那些失业的知识分子啊？我的意思是说，就该把那些没活儿干的知识分子赶到矿井里，让他们一边挖矿一边搞他们的创作。还有哪个国家跟法国一样，把无业游民分成两类，一类是聪明的，一类是蠢笨的？我们的纳税款要用在正当地方，而不是养聪明的懒汉！"每个周日，求婚者会变，但是爸爸的长篇大论从来不变。

我又一次解释道:"没人强迫你支持艺术家和作家。就像你可以选择普通邮资的邮票,也可以选择附捐邮票。"

雷米坐在我旁边的沙发上,双臂交叉抱在胸前。我能读懂他的小心思:干吗费这劲儿跟他解释啊?

"我从没听说过这个流程,"爸爸的这个信徒说道,"等我以后给家人写信时,我可以跟邮政局的人要点儿那种邮票。"

或许这一位不像之前的那么糟糕。

爸爸转向保罗说:"我们警局的同事快要忙疯了,因为边境附近设立了拘留营。所有的难民都在涌入法国,很快法国就会有更多的西班牙人,比西班牙本国的还多。"

"西班牙爆发了内战,"雷米说,"他们需要帮助。"

"他们在帮助自己涌入我们的国家!"

"可那些无辜的平民能怎么办?"这位"潜在买家"问爸爸,"待在家里,然后等着被屠杀吗?"

第一次,爸爸不知道该如何作答。我打量着我们的客人,他的头发理得很短,桀骜不驯地挺立着,深蓝的眼睛和他的制服相配。相比英俊的外貌,我更欣赏他的勇气,为了信念挺身而出,无畏而平静。

"目前所有的政治动荡,"雷米说,"表明了一件事,战争就要来了。"

"一派胡言!"爸爸说,"我们在国防上花了好几百万法郎。有马其诺防线的保护,法国绝对安全。"

在我的想象中,那条线就像法国和意大利、瑞士和德国边界上的一条鸿沟,所有试图进犯的军队都会被全盘吞没。

"咱们一定要讨论战争吗?"妈妈问,"今天周日,我们要进行这么可怕的谈话?雷米,为什么你不谈谈你的功课呢?"

"我儿子想从法学院退学，"爸爸告诉保罗，"我有十成把握地说，他会翘课。"

我搜肠刮肚，想说点什么。我还没来得及转移话题，保罗就看向了雷米："你以后打算做什么呢？"

我多希望爸爸会问这个问题啊。

"我想参加竞选，"雷米回答，"试着改变一些事情。"

爸爸转了转眼珠。

"或者我可以当一个看林人，逃离这个堕落的世界。"雷米说。

"我们致力于保护人们的生命和财产安全，"爸爸对保罗说，"他却要去保护那些松果和熊的大便。"

"我们的森林和卢浮宫一样重要。"

又是一个让爸爸无法接话的回答。我看向雷米，不知道他会对保罗说什么，但他只是向着窗边挪远了一点，思绪也飞到了远方。以前的周日午餐，只要觉得冗长难熬，我俩就会这样做。但这次我决定留下来，想听听保罗要说的话。

"午餐闻起来真不赖！"我说，希望能让爸爸把注意力从雷米身上挪开。

"是啊，"保罗明白了我的意思，配合着说道，"我都好几个月没吃过家常菜了。"

但爸爸坚持对雷米穷追猛打："如果你从法学院退学，又怎么能帮助那些难民？你什么时候能有始有终啊……"

"汤肯定熬好了……"妈妈有些紧张地摘掉蕨类绿植的干叶子。

雷米一言不发，绕过妈妈进了餐厅。

"你不想干活儿，"爸爸大吼道，"每次吃饭时却是第一个！"

哪怕在外人面前，爸爸也没法停止对雷米的指责。

和往常一样，我们吃的是土豆扁葱汤。

保罗恭维妈妈说汤很好喝，妈妈嘟囔了一句，好像是说她有一个不错的菜谱。爸爸用勺子刮着盘底，发出刺耳的声音，标志着第一道菜结束了。妈妈的嘴巴微微张开，似乎是要提醒爸爸注意餐桌礼仪。但她从来不会大声斥责爸爸。

女仆端来迷迭香土豆泥和烤猪肉。我瞥了一眼壁炉架上的挂钟。周日午餐通常乏味透顶，让我度日如年。但我吃惊地发现现在已经是下午2点了。

"你也还在上学吗？"保罗问我。

"没有，我已经毕业了。我正在申请亚米利加图书馆的工作。"

一抹微笑拂过他的嘴唇："我也想在那样一个美好、宁静的地方工作。"

爸爸饶有兴趣地看着保罗："如果你对第八区的工作不满意，为什么不申请调到我的辖区来？我这儿刚好有个警佐的空缺，需要一个合适的小伙子。"

"谢谢你，先生，但我在现在这个地方干得挺快乐，"保罗一直看着我，没挪开视线，"非常快乐。"

突然，我觉得天地之间似乎只有我俩。就像狄更斯《艰难时世》中说的那样："现在，他朝椅背上一靠，用那双深沉的眼睛盯着她。或许他已经看出，在这一刻她有些举棋不定，恨不得倒在他的怀里，把郁积在心里的话都向他吐露出来。"

"女孩子竟然也要去工作，"爸爸嘲笑道，"还有，你就不能申请讲法语的图书馆的工作吗？"

真遗憾，我不得不离开和保罗以及狄更斯的柔情一幕，回到现实生活的冲突中："爸爸，美国人不只按照字母顺序排列图书，他们用的是被称作杜威十进制的数字……"

"用数字来给字母分类？我敢打赌这是资本家们想出来的新玩意儿，他们更关心数字，而不是字母！我们的分类方式有什么问题吗？"

"里德小姐说，即使与众不同，也没关系。"

"里德小姐？又是一个外国人！天知道你还要和什么人打交道！"

"给人们个机会，你就会惊奇地发现……"

"你就是那个追逐惊奇的家伙。"他用叉子指着我说，"和公众打交道太难了。为什么这么说？昨天我被上司叫过去，有个议员被我们抓了起来，因为他非法闯入别人的家。一个小老太太发现他在她家地板上晕过去了。当那个败类醒过来时，他大喊大叫，说些下流的话，然后就开始呕吐。我们不得不用水龙头把他冲洗清醒，好让他讲出自己的事儿。他以为自己到的是情妇的公寓，但钥匙坏了，于是他爬上窗台，钻进了窗户。相信我，你不会想和这类人打交道，也别让我和这群高高在上的渣滓开战……"

爸爸又来了，抱怨外国人、政客和傲慢的女人。我痛苦地呻吟着，雷米把他的脚轻轻踩在我的脚上，我紧绷的肌肉这才慢慢放松下来。我感激他的理解和支持，从小我俩就这样抱团取暖，对抗爸爸愤怒的喋喋不休——"本周你至少戴了两次劣等生的帽子了，雷米！我应该把这该死的东西钉在你的脑袋上。"我知道在这种情况下最好不要帮弟弟说好话。上一回我安慰雷米，爸爸怒吼道："你竟然和他站一边？我就该把你俩一起揍一顿。"

"他们会雇一个美国人，而不是你。"爸爸武断地说。

我希望这位全知全能的局长大人是错的。我希望他能尊重我的选择，而不是教训我应该要什么。

"这家图书馆里有百分之二十五的读者是巴黎人，"我争辩说，"他们需要说法语的工作人员。"

"人们会怎么看我们?"妈妈不安地说,"他们会说爸爸不养你。"

"这个年代很多女孩在外面都有一份工作。"雷米说。

"奥黛尔不需要工作。"爸爸说。

"但我想。"我轻声说道。

"你们别吵了。"妈妈说。她把巧克力慕斯舀到水晶小碗里。这道慕斯,口味丰富,造型漂亮,吸引了我们的目光,让我们终于在一件事上达成一致——妈妈做的甜品举世无双。

大概3点的时候,保罗站起身来说:"谢谢你们的这顿午餐。很抱歉,我必须走了,很快该我当值了。"

我们把他送到门口。爸爸在跟他握手时说道:"考虑一下我说的那个空缺吧。"

我想要谢谢保罗,因为他帮雷米说话,帮我说话。但是爸爸也站在那儿,一副自鸣得意的样子。我保持着沉默。保罗走上前来,刚好站在我跟前。我屏住呼吸。

"希望你能得到那份工作!"他在我耳边低语。

他跟我吻别,嘴唇从我的脸颊上擦过。我很想知道当它触碰我的嘴唇时,会是怎样一种感觉。一想到接吻,我的心跳开始加速,就像第一次阅读《看得见风景的房间》时的情形。我疯狂地向后翻动着书页,等着看书中的主人公——乔治和露西如何坦陈彼此的爱意,并紧紧地拥抱在一起。他俩真是天生的一对儿。真希望自己的人生也是一本书,能快速翻页,这样我就知道还能不能再见到他。

我来到窗边,看着他急匆匆地走在街上。在我身后,传来爸爸品咂餐后酒的声音。每周日共进午餐时,爸爸、妈妈毫无例外地都会陷入对"一战"的惨痛回忆。喝了几口酒后,妈妈开始虔诚地诵出一个个名字,仿佛它们就是念珠上的一粒粒珠子。这些都是当年的邻居,他们没能挺过那场战争。而对爸爸来说,这场战争没有胜利者,虽然他所在的团名义上取得了胜利,但很多战友永远地留在了阵地上。

雷米来到窗前,摘下妈妈养的蕨类植物的一片叶子。"我们又吓跑了一位。"雷米对我说。

"你是说被爸爸吓跑的吧。"

"他快把我逼疯了,他的思想太狭隘了,他对眼前的局势一无所知。"

我总是站在雷米这边。但这一次,我希望爸爸是对的。"你说的……关于战争的话是真的吗?"

"恐怕是的,艰难时世真的就要来了。"

《艰难时世》。823。英国文学。

"西班牙的平民快要死了,德国的犹太人遭到迫害,"他用指尖拨弄着蕨类植物的叶子,皱着眉头说,"而我却被困在课堂里。"

"你发表了很多文章,让人们意识到了难民的困境。你还发起了一场衣物募捐运动,咱们一家人都参加了。我很为你骄傲。"

"我做得还不够。"

"现在你得把精力都集中在学业上。以前你在班级里名列前茅,现在,你能毕业就不错了。"

"我已经厌倦研究那些纯理论的法庭案例。人们现在需要帮助。政客们在假模假式地表演。我不能坐在家里虚掷光阴。总得有人做点什么。"

"你要做的就是毕业。"

"一个学位改变不了什么。"

"爸爸至少有句话说得对。"我温柔地说道,"做事要有始有终。"

"我想告诉你……"

"请告诉我你不会鲁莽冲动。"雷米把自己攒的零花钱都捐给了一家难民救助机构。他还背着妈妈，把我们储藏室的粮食都拿去分给了那些无家可归的人，连最后一点儿面粉都没剩下。我和妈妈不得不冲到市场，好赶在爸爸下班回来前弄到做晚餐的食物，以免爸爸发现后再把雷米痛骂一顿。

"你以前是懂我的。"雷米大步走回房间，砰的一声关上了门。

我有些愕然。我也想吼他，他以前可从来没有这么冲动过，但我知道争吵不会有任何结果。等他冷静下来，我会试着和他谈谈。现在，我想忘记爸爸和保罗，甚至雷米。狄更斯的《艰难时世》。我从书架上抽出了那本书。

弗罗伊德，
1984年1月

[第四章 - 莉莉]

-

爸爸和我在妈妈的病床前踟蹰。妈妈想对我们微笑，但失去血色的嘴唇却在颤抖。她吃力地眨着眼睛。在她周围，各种机器发出哔哔的声音。为什么那天放学后我不直接回家啊？如果直接回家，说不定妈妈现在就不用在这里了。

我闭上眼睛，想象着把妈妈从病房带走，离开那碗喝了一半、墨绿色如同果冻的药，去了她最喜欢的地方，那是药湖保护区的观鸟台。我们幸福地沐浴在沼泽的气息里，四处闲逛。阳光暖暖的，妈妈的脸红扑扑的。远处草丛里有什么东西在闪光。走近后我们发现，那是一堆罐头盒。她从风衣口袋里拿出塑料袋，把罐头盒捡起来。"来吧，妈妈。别管那些垃圾了。"我催促道，一心只想玩儿，但她却没理睬。即便在我的梦里,妈妈也有她的原则。一旦我们发现某个地方,她会让那个地方变得更好。

斯坦奇菲尔德医生把我的思绪拽了回来。他给我们解释专家的诊断结果:心电图显示,妈妈曾有过几次心脏病发作,对她的心脏造成了大面积伤害。妈妈只是有点呼吸困难,怎么又变成了心脏病?我不知道事情怎么会变成这个样子。就像一条长长的路,上面没有任何警示标志,比如"当心落石",比如"侧风危险",然后危险就猛地现身了。我们怎么就到了这一步?妈妈又要在这里待多久?回到家,爸爸加热了一些速冻食品——"索尔兹伯里牛排"当晚餐,并打开电视机。他说我们可以边吃边看新闻,其实他是想让家里能有点声音。格雷厄姆·布鲁斯特,这位慈父般的主播会主持一些访谈节目。今晚他要访谈忧思科学家联盟[1]的一位成员。访谈主题是:如果发生核战争,我们的生活会发生什么变化。

"妈妈的情况现在转好了吗?"我问爸爸。

"我不清楚。不过她看起来没以前那么累了。"

"会有超过225吨的烟雾喷入空气。"那位麻省理工学院的物理学家说道。

"她什么时候能回家呢?"

"我也想知道,宝贝儿,但是医生没说,应该快了吧。"

烟雾会遮住太阳,引发冰河时代。

"我害怕。"

"吃点东西吧。"爸爸说。

不管现在的情况有多糟,科学家给出了结论,之后的日子只会更

---

[1] Union of Concerned Scientists,美国的一个非营利性组织。

恶劣。

我用叉子把盘子里的肉划来划去。我的肚子硬得像块石头，我的心跳得又慢又长，很迷茫。

晚饭后，爸爸躲到了书房。我把电话线缠在手指上，给玛丽·路易斯拨了个电话。电话占线。不是她姐姐安吉尔，就是她在煲电话粥。我往旁边看了一圈，确信爸爸没在附近。我拨了5896这串数字。罗比，你一定要在家啊。"喂？"他接起了电话，"喂？哪一位？"四个字，这是他对我说过的字数最多的话。我希望自己能和他聊聊，但不知道该怎么开口。我把话筒小心翼翼地放到电话托架上，但没有挂断。他的声音低沉，带着些诧异，这让我觉得没那么孤独了。

坐在卧室的床边，我抬头看向天上的满月。它也凝望着我。窗外，风掠过脆弱的树枝。我小时候害怕暴风雨，妈妈假装我的床是小船，风是波浪，鼓动着潮水在我们的草坪上起起落落，把我们带去远方。她没在家，风就不再是波浪了。它呼啸而去，奔向更好的去处。

十天之后，妈妈回到家，躺在床上。爸爸给她沏了一杯甘菊茶。她盖着一条柠檬黄的羊毛毯，我躺在她旁边，感受着她的温暖。妈妈身上，有股象牙肥皂的气味。外面天寒地冻，屋檐下悬着长长的冰柱，电线上覆盖了一层厚厚的积雪。天空是蓝色的，而我们的世界则是一片银白。

"我们今天很幸运，"妈妈指指窗外，"那么多老鹰。"

它们有时高高地飞过街对面的那片牧场，有时又低低地盘旋，寻找老鼠的踪迹。妈妈说观赏鸟类要比看电视好得多。

"我怀着你的时候，你爸爸和我会坐在窗边的位置上，一起看草坪上的知更鸟。我喜欢它们的胸脯，明亮艳丽，那是春天的标志。可你爸爸不喜欢它们吃虫子的样子。我告诉他，'把虫子想象成意面就好了'。"

"哇！"

"你也差点就变成了一只小知更鸟。你出生后，我告诉护士给你起的名字是罗宾，就是小知更鸟的意思。但你爸爸想让你叫莉莉，因为我们买这栋房子时，山谷里的百合花开得正艳。你出生后，爸爸看着你，你的小手紧紧地抓住他的小拇指。这让我想起了那些小花儿。爸爸俯下身，亲了亲你的小肚皮。他看着你的那个样子……爱得那么深……我就改了主意。"

她以前经常讲这个故事，但今天她接着补充道："爸爸每天辛苦地上班，他可不只是为了自己。他想让我们感到安全。他小时候过得挺苦的。所以在内心深处，他害怕失去一切。你能理解他吗？"

"有一点点。"

"人们有时候会很别扭，他们不知道该做什么或说什么。你永远不知道他们心里想的是什么。"

她说这话是什么意思？是说她自己吗？还是说爸爸？我听玛丽·路易斯的妈妈说，爸爸把自己当成华尔街的股票经纪人，他喜欢钱胜过喜欢人。

"爸爸太过分了。"我说。

"哦，亲爱的，真遗憾小婴儿没有记忆。你都记不起小时候爸爸多宠你了。爸爸整晚整晚地抱着你。"

她说，爸爸是一只鹰，冷静而勇敢。她的话让我对鹰有了更多的了解，无论是鹰爸爸，还是鹰妈妈，都要孵蛋，它们往往轮流坐在蛋上，等着鹰宝宝出生。

"人类会有家的概念，"她接着说，"但是鹅有没有呢？"

我耸耸肩。

"我们经常说一'嘎嘎'鹅。"

"那麻雀呢?"

"一'主子'麻雀。"

"老鹰呢?"

"一'阴影'。"

听起来就跟小鸟节目秀一样,我咯咯地笑了起来。

"你知道人们怎么称呼渡鸦吗?一'不仁不义'渡鸦。"

这听起来真的太傻了,不可能是真的。我盯着妈妈的脸,以为她是在骗我,可她看起来很严肃。

"那乌鸦呢?"

"一'谋杀'乌鸦。"

"一'谋杀'乌鸦。"我重复道。[1]

我感觉自己又回到此前的美好时光,那时一切都那么美好。我紧紧地抱住她,希望一切都不会改变。我们偎依在一张大铜床上,内心温暖明亮。

早晨时分,爸爸和我陪着妈妈在厨房料理台那儿慢慢踱步。爸爸说错过一天的功课对我没什么影响。

"可我不需要像小宝宝一样被看护着!"妈妈说。

"医生说你应该继续留在医院里。"爸爸回答。

我们默默地吃完熏肉和鸡蛋,然后被妈妈推出了家门。

在学校里,我满脑子想的都是妈妈——至少在医院里她会得到

---

[1] 15世纪时,爱打猎的英国贵族们给许多动物贴上了量词标签,像是一"嘎嘎"鹅、一"鬼祟"狐狸、一"喳喳"雀鸟,以及一"谋杀"乌鸦,这些量词让猎人们可以相互交流他们对自然界动物的感情,然后再射杀它们。

照看。数学课上到一半的时候,蒂芙尼·艾弗斯敲了敲我的椅子说:"嘿,笨蛋。古丹老师问了你一个问题。"我抬起头,看到古丹老师压根儿就没看我。放学铃响起的时候,我冲回了家。我看到爸爸、妈妈坐在靠窗的位子上。我绕到后门,悄悄穿过厨房走了进去。

"医生建议给你找个护士。"我听到爸爸说。

"看在上帝的分儿上,不要!我感觉很好。"

"莫非家里有外人让你不适应?可我觉得莉莉会轻松点。"

他说得对,我会轻松些。"你会请谁来帮忙?"妈妈问。

听到玛丽·路易斯妈妈的名字时,我的耳朵一下子竖了起来。

"我不想让朋友们看到我这副样子。"妈妈说。

"我只是说说。"爸爸退让了。

也许古斯塔夫森太太能帮上忙。我敲响了她家的门。这次我一直等着,直到她来开门。

"妈妈还在生病。"我告诉她。

"听到这样的消息,真让人难过。"

"我们家需要有人搭把手,这样妈妈就不会太累了。您能……"

"莉莉?"身后传来爸爸的声音,"你在干什么呢?我们该回去陪妈妈了。"

"我想我可以搭把手。"古斯塔夫森太太说。

"啊,不用了。我们自己能搞定。"爸爸回答。

古斯塔夫森太太看看他,又看看我:"我给你们做晚饭吧。我去拿点食材。"她走进家门,很快回来了,带着一捧蔬菜和一盒奶油。

她站在我们的厨房料理台前,开始削土豆皮。她削得真好,薄薄的土豆皮都能透出人影儿。

"你要做什么?"

"扁葱土豆浓汤。"

"什么是扁葱啊？"

"在蒙大拿州东部，扁葱是一种最容易被忽视的蔬菜。"

她把扁葱卷曲的根部剪掉，把白而纤细的茎撕开，切成小段。再扔进平底锅，扁葱在融化的黄油里发出噼啪的声音。一旁的锅中煮着土豆。然后她把扁葱和土豆放入搅拌机，搅打成糊状，加了点奶油，最后倒进大碗里。

"晚饭准备好了。"我叫道。

爸爸走在妈妈身边，像护工那样双手扶着妈妈的腰。以前爸爸妈妈亲吻的时候，我会不耐烦地翻白眼，但现在我希望他们能恢复原来那种亲密甜腻的样子。

客气寒暄之后，我弯下腰，从碗里舀起一勺汤羹放入嘴里。汤汁如丝绸般顺滑，就是有点太烫了。

"喝汤教会我们保持耐心。"古斯塔夫森太太说。她的背挺得笔直，拿起调羹，优雅地放入嘴中。

看到她的样子，我也收起刚才懒散的样子，腰背也挺了起来。

"真是美味。"妈妈说。

"这是我儿子最喜欢的一道菜。"说完这句话，古斯塔夫森太太眼中的光芒短暂地黯淡了一会儿，"只需要几样简单的原料，我们就能做出一顿健康的美味。然而工业食品公司却让美国人确信，人们没有时间做饭，只能吃罐头里无味的汤。但只要把扁葱放入黄油煎一下，那味道尝起来就跟天堂一样……

"缺衣少食的日子会让我们更加感恩。战争期间，我妈妈最想吃糖，而我更想念黄油的味道。"

"那时候很难买到食物？"爸爸问。

"是很难买到好的食物。我们只能吃用木屑烤的百吉饼,那还不是最糟糕的,最难吃的是用清水煮的萝卜汤。太可怕了!每天人们排起无数的队,想要购买各种肉类、奶制品、水果和蔬菜,但我们只能看到一堆堆的萝卜。等我来到蒙大拿州,你们知道我婆婆每次炖菜都会放什么吗?萝卜!"

我们都笑了起来。她一会儿讲这件事,一会儿讲那件事,把大家逗得哈哈大笑。至少在这一刻,她把我们从压抑的氛围中解救了出来。

当她站起来准备离开时,妈妈说:"谢谢你,奥黛尔。"

我们的邻居看起来有些惊讶。我猜她还不适应有人直呼其名。最后她说道:"乐意之至。"

第二天,当我和玛丽·路易斯放学回家时,我们听到父母卧室里传来的笑声。奥黛尔踢掉了高跟鞋,把摇椅移到了床边。妈妈刚刚洗过头,半湿的头发自然地卷曲着。她涂着和奥黛尔同样的砖红色口红。她真漂亮。

"你们聊什么呢,这么有趣?"玛丽·路易斯问妈妈。

"奥黛尔告诉我,她的公婆总是说不对她的名字。"

"他们管我叫'折磨'[1]。"

"不管好与坏,不管家公家婆是否疯狂,婚姻就是一场折磨。"妈妈说道。她俩都笑了起来。

我和玛丽·路易斯回我房间学习。我们听到妈妈问:"如果你不介意,我想问问你是怎么遇到巴克的?"

"是在巴黎的一家医院。当时应征入伍的军人必须征得上级允许才

---

[1] 奥黛尔的法文名字 Odile 与英文单词 ordeal(折磨)近似,故有此误会。

能结婚。巴克的上级拒绝了,于是他向上级发起了一次挑战,跟他玩一局纸牌——如果他赢了,就批准他结婚;如果他输了,他倒一个月的便盆。"

"看来他当时就非你不娶了!"

她们的声音低了下去,几不可闻。我和玛丽·路易斯向门边走近几步,想知道她们在说什么。

"他没告诉我,"奥黛尔接着说,"等我到了之后,才发现前面等着的是一场丑闻。我想回家,但连买回程票的钱都没有。我以为人们会原谅……倒不是说我需要他们原谅!"

"什么丑闻啊?"玛丽·路易斯低声问,"莫非她是跳康康舞的舞女吗?这就是人们不和她说话的原因吗?"

"是她不想和其他人说话。"我气愤地纠正道。

妈妈在病榻上度过了整个冬天。每天放学后,我就躺在她身边,告诉她学校里的故事。她点点头,但很少睁开眼睛。爸爸也待在旁边,随时准备给她沏一杯甘菊茶,用她最喜欢的那只杯子。斯坦奇菲尔德医生开了更多的药,但妈妈并没有好起来。

"为什么她还是起不来床?"爸爸问医生,我们三个在前门处徘徊,"只要稍微动一动,她就疲惫不堪。"

"之前的几次发作,让她的心脏受到极大的伤害,"斯坦奇菲尔德说,"她的时间不多了。"

"几个月?"爸爸问。

"不,只有几周了。"斯坦奇菲尔德回答。

这才是真相,爸爸搂住了我。

父母说学业很重要,坚持要我上学。但爸爸开始特意请上一段假回家照顾妈妈,从不离开妈妈一步。

"你缠得我快要喘不过气来了。"妈妈这样说。他们现在不吵架了,但爸爸似乎样样事情都做不对。他一惹妈妈生气,妈妈就会喘不上来气。这吓坏了爸爸,他只好回去上班。他日出时溜出去,天黑后再回来。因为怕打扰到病人,他就睡在沙发上。夜里,在家里最终安静下来之后,我能听到妈妈在呻吟。她的每一次呼吸、每一声咳嗽、每一声叹息都让我害怕。我蜷缩在床上,不敢去看她怎样了。

我告诉奥黛尔,妈妈晚上呼吸急促,说完之后我的心情就好多了。奥黛尔知道该怎么做。她甚至弄了张行军床,把它搬到妈妈床边,方便夜间照顾。当妈妈抗议的时候,奥黛尔再三保证这没有麻烦到她:"我曾和几十个士兵一起睡过。"

"奥黛尔!"妈妈叫道,猛地转头看向我。

"那是战争期间,在医院里,我就睡在病床旁的行军床上。"

晚上9点,后门吱呀一声响,爸爸回家了。奥黛尔从行军床上爬起来,来到厨房。我踮着脚尖跟在后面,把耳朵贴在大厅的镶板上偷听。

"你的妻子需要你,你的女儿也需要你。"奥黛尔说。

"布伦达说,看到我如此痛苦,她会觉得自己已经死了。"

"这就是为什么她不让朋友来看她?"

"她受不了眼泪,哪怕别人是为她流泪。她不需要怜悯。我想陪着她,但她现在想要保持距离,我想最好按照她的心意做。"

"你不想有任何遗憾吧。"古斯塔夫森太太的语气从尖刻变成了温柔,她好像一位母亲。

"由不得我啊。"

妈妈突然咳嗽起来。她醒了吗？她需要我吗？我冲向她房间。

突然，我被吓住了，在床尾停了下来。在我身后，爸爸说："布伦达，亲爱的？"

奥黛尔推了我一把，想让我到妈妈身边。我拒绝了，用肩胛骨顶着她的手掌。妈妈伸出手来。我害怕牵住她的手，可我又害怕不牵。她抱住我，我在她怀里一动也不敢动。

"我的时间不多了，"她在我耳边呢喃，"我要离开了，勇敢点……"

我想说我会的，但恐惧夺走了我的声音。过了很长一段时间，她把我的身体从她怀里推开，依依不舍地看着我。妈妈悲伤的目光如一张大网，把我困在了里面。我想起了她说过的那些话：

婴儿在父母的爱中入睡。

一"嘎嘎"鹅，一"谋杀"乌鸦。

人们有时候会很别扭，往往不知道该做什么或说什么。

别因为这个而反对他们。

我们永远不知道他们心里想的是什么。

我想让你成为罗宾，但你是莉莉。

哦，莉莉。

巴黎，
1939 年 3 月

[第五章 – 奥黛尔]

"里德小姐给你打电话了。她想见你！"我和雷米刚进入家门，妈妈就告诉了我这个好消息。

我转向雷米，在他眼睛里我看到了自己，带着希望与解脱的旋涡。

"你真的觉得去工作是个好主意？"妈妈问我。

"当然。"我抱了抱她。

雷米把他的绿书包送给了我，说："祝你好运，你可以把借的书装在里面带回家。"

我急匆匆地冲到图书馆，生怕里德小姐会改变主意。我百米冲刺般冲过庭院，爬上螺旋楼梯，在她的办公室门前停下来。里德小姐拿着那支银笔，正在审阅文件。她的眼神有些疲惫，唇膏有些脱落，看起来很憔悴。此时已经过了晚上7点。里德小姐示意我坐下。

"我正在编制预算，在收尾阶段了。"里德小姐向我解释。这家图书馆是私人机构，没办法得到政府拨款，所有的花销，无论是买书费用，还是取暖费用，都来自信托基金和捐赠者。

"但你不用为此担心。"她合上了文件夹，"科恩教授对你评价很高，我对你印象也很深刻。我们谈谈工作吧。说句实话，我们本来想聘用其他候选人，但出于某种原因他们无法长期工作，而我们要求员工签为期两年的合同。"

"他们为什么不能长期工作呢？"

"有些人是外国人，法兰西离他们的家乡太远了。还有些人觉得跟公众打交道不容易。就像你在信里写的那样，图书馆就像避风港，我们的工作人员很辛苦，就是要确保这一点。"

"我相信我能处理好这一点。"

"工资不算高，有问题吗？"

"一点问题也没有。"

"最后一件事，工作人员周日要轮流值班。"

不会再有弥撒，也不会再有"潜在买家"了？真是好消息。"我想在周日工作！"

"这个职位是你的了。"女馆长庄严地说道。

我跳了起来："真的吗？"

"真的。"

"谢谢您。我一定好好干，不让您失望！"

她调皮地眨了眨眼，说："可不要打读者的头啊！"

我也笑了："如果做不到，我就不会做出承诺。"

"你明天就来上班吧。"她说，然后又去忙预算了。

我冲下人行道，想第一时间告诉雷米。他要去参加政治集会，希望能来得及。我在人行道上撞到了他。

"终于赶上你了！"

"结果如何？"他问道，"感觉你去了很久，好像待在那儿不回来了。"

"也就二十分钟嘛。"

"那也够久的了。"他嘟囔道。

"我得到了这份工作！"

"早就说过你能行的！"

"我以为你已经去集会了呢。"我说。

"你的事情比集会更重要。"

"你是大会主席，人家需要你。"

他把一只脚轻轻地搭在我的脚上："可我需要你。没有你，哪有我啊？"

回到家里，我又冲进起居室，妈妈正在那里给我织围巾。

"怎么了？"她放下织针问我。

"我是图书管理员啦！"我把她拉起来，绕着房间跳华尔兹。

一、二、三。

书、独立、欢乐。

"祝贺你，我的大小姐，"妈妈说，"真为你自豪。我们会说服爸爸的，我保证。"

为了更好地应对工作，我去房间复习杜威十进制笔记。昨天在卢森堡花园，我看到很多鸟儿（598）。总有一天，我要学会葡萄牙语（469）……这套体系里有跟"爱"对应的数字吗？如果给我自己进行编码，会是多少呢？

我想起了卡罗阿姨，就是她把杜威十进制介绍给我的。小时候我多么喜欢坐在她腿上听故事啊。几年之后，我九岁了，她带我去图书馆，给我介绍了卡片目录柜——一件不同寻常的木质家具，由一个个小抽屉组成，每个小抽屉上面都贴着一个字母。

"打开小抽屉，你就能发现宇宙的秘密。"卡罗阿姨打开标有"N"的小抽屉，里面是近百张硬卡片。她说："每一张上面都写着信息，可以打开整个世界。你可以看一眼，我敢打赌你能得到一份很棒的礼物。"

我往里面看去，并翻阅那些卡片。我突然摸到一粒糖果："牛轧糖！"

她教我怎么找到另一条线索，一串数字编码，可以让我们知道它存放在哪个区域、哪个书架，直到准确无误地找到那本书。真是一次名副其实的寻宝活动！

卡罗阿姨有着最纤细的腰身以及最聪慧的大脑。她的眼睛和妈妈的一样迷人。妈妈的眼睛像爸爸的海军衬衫，随着时间的流逝褪了颜色，但卡罗阿姨的眼睛始终亮晶晶的，充满了活力。她的阅读兴趣很广，沉迷于科学、数学、历史、戏剧、诗歌……她的书架都塞不下了，于是在她的梳妆台上，既有腮红和睫毛膏，又有多萝西·帕克和蒙田的著作，卡罗阿姨为这种混搭而自豪。她的衣橱里既有高跟鞋、长筒袜，也有霍勒斯·沃波尔和约翰·斯坦贝克的书。她把对书的爱、对我的爱注入我的生命，就像她在我耳后喷洒的香水——娇兰"一千零一夜"的气味。

回忆起往事，我明白了为什么我需要这份工作。

第一天上班,我比面试那天还紧张。要是我让里德小姐失望了呢?要是有人提问我不能回答呢?如果卡罗阿姨还和我们在一起就好了。然后她就来了。我本想告诉她这是第一天,她不用过来,但她抱着厚厚一摞的雪莱和布莱克的著作,来到我身边。她对我眨眨眼,我的紧张感一下子消失了。我想起了她说过的那句话:答案就在那里,你只要去找就行了。

"给大家介绍一下新同事。"女馆长轻快地说道。她先把我介绍给鲍里斯·内特切夫。他是法籍俄国人,和往常一样穿着蓝色的西装,打着领带,无可挑剔,和蔼可亲。他就坐在借书处,读者们排着队在他前面走过,就像在教堂里从牧师前面走过,为了领份圣餐,为了说上一句私房话。他知道哪本书能治愈心灵创伤,知道找什么机构代劳去买匹小马驹,他甚至知道在哪里买衣服。("我在德维尔酒店旁的市场那儿认识个店主,他是不会骗你的。")即使对面的人喋喋不休,他也不会厌烦,绿眼睛里始终闪烁着好奇、善意的光芒,从不熄灭。严肃的特恩布尔夫人说,他曾经是一位纯正的俄罗斯贵族。普赖斯-琼斯先生说,他曾经在俄罗斯的军队服役过。图书馆里的流言蜚语一点也不比书少。

鲍里斯以阅读疗法而著称于世。他知道哪本书可以修补一颗破碎的心,哪本书适合夏日,哪本书适合一场冒险。

记得十年前,卡罗阿姨走后,我第一次去了图书馆,独自一人在高高矗立的书架堆里流连,封面上突出来的书名不再像以前那样对我说悄悄话。我泪流满面地盯着一堆堆的书,视线越来越模糊。他注意到我了。

"你阿姨没带你来?"他神情忧虑地走过来问,"我们有段时间没见到她了。"

"她不会再来了。"

他从书架上抽出一本书,说:"这本书讲的是家庭,还有失去。它教我们怎样才能拥有快乐,即使是在情绪低落的时候。"

这本书写道:"我不害怕暴风雨,因为我正在学习驾驶我的小船。"时至今日,《小妇人》仍是我最爱的一部小说。

里德小姐说:"鲍里斯从学徒做起,现在已经对这个图书馆了如指掌。"

他跟我握手:"我认识你,你是这里的读者。"

我点点头,很高兴被人认出。我还没来得及回答,里德小姐又把我带到阅览室。我们走近一个靠窗写字的女人。灰白的头发勾勒出她的脸,鼻尖上吊着一副黑框眼镜。在她面前,关于伊丽莎白时代英格兰的书摆满了整张桌子。里德小姐向我介绍,她就是图书馆信托基金的受托人克拉拉·德·尚布伦伯爵夫人[1]。这个名字听起来很熟悉。我最近刚看完她的一部小说《玩弄灵魂》。一位伯爵夫人,竟然还是现实生活中的作家!

"正在研究另一本关于游吟诗人的书?"女馆长问道,"为什么不去我的办公室啊?"

"我不想搞特殊待遇。我和其他人一样,都是读者。"

我听了一会儿,从口音判断,伯爵夫人不是法国人,也不是英国人,莫非美国也有伯爵夫人?这个谜题只能改天再去解开了。

女馆长又带我去期刊室,我的岗位就在那里。一路上她给我介绍了她的秘书弗里卡特小姐(法裔瑞士人)、簿记员韦德小姐(英国人)和"书架管理员彼得"(美国人)。

---

[1] 克拉拉·德·尚布伦伯爵夫人,法国将军阿尔布特·德·尚布伦的太太,来自美国的朗沃斯家族。

我看到长长的书架上，摆着 15 份日报和 300 种期刊，来自美国、英国、法国、德国和像日本那样的远东国家。里德小姐告诉我，我还要负责图书馆的布告栏、简讯和《先驱报》上的亚米利加图书馆专栏。我吓傻了，担心自己无法承担这项重任。

"你知道，"她说，"我就是从这个地方做起来的，看看现在我做到什么岗位了。"我们看着读者们低着头，虔诚地捧起一本本书阅读，心中升起一股默契感。普赖斯-琼斯先生走了过来，他打着佩斯利纹蝴蝶结，又高又瘦，像只活跃的仙鹤。在他旁边的是另一位读者，留着浓密的白色络腮胡，身形如一头海象。"先生们，你们好！"里德小姐说，"来见见我们新来的同事吧。"然后她就回办公室了。

我告诉普赖斯-琼斯先生："谢谢您，我是按照您的建议整理出观点，写了那封信的。"

"很高兴你能得到这份工作。"他说道，脖子上的领结一摇一晃。然后他指着旁边的朋友补充了一句："这是我的老伙计，记者杰弗里·德·内西亚特。他认为图书馆的《先驱报》是他自己的。"

"又在散布谣言了，老兄？"德·内西亚特先生说，"撒谎是你们外交官最擅长的。"

"我是奥黛尔·苏谢，图书管理员兼裁判。"我开起了玩笑。

"你的哨子在哪儿？"普赖斯-琼斯先生问我，"和我俩在一起，你需要个哨子。"

"我俩吵架水平势均力敌，成了这里的传奇。"杰弗里·德·内西亚特先生吹嘘道。

"只有伯爵夫人能让我俩甘拜下风。"

"她挤到我俩中间，嚷嚷着让我们到外面去争吵。我那时就知道了她的厉害。"这位法国人凝视着克拉拉·德·尚布伦伯爵夫人说道。

"可把我吓坏了！我以为她要揪住我的耳朵不放呢。"

德·内西亚特咧嘴笑了："这位高贵的女士可以带我去任何她喜欢的地方。"

"我觉得她的丈夫不会同意你的说法。"

"而且他是位将军！所以，我得小心点。"

两人继续争吵着。我拿出一份份日报，熟悉图书馆里的杂志。很快我就沉浸在工作中，脑子里装满了历史、时尚和时事。

"小姐，奥黛尔？"

我沉浸在工作中，根本没听到。

"对不起，小姐？"

一只手搭在了我的胳膊上，那温热的触感让我回过神来。我抬眼望去，保罗就站在前面。

他每天要骑着自行车四处巡逻，被称为"燕子警察"。今天他穿着一套笔挺的骑警制服，看上去异常精神。海蓝色的斗篷衬得他身材高大，四肢修长。这只"燕子"一定是下班后直接飞过来的。

记得有一次，外面刮起了大风。我当时正在公园里读书，风把书页卷了起来，让我都不知道自己看到哪儿了。看到保罗，我的心怦怦跳起来，就像那些书页被风吹得翻来翻去。

我很高兴他能来，但我很快有了一个可怕的想法：他是爸爸派来做间谍的吗？

"你来这儿干什么？"我质问道。

"我可不是因为你来的。"

"我也没这么想。"我撒了个谎。

"很多外国游客向警察问路。我需要一本语法书提高英文水平。"

"我爸爸有没有告诉过你，我得到了这份工作？"

"我听他抱怨说女士们现在变得很高傲。"

"然后你就跟着这条线索找到了这里,"我的口气有些刻薄,"只要你想要,很快他就能把你发展成他的首席间谍。"

"你还不知道我想要什么呢。"他从邮差包里掏出一束花,"送给你的礼物,祝你处子秀一切顺利!"

我应该亲亲他的脸颊,以表谢意。但我实在是有些害羞,就把鼻尖埋在那束花丛里。这是我最爱的黄水仙,寓意是春天的希望。

"要我帮你找书吗?"

"我自己找吧,会是一次有趣的体验。"他举着一张借书卡说,"我打算在这里花点时间。"

保罗大步走向参考阅览室,把我留在过道里徘徊。他拿的那张借书卡是新办的,这给了我一丝希望。他是为我而来的,只是为了我。

我忙活了整整一个上午。大多数读者都能耐心等待,容我慢慢地找他们想要的期刊。只有一个人抱怨说:"为什么这儿就没人留心《先驱报》在哪儿呢?"后来我发现,那份报纸就放在德·内西亚特先生的公文包下面。

外面似乎发生了一场混战,我走出期刊室查看。在借书处,一个红脸膛的女人对着鲍里斯挥舞着一本书,嚷嚷着要图书馆必须停止借阅"不道德"的小说。鲍里斯拒绝了她的要求,那个女人怒气冲冲地走了。

"别这么吃惊,"鲍里斯对我说,"这种事每周至少发生一次。总有人认为我们的工作是保护人们的心灵,不会受到毒草的荼毒。"

"纯粹是出于好奇,"我说,"她说的是哪本书啊?"

"《斯塔兹·朗尼根》[1]。"

---

[1] 美国作家詹姆斯·法雷尔于1935年创作的三部曲。

"我要提醒自己,一定得读一读它。"

他笑了起来。

我望着他,忍不住想我俩竟然成为同事了,多么古怪又神奇。

"我有一样东西要给你。"他说。

"真的吗?"我问,希望他能帮我选本小说。没想到,他给我开列了一份七十本书的书单,要我找出来包好,给城外的读者寄出。我看了一下手表,已经是下午2点了。此前我一直忙于工作,还没顾得上吃午饭呢。时间还真有点紧啊。书籍的主题从"夏天",813,到"醇",841,为了这些宝藏我搜寻了三层楼的书。

到晚上6点钟的时候,我的双脚又酸又痛,头也昏沉不已。我从没觉得这样累过,哪怕是在考试周的时候。我和至少二十个人打过交道,却没记住一个人的名字。整天我都在讲英文,回答了几十个问题——法国人真的会吃青蛙腿吗?青蛙剩下的躯体部分又怎么处理呢?我可以进入档案室吗?洗手间在哪里?你在说什么呢,姑娘?大声点!等到下班时,我已经一句话都不想说了,大脑一片空白,就像打开一本小说,里面却是无字天书。

抱着已经打蔫的黄水仙,我走出图书馆。天已经黑了,很冷。严霜覆盖着小径上的鹅卵石,让它们变得又湿又滑。我脚上磨出了水疱,随着步伐起落一阵阵痛。只需要步行十五分钟就能到家,但在我看来得走上十五年。真是一种煎熬!我一瘸一拐地走着,突然发现在路的对面,一辆黑色汽车停了下来。在昏黄的灯光下,爸爸从车里走了出来,打开了车门。

"啊,谢谢爸爸!"终于可以说法语了,我松了一口气,瘫倒在座位上。这是早饭后我第一次坐下来。

"你饿不饿?"爸爸递给我一个精美的糕点盒。我打开,那是一小块费南雪。我先深深地吸了口气,陶醉在奶油的浓香中,然后才轻轻地咬了一小口。蛋糕在我的嘴里炸裂,我闭上眼睛,慢慢地咀嚼着。

"你还好吧?"爸爸问,"第一天上班就累成这个样子。没遇到什么令人头疼的事儿吧?"

"还好,爸爸。"

"在你这个年纪,"爸爸温柔地说,"我和妈妈刚刚从战争中熬过来。我们失去了很多朋友和亲人,很伤心。你才二十岁,我们希望你能享受青春,找个情人跳跳舞,而不是在图书馆当奴隶。"

"求求你,爸爸,今晚咱们不谈这个……"此前爸爸和妈妈不停地在谈论战争,谈到坦克、战壕、芥子毒气和伤残军人。"好吧,我们谈点别的。我知道你周日都要上班,所以邀请了一个年轻小伙子周三来咱家吃晚饭。这个人说他和你一样,很爱看书!"

[第六章 - 奥黛尔]

-

每天早晨图书馆开门前,我都会去其他部门旁观。星期一,我去财务部,我们的簿记员韦德小姐以思维敏锐和美味的司康饼而著称。她俯身在厚厚的账簿上,三支铅笔插入棕色的发髻里。她向我解释每个支出项目的名称,从取暖季的煤、柴火到书籍购置,甚至到胶水,一笔一笔,清清楚楚。

目前的简讯里已经有"艺术评论"和"推荐书单"两个栏目。我想再开个新专栏,从观察人的视角切入,做一些个人色彩更浓的内容。我问韦德小姐能否安排一次私人访谈,她同意了。

"你是哪种类型的读者呢?"我打开笔记本,问道。

"我在学校的时候就喜欢数学。数字比人更理性。这就是为什么我喜欢古希腊哲学家毕达哥拉斯和赫拉克利特的书。时至今日我们还在阅读他们的著作,运用他们的观点。"

"我和鲍里斯、里德小姐他们不一样。我不太喜欢和公众打交道。"她一边说,一边把第四支铅笔插入头发,"但我也希望能给这里做些微薄的贡献。过去的十年中,我为图书馆写了好几部书,主角要么是慷慨大方的捐献者,要么是加班加点、知识渊博的同事。其他人写的书是一行行的,只有我写的书是一列列的。"[1]

---

[1] 韦德小姐幽默地把做账过程比喻为"写书"。财务账簿由一列列的科目构成,记录资产捐献情况和员工薪资发放情况,所以韦德小姐说自己的书是"一列列的",主角是捐献者和图书馆同事。

跟她访谈就像欣赏一朵花慢慢开放的过程：她慢慢地敞开心扉，面庞如花瓣一样，因为激情而微微泛红。"谢谢你，"我高兴地说道，"读者们会喜欢你的回答，我也想找本赫拉克利特的书看看。"

周二，我去找"书架管理员彼得"。他在一众同事中个子最高，是图书馆里唯一可以够到书架最高一格的人。他会先按照图书的编码把它们放到推车里，然后放回书架上。我放两本书的时间，他能放十本。他体格健硕，像个拳击手。可是只要胖胖的弗洛特夫人一出现，他就会一路逃到休息室。然后我们就听到弗洛特夫人响彻书堆的呼唤："彼得，亲爱的，你在哪儿啊？"

周三，我去了儿童阅览室。那儿沿墙摆了一圈小书架，小桌子、小椅子摆在壁炉前，炉子里的火焰噼啪作响。这里的管理员是穆里尔·朱伯特，尽管我从没见过她，但视她为知己。因为当我翻阅想借的书时，经常会在借书卡上看到她工整的签名。过去一周，我就先后在《贝琳达》《一个美国黑奴的自传》《看得见风景的房间》，还有弗兰兹·卡夫卡的《变形记》的借书卡上看到她的名字。她打败我了！我一直以为她是个白发苍苍的老妇人，毕竟在阅读方面其经历如此丰富。没想到，她和我年纪相仿。她有一双锐利的紫罗兰色眼睛。她长得小巧玲珑，即使盘着一个如王冠般的高发髻，她的身高也没超过五英尺。

"是朱伯特小姐吗？"我问道。

她让我叫她比茨，这里每个人都这样叫她。曾有一位来自美国田纳西州的读者，在见到她后大叫："天啊，真是个超小号女孩！"[1] 于是她就有了这么个小绰号——比茨。她在自己最喜欢的作品的借书卡上

---

1 此处原文是"Why, you're just an itsy-bitsy thing"，其中 itsy-bitsy 来自法语，意思是"一点点、超小号"。Bitsy 音译为比茨。

见过我潦草的签名，那时她就想见见我了。

"我们真是一对心有灵犀的好书友。"她说，口气中没有一丝犹豫，就像人们说"天真蓝啊""巴黎是世界上最好的城市"那样肯定。我原本对"心灵伴侣"的说法有所怀疑，但我相信书友之间是可以心有灵犀的，两个人完全被阅读的激情捆在一起。

她喜欢陀思妥耶夫斯基的《卡拉马佐夫兄弟》。"我看完后，忍不住哭了。"她的声音因激动而哽咽，"一开始我是喜极而泣，因为有幸读到了这本书。紧接着是因为故事太动人了，我又哭了。最后却是因为失落而哭，因为我再也没法体会发现它时的那种惊喜了。"

"在已过世的作家中，陀翁是我的最爱。"我说。

"我也是。那尚在人世的作家呢？"

"佐拉·尼尔·赫斯顿。第一次借到《他们眼望上苍》时，我贪婪地掠过一个个章节，狼吞虎咽地扫过一行行文字，想知道紧接着会发生什么故事。珍妮不会嫁错人吧？'茶蛋糕'能满足我对珍妮的期望吗？但当我发现这本书就剩下薄薄的几页时，我内心恐慌起来，就好像所热爱的这个世界突然走到尽头，可我还没准备说再见呢。于是我就故意很慢很慢地读，好细细品味书中的那些场景。"

她点点头："我也是这样，让每一页尽可能地长。"

"这本书我花了四天时间就看完了，却放在手边整整两周时间。直到马上要到期了，我才把它放上还书台，手指却不愿意从封面上拿开。鲍里斯又帮我找到了三本赫斯顿小姐的作品。

"我贪婪地沉浸在这些小说中，就像遇到了我最爱的巧克力蛋糕，就像遇到了爱情。我是那么地关心书里的主人公，以至于分不清是书还是现实。我总觉得我和珍妮认识，某一天她会走进图书馆，然后请我喝咖啡"。

"我对自己心爱的人物也有这种感觉。"比茨说。

一位妈妈走上前来。"我儿子选了这些,"她举起两本故事书,"但是它们看起来被翻过很多遍了。"

"那是因为这些书很受欢迎啊,"比茨说,"要是您乐意,我们还有一些崭新的书,就放在'最新到货'的书架上。"

比茨用口型说了句"快去工作吧",然后带着母子二人去选书了。我往参考阅览室里瞟了一眼,希望能看到保罗,但他已经不在那儿了。失望之余,我继续走到自己的办公桌前,在那儿一个读者不耐烦地跺着脚,等着她要的《时尚芭莎》杂志。"你到底去哪儿了?"西蒙夫人斥责道。

我递给那个读者最新一期的杂志。杂志刚刚送来,外面包着棕色的牛皮纸。她的态度软了下来,说在家里她是排在最末的那个。她说话的时候,假牙在不停地扭动。她解释说身上所有的一切都是别人用过的,貂皮大衣来自一位死去的姑妈,假牙来自她的婆婆。只有在这里,她才能排到第一个,比别人都先看到《时尚芭莎》。这成了她的人生乐趣,尽管杂志里描述的东西她压根儿就买不起。"或者说穿不上。"她叹了口气,粗壮的手对着肥硕的身躯比画了一下。她在科恩教授旁边坐了下来。

我们的首席管理员鲍里斯出现了,西蒙夫人说道:"他们说在俄国大革命的时候,他失去了所有的财产,他只好来到法国从头开始。"

"不管处境如何,他都像是一位王子。"科恩教授说。

"他的妻子是位公主,或曾经是,现在是个收银员。看看这个有权有势的人,现在跌得多惨啊!"

"一个不用养家糊口的人才会这么说话。"

克拉拉·德·尚布伦大步走了过来,怀里抱着一大堆报纸。"说到贵族，"西蒙夫人窃笑道，"这里有位俄亥俄州来的伯爵夫人。"

"今天你帽子里装了只蜜蜂吗？说话怎么动不动就带刺啊！克拉拉是个优秀的受托人，知道怎么筹集资金。如果不是她，我们就没法坐在这里了。不管是谁，尖酸刻薄都让人看了生厌！"

巴黎，
1939 年 3 月

[第七章 - 玛格丽特]
-

　　玛格丽特在亚米利加图书馆的门口踌躇，紧张地摸着脖子上戴着的珍珠项链。这里安静得就像一所教堂，她不知道自己是否应该进去。玛格丽特当然不是美国人，她对阅读也没什么兴趣。但是在巴黎待了四个月之后，她是如此渴望和别人说说英语，不管和谁，不管说什么。在她看来，法语就跟鼻屎一样讨厌，她不得不在商店、理发店和面包店里和店员们费力交涉，因为他们都不说英语。她指指陈列柜，伸出一个手指头，表示她想要一个牛角面包。她用点头表示明白，耸耸肩表示没听懂。

　　在家里，丈夫劳伦斯说话最多。保姆南希照顾着女儿克里斯蒂娜。管家詹姆逊的工作效率和在伦敦时一样高。没有人需要她。玛格丽特压根儿就不用说话。

她以为自己会爱上巴黎。高级时装,内衣,香水,但一个人购物并不好玩。她在店里试穿衣服,但旁边没有朋友品评。更重要的是,玛格丽特想要听到妈妈的意见:这件礼服的颜色适合她吗?她应该抓住劳伦斯的心,还是随他去?在巴黎,玛格丽特感受最深的不是让娜·浪凡的华丽礼服,也不是女人们戴的时髦帽子,而是她有多么想念妈妈。

玛格丽特对法郎的购买力也不是很明白,商店里的女店员竟然借机骗她。她要买一双长袜,她们用晦涩难懂的法语告诉她,七十五法郎是每只袜子的价格,而不是每双。但有个巴黎本地人就排在玛格丽特后面,刚好买的是同一款长袜,价格却是她的一半。玛格丽特没办法反驳,气得直跺脚,那些店员却咯咯地笑,笑话她这个冤大头。

她不再出门,不再去商场里试衣服。她要么在公寓里烦躁地转来转去,要么穿着晚礼服蜷缩在椅子上哭泣。身处世界上最美丽的城市,她却觉得万分痛苦。这话说出去谁会信啊!当初她是怎么跟朋友吹嘘的!我要去浪漫之都!哈哈!法国人会殷勤地围着我调情!哈哈!香槟!巧克力!你这辈子一定要去趟巴黎!但真相来了,她是多么尴尬!她宁愿死,也不愿意再跟朋友们联系,电话不接,信件不回。在朋友们看来,从离开伦敦那一刻开始,玛格丽特就彻底失踪了。

这天早晨,管家詹姆逊进来通报,说领事夫人戴维斯太太前来拜访。这是个和蔼可亲的女人,就是穿着有点老式保守。玛格丽特冲向镜子。她的头发乱七八糟,都不记得什么时候洗的头。她的眼睛充血很厉害,看起来可怜兮兮的。她又羞又气,本想让管家拒绝戴维斯太太,但她太渴望和朋友聊聊天了,而戴维斯太太是她的第一位访客。她把污渍斑斑的睡衣脱下来,换上了一件漂亮的藤蔓纹连衣裙。领事夫人同情地看了她一眼,坚持让她当天下午去巴黎的图书馆看看。现在她来了。

空气中弥漫着友谊和亲情,让人轻松自如,她以前压根儿就没感受过。女人们不会问:"你丈夫是做什么的?"但她们会问:"你最近在看什么书啊?"玛格丽特叹了口气。尽管那么多人聚在一起闲聊,但她却融不进去……

"欢迎来到图书馆。"

这个图书管理员的连衣裙有点单调,但她长得很漂亮,头上戴着一个黑色的蝴蝶结。她的眼睛闪闪发光,就像马乔里·辛普森的第二任丈夫送她的结婚三周年纪念宝石。劳伦斯不再向玛格丽特送那样的宝石了。

"你在找什么,需要我帮忙吗?"

玛格丽特咬着发僵的嘴唇,她第一次希望自己能说出她想要什么。但她抑制住自己,故作轻松地问道:"你们这里有给我女儿看的书吗?她四岁。"

图书管理员歪了歪头:"《山羊贝拉》这本书怎么样?"

"你不知道,能到一个可以说英语的地方对我来说有多放松。巴黎的那些外国佬……"玛格丽特停了下来。她似乎说错了。她说出来的所有的话都是错的。"当然,我知道这是法国,我才是那个外国佬……"

"这儿很适合你,"图书管理员安慰说,"我们有很多来自英国和加拿大的书迷。"

"太好了。你能给我拿几本书吗?"

"多萝西·惠普尔的小说怎么样?她的《小修道院》是我的大爱。"

玛格丽特的本意是想看点杂志。自打在私立学校被枯燥无味的乔治·艾略特折磨后,玛格丽特就再没有翻开过一本书。

"或者《明星助理》,一本给成人看的灰姑娘故事?"

玛格丽特能看懂童话。

"如果你在法语学习方面不太灵光,我们有一些很棒的语法书。让我找找……"图书管理员把注意力都放在她身上,继续推荐。

玛格丽特被这种关心感动了。在大使馆组织的各项活动中,即便人们会跟她交谈,也总是一只眼睛看着她,一只眼睛瞟着周围。只要看到更值得交往的对象,他们往往话没说完就撤了。

"如果你想看,"图书管理员补充了一句,"我们有《时尚》杂志。"

她看起来有些失望,所以玛格丽特说:"我还是看那些书吧。"

图书管理员立刻热情高涨:"走啊,咱们一起去拿。对了,我叫奥黛尔。"

"我叫玛格丽特。"

奥黛尔没有走向书库,而是径直爬上楼梯。玛格丽特跟在后面,她们穿过一扇"职员专用"的小门,玛格丽特问道:"咱们要去哪儿啊?"

"马上你就知道了。"

在小小的休息室里,奥黛尔把一盘原味司康摆在桌上,并配了两个茶杯,还是不一样的。她又转过身,把水壶放在加热板上烧水,玛格丽特把手指放在粗糙的司康表面。这盘司康看起来和妈妈做的一模一样。是的,巴黎充满了美食的乐趣,她也沉迷于那些令人堕落的甜点。然而,她更想吃到熟悉的味道。

奥黛尔坐下,向旁边的座位做了个手势。"Raconte……这个法语单词的意思是'讲讲你的故事吧'。"

自从来到巴黎后,玛格丽特第一次觉得开心且很自在。

[第八章 - 奥黛尔]

夜幕落下,这是昼夜交替的神奇时刻。读者们纷纷借完书离开了,静寂如一张网,笼罩在空荡荡的桌椅之上。我喜欢此时的图书馆,静谧得仿佛独属于我自己。

鲍里斯拿出一本厚厚的皮革账本,我帮他记录今天图书馆的情况:287 位读者进馆,借出 936 本书。还有位孕妇晕倒了,此前她读过《准妈妈》一书第 43 页。

"时间有点晚了,"他说,"你不用待在这儿。"

"我想留下来。"

鲍里斯指指空荡荡的阅览室,在灯光照射下,他的手留下一个优雅的剪影。"像天堂一样,不是吗?"

我们开始了一场夜场芭蕾。过去一个月的排练,让我们配合得尽善尽美。他去检查窗户有没有锁好,窗帘有没有拉上;我负责把椅子放回原处,调暗灯光,用这种方式提醒那些沉迷的书虫,图书馆要关门了。我和鲍里斯一起整理桌椅,谁也不想多说什么。尽管还有很多问题需要讨论,很多任务需要分派,但所有的事儿都可以留到明天。整整一天,我们都忙着回答各种问题。这段安静的时光,是我们应得的犒赏。我一直在琢磨,鲍里斯以前是不是个贵族,就像西蒙夫人说的那样。不知道他对我是否足够信任,愿意告诉我他的过去……

今晚轮到我赶人了,我开始巡查。我路过非虚构书籍阅览区域,注意到白天没留意的细节，譬如今晚的公告栏主题是"怎么用纸袋子烧开水"。在阅览室，我在书架间仔细查看，竟然邂逅了一个最大的惊喜——保罗。他正在仔细研读一本英语语法书。

他亲吻我的双颊，我试着把他的气息吸入体内。他的皮肤散发出烟草的气息，有点正山小种特有的烟熏味儿，那是我最爱喝的茶叶。我本该走开，但那些书就像宠溺孩子的监护人。

"到关门时间了吗？"他问，"抱歉占用了你的时间。"

"你太客气了。"就占用我的时间好了，让我一直和你在一起。

"我已经来过好几次了……"

"真的吗？"

"但你每次都忙着照顾其他读者。"

保罗和我中间只隔了几厘米，但感觉还是太远了。我又走近一步。他的唇在我的唇上轻轻擦过。我伸出双手，轻轻碰到他的脸颊。如果昨天有人说我会在书架之间亲吻，我会控诉他吃了迷魂药。但这种温柔的碰撞感觉如此完美又正确。

我曾在小说中读到过激情，安娜和弗伦斯基，简和罗切斯特先生。我被他们之间的爱感动得浑身颤抖，或者说我以为我非常感动。但任何书面描述都不足以传达这个吻给我的喜悦。

镶木地板上传来高跟鞋的嗒嗒声。我和保罗都迅速地后退了一步。尽管躯体分开了，但我身体的每寸肌肤，还有我的血液，我的骨头，仍然感受着他的触摸。

"原来你在这儿啊。"里德小姐说，看看我，又看向保罗。

"谢谢你，呃，苏谢小姐，"保罗说，"现在我知道在哪儿能找到那些资料了。呃，跟过去分词有关的。"他举起那本语法书，然后冲出了房间。

女馆长忍不住咧嘴笑了:"韦德小姐在等你呢。"

"韦德小姐找我?"

"今天是发薪日。"

当然了!发工资了,我怎么忘了这回事呢?

"得到第一笔薪水,你打算怎么花呢?"

"怎么花?"我的脑子里还是晕乎乎的。

"当然,你肯定想要存起来一大半,枪里总要有颗子弹嘛。学会储蓄很重要,但还有一件事也很重要,就是买些小礼物,对那些一路鼓励你的人表示谢意。"

"您想得太周到了。"真希望这是我自己想出来的主意,"您当初都感谢了谁呢?"

"我的妈妈,还有我最好的朋友——我和他们一起看小说。"她说,"好了,别让韦德小姐久等。"

今晚的簿记员情绪不错,发髻里只插了两支铅笔。我们一起坐在她的办公桌旁。

"你对希腊哲学家赫拉克利特的评论是对的。我喜欢他的那句名言,没有人会两次踏入同一条河流。"我对她说。

"我们唯一能指望的就是变化。"她同意道。

她算好我的薪水,每一法郎都意味着一个胜利。我要回答读者们提出的一个个问题,有时绞尽脑汁还是毫无头绪。白天大部分时间我得说外语,晚上还要忙着读书,好对读者做推荐。我喜欢这份工作,但没想到挑战如此之大。

我把钞票塞进口袋里。这是我想要这份工作的真正原因:我需要钱,钱能给我安全稳定感。我可不想像卡罗阿姨那样一贫如洗、孤苦终老。

第二天下午，我去银行把薪水存了起来，只留下几法郎做零花钱。然后我去车站，买了到枫丹白露的车票，准备送给雷米，以感谢他的坚定支持。比起音乐和书籍，他更喜欢在森林里漫步。我本想在吃晚饭时把车票给他，结果他只吃了几口就溜下了饭桌。

"他就没怎么吃，他是不是不爱吃我做的饭了？"妈妈抱怨道。

爸爸抓住妈妈丰满的手，说："这是一顿美餐。"

"可是这些天，你更愿意在外面吃饭。"她尖刻地说。

"亲爱的，你听我说……"爸爸柔声劝道。

"你为什么不去看看弟弟呢？"妈妈对我说。

雷米正在书桌前忙碌着，一些文件散落在他面前。我把车票递给他。换成以前，他会兴高采烈，迫不及待地立刻出发。但今天，他只是心不在焉地亲亲我的脸。变化是悄无声息地开始的，他开始……远离我了。即便他的人可能还和我们在一起，心却早就飞走了。我想念他。现在，他什么也没说，也没有继续写他的文章。

"你今天去上课了吗？"

"如果没人尊重法律，学习它们又有什么意义？德国已经控制了奥地利……日本士兵正在中国烧杀抢掠……世界已经疯了，大家却不管不顾。"

或许他说的是对的。国境线之外的冲突过于遥远，但读者之间的争执却是实实在在发生的。我想起了最近的一次大辩论。我把一张纸从中间卷起来，卷成个纸筒放在脖子旁。"正方辩手是普赖斯-琼斯先生，戴着佩斯利纹蝴蝶结。"我把纸筒挪到嘴边，"反方辩手是德·内西亚特先生，留着毛茸茸的海象胡子。"

蝴蝶结："重整军备才是正路！我们需要为战争做准备。"

小胡子："我们需要和平，而不是更多的枪支。"

蝴蝶结:"鸵鸟!别把头埋在沙子里。"

小胡子:"鸵鸟比蠢驴要好。在'一战'时……"

蝴蝶结:"不知道你为什么总是喋喋不休地谈'一战'!唯一不变的就是你那糟糕的发型。"

雷米笑了。"如果你觉得很有意思,就应该去图书馆看现场直播。"

"可我这篇文章快……到截止日期了。"

"来吧,"我柔声劝道,"你应该去的,你会看到人们很关心你。"

星期四儿童阅览室的"一小时讲故事"时间是我最喜欢的活动。我喜欢看那些小不点儿听故事入迷的样子,就像我和卡罗阿姨以前那样。在去儿童阅览室的路上,我往参考阅览室里瞄了几眼,没有看到保罗。《伤心之死》[1],823。我劝慰自己他不可能每天都来图书馆报到。我又想到了那个吻,忍不住抬起手指放在了嘴唇上。或许这一天会很快到来?

在儿童阅览室,我走到壁炉边上,几个妈妈正聚在一起聊天,有一个远远地站在一旁。

"你好,"她一边跟我打招呼,一边摆弄着她的珍珠项链,"很高兴再次见到你。"

是那个孤独的英国女人。玛戈?不对,是玛格丽特。

"《小修道院》这本书太棒了,"她继续说,"我太喜欢它了,所以又借走了惠普尔夫人写的另外三本书。我以前不怎么看书,但现在我下定决心,要和女儿一起读书,每天都要读。"

"哪个是你的女儿?"

---

[1] 《伤心之死》(*The Death of the Heart*),英国作家伊丽莎白·鲍恩的代表作,入选《纽约时报》评选的20世纪最好的英文小说之一,主题是老谋深算的人背弃了单纯无辜的人。

玛格丽特指了指一个金发小女孩,就坐在鲍里斯家的小姑娘埃琳娜旁边。这些小女孩一边热火朝天地聊着天,一边随时等着比茨开始。我眯起眼睛看向门框上方的挂钟,惊讶地发现雷米进来了。他绕过这群孩子,来到我身边。

"很高兴看到你来了。"我说。

"你弄出了那么一场独角戏,我还怎么拒绝得了呢?我想找个你喜欢的地方,和你多待一会儿。一直以来,咱俩都很忙……"

"你这不是来了嘛,这才是最重要的。"

比茨蹲在一张凳子上,翻看着一本书。她清清喉咙,房间里静了下来。二十个小孩慢慢靠近她。这次她读的是《梅西小姐》,她的语气越来越强烈,目光扫视着所有的小观众,传递着人物的感情和心理变化。一个男孩被迷住了,伸手摸了摸她的长裙,裙边在她的芭蕾舞鞋上飘荡。

比茨又多了一个粉丝,雷米的眼睛就没有离开过她的脸。故事结束了,他率先鼓掌,其他人纷纷跟进。

"这就是你说的'书友',"雷米说,"她真的像你一样博览群书吗?"

"可能比我看得还多。"

"真是个天才。"他说。

"她让角色栩栩如生。"

"不,她变成了角色本身。"他大步流星地走向比茨,我跟在后面。

"你讲得真棒。"他说。

"谢谢。"她低声说道,眼睛害羞地盯着地板。

我想把雷米介绍给我的老熟人,普赖斯-琼斯先生和德·内西亚特先生。我拽拽他的衣袖,可他没注意到。

"你一定口渴了吧,"他对比茨说,"一起去喝杯柠檬汁?"

这是我第一次看到他拜倒在女人的石榴裙下。在此之前,至少有六个女同学主动和我做朋友,目的就是接近他。每次我给他介绍一个女孩,他只会彬彬有礼地倾听,但从不主动开启谈话。真希望比茨能接受他的邀请。她可以早点下班嘛,至少今天可以。

她把手放在他的臂弯里。他幸福地闭上了眼睛,似乎是在说"谢谢你",然后两人就一起离开了。他们不是故意丢下我的。

鲍里斯拍拍我的背。"好消息来了,"他说,"我们要捐赠一些书。"

"坏消息呢?"

"有三百多本呢,由你来整理。"

他给我一份书单,我读着那些书名,从顾影自怜的哀伤中回过神来。尽管雷米的拜访没有达到我的期望,但还有下一次呢。

"一开始得知图书馆要给各个大学送出去几千本书时,我可佩服了。当然,在你告诉我这个坏消息之前,没想到我就是那个要打包装箱的倒霉蛋儿!"我开起了玩笑。

鲍里斯笑了起来:"这种事你做得比我好得多。"

后面的房间里堆满了空箱子,还有一摞摞的书。我对一本精装书说了声:"一路平安!"然后将其放进为伊朗德黑兰亚米利加学院准备的板条箱里。第二本书进入的是为意大利海员协会准备的板条箱,之后的三本书被丢进的箱子要送往土耳其。这份工作很枯燥,我以为自己忙活了好几个小时,但一看钟,只过了十分钟。唉,这注定是一个漫长的、孤独的下午。

有人急促地敲门,是玛格丽特。她说:"我问前台那个人你去哪儿了,他就把我送到这里来了。"

"真希望有人能做个伴儿。你愿意搭把手吗?"我问,然后注意到她的粉红色丝绸连衣裙。如果她留在这里,她的衣服会被灰尘弄得很脏。还有,穿漂亮时装的女人是不会干体力活儿的。

"为什么不呢?反正我也没有更好的事情要做。"

我主动提出去接她女儿,她说克里斯蒂娜愿意和埃琳娜和鲍里斯交朋友。我教她如何找到每本书的目的地。她优雅地在板条箱之间穿行,小心翼翼地给书打包。"Bon voyage(一路顺风)。"她对每本书都小声祝福道。

我盯着她。

"你一定以为我疯了,居然跟书说话。"她说。

"才不会。"

"我在学校学过法语,不过差不多快忘光了,'Bon voyage'是唯一还能想起来的。妈妈说得对,当初我就该更努力一点。"

"现在也不晚啊!我教你说些常用语。我们说'Bon vent'是'好风'的意思,是希望某人有好运,或者进步神速。我们一般说'Bon courage'来给别人鼓劲儿。"

"Bon courage(加油)!"她对着一本化学手册说。

"Bon vent(一路顺风)!"我对着一本数学入门书说。

我们一边咯咯地笑着,一边给每本书送去祝福。

"你为什么来巴黎啊?"我问她。

"我先生是英国大使馆的专员。"

"一个很好的社交圈子。"

"不如说是个残酷的圈子,"她皱起了眉头,"哦,请别告诉其他人我这样说。你也看出来了,我这心直口快的样儿,肯定当不了外交家。"

玛格丽特一下子变得害羞起来,回身开始整理书籍。

"你一定见识过很多隆重的外交活动。"我说,希望她能给我讲讲那些社交晚宴。

"昨天我去荷兰大使官邸了,那里有场茶会。但我觉得在你这儿更快乐。"

"这怎么可能?你一定能遇见来自世界各地的人。"

"他们只对我丈夫感兴趣,而不是我。"泪水从她涂了胭脂的脸颊上滑落下来,"我想我妈妈,我想和朋友们一起喝茶。"

我不知道该怎么回应。里德小姐说,外国人在巴黎经常会想家,图书馆的同事们可以帮助他们缓解孤独。

"我不是故意的。"玛格丽特轻轻擦干眼泪,"我妈妈叫我'漏水的茶壶',说我爱哭。"

"很快她就会叫你'来自巴黎的太太'了。"我把最后一个板条箱的盖子盖上,"你真是帮了大忙了。"

"真的吗?"

"你应该在这里做志愿者。"

"我没有受过训练,要是我做错了怎么办?"

"这是个图书馆,又不是手术室!即便你把书放错了位置,也没有人会因此挂掉的。"

"我不确定……"

"你会交到新朋友,我还可以教你法语。"

我陪玛格丽特一起走到院子里,她女儿正在和埃琳娜一起玩耍。黄昏来临,朦胧的微光笼罩着城市。黄昏悄悄地越过墙壁,爬上草坪,经过大缸里那棵常青藤,朝图书馆袭来。黑暗很快就会降临,阅览室里的灯亮了,发出温暖灿烂的光芒。透过窗户,我们看见西蒙夫人偷偷地环顾四周,然后从包里掏出一条卷毛狗。她把小狗放在膝上,和科恩教授一起揉它的肚子。她俩沉浸在自己的幸福里，没注意到鲍里斯和他的妻子安娜躲在角落里。两颗黑黑的脑袋几乎靠在了一起，虽然没有接触，但有一种温柔的爱在他俩之间传递。特恩布尔夫人抬起瘦骨嶙峋的手指，指着自己的嘴发出嘘声，她的严厉让学生们不寒而栗。可怜的"书架管理员彼得"，他的绰号叫海狸，此时一头扎进了书堆，躲避那位像寻找猎物一样跟踪他的夫人。而我们的簿记员已经发现他的踪迹，她及时捂住嘴巴，免得笑出声来。

玛格丽特注视着这一幕幕场景徐徐展开，目光中流露出渴望。我有种直觉，她需要我们的图书馆，而我们的图书馆同样也需要她。越过沾满灰尘的书籍，我们的交谈像塞纳河一样奔流不息。真希望她能加入我们的阵营。

巴黎，
1939年6月和7月

[第九章 - 奥黛尔]

那段时间正是考试周，每一张桌子都被人占用了，除了一个地方。格罗让先生戴着橘红色的耳罩，就站在阅览室的中央。我和鲍里斯一边观察他，一边各自抱臂在胸。鲍里斯问我："我们这位不同寻常的老主顾想干吗？"

"叫我以实玛利。"格罗让先生开始大声朗读，"几年前……别管究竟是哪一年……我的荷包里只有一点点钱，也可以说是不名一文。岸上也没有什么特别令我留恋的东西，我想我还是出海航行一番吧，去见识见识这个世界的海洋……"鲍里斯指着一张空椅子，请他坐下来安静地看自己的书。但这位先生却回答道："如果我坐在这些喷香水的犹太人旁边，我会下地狱。"

里德小姐走了过来，眉头紧锁着，嘴唇抿得紧紧的。这是我第一次看到她生气。那位先生往后退了一步。"我一会儿再来找你！"里德小姐简练地说。她先把那些年轻女孩召集在一起，她们都是索邦大学的学生。她向她们道歉，承诺会让她们有个安静的学习环境。之后她狠狠地训了格罗让先生一顿："在这个图书馆里，不允许你这样说话。"

"其他人也是这么想的，我只是说出来了。"他嘟囔道。

"你就不该这么想。"她说。

"用不着你告诉我该做什么！"他挥了挥手，差点打到她。

鲍里斯抓住格罗让先生的胳膊，把他拽到了门口。没想到穿着毛衣背心、打着领带的鲍里斯，竟然可以成为称职的保镖。

"我还没读完那段呢！就是'我的灵魂如潮湿的11月，细雨蒙蒙'那段。"[1]

"你也有灵魂？"鲍里斯问。

"放开我！"

"别摆出一副受害者的样子，"鲍里斯把格罗让先生推了出去，"是你冒犯了别人。再敢多说一个字，我保证你这辈子都别想再进来。"

里德小姐安抚了因为这一突发事件而有些心烦意乱的读者。我决定去看看鲍里斯。我在院子的尽头找到了他，那里种了一些深红色玫瑰，这些玫瑰是图书馆的看门人种的，他把这些玫瑰当成自己的孩子，没事儿就喜欢跟它们说说话儿。鲍里斯靠在墙上，手指间捏着一根吉坦香烟。

"你还好吗？"

他没有回答。我跟他一起靠在墙上，看烟雾舒展升腾。

---

[1] 格罗让先生诵读的这段话来自《白鲸》一书。

"大革命后,我被迫离开祖国,"他说,"离开是痛苦的,但我弟弟和我都相信,我们来的这个国家会更好,更有智慧。难道法国不是启蒙运动的发源地吗?在我们那里,多少人死于那场大屠杀啊。我们的邻居被杀了,只因为他有犹太血统。所以当我听到那人说……"

"听你这么说,我很难过。"

"仇恨无处不在,"他又吸了一口,吐出的烟圈像一声叹息,"甚至在我们的图书馆里。"

爸爸说的是对的,和公众打交道有时会让你心情沮丧。在回家的公交车上,我朝着窗户,借着微弱的光线,一头扎进《他们眼望上苍》一书。

书里是这样写的:"她知道了一些人们从来没有告诉过她的事情,譬如树木和风的语言。她常常和掉落的籽粒说话,她说,'我希望你落在柔软的土地上'。因为她听到过籽粒在落下时彼此这样说。她知道世界是在苍穹这片蓝色草场上撒欢儿的小公马。她知道上帝每晚都把旧的世界摧毁,在天亮时再建起一个新世界。看着这个新世界随着太阳的升起而成型,从灰色的尘雾中脱颖而出,实在是太美妙的一个场景。熟悉的人和事使她失望,因此她在门外徘徊,向远方的大路望去。"

当公交车尖叫着因为红灯而停下时,我才从书本里回过神来。这是哪儿啊?我四处打量,想要找个熟悉的地标,结果看到了爸爸上班的警署,那是一座巨大而森然的建筑。这里离家太远了,如果爸爸还在上班,我就可以搭个便车一起回家。我朝街上张望,想看看爸爸的汽车是否还在,却意外地发现了爸爸。软呢帽低低地压在他的眉毛上,臂弯里还有一个女人。她或许是某个犯罪事件的受害者吧,正接受他的安抚。我猜她是一个被强盗打劫的店家。我又留意到他们身后那栋建筑，上面挂的招牌是"诺曼底酒店"。不对，她要么是前台接待员，要么是酒店的女仆。她对着爸爸说着什么，爸爸咧嘴一笑，然后吻了她一下。我惊呆了，他吻的不是脸颊，而是嘴对嘴的深吻。

他怎么能这样对妈妈？那个妓女头发稀疏，脸上疙疙瘩瘩的，一点也不漂亮。我把脸塞进书里，想把那可怕的影像从脑海中抹掉。幸好，交通灯变绿了，公交车在鹅卵石上颠簸着，把我带走了。

我觉得很不舒服，于是在下一站下了车。我走路回的家，一边走，一边想弄明白这是怎么回事。这件事到底发生多久了？妈妈做错了什么，要遭到这样的对待？或者因为她没做什么？我在脑海中搜寻，寻找蛛丝马迹。我想起那次妈妈说他更喜欢"在外面吃饭"。她指的是外遇吗？

在门厅里，我放下书包，大声喊着雷米。他正在读《人鼠之间》。"可以让斯坦贝克等会儿。"我说。先是雷米，然后是我，我们顺着地板爬到我的床下。一片黑暗，阳光从来都照不进来。这是我俩的秘密空间，远离父母，也远离这个世界。爬到那里，就像回到了童年，这种感觉真好。小时候大人们总是最后才在这里找到我们。

我激动得几乎喘不上气来，语无伦次地说："爸爸，和一个女人在一起，不是和妈妈。"

"这有什么大惊小怪的？"

他的漠不关心让我更加痛苦。"你竟然知道？你为什么不说？"

"我们不必什么都告诉对方。"隔膜，这是从什么时候开始的？

"那些大人物都有情妇，"他接着说，"就像一块金怀表，它是一种身份象征。"

雷米真是这样想的？保罗也会这么想吗？爸爸的外遇是一种背叛，不仅背叛了妈妈，也背叛了这个家庭。雷米为什么就看不到这点？我仔细张望，还是理解不了雷米的表情。我不知道他在想什么，我也不知道自己该怎么想。我紧紧抓住旁边的床垫线圈。

最后他说："比茨说过，成熟的一个标志就是意识到，再亲的亲人也有自己的生活、自己的愿望。"

比茨说过。

我记得类似的情形还有一次，我俩有好长一段时间无法坦诚相待。那是我们九岁时的夏天，他得了肺病，只能躺在床上。妈妈在他瘦削的胸膛上涂满了芥末药膏，以缓解瘀血。我一直陪着他，有时大声读书，有时看着他打瞌睡。每天如此，除了星期天。我还要和妈妈以及卡罗阿姨和莱昂内尔姨夫一起去做弥撒。我喜欢莱昂内尔姨夫，因为他一直说希望有个和我一样的女儿。他这么说让卡罗阿姨总是啜泣。妈妈坚持认为上帝会保佑他们的，很快他们就会有个孩子。但一向自认为全知全能的妈妈这次只说对了一半。

莱昂内尔姨夫开始不去做弥撒了，卡罗阿姨总能轻易找到理由：他身体有点不舒服，他要带客户去加来[1]。没人意识到他俩之间出了问题，直到最后她自己说了出来。我们最后一起走出教堂那次，妈妈说："真高兴这里都是女士。"

我蹦蹦跳跳地走在前面，梦想着弥撒后的美味甜点。

"你这么想，我很欣慰，"卡罗阿姨说，"我有一个消息要宣布。"

她的语气中带着刺，让我也停了下来。我竖起耳朵，但没有往身后看。我不想让妈妈骂我偷听。

"最近莱昂内尔和我有些疏远。"卡罗阿姨说道。

"疏远？"

---

[1] 加来是法国北部的小城市。

"我有种感觉,他在外边有别人。我问他,他承认在外边有个情妇。"

"世界就是这样子的。"妈妈说,"我很纳闷儿他怎么对你说实话呢。"

妈妈的话听起来是那么痛苦,于是我转过头去。她俩都没注意到我。

"他不得不说。"卡罗阿姨的眼睛里满是泪水,"他让人家怀孕了。我开始办离婚手续了。"

"离婚?"妈妈的脸色变得苍白,"我们该怎么跟别人说啊?"

妈妈总是一下子就想到人们怎么想。她紧张地瞥了一眼站在教堂台阶上的神父。

"这就是你想对我说的?"卡罗阿姨问道。

"那你就不能参加弥撒了。"

"是很遗憾,但我可以自己看一些经文。咱们回去吧。"她开始往家的方向走。

妈妈没有动。"你得回你自己的家去,打理好那里的事。"

"我希望和你们在一起。"

"你得回自己的公寓。"

"我不回去。莱昂内尔让那个女人搬过去了。"

"又不是我遇上了丈夫有外遇。"

妈妈一向讨厌和别人起冲突,现在竟然在教堂前,当着上帝和众人的面和阿姨吵起来,真是令人震惊。她怎能对自己的至亲如此残忍?

"求你了,"卡罗阿姨哀求道,"我不想一个人待着。"

妈妈的目光掠过她,朝我看过来。我希望她能抱抱她的妹妹,就像我摔跤磕破膝盖时她对我做的那样。但是妈妈只是说:"我不想让孩子们受到影响。"

一个离婚女人比堕落的女人还低下。我妈妈对教父告诉她的话深信不疑,但这次她一定会破例,因为那是她的亲妹妹啊。

"我没有其他地方可以去,"卡罗阿姨说,"我也没有钱。"

"求求你,妈妈。"我说。但是她的表情变得更凛然了。

"离婚是一种罪恶。"

"我们可以在告解室里忏悔,请求宽恕啊。"我回答。

当妈妈做不到以理服人时,她就会使用武力。她抓住我的胳膊,拽着我向家走去。我回头看向卡罗阿姨。她的手放在胸前,颤抖着,目送我们离开。

一到家,我径直去雷米的房间。可是当我准备转动门把手时,妈妈顶住了门:"别惹你弟弟不开心。"

之后的几天,我问妈妈卡罗阿姨的情况。她当然会原谅自己的亲妹妹。但妈妈说:"你再敢提一次她的名字,我就把你送走。"我相信她会说到做到。

后面两个星期,我保持着沉默,或者说沉默吞噬了我。我挨着雷米坐在床头,以前在他面前,我可从没有保守一个秘密这么长时间。他的脸色灰白,因为不停地咳嗽,他已经筋疲力尽。"这些芥末药膏让你闻起来像周日烤肉。"我调侃道。

"很好笑。"

"对不起。"我开始拨弄他的头发。要是他让我拨弄,就说明原谅我了;如果不让,就说明还在生气。

他没有把我的手拨开。

"感觉好点了吗?"

"还是老样子。"

"哦。"我不敢告诉他卡罗阿姨的事儿,因为妈妈说过不要惹他不开心。爸爸、妈妈和我都害怕他病情复发。我们只有在他睡着时,才敢窃窃私语两句。平时我们都踮着脚尖经过他的房间。

"到底发生了什么事?"我能感觉到他在心里问我。

"没什么。"我默默回答。

"告诉我。"他坚持道。

有时候我们会这样交流。

我的痛苦喷涌而出:"我以为妈妈的爱是一条涓涓流淌的小河,不需要任何条件,实际上却是自来水龙头,她轻轻一拧就把阀门关上了。我们的阿姨孤身一人,也不知道现在怎么样了。"

他认真地听完,才慢慢说道:"妈妈告诉我卡罗阿姨想搬回老家梅肯住。"

我的头向后仰去。卡罗阿姨"想"搬回老家住?

"那为什么卡罗阿姨没来和我们告别?"我争辩道,"为什么她不给我们写信?"

有史以来第一次,巧言善辩的弟弟没有回答。

"你宁肯不动脑筋地相信妈妈的解释,也不愿意相信真相。"我指责道。

"你一定搞错了。妈妈不会那么残忍。"

他拒绝相信我,这个打击是毁灭性的,就像我发现妈妈抛弃了卡罗阿姨一样。

"你又不在现场,"我说,"和往常一样,装病逃避。"

他的脸涨得通红,坐起来张开嘴巴想要说什么。我抱臂在胸,希望他能说一些同情、理解的话。我错了,他开始激烈地和我争辩,然后剧烈地咳嗽起来，吐了一大口黑血。我把手绢递给他，轻轻地拍打他的背。在那一刹那，我再也没有想说服他的欲望了。

两个月后，雷米又可以起身参加弥撒了。像妈妈一样，他在十字架前虔诚地跪下，相信是信仰让自己渡过难关。我放任他选择信仰，因为他需要这个。我明白了，爱不是耐心的，爱不是仁慈的，爱是有条件的。离你最近的人可能会背弃你，会为一些看似毫无意义的事情跟你说再见。你只能依靠自己。

我对阅读的热情开始与日俱增，因为书籍不会背叛。当雷米把零花钱花在糖果上的时候，我把它们一分一分地省了下来。他是班上的开心果，我是班上的优等生。当他的朋友想跟我约会时，我总是说不。谈恋爱是不可能的了。我要学会一门手艺，找一份工作，我要省钱。这样万一发生不幸的时候，我就能拯救自己。

整个晚上我都没睡踏实，第二天就有些目光呆滞。我想像往常一样帮助读者，但总有些力不从心。爸爸有一个情妇，雷米天天和比茨腻在一起，保罗似乎对我失去了兴趣。我站在借书处，希望鲍里斯能帮我推荐一本书。

"你今天有点不开心呀。"鲍里斯把891.73[1]这本书递给我，"去'来世'吧。那里没人打扰你。"

我把契诃夫抱在胸前，溜上楼梯。二楼的读者们专注于书籍的世界，都没留意到春天已经来了。我又来到安静的三楼，在这儿保存着一些人们很少借阅的书籍。我们称这个地方为"来世"。

我在书堆之间徜徉，周边的寂静让我内心慢慢地平静下来。我在

---

[1] 891.73，契诃夫创作的短篇小说《带小狗的女人》，发表于1899年12月。

书中读道：他有双面人生。一面是公开的，所有想了解的人都能看见；另一面则是暗地里运行着的。在某些特殊的场合，他必须把一切隐藏起来，不能让他人发现。我们永远不知道我们所爱的人究竟是谁，他们也永远不会知道我们。这是让人心碎的事实，但也是人生的真相。我读着这个故事，至少知道在书里能找到同类，自己并不孤单。

"原来你在这儿啊！"玛格丽特叫了起来。她平日里搽粉的脸蛋正因为用力搬运了大部头而熠熠发光，洋溢着满足的神色。那个初见时犹豫不决又虚弱的她已经变成一个自信又有能力的女人。

"今天有什么任务？"

"重新放置那些百科全书。"玛格丽特搓着自己的胳膊说道，"在这里工作，一定要非常强壮才行。"

"你能匀出这么多时间帮忙，真是太好了。"

"只要你相信，事情就会变得容易。我相信图书馆。"

可我想的是我得全心全意对保罗。"如果你努力付出，却什么都得不到呢？"我问她。

"当我们付出时，或许不应该期望得到什么吧。"她疑惑地看着我，"你一个人在这儿干吗呢？"

"盘点库存。"

"你看起来相当忧愁。"

"我挺好的。"

"是的，我看得出来。"她温柔地说，"这里有点闷。你需要一些新鲜空气。"

我把《带小狗的女人》这本书夹在腋下，领着玛格丽特走出图书馆，在一条条小路间穿行。

"咱们这是去哪儿啊？"她问道。

我皱皱眉。保罗的辖区是在华盛顿路吧？

我看得出来我们的爱情走偏了，现在我希望它能回到正路上。我想知道保罗是不是和我的感受一样：既充满希望，又不敢轻举妄动。我有一份工作，而且越来越独立。也许我可以抓住机会。

"你还好吧？"

"我……"我不知道该怎么说出我的感受。她是见过大世面的，对我遇到的问题肯定不感兴趣。

"很快就是国庆日了，"她说，"你想参加大使馆的派对吗？"

我望向她。"你是说真的？"

"那是当然了！我想让你高兴起来。来我家吧，咱们一起做准备。你可以穿我的礼服裙。呃，我的意思不是说你没有礼服裙……"

我几乎听不到她在说什么，前面就是辖区办公室了，万岁！我猛地停下脚步。玛格丽特迷惑地盯着窗户外面的栏杆。当几个英俊的警察走出来的时候，她一脸恍然大悟的表情："你希望在这儿邂逅一位读者？希望他是位警察，而不是抢劫犯。"

"他是警察。"

"那就过去找他啊。"

"我爸爸不想让我这样做。他说那里关满了罪犯。"

"那你爸爸现在在这儿吗？"

"没有。"

"那我就不明白了，你为什么不能进去？"她打开那扇木门，把我推了进去。很多人在吸烟，昏暗的灯光几乎无法穿过团团烟雾。在我旁边的长凳上，一个穿着脏汗衫的男人眯起了眼睛。我把《带小狗的女人》一书紧紧地搂在胸前。他慢慢靠近，我赶紧走开。也许保罗已经接受爸爸提供的职位，不在这里工作了。也许他从未在这里工作。

我真是个白痴。我不该来的。我向门外走去，突然感觉有只手拉住了我的胳膊。我猛地一跳，准备用契诃夫击退那个罪犯，但眼前出现的是一双关切的蓝眼睛。

"我曾梦到再次见到你，但可不是在这种地方。"保罗说。

我把举起的小说放下来："你想再见到我？"

"当然了。但是，自从上次让你在你老板面前感到尴尬后……"

"你没让我尴尬。顺便说一句，我们也想你……希望你再次出现在图书馆里。"

"我也想……图书馆。"他说。

我等着他再说点别的，但他迟迟没有说话。我说："我得走了。有个朋友还在外面……"

"我刚刚下班，能请你俩一起吃顿饭吗？"

到了小酒馆，穿着黑色礼服、打着领结的服务生把我们领到一个安静的角落里，远离保罗的那些同事。他们一边喝着啤酒，一边盯着我们看。尽管每张面孔看上去都很陌生，我还是怀疑他们是否去过我家的周日午餐。

厨房里飘出一股浓郁的香味，令人馋涎欲滴。

"这是什么味道？"玛格丽特问道。

"法式苹果派，"我回答说，"我第三喜欢的甜点，仅仅排在泡芙和妈妈做的巧克力慕斯之后。"

"它是我第四喜欢的甜点。"保罗回答说。

"我还从来没品尝过呢，"玛格丽特说，"但我相信它会成为我的新宠的。"

我突然觉得害羞，于是低着头，把格子桌布上的面包屑一点点扫掉。玛格丽特动着嘴唇，无声地对我说："跟他说话。"我努力搜罗一些话题，却更加凸显了我们之间的沉默。也许我可以问问他的工作。我想起了爸爸，他下班回家时心情往往很不好，抱怨他对付的都是些恶棍。我和雷米不敢确定，他嘴里的"恶棍"到底是指罪犯，还是他的同事。

"你为什么想当警察呢？"我脱口而出。

"她的意思是说，这是一项很危险的工作。"玛格丽特替我打圆场，"她曾告诉我，她很崇拜那些穿蓝色制服的男人。"

"因为我想帮助人们，想让他们更安全。"保罗回复道。

"真是了不起的想法！"她说。

"你究竟为什么要当图书管理员呢？"他问道，一束火花在眼睛中闪烁。

"有些时候，我爱书，胜过爱人。"

"书不会撒谎，也不会偷窃，"他说，"我们可以依靠它们。"

我既惊讶，又备受鼓舞，因为我们想到一起去了。

"你是什么样的读者呢？"我问。

"你这是为自己发问，还是为了图书馆的简报呢？"

因为骄傲，我的脸涨得通红："你读过我的简报？"

"我喜欢韦德小姐的回答，还特地查阅了赫拉克利特的作品呢。"

"我们从没有两次踏入同一条河流。"我俩异口同声地说道。

"我是为自己问的。"我害羞地说。

"我主要喜欢非虚构读物，尤其是地理。我也很喜欢学习英语语法，因为里面有规则。我可以指着说，是的，就是这个样子，因为我需要真实的东西。"

我本来想跟他辩论一番，说小说比生活显得更为真实，但他又接着说道："也许是因为我要花时间跟罪犯打交道，他们会蔑视规则。那些重罪犯才不在乎伤害了谁呢。他们会在你面前讲动听的故事,让你相信他们有充足的理由犯罪。当你知道你信任的人当面撒谎时,那种感觉糟透了。"

"是很痛苦。"我想起了爸爸和他的情妇。

服务生不耐烦地清了清嗓咙。我才想起来我们是在一家生意很好的餐厅,才想起来玛格丽特还在我身边。服务生拿走我们的点菜单后,保罗用蹩脚的英语结结巴巴地对她说:"我不敢想象你能在离家这么远的地方待下来,真心佩服你。"

"谢谢你对我说这些,"她说,"我想家想得厉害,直到遇到了奥黛尔。"

"玛格丽特可帮了图书馆的大忙了。"我说。

玛格丽特的脸红了:"你们有什么度假计划吗?"

"每个夏季,我都帮我姑妈在农场干活儿。"他说。

"是在巴黎附近吗?"玛格丽特问。

"在布列塔尼。"

"这么说你很快就要离开了?"我闷闷不乐地说道。服务生送来了我们点的牛排和炸薯条,但我一点胃口都没有,就挑挑拣拣地吃我的薯条。

晚饭过后,玛格丽特谢过保罗,钻进了一辆出租车。在柔和的路灯下,保罗送我回家。我不知道自己是该像往常那样大步流星,还是该配合他的步伐。我不知道是该把手插到口袋里,还是垂在身体两侧,好让他有机会抓住。

我们走上楼梯,我在想他会不会弯下腰,把嘴唇贴在我的唇上,让我像呼吸空气一样吸进他的气息。可直到家门口,他还是没靠近。我难掩内心的失望,低下头找钥匙。它躲在了包底,一堆杂物的下面。

当我把钥匙塞进锁孔的时候,保罗碰了碰我的手腕。我僵住了。

"我本来想约你出去的。"他说。

"真的吗?"

"但你爸爸给了我一份工作。"

我的钥匙掉到了地上。

保罗喜欢我,原来是因为爸爸。我真是个自欺欺人的傻瓜,还去他的办公场所"追捕"他。我觉得有些恶心。我应该跨过门槛,然后把门当着他的面甩上。我弯下腰去找那把钥匙,但保罗的动作更快,他一只手抓起钥匙,一只手继续握着我的胳膊。

"我完全胜任那份工作,"他说,"而且坦白讲,我需要升职,才能买得起一处像样的住宅。"

我盯着他衬衫上那粒小小的蓝色纽扣:"祝贺你。什么时候开始呢?"

"我拒绝了。"

"什么?"

"我不想让你怀疑我的感情。"

我心花怒放。他用嘴巴堵住我的嘴。一开始,我像电影里演的那样噘着嘴,然后我的嘴巴张开了。他的舌头伸了进来,和我的缠在一起。当保罗抬起头来,我惊奇地望向他,发现借由一个慵懒的吻,我已经坠入《呼啸山庄》。

国庆节到了,我来到玛格丽特的公寓。管家打开大门,把我领到客厅。墙上挂着一些人物肖像,画中人都是一副高高在上、傲慢自大的样子俯视着我。我有点犯怵,于是来到角落那儿的大钢琴旁。它和爸爸的车一样大。我有些烦躁,在上面敲出了几个音。在我认识的人中，没有一个家庭会有专属管家，也没有大钢琴。这是小说中的元素，而不是真实生活中的。从窗户向外望去，我看到了教堂的金顶，拿破仑就埋葬在那所教堂。的确，住在这里的邻居都是达官显贵。在我家，我们很少打开窗户，因为车站附近会飘来夹着煤屑的粉尘。低矮的天花板让我们的公寓显得昏暗，天气不错的时候让人觉得舒适，但天气不好时就会让人幽闭得恐惧。从我的卧室窗户望出去，可以看到对面仅仅相隔十英尺远的大楼。我能看到费尔德曼太太的浴缸，还有上面挂着的已经变形的束腹紧身衣。在这个城市，阳光和壮丽的景色都是一种奢侈品。玛格丽特和我想象的不一样，她可不是个迷路的、孤独的流浪儿。

"你是不是等了很久？克里斯蒂娜不想从浴缸里出来。"玛格丽特抱着小女孩说道。小姑娘把脸藏在玛格丽特的衣领里，我只能看到她湿漉漉的鬈发。

"我们在儿童阅览室的'一小时讲故事'见过面的啊，"我提醒小女孩，"那是我每周最喜欢的时间。"

她一下子精神了起来："我也一样。"

一个保姆过来把克里斯蒂娜带走了。我跟着玛格丽特，穿过她浅蓝色的卧室，来到更衣室。这个房间大小跟里德小姐的办公室相仿，一面墙上挂着的是白天穿的洋装，另一面墙上挂着的是晚礼服，每一件都比我一年的薪水还贵。真难想象一个女人会有这么多衣服，让人目瞪口呆。再看那些颜色！苹果红、太妃咖、薄荷绿、甘草黄……我忍不住摸了摸这些衣服。

"要不挑件试试？"

"好啊，好啊！"

我不知道试哪一件好。玛格丽特递给我一件黑色的礼服。我把它抱在胸前，兴奋地脚不着地儿。"快来，"我说，"还等什么呢？"

她从衣架上扯下一件绿色的礼服，和我一起围着房间兜圈。我哼起了《我的军团》这首曲子，玛格丽特也跟着一起唱。我们边跳边唱，咯咯地笑个不停，最后累得上气不接下气，直接倒在了一堆丝绸衣服上。

"我没打扰到两位女士吧？"有人用英语问道，带着浓重的法国口音。他留着一把细细长长的小胡子，足以和那个傲气十足的萨尔瓦多·达利相媲美。玛格丽特拉我站了起来，并为我做了介绍。

"认识您是鄙人的荣幸！"Z先生说。

因为他的客户都是些达官显贵，所以报纸称他为"富二代的造型师"。他不用和客户们商量他们想要什么，因为他清楚地知道该怎么做。此前我给了玛格丽特机会，让她一天又一天地修理书籍，而她则回报给我一个约会，和巴黎最受欢迎的造型师约会。

玛格丽特让我穿上那件黑色礼服，好让女仆帮着折个边。然后她让我坐在那张充满艺术气息的梳妆台旁。

在Z先生为我做头发的时候，玛格丽特说："保罗是个好小伙儿。"

"你觉得我俩有共同语言吗？他是个警察，而我，嗯，只是我。"

"劳伦斯和他来自剑桥的同事都会背十四行诗，但这并不意味着他们对爱情知晓更多。显然保罗很关心你，这比他的职业，比他认识什么人、看什么书都更重要。"

我本该告诉她我多么感激她的安慰，但Z先生开始按摩我的头皮了，这让我抛开了所有的念头，沉浸在喜悦中。我从没意识到自己之前有多么焦虑，对保罗的好感与日俱增，纠结于和雷米的疏远，以及失望于爸爸因为情妇而忽视了家庭。而处在目前这种环境里，我的紧张消失了，人也慢慢放松下来。妈妈给我理发时，她会用梳子用力地梳我打结的头发,拽疼我的头皮。而Z先生则完全不同,他轻轻地梳我的头发,像刀割黄油一样毫无滞涩。

这是我第一次做专业发型。Z先生把我的发绺缠在加热的大铁钳上,制造出了一道道波浪涟漪。

终于结束了,Z先生挥舞着双手,发出一声惊叹:"哇!"玛格丽特对我赞不绝口:"亲爱的,你看起来棒极了,跟大明星都有一拼了!"

Z先生帮玛格丽特把头发扎成一个精致的发髻。玛格丽特问我:"你觉得里德小姐有情人吗?"

"大使曾陪她一起出席过图书馆晚宴。"

"人们说比尔·布利特大使是个热心肠的谈判专家,但他的眼神游移不定。我认识一个挪威的领事,和里德小姐很般配。我会建议那个领事成为图书馆的读者。"

"那他得排队。"

Z先生给玛格丽特做好了头发,她没有照镜子,而是看着我问道:"你觉得怎么样?"

"美丽绝伦,"我发自内心地说,"里里外外都很棒。"

她脸红了,也不知道多久没有被人赞美过了。

"劳伦斯会重新迷恋上你的。"我说。

"很难说……他太忙了。"

"忙到都没时间恭维一声你的漂亮吗?"

"不是所有的人都像你那样看我。"她站起身来,没有往镜子里瞟一眼。

她穿上那件绿色的无肩带礼服,并递给我那件折好边的黑色礼服。丝绸在我的皮肤上滑动,那种感觉不像我冬天穿的扎人的羊毛衫,也不像夏天穿的僵硬的麻布服。她帮我拉上拉链,把我推到镜子前。我欣赏着自己的身影,一时间几乎无法呼吸。这件礼服很出彩,束紧了我的腰,突出我的胸,让我都不知道自己有这么漂亮的胸围。这样比起来,我原来的衣服就像桌布一样垂在身上。我的肋骨周围一直冷飕飕的,我告诉自己那是因为紧身衣有点紧,但我知道那其实是嫉妒。玛格丽特有那么多的好东西,而我却那么少。

"自从来到巴黎,我还是第一次享受到派对前做准备的乐趣。"她说,"希望下次你还来。"

礼服,理发师的上门服务,我可以习惯这种奢华。她邀请我再来,这消除了我的嫉妒之心。

我们像蝴蝶一样飘下大厅,和她的丈夫劳伦斯在书房里会合。衣服上的丝绸触碰着我的小腿,发出一声声低语——"真好啊!""真好啊!""真好啊!"真希望保罗能够看到我。

劳伦斯懒洋洋地坐在一把扶手椅上,《先驱报》遮住了一半身形。玛格丽特走在我旁边,清了清喉咙。他放下报纸,乌黑的睫毛下是一双绿色的眼睛。我的天啊,他穿着时髦的燕尾服,看起来真气派。"幸会。"他站起来,亲吻我的手。我本来以为他会亲吻玛格丽特的,没想到他的注意力都集中在我身上,抓着我的手不放:"你太迷人了!如果我还没结婚……"他抖动着眉毛。我咯咯地笑了起来,完全被他迷住了。

"您不会刚好认识普赖斯-琼斯先生吧?"我问道。他对我的关注让我头晕目眩,我想表明自己也认识一位外交界的高官。

"他是一位传奇人物,为法英关系撰写了一系列协议。自从1926年以来,他从未输掉一场辩论。你怎么认识他?"

"他是我们的一位老熟人。"玛格丽特骄傲地说。

劳伦斯继续盯着我，说："你人真好，让她当个图书管理员玩玩。"

我旁边的玛格丽特僵住了。这让我想起《他们眼望上苍》中的一句台词："她往脸上刷上一层糨糊，又用熨斗熨了一遍，把它做成了人们想要看到的样子。"

"她可不是在玩玩，"我一边回击，一边把手从他的掌心抽出来，环在玛格丽特的腰上，"玛格丽特非常能干。"

空气中有种特殊的气氛在涌动。他从开始的女人迷变成了居高临下的君主，而她则变得木讷起来。我记得妈妈给某位表姐建议：尽可能拖长谈恋爱的时间，一旦结婚，一切都会改变。这就是妈妈的言外之意？

"你看起来很帅。"玛格丽特用背诵台词的口气说道，好像这是一出乏味无聊的舞台剧，而她早就不想上台了。

"你也很漂亮，"他一边看怀表一边心不在焉地说，"我们可以走了吗？司机在等着了。"

派对在英国大使官邸举行。在枝形吊灯的耀眼光芒下，女士们戴着令人眼花缭乱的珠宝，在大厅各处周旋。和劳伦斯一样，绅士们都穿着燕尾服，风度翩翩。这是我梦寐以求的那种聚会，环境优雅，与会者阅历丰富。我渴望听他们讲讲到过的地方、读过的书。

劳伦斯离开我们，冲到一位胸部丰满的女士面前："如果我发现你在婚姻里不幸福，我就带你离开。"

"亲爱的，别让家庭成为你的阻碍！"她抚摸着他的胸膛，好像玛格丽特不在现场似的。

真是一个恶毒的圈子。我皱起了眉头，终于理解了之前玛格丽特对外交圈的评论。我对劳伦斯怒目而视，气愤的是他竟然以这种方式羞辱玛格丽特，也因为自己曾被他的奉承所欺骗而生气。

"别让他破坏你的心情,"玛格丽特指向一位长得有些壮实,看起来地位最高的夫人,"那是领事的妻子。她负责管理这些迷失的灵魂。"

"戴维斯太太,"玛格丽特喊道,"很高兴见到您。感谢您的建议,让我去图书馆看看。"

"你看起来气色好多了。"她热情地回答。

"你见过我这位新朋友吗,也是我最亲爱的朋友?"

"一个朋友可以改变一切,"戴维斯太太说,"我认识你,我们在科恩教授的讲座上有过分歧。"

我从没想到戴维斯太太是外交使团的一位非正式代表,而且扮演着重要角色。她亲自迎接每一位客人。"你真漂亮!"她对一位脸色苍白的女士恭维道,让她笑开了花。"你还适应这儿吗?法国是每个女人的梦想,但需要人们花点时间逐步适应。"她继续陪着那位女士聊天。

"我们不能让希特勒在欧洲横行霸道!"普赖斯-琼斯先生说道。他的声音在大厅里回荡,就像他和老伙伴在图书馆里争吵时那样,"我们必须团结起来进行战斗。"

"难道他没意识到这是个派对?"我说。

玛格丽特回答说:"他这些天只谈论战争。"

"你上星期看了《奥赛罗》吗?"领事夫人问道。

几位客人同时说话,谈起战争以外的事情。大家都松了一口气。"用法语演出莎士比亚,看起来真是奇怪啊!""太奇怪了!""可怜的苔丝狄蒙娜。"

"法国的军队是有史以来最强大的,这是韦甘德将军说的。"

"韦斯将军说,法国空军是欧洲最好的。我们没什么好担心的!"

劳伦斯坚持自己的观点:"我们必须建立联盟。意大利以前是同盟国,但墨索里尼与希特勒签订了条约。"

"有人能给我推荐个好裁缝吗?"

"你只要去日内瓦就行了。这是艾玛·简·柯比做的,她做的礼服很华丽!"

"你相信吗?那个艾玛,和一个年纪是她三倍的男人调情,"玛格丽特看着那个金发美女,小声说道,"他一定富得流油!"

"那只老山羊对她趋之若鹜。"我回答道。

"小劳伦斯是对的!"普赖斯-琼斯先生说,"我们需要密切观察周围的情况。"

"一派胡言。我们一定要安抚希特勒。"大使回答说。

"傻老头!"玛格丽特低声说。

"无能的傻瓜!"劳伦斯吼道。

"香槟!"领事夫人喊道,"再来点香槟。"

太棒了!我上次喝酒还是在庆祝新年的时候。瓶塞砰的一声开了,这是庆祝的标志,是全世界我最爱听的声音。但今天它让位给了在房间里旋转的仆人,还有他们演奏的长笛。所有的东西都被放在银托盘上端到我面前。美酒在杯子里泛着气泡,冰凉的液体滑过我的喉咙。我意乱神迷,忘记了劳伦斯的粗野举动,忘记了那些斗嘴的外交官。我欣赏着墙上挂着的透纳的风景画,品尝着戴着白手套的服务生提供的鱼子酱。玛格丽特拥有这些,随时随地。但我只有一个夜晚,我想好好享受。

一阵烟花腾空而起,在高空炸开。我想看烟花,就把玛格丽特拉到外面,和其他人一起在草坪上狂欢。紫藤花开得正盛,玫瑰花的香味在我们周围飘荡。高高的石墙把这座城市隔离开来。这座富丽堂皇的大房子灯火通明,熠熠生辉。而在空中,一点点的烟花飞扬着,然后又熄灭了。一种朦胧的幸福感充盈着我的身体,我忘掉了所有的忧虑,关于战争的,关于雷米的,关于爸爸的,关于保罗的。

[第十章 - 奥黛尔]

一

保罗经常来图书馆,里德小姐称他是"我们最忠实的读者"。这天下午该他巡逻,他把自行车停在院子里,帮我撕开杂志外面那层厚厚的包装纸。正因为有这些纸保护着,我们的杂志,如《生活》《时代周刊》等,才能够顺利地横渡大洋,完好地来到我们手上。唉,在西蒙夫人的八卦监视下,偷吻是不可能的。

家里也好不到哪儿去。我和保罗坐在沙发床上,相隔 32 厘米,碰都没碰手边的茶。

"你认为雨会停吗?"我问了一个无关痛痒的问题,因为知道妈妈在角落里听着呢。

"云彩开始消散了。"

"也许太阳会出来。"

他明天就要去布列塔尼了,但我们只能待在这里讨论天气,就像陌生人在车站闲聊一样。

"你最喜欢哪个地方?"我问。

"我可以带你去看,如果你妈妈不介意。"

"我不确定……"她在走廊上说。

"求你了,妈妈。"我低声下气地求她,"他要去外地了,差不多整个 8 月都不在巴黎。"

"那就只准这一次,"妈妈终于松口了,"而且不能待太久。"

我俩匆匆地走在大街上。他把手搭在我的背上，暖乎乎的。我们穿过汽车喇叭齐鸣的交响乐，经过一个正在门外抽烟的店主，来到火车站。在巨大的玻璃穹顶下，穿着蓝色工作服的搬运工正拖着行李走向火车。旅客们一边推搡着，一边喊叫着在赶车。

保罗指指月台，一个戴眼镜的年轻人正在亲吻一个刚从车厢出来的女人。"我来这儿，是想置身于这种爱的氛围。你可能觉得我疯了，偷窥人们……"

我摇摇头。不是只有他一个人在偷窥，我之所以阅读，是因为通过书可以瞥见其他人的生活。

一个提着乐器盒的音乐家匆匆走过，一群童子军呆头呆脑地看着火车头。一位妈妈放开孩子的手，和那个蹒跚学步的孩子一起跑向一位穿风衣的男人。他把他们抱起来原地转圈。

"太感人了。"我说道。

保罗凝视着这回家的一幕。

"你怎么了？"我问。

"没什么。"

"真的没什么？"

他看着那家人离开车站："我家原来住得离这儿很近，只隔一个街区。"

"是吗？"

"直到我父亲离开……那时我才七岁。我妈妈说他坐上火车去长途旅行了。我告诉自己他会回来的，于是就经常来这儿等。"他转身面对着我，"我现在还经常来。"

我把他拉近。他把脸埋在我的头发里，我感到他的心脏和我的一同跳动。信任不会让人感到危险。

"我以前从没告诉过别人。"他说。

我感觉和保罗更近了,并和他融为了一体。我们还没离开火车站呢,就已经开启一段旅程。在回家的路上,我们谁都没再说一句话。我们慢慢地爬上楼梯来到家门口。

"你能留下来吃晚饭吗?"我问。

他摇摇头,开始亲吻我的太阳穴、我的脸颊、我的嘴唇。"明天一大早我就得离开了,我尽力想装出一副没那么痛苦的样子。唉,我做不到。"

我紧紧抓住楼梯栏杆,看着他消失在台阶下,内心波涛汹涌。身后的门吱呀一声开了,雷米走了出来。"我听到有人在外面说话,是你在自言自语?"

"刚才是保罗。"我想告诉雷米,和保罗在一起的时候,我欢喜无比,整个人像萤火虫一样轻盈;但和他分开时,就像现在,内心却非常痛苦沉重。"我总是忍不住想他。"我想把保罗放在内心某个小角落里,可他总固执地跑到正中央,让我时时刻刻地想着他。

"你恋爱了,"雷米说,"我都替你高兴。"

"希望你也同样快乐。"

"这正是我想告诉你的。我爱上比茨了。"

他俩真是天造地设的一双,我很骄傲自己成了红娘。"我让你去图书馆,是想让你见见德·内西亚特先生和普赖斯-琼斯先生,但或许比茨才是最佳选择。"

"只是或许吗?"

"你告诉她了吗?"

"我想先告诉你。"

过去的日子里,他是我负责的简报的第一个读者,我帮他编辑给

《法律评论》写的文章。我们在厨房里一边喝茶一边细聊,直到凌晨时分。我们彼此敞开心扉,没有秘密。雷米就是我的避难所。然而一切都在变。我和保罗走到了一起,而雷米选择了比茨。我有了一份工作,而雷米不久后就要从法学院毕业了。这可能是我俩在这个屋檐下住的最后一年。我们从出生前就朝夕相处,但最终还是要分开。我好奇于我们还能共处多久。

忙完一天的工作后,我开始检查玛格丽特的法语课。"动词分为三大家族,爱、说、吃这三个属于哪一个?"

"Aimer、parler 和 manger,它们都属于 er 家族。"她说道,"家族,真是一个可爱的分类方式。"

"在伦敦可别忘了你的法语学习。"

"我只回去两周呀。"

我们走到庭院里,雷米的自行车就靠墙放着。"谢谢你让我来当志愿者,"她说,"我总算觉得自己有点用处了。"

"哪儿的话啊,是我要谢谢你!没有你帮忙,我还困在那些板条箱里,或者在警署门口犹豫不决呢。"

"瞎说!"她的脸羞红了,但看起来非常高兴。

"我是说真的。没有你我真的不知道该做什么。"我诚恳地说道。我本来还想再补充几句:没有你,我没法鼓足勇气和保罗说话。还有,教你学法语让我感受到了法语的优美,之前我们都习以为常了,都麻木了。此外,自从你来到我身边,那些最枯燥的工作,比如运送书籍、修补杂志裂缝、把旧报纸搬进档案室等,也没以前那么难熬了。她说:"最亲爱的朋友,没有你,我也不知道自己能做什么。"我本来想亲吻她的脸颊,但心思又转移到晚饭上。于是我坐到了雷米的自行车的座位上。

"你竟然会骑车?"她一脸惊诧地看着我。

"你竟然不会?"我从自行车上下来,"我来教你。"

"我可不敢。万一摔跤,我会出丑的。"

"那也只有少数几个巴黎人看到呀,顶多擦伤膝盖而已,你有什么好怕的?这不就是在国外的最大好处吗?可以为所欲为,反正回家后没有一个人知道。"

我把自行车扶稳,让玛格丽特先把腿跨过横梁。她紧紧抓住车把,自行车在左右摇晃中开始滑行。

"我做不到。"

"你已经做到啦。扶稳车把。"

"我不知道该不该学……"

"你正在学法语,你只身一人住在国外,和这些相比,骑自行车算得了什么!"我一边说,一边轻轻地推了她一下,"一路顺风!"

玛格丽特开始慢慢加速,她的裙子在膝盖之上飞舞。"万一摔倒了,我就爬起来重新来过。"

"就得这个态度!"

她慢慢地蹬着。"我好害怕。"

"相信我。"我在她身旁小跑,"你不会有事的。"

"我相信你。"她大声喊。她语气中的欢快盖过了不安。

我两只手伸着,准备在她摔倒时接住她。

8月的巴黎又热又潮,很多美国读者要么去尼斯或比亚里茨度假,要么回纽约或辛辛那提探亲访友。里德小姐和我坐在期刊室,享受着难得的轻松。她穿着一件圆点连衣裙,梳着一个优雅的发髻,看上去惬意得很。她拿着一支银色的钢笔，准备写点东西，演讲稿，或是感谢信。在我的生活中，从父母、老师到官员，甚至是服务生，都在向我说"不"。我想上芭蕾舞课。"不，你身材不合适。"我想上绘画课。"不，你缺少必要的经验。"我想要一杯红酒。"不，白酒更适合你点的菜。"里德小姐不一样。我问她能否对期刊室做点变动时，当听到她说"好啊"的时候，我大为震惊。

我对她非常好奇，一直想找个机会当面问她。你离开家跑来这里工作，你父母会放心吗？你怎么敢一个人跑这么远？我以后会像你一样勇敢吗？

妈妈曾告诫我，不要乱打听别人的过去，少管人家的闲事。但这些问题一直在我心里翻滚，我忍不住问了出来："你为什么要来法国啊？"

"因为我谈了一场恋爱。"她淡褐色的眼睛闪闪发光。

我靠得更近了："真的？"

"我爱上了斯塔尔夫人。"

"那位作家？"

"在她那个时代，人们说欧洲有三股伟大的势力，还有一个就是德·斯塔尔夫人。她侮辱了拿破仑，评论说'演讲可不单单是说大话'。拿破仑宣布她的书是禁书，并把她驱逐出了巴黎。"

"她谁也不怕。"

"你相信吗？我曾偷偷地溜进她以前住的豪宅。我只想走进院子里看看。结果有个仆人出来，对我说'你好'，好像我是属于那里的人。于是我大步走了进去。我顺着楼梯一步步走上去，手指掠过楼梯的栏杆。我凝望着面前的墙壁，那里曾悬挂着她的照片。这听起来有些异想天开吧。"

"听起来像是真爱。你真的是因为这位作家来到这儿的？"

"我当时在西班牙，在伊比利亚博览会上组织了一个国会图书馆的展台。这里刚好有个职位空缺，我就抓住了。对了，你呢？你想旅行吗？你一直想做图书管理员吗？"

"我一直都想在这里工作。在我的信里，我说过我想在图书馆工作，是因为这里勾起了我的美妙回忆。我记得小时候阿姨带我来过这里。您也让我想起了她，不仅仅是因为你们都是一样的发型，也因为你们对别人都很和气，还有你们都愿意分享对书的爱。"

这时，伯爵夫人抱着满怀的文件走了过来。她的满头华发让我想起了阴天的大海：灰色的暗流涌动，白色的发卷，如肆意飞扬的波浪。她的鼻尖上挂着一副老花镜，给人一种她会随时开口教训人的感觉。

"亲爱的，我们得谈谈。"她一脸严肃地对里德小姐说。

"如果你乐意，我们找时间再继续聊。"里德小姐对我说完，然后陪同我们的受托人上楼去了。

我一边整理报纸，一边听鲍里斯读《费加罗日报》。"内维尔·张伯伦先生提议，从8月4日至10月3日议会正式休会，除非有特殊事件，否则议会不会办公。"

"我想去度假。"我说。真希望能和保罗在一起。

"那就当选会议议员吧。"鲍里斯开玩笑说。

至少我还可以期待周日的午餐。雷米邀请了比茨，这等于宣布订婚。我唯一的担心是爸爸又要当众羞辱他，最后毁了一切。

我整理了上周的报纸，准备把它们带到档案室，中途经过里德小姐办公室的时候，门半开着，我偷偷地往里看去。

女馆长的表情非常严肃。"我收到了斯特拉斯堡大学图书馆的一封信。威克萨姆先生写道，他和库尔曼夫人打包并疏散了250箱书。"

"战争就要来了。"伯爵夫人的声音里有一种苍凉。

斯特拉斯堡离德国很近，很危险。这些图书管理员真谨慎啊，就在政客们还没有组织人群疏散的时候，他们已经筹划着要把书搬到安全的地方了。

里德小姐说："这些书要被运往西南部的普伊德多姆地区。我们也需要提前计划。"

西南部比斯特拉斯堡安全吗？比巴黎安全吗？

"我要把我们最好的东西带到乡下别墅。阿兰·西格的论文，都是原版的，很珍贵。一定要保证它们安然无恙。"

"我们要储备一些罐头食品、瓶装水和煤炭。还要准备一些沙子，用来灭火。"

伯爵夫人叹了口气。"还有防毒面具，如果这场战争跟上次的规模堪当。一千万人死亡，至少还有同样多的人受伤或致残。真不敢相信战争再次爆发了。"

死亡、受伤、残疾……这些字眼在我的脑海中回荡着……我的心都要碎了。一直以来，我逃避战争，甚至都不想听到这个字眼。当雷米提起战争时，我会转移话题。当普赖斯－琼斯先生喋喋不休地谈论战争时，我匆忙躲进儿童阅览室。但现在我不得不面对这样一个事实：战争的风暴已经降临。

[第十一章 - 奥黛尔]

订婚那天的午餐会，11:55。我和父母坐在沙发上。为了这一重大时刻，玛格丽特特地借给了我一件粉色丝绸衬衫。妈妈在脸颊上涂上胭脂，看上去像甘美的李子，她还戴上她的浮雕胸针。只有在特殊场合她才舍得戴这枚胸针。爸爸的西装有点紧，他正使劲地拉他的领带。雷米穿夹克的时候，门铃响了。雷米冲到门口给比茨开门。比茨的头发如往常那样盘了起来。她没有穿平日的那条棕色的裙子，而是穿了一条灰绿色的新裙子。比茨和雷米深情凝视对方，我有点喘不过来气，心里还有些痛，因为保罗没在我身边。

比茨注意到了站在一旁的我们，却没有正眼看我，是因为害羞，还是生我的气？我有时会把用过的茶杯随手丢在水槽里，她不止一次提醒我，说没人愿意帮我做扫尾工作。

妈妈笑着对比茨说："奥黛尔和雷米对你赞不绝口啊。"

爸爸站起身来："我听说你在上班，是所谓的职场女性中的一员。"

"我帮着家里补贴家用，先生。"比茨勇敢地看着他的眼睛说道。

"做得好。"他说。

妈妈大口喘着气。也许爸爸有点过分了。

"你和孩子们一起工作，"他说，"这是不是意味着你想要个孩子。"

比茨的脸突然红了，雷米伸出胳膊保护她。

"别理他。"雷米说。

我瞪了爸爸一眼。他总是一根筋,口无遮拦。

"你打毛衣吗?"妈妈问比茨,把话题拉到正常的轨道。

"有时会做点,这是我最爱的消遣。我也喜欢钓鱼。"

爸爸指了指客厅,他在那里放了一瓶开胃酒,但妈妈指了指餐厅。爸爸会问个不停,就像比茨是新来的下属那样,妈妈拦不住他,但可以缩短这段尴尬的历程。

爸爸坐在饭桌的一头。我坐在妈妈旁边,那对幸福的情侣就在我们对面落座,比茨靠近爸爸。女仆端来烤肉和烧土豆,爸爸先是端给比茨、妈妈和我,然后是雷米和他自己。一起吃饭的时候,比茨继续躲躲闪闪的,不看我的眼睛。我能感觉到妈妈已经在脑海里翻腾着她的首饰盒,想找到祖母给她的那枚猫眼戒指,让雷米作为传家宝送给比茨。之后就会是婚宴,蜜月。这对新婚夫妇应该会住在家里,至少一开始会住段时间吧。

雷米看向比茨,比茨握住了他的手。有比茨在身边,雷米更自信了。"我有件事要通知大家。"他说。

我知道,他是要宣布订婚这件事。比茨之所以不敢和我的目光对视,就是因为她没及时和我分享秘密。好吧,这压根儿就不是秘密。我端起酒杯,准备向她祝福。

"什么事情?"爸爸笑着看向比茨。

"我已经报名参军了。"雷米说。

妈妈吃惊地捂住了嘴,爸爸的下巴差点掉到地上。我伸出的手冻结在半空中。雷米的语气中有些特殊的东西,冷酷、叛逆、决绝,它伤害了我。那种感觉,就像他把一罐子弹噼里啪啦地倒在桌子上,倒进了我们的水杯和烤肉盘里,水花四溅,肉汁翻飞。我发现酒杯里的液体在晃,才意识到自己抖个不停。我用力捏紧酒杯,把它砸到桌子上。只有比茨平静如初,显然雷米事先和她讨论过。看来她同意了,说不定还是这一幕的操纵者呢。

"你说什么?"妈妈问,"为什么?"

我想起以前那段对话。雷米说:"我不能坐在家里干等,总有人要做点什么。"

"在这儿也可以做啊。"妈妈指着爸爸,"当警察吧。"我能看出雷米的想法:我最不想做的,就是变得和他一样。

爸爸猛地往后一退,离开了桌子。他的椅子滑过地板翻倒了,就像它也畏缩了。

我原以为,他会用一打武器攻击雷米。嘲笑——你怎么可能成为军人?你立正都立不直溜。蔑视——你连放倒一棵圣诞树都做不到,怎么可能放倒一个人?内疚感——可怜的妈妈会多伤心啊!男子汉气概——你认为军队会要像你这样软弱的人吗?只有像我这样的真正的男人,才有资格参军。愤怒——我是这个家的主人,你竟敢不通知我就去参军!

可他一声不吭地离开了餐厅。一秒钟后,我听到他砰的一声摔上了大门。我和妈妈交换了一下眼神,我们都很抓狂。比茨低声对雷米说了些什么。他看向我。

说点什么吧?我听到他在恳求,请我给他祝福。

"不要……"我说不下去了。

他眼中充满伤痛。他那么信任我,希望我支持他。

我不想我们之间开始疏远。至少不是现在。"你知道我以后会多想你吗?"我强装笑颜,"在你走之前,我们要尽可能多地待在一起。"

"我三天后就走。"他说。

"什么?"

"爸爸会四处托人,我可不想给他时间做手脚,免得我还没站稳脚跟,就被人踢出军队。"

妈妈站起身,把爸爸的座椅扶正,摆回了原处。

弗罗伊德，
1984 年 3 月

[第十二章 – 莉莉]
-

  妈妈的葬礼安排在春天的第一天进行。在教堂前面，红玫瑰遮掩着她的棺材。很难相信妈妈竟然在里面，而不是坐在家里靠窗的那个位子上，等着我们回家。我和爸爸蜷缩着身子，坐在第一排座位上，奥黛尔和玛丽·路易斯坐在我们旁边。我的嘴唇不停地颤抖，所以我伸手捂住了嘴。奥黛尔握住我另一只手，我不想让她放手。

  爸爸东张西望，就是不愿意去看那口棺材。教堂里的耶稣画像有些褪色了，透过彩色玻璃窗没法看到外面。他表现得就像是一个上错火车的人，出乎意料地来到一个全然陌生的地方。在我们身后坐着的是斯坦奇菲尔德医生，他还带着那个形影不离的大包。然后是罗比，坐在父母之间。玛丽·路易斯的爸爸塞着冬青油鼻烟。苏·鲍勃则低声嘟囔着什么。就连安吉尔也来了。教过我的老师也都来了。

在场的女士们声音颤抖地念起了经文。然后，妈妈的朋友们开始站起来深情回忆。苏·鲍勃说妈妈最有幽默感。凯说妈妈的肩膀最温柔，可以让人靠着哭。我忍不住一阵心酸，鼻涕都流了出来，喉咙也被堵住了。悲伤在我的肠胃里翻腾，我痛苦地咳嗽起来。玛丽·路易斯对着我的背拍了一下，疼痛的感觉真好。

风琴奏起哀怨的曲子，标志着仪式结束。我们从教堂出来，穿过街道来到大厅。以前走在这条路上，男人们会抱怨税收，女人们则互相抱怨，孩子们从弥撒的枷锁中挣脱出来，粗野地大喊大叫。但这次，我们只是默默地走着。安吉尔把一盒混音磁带塞进我的口袋。爸爸的老板搂着他胖嘟嘟的妻子，好像担心她也会被死神带走。罗比走了过来。他穿着黑色的威格牛仔裤，而不是蓝色的。他递给我一块手帕，我拿在手里。他把拳头塞进口袋，又回到父母身边。他的爸爸妈妈点头表示鼓励。我猜他们在教他如何做人。

一张长桌上摆满了食物。一位女士让爸爸和我坐下，另一位女士给我们端来一个大盘子。烤肉、土豆泥和肉汁。不需要他出面做什么。在场的女士都是经验丰富的老手，平静而高效地安排好了一切。她们尽其所能，做好饭，装好盘中端上来，再打扫卫生，让我们顺利度过人生中这最糟糕的一天。

人们聚在我们旁边说着什么，努力表现得和平常一样。日子总得过下去啊。

"今天这些太太安排得非常好。"

"那么年轻就……"

"他会怎么照顾莉莉啊？"

然后，马洛尼神父、爸爸和我跟着灵车去了墓地。在墓前，爸爸念着悼词，我很高兴在这个静谧的时刻，只有我和爸爸陪着妈妈度过。几英尺开外，一只小知更鸟正在草地上啄食。爸爸看到这只小鸟，把手放在了我的肩膀上，我哭了，泪落如雨。

早晨，我们在黑暗中醒来。以前都是妈妈拉开窗帘，让阳光满屋，然后她会在我额头附赠一个吻。现在，爸爸默默地喝他的咖啡，我吃我的燕麦粥。我们谁也不想让光亮照进来。

以前，我们家总是很热闹，挤满了人。晚餐俱乐部，还有周六下午的太太聚会，妈妈和她的朋友们咯咯地笑个不停。平时放学回家，她总是在家里等我。但现在我再回来的时候，房子里没有笑声，也没人等我了。我从客厅回房睡觉，再也不会有人对我喊："做个好梦！"在学校的储物柜前，其他孩子看到我都会后退一步，生怕我的不幸会传染到他们身上。老师也不再过问我的作业。星期天，我和爸爸蹒跚地来到教堂长椅前，我们祈祷，但上帝一句话也没说。

原先每天回家，我都有一肚子的话要告诉妈妈，她也会问我很多问题。我想妈妈了，我想让她问我问题。我打开厨房的柜子，找到她常用的杯子。它静静地窝在柜子里。我怕打碎她最爱的东西，从来不用它。我用指尖轻轻地抚摸着杯口，我想和她再近一点。真希望时间能倒流，能回到她弥留人间的那一刻。我会告诉她：你是世界上最好的妈妈，我需要你，我和爸爸都需要你。我喜欢一家人一起去看知更鸟，一起等着蜂鸟出现。真希望我们能再待一会儿，真希望能再给妈妈一个拥抱，真希望我能再对她说一次"我爱你"。

周末我还是会在玛丽·路易斯家过夜，我们懒洋洋地躺在沙发上闲聊。和往常一样，我们抱怨所知的一切，学校和家。"爸爸连罐装的金宝汤都打不开。"我转着眼珠儿说道。

"那你俩也不能胡闹啊。"安吉尔一边穿上她的绸缎夹克一边说。

"如果你是个天才,为什么数学不及格呢?"玛丽·路易斯问她。

"至少我有自己的生活,不像你。"她生气地跺着脚走了出去。

即便是吵架,也比在家无聊地听收音机强。只有玛丽的妈妈还像往常那样对我。她粗暴地吼我们:"见鬼,别这么出言不逊!"在我听来,那也是种很独特的安慰。

整个镇上的人一起为我和爸爸操心,送来大量的吃的。为此,爸爸买了一个大冰箱储藏这些炖菜。吃饭的时候,我们很少说话,只有新闻主播喋喋不休,他成了我们家的忠实伙伴。我和爸爸的谈话很生硬,中间停顿的时间几乎和插播广告一样长。

放暑假了。在安吉尔的撺掇下,我和玛丽·路易斯迷上了肥皂剧。看了《我们的日子》[1],我们体会到了爱情的滋味。每次一小时的播映让我忘记了自己的痛苦,我沉浸在剧情中:爱是渴望,爱是创痛,爱就是做爱。如果我和罗比的身体、罗比的灵魂纠缠在一起,那会是什么滋味呢?

我的肥皂剧狂欢持续了整整一个月。夏天最热的时候到了,室外的温度上升到了近38℃。一天,爸爸早早地下班,来玛丽·路易斯家接我。他看到我们在看电视,屏幕上那对恋人紧紧地搂在了一起。

爸爸的眉毛一下子翘了起来,然后又变成愁眉苦脸的样子。"我带你出去吃冰激凌吧。"他说。他本来也想邀请玛丽·路易斯,但现在大为光火,认为她带坏了我。玛丽·路易斯看出来了,就没有动。我一路噘着嘴,气冲冲地来到旅行车里。一杯草莓奶昔可不会让我的火气

---

[1]《我们的日子》是美国全国广播公司制作的一部日间肥皂剧,自1965年开始每星期播一次,现在还在续拍,也是世界上少数仍然在播的"长寿"电视剧。

消失。

"我想看电视剧,为什么你不让?"

"你妈妈不喜欢这样。"他说。这是让我闭嘴的最好方法。

我们到家后,爸爸从车里钻出来,径直去找奥黛尔。我靠在车后座上,听他抱怨说我整天看肥皂剧,还抱怨玛丽·路易斯父母对孩子们的纵容。他站在门廊上,像座铁塔一样,遮住了苗条的奥黛尔。我看到爸爸拿出钱包,掏出了一些钱。他以为每个人都跟他一样,对钱很感兴趣。奥黛尔像是受到了侮辱,把他的手推开了。

"我需要有人照顾她,"他说,"不能再让她看肥皂剧了。"

"我不需要保姆!"我喊道。

第二天早上,我被送到奥黛尔家。我本来一直想来这里,但现在这个地方却让我心怀怨恨。她理解我的心情,整个上午都在花园里忙碌。午饭时间到了,我本来还想接着赌气,但她端上来的法式三明治击败了我。滚烫的黄油面包上铺了一层起泡的瑞士奶酪,又香又滑嫩,彻底征服了我的味蕾,我们刀叉并用,干掉了这款"咬先生"[1]。奥黛尔的一切都很优雅,包括她吃三明治的方式。在我们的镇子上,她是那么的格格不入,就像一根受伤的大拇指那样翘着;但在巴黎,她或许就是一根普通的手指。我渴望看到她原来的那个世界。她还会回去吗?她会带我一起去吗?

在我们洗碗时,她让我教她做巧克力薄脆饼干,那是我最喜欢的甜点。让我吃惊的是,她连一些最基本的常识都不知道,比如你应该把搅拌器上残留的巧克力舔干净。这可是烘焙中最大的乐趣。

妈妈让我想吃多少就吃多少,但奥黛尔只让我吃两片。我想要更

---

[1] 这款三明治法语称为 Croque Monsieur,中文直译就是"咬先生"。

多，她说："两片就能填饱你的小肚子，现在该轮到填充你的内心世界了。我们换种方式。"她递给我一本书。"用文学，而不是蜜糖满足你的心灵。"

我呻吟一声，扑倒在她的锦缎沙发上。她坐在那把"路易十五"椅子上看着我。椅子的木腿上雕着花，似乎很贵。也许她很有钱。当她像我这么大的时候，家庭教师会带着她在城堡里走来走去。她的祖先变成一幅幅发霉的画像，挂在头顶上方的墙壁上。虽然和奥黛尔多年为邻，但我对她的生活却一无所知。我看着餐柜的抽屉，想知道里面有什么。也许我可以偷偷看一下……

"读吧。"她命令道。

《小王子》讲了一个爱画简笔画的小男孩。当他把画拿给大人看时，他们根本就看不懂，就像没人知道我有多想妈妈一样。"耶稣在天堂需要她，亲爱的。"太太们说，好像我这里不需要她似的。我继续看下去。"这是一个如此神秘的地方，眼泪之乡。"这句话尽管出自一位已故的、陌生的飞行员，但却比身边那些人的陈词滥调更能安慰我。"要用心看，最重要的那些东西肉眼反而看不见。"这本书把我带到了另一个世界，一个让我忘记现实苦痛的地方。我觉得这个角色和玛丽·路易斯一样真实。

奥黛尔说《小王子》原著是用法语写的，我读的是英译本。我想读原著，用它理解我的方式理解这个故事。我想像小王子一样能言善辩，像奥黛尔那样优雅。我告诉她我想学法语。"我很乐意教你！"她说。她送给我一个笔记本，在上面写道：le mariage（婚姻），la rose（玫瑰），la bible（《圣经》），la table（桌子）。当我问她为什么会有"le"或"la"时，她说法语的名词不是阳性就是阴性。

"啊？"

"我换种说法给你讲。它们或者是男孩子,或者是女孩子。"

"在法国,连桌子也是女孩子吗?"

她笑了,笑声清脆悦耳。"是那么回事。"

桌子姑娘?我想象着让桌子穿上裙子。一条牛仔迷你裙?或一条拖地花长裙?听起来好傻啊,但这种情形让我想起了妈妈,她在梳妆台前梳头,膝盖擦过方格呢的裙子。一张桌子就是一个女人,这个说法还是挺有道理的。

妈妈已经过世四个月了。我想到了她,第一次没有心碎的感觉。

到了晚上,我又变成了孤身一人。自从妈妈过世后,爸爸下班后就把自己关在书房里。我坐在书桌旁,复习我的法语功课。我把那些单词放在舌尖上滚来滚去,直到它们脱口而出,纯正无比。奥黛尔给我买了一本法英词典。橘子是 un orange,但苹果却是 une pome。我爱 le français(法语),一座通往 la France(法兰西)的桥梁,一个只有我和奥黛尔知道的世界,一个让我逃离现实的地方。对我来说,学法语能让我宣泄悲伤,表达伤痛。我无法不让自己伤心,它太浓了,太沉重,但我可以把动词变位:je commence,我开始;tu finis,你结束。用这种隐秘的语言,我提到了母亲:j'aime Mama,我爱妈妈。

开学第一天,我和玛丽·路易斯在学校芥末黄色的厨房里打哈欠。这堂课是家政课,八年级学生必修。很无聊,但至少拿 A 很简单。我祈祷罗比能在这个班,当他走进厨房时,我松了一口气。

亚当斯太太看着她手里的文件夹,把学生两两组合在一起。"莉莉和罗比。"

我高兴地把胳膊肘一歪,就把玛丽·路易斯推开了。我一点点地向他靠近,不知道该说什么,连一句简单的"你好"都说不出来,也说不出"收割怎么样了"。他对我微微一笑。这就够了。

亚当斯太太拿出一张食谱,放在台子上,旁边就是面粉、糖和盐罐。我和他站在一起看食谱,他身上的温热似乎融入我的身体。我用量杯量取材料,他用一把抹刀把它们搅拌在一起。我们把面糊舀进模具,放入烤箱。我俩像骄傲的父母一样,盯着烤箱,看着纸杯蛋糕一点点变大。

等到它们变成了金棕色,我把它们拿出来。虽然很烫,但罗比还是咬了一口。他嚼了两下说:"啊,太难吃了!"

"别瞎说。"我也把一块塞进嘴里,尝起来像沾满了盐粒的发霉海绵,我直接吐到垃圾桶里。"我一定是把盐和糖弄混了。"

"这没什么。"

"你在开玩笑吧?"我差点哭了,嘴巴里的味道太怪了,而且我不想不及格。

"你在担心 GPA[1] 达不到 4.0 吗?"

他抓起一个蛋糕塞到嘴里,嚼都没嚼就硬吞了下去。眼泪顺着他的脸颊流下来,但他毫不犹豫地又抓起下一个。我也抓起一个塞到嘴里,啊,它堵住了我的嗓子眼儿,真是难以下咽啊。

亚当斯太太表扬了蒂芙尼和玛丽·路易斯的杰作,然后走了过来。她举起我们空空如也的烤盘问道:"我该给你们多少分呢?"

浓烈的咸味刺激得我俩龇牙咧嘴。我们耸耸肩。

"好吧,别傻站在那儿了!"亚当斯太太说,"把台面清理干净吧。"

站在水龙头前,我们把手伸进温热的水中。水中放了洗涤液,小

---

[1] GPA,即平均学分绩点。

小的泡沫随着水波起伏漂动。我从没这样开心过。

在社会研究课上,戴维斯小姐对苏联抵制洛杉矶奥运会的行为感到愤怒:"可能是担心他们的运动员会叛变吧!可是如果他们放弃竞争,我们怎么能赢得冷战呢?"我和玛丽·路易斯没听她那苦涩的独白,而是传起了纸条。

"我快饿死了。"她写道,"午餐吃奶酪、薯条如何?"

在穿过马路去哈士奇快餐店前,我打开储物柜,找到玛丽·路易斯的口红,给自己涂了一些。我推开快餐店脏兮兮的玻璃门,看到罗比坐在快餐店的中央,而蒂芙尼·艾弗斯就坐在他的大腿上。她的绿松石色牛仔靴就在离地板一英寸[1]的地方晃来晃去。我眼睛瞪得圆圆的,一下子愣在了原地。

玛丽·路易斯猛地撞到我身上。"嘿,你当心点!"然后她看到了同样的一幕:罗比扭动着身体,表情有些扭曲,而蒂芙尼·艾弗斯正得意地笑。

"为什么非得选他?"我问玛丽·路易斯,"蒂芙尼想要什么人,都能得手。"

"你无法选择会爱上谁。"玛丽·路易斯说。

"你为什么总是为她辩护?"

"你干吗这么在乎她啊?"

家务课小蛋糕里的咸味后劲十足,让我心痛,或者说这种难受来自看到蒂芙尼·艾弗斯坐在罗比的大腿上,"我要回家了。"

"你也可以争取啊,别让她赢。"

这不是比赛。我跑到奥黛尔家,破门而入。"你怎么不在学校待

---

[1] 1英寸≈2.5厘米。

着?"她问我,"出什么事了?"

我浑身是汗。"我看到了……我有些恶心。"

她给我端来一杯水。我翻看着书架上的法英词典。我咽了口唾沫,问道:"要是用法语形容一个人,最糟糕的字眼是什么?"

"Odieux,残忍。"

我本来想问她荡妇、婊子这些词怎么说,但这个也能凑合着用。

"为什么要关注那些负面的东西呢,大小姐?和那个男孩有关系吗?就是弥撒后和你一起看月亮的那个。"

天啊,难道一大群人都知道了我的糗事!

"嗯?"她问。

我告诉了她事情的经过,她说:"有时我们会误读信号。就像我对保罗抱的幻想太多,嗯,他是我的第一个……男朋友,但我错了。罗比当时局促不安,也许是因为被她逼得不舒服。"

"没关系,我不在乎。"我交叉双臂抱在胸前,"我跟他一刀两断了。"

"别把你的心封起来。"

我想起了她失去的亲人,觉得在她面前抱怨挺蠢的。"你挺过了一场战争,可我连初中都熬不过去。"

"我们有很多共同点,比你想象的多得多。我告诉你我会用哪些词形容你,漂亮,聪明,pétillant。"

我感觉心里好受多了。"最后一个是什么?"

"光芒四射。"

"你以为我会闪闪发光?"

她苦笑了一声:"你就像一颗星星,闯进了我的生活。"

如果罗比想和蒂芙尼在一起,没问题。我不会再看他一眼。我也不能看他。在课堂上,我一直盯着老师看。玛丽·路易斯递给我一张纸条,低声说:"这是他写的。"可能是他的婚礼邀请函吧。我看都没看,就把它扔到了垃圾桶里。Je déteste l'amour(我讨厌爱情)。Je déteste Tiffany Ivers(我讨厌蒂芙尼·艾弗斯)。Je déteste everyone(我讨厌每一个人)。

我害怕看到罗比和蒂芙尼约会,怕在唱诗班演唱时看到他搂着她,或者在弥撒后一起分享甜甜圈。但我始终没有见到这一幕。万圣节到了,我开始意识到奥黛尔说的是对的,我误读了信号。我试图吸引他的目光,但他再不肯向我的方向看过来。

但这并不是说别人没有约会。热情的太太们把每个单身女人都往爸爸面前推。在教堂的大厅里,她们把他和一个金发碧眼的银行出纳员撮合在一起。

"他瘦得就剩一把骨头了。"老默多克太太说。

"他没什么胃口,"艾弗斯太太说,"但他的账户却丰满得很。"

在秋季音乐会上,他们安排他和一个花店女孩儿坐在一起。"他是个很不错的结婚对象。"艾弗斯太太在《骷髅之舞》的音乐伴奏下低声说。在为消防员组织的募捐会上,他们又让他和我的英语老师配对。听着老师唠叨麦克白的故事,爸爸似乎不太高兴,但也没有中途离场。我和玛丽·路易斯倒是第一批离开的。

"真恶心。"我踢着人行道上的枯叶说道。

"我都快吐了。"她同意道。

"你爸爸约会的次数比你都多。"蒂芙尼·艾弗斯从一旁经过时说。

我们回到玛丽·路易斯的房间,把安吉尔的杂志卷成麦克风,用最大的肺活量狂吼:"也许你才是对的。星期五晚上我毁了你的派对,星期六我会说对不起……"

又到了周末,我的心情还是一团糟。比利·乔尔的歌愤怒地痉挛着,好像要对我说什么。已经是午夜时分,苏·鲍勃砰砰地敲门,让我们闭嘴。

一大早,我和玛丽·路易斯顺着小巷往前跑着,这是去我家最近的一条路。就在离家还有两栋房子的地方,我们猛地停住了脚步。爸爸就站在那栋房子的后门处,和那个金发的银行女出纳抱在一起。她的脸红扑扑的,轻抚着他的胳膊。而他则握住她的手,十指相交,缠绕在一起。

"太恶心了,"玛丽·路易斯啐了一口,"他们竟然连手指头都不老实。"

"她在我家过夜了。"

"你认为他会娶她吗?"

妈妈去世才八个月呀。

悲伤是眼泪流淌的大海。咸潮覆盖了黑暗的深处,你必须以自己的节奏游出去。培养耐力需要时间。有那么几天,我的胳膊划过水面,觉得一切都会好起来,海岸离我并不遥远。但下一秒,某个记忆又会浮现出来,像大浪一样再次把我淹没。我又回到海底,继续劈波斩浪,虽然筋疲力尽,但是始终无法到达岸边。

又是一个星期过去了。周末做完弥撒后,我和爸爸、玛丽·路易斯正在大厅里挑选甜点,那个金发女走了过来,满怀期待地看着他。他不停地在我和她之间瞟来瞟去,最后说道:"姑娘们,我想让你们见见埃莉。她是……这是莉莉,这是玛丽·路易斯,莉莉的犯罪同伙儿。"

"很高兴见到你们。早就听说过你们了。"她像只疯了的鹦鹉一样欢快地说道,声音高亢刺耳。

"莉莉?"我听到爸爸说,"你没事吧?"我摇了摇头。

他可以继续前进,但我会选择和妈妈待在一起。我想起了她用沾满面粉的手,递给我一个裹着巧克力碎渣的搅拌器。我想起了我转着舌头去舔金属上沾着的香甜,还有她爱怜的笑声。我记得她给我准备万圣节穿的小丑服装,脚踩在缝纫机踏板上,低头看着我。我想起了她辛辛苦苦地为我织了件毛衣,我却不肯穿,因为它和蒂芙尼·艾弗斯的不一样,不是在商店里买的。我记得妈妈微笑着,极力掩饰着难过的表情。如果我还能找到那件毛衣,我要每天都穿它。

十四岁生日那天,爸爸带我来到"牛仔之家",就是泰勒太太开的那家服装店。她留着一头蓬松的乱发,做弥撒时就坐在我们前面三排的长凳上。安吉尔和她的朋友们经常来这里,她们会设计自己的T恤,把名字印在后背上,爸爸也想带我设计一件。让我感动的是,这个主意是他自己想出来的。

泰勒太太把T恤摆了出来,有五种颜色,只有橙色那件是我的尺码。紧接着我们开始选装饰元素:面前摆满了兔子、小鸟和摇滚乐队的照片,供我挑选。以前翘班的时候,爸爸会不停地看手表,有时多达二十次。但今天他耐心地陪着我,一张张地仔细看过去。

"你妈妈会选鹰。"他说,声音轻得我几乎听不见。这也是我想要选的。

泰勒太太又拿出平绒的字母,有大、中、小之分,还有红、黑、蓝的颜色差异。我们一个个地抚摸着。

"以前都是你妈妈帮你准备生日礼物。我也没有留意她所做的一切……"

"谢谢你，爸爸。"我说，用力地抱抱他。就在昨天，我还想着，多希望这样用力地抱住妈妈啊。我穿着那件T恤回了家。

奥黛尔带过来一块蛋糕，竟然是我最爱的巧克力味道的。玛丽·路易斯和其他几个女孩从学校赶过来，簇拥着我吹灭了蜡烛。青烟仍在袅袅上升，埃莉却冲了进来，自来熟地没有敲门。

玛丽·路易斯皱起了眉头："她来干什么？"

"真是个'惊喜'啊！"

爸爸吻了吻埃莉的脸颊。

"生日快乐！"她说道。

"很高兴看到你。"奥黛尔边说边推了我一把。

"您真是太好了。"我嘟囔了一句。

玛丽·路易斯双臂交叉，一语未发。她的沉默代表了我的全部感受。

爸爸和埃莉表现得很规矩。他们没有牵手，没有拥抱，也没有贴在一起。但是他一直看着她笑，比对我笑的次数都多。可这是我的生日聚会啊。我巴不得这一天早点结束，于是食之无味地吞下蛋糕，粗暴地撕开了礼物。

我和玛丽·路易斯把装蛋糕的纸盘塞进垃圾桶，爸爸煮了一壶新鲜的咖啡。他的女朋友打开了放杯子的橱柜。柜子里有那么多杯子，结果她竟然选了我妈妈最爱的那个！她当然可以任意选择了，对此爸爸一点也不惊讶。在这个厨房里，在他的心中，在他的床上，妈妈已经被替换了。

玛丽·路易斯把这一切都看在眼里，她那张长着雀斑的脸上流露出痛苦的神色,我也一样。她知道我从来舍不得拿出这个杯子,也从来没有用它喝过东西。她用低沉、激烈的语气说出了我的愤怒与伤痛,说出了我的心里话:"这个婊子以为她能在这儿拿走所有她喜欢的东西?"

埃莉把杯碟放在柜台上,然后伸手去拿咖啡壶。玛丽·路易斯突然伸出手,把那些瓷器都扫到了地板上。瓷器摔了个粉碎,白色和蓝色的碎屑四处溅落,最后一片溅到了冰箱底下,才慢慢消停下来。所有人都一动不动,我的心里又是悲伤又是满足。

"你是故意的,"爸爸对着玛丽·路易斯大吼大叫,"为什么要这么做?"

他不停地吼着,但她早就习惯了大人大喊大叫。她半闭着眼睛,免得爸爸的口水喷到眼睛里。她忍着。

爸爸的女朋友在旁边看着,奇怪他为什么那么生气。

"看在老天的分上,这只是一个杯子!"她说。然后她从门后拿出扫帚和簸箕,把碎片扫走了。那是我母亲的遗骸。

巴黎，
1939 年 8 月

[第十三章 – 奥黛尔]

雷米漫不经心地收拾着东西，就像准备着去上学，用冷水洗把脸清醒清醒，往邮差包里扔几本书就行。我闷闷不乐地坐在他的床上。我俩中间横着一道墙，充斥着压抑和怨恨。他觉得自己首次做出了一项重大决定，我却没有积极响应；而我则不敢承认内心的害怕：战场上凶险万分，他万一出事该怎么办。他迫不及待地想要逃离，而我认为他压根儿就不该走。

"带上一件毛衣，"我说，"你不想感冒吧。"

"他们会发一切需要的东西。"

我已经提前从银行把我的积蓄取了出来。"给你。"我从口袋里掏出那些法郎，按在他手心里。

"我不要你的钱，姐姐。"

"你一定得拿着。"我紧紧抓住他的手，不想放手。

"我要迟到了。"他用力挣脱出来，把钞票放到床上。

我尾随他来到门口，爸爸、妈妈等在那里。妈妈一顿瞎忙，抻平雷米的衣领，问他："你带没带干净的手帕？"

爸爸递给雷米一个铜质的指南针。"我以前上战场时用过的。"他的嗓音有些嘶哑。

"谢谢你，爸爸，"他把指南针往上轻轻一丢，然后又敏捷地接住它，顺势将其放进自己的口袋，"到时我要把它拿给那些德国佬看看。"

他的眼睛里闪动着令人眩晕的光彩——他迫不及待地想要"做些什么"。

"答应我，记得写信。"我说。

他亲亲我的脸颊："我答应。"

他把邮差包甩到后背上，几步蹦下了台阶，好像要出去买根法棍面包一样。

因为担心空袭，现在的"光明之城"一到晚上就变得漆黑一片。没有路灯，没有夜总会的霓虹灯，就连阅览室里的灯也关掉了。当局建议巴黎人要随身携带防毒面具，我把防毒面具放在了衣帽间里。很多巴黎人，像我的堂兄弟那样把东西塞进车里，义无反顾地离开了这座城市。里德小姐帮助她心急如焚的同胞预订回国的机票。教师们停止了休假，赶回来帮着学生们转移到乡下。儿童阅览室里一片诡异的宁静，让人心寒，令我害怕。

家里也非常安静。这是自打我和雷米出生后，我俩第一次分开这么久。对我来说，雷米的存在就像日出，就像我们桌上的面包，就像塞纳河一样自然。他一直都在那儿，啜饮着他的咖啡，刷牙时咕噜咕噜漱口，哼着歌儿和我一起看书。雷米是我生活中的配乐。没有他，日子就变成了一部无声电影。

他没有轻率地做出选择，这也算是一种慰藉。实际上，爸爸和妈妈也给了我一些安慰。以前，日子就像我家的餐桌，我和雷米在一边，另一边则是我们的父母，两边剑拔弩张。但雷米离开了，就剩下我们仨。焦虑不安的目光扫过那把空椅子，我们变得空前团结起来。

"保罗什么时候回来啊？"妈妈问道。她极力想消除尴尬的沉默。

我把手伸进口袋，摸了摸他最新的那封信。他每天都会写信，告诉我他有多想我，还有多少公顷小麦要收割。我叹了口气："还要一段时间。"

在衣帽间里，头顶印有"巴黎亚米利加图书馆"的棕色皮革煤气面罩堆在墙边。当我把自己的面罩扔到地板上，比茨轻快地走了进来，友好而动听地道了声"你好"。我没有回应。

"你这些天来都在看什么书？"她问，"我刚刚读完了《艾玛》。"

"雷米不在了，我压根儿没有读书的心情！"

"这又不是在比赛，看谁思念他更多。"她一边走出门外，一边说。

我不知道该说些什么，又或许是我想说的太多。你怎么敢鼓励雷米参军？要是他遇到危险该怎么办？

玛格丽特进来了，把她的草帽挂在了挂钩上。"出什么岔子了？"她问。

"比茨就是'岔子'。"

玛格丽特准备了一个茶盘，带到我办公桌这边来。"这一切究竟是怎么回事？"她一边倒着大吉岭茶，一边问。

"雷米是敏感体质——一旦感冒流行，他是第一个患病的；他也是班上体育成绩最差的。可是比茨却鼓动他把自己置于危险之中。他甚至都不跟我说他参军了。"

"他为什么不信任你，总归有原因吧？"

玛格丽特的眼神是那么诚挚，我发现自己刚刚明白过来一个事实。"他曾经试着告诉我"，茶杯在我手心里颤抖，"真希望我那时能好好听他说。他总是站在我身边支持我，但那次他需要我的时候……"我哽咽住了。

"别对自己那么苛刻。"

"我本来可以劝说他别去参军的。"

"可能他觉得这是自己必须要做的事。"

"可能……"

玛格丽特突然做了个手势，示意我看前面。书架管理员彼得正帮新来的参考馆员海伦熟悉情况。海伦来自罗得岛州，有着卷曲的短发和梦幻般的大眼睛。他们俩在书架间穿梭，深情地回忆起新英格兰地区，917.4，那个世界上最神奇的地方。我读了太多的爱情故事，所以自看到他俩第一眼，就知道又一出爱情大戏要开始了。

鲍里斯拿着长长的纸卷走近。他告诉我，图书馆的窗户玻璃需要全部糊住，以防发生爆炸时玻璃碎掉。

"你弟弟有消息了吗？"他问我，同时把纸卷放在桌子上。

我割了一大条下来："他还没来信呢。"

鲍里斯用一把旧的油画刷子在纸上涂着胶水。他说："当年我当兵时，训练得相当刻苦。到晚上，我们这些新兵蛋子都累得不行，倒在铺位上就呼呼大睡，根本就没时间写信。我们的指挥官也巴不得这样，他想让我们把过去的生活抛在脑后。"

"可能你说的是对的……"

"只是对留在后方的家人来说并不友好,这让他们更担心了。"

鲍里斯明白我的忧虑。他的话让我平静了下来,我很感激。我们说得很少,但话里关怀备至。图书馆的窗户很多,我们花了整整两天时间。

接下来到了9月1日,军队开始征召十八到三十五岁的男性入伍。鲍里斯被征召了,还有和我一起长大的邻居男孩、几乎吃住在参考阅览室里的博士书虫、烤面包的面包师,他们都被动员起来参军。爸爸要求他的下属留在巴黎,保罗得到了特许,去他姑妈家的农场干活儿。战争的迹象随处可见:军队的规模越来越庞大,《先驱报》上到处都是不祥的大标题;图书馆的布告栏上,也贴上了一张美国大使馆的公告,上面写着:"鉴于欧洲局势,建议本国公民做出明智选择,尽快回国。"下方是大使馆通红的印章。

里德小姐会听从大使馆的安排吗?如果英国大使发表类似的声明,我会不会连玛格丽特也要失去?

我跌跌撞撞地走过卡片目录柜,就是在那儿,卡罗阿姨把我介绍给杜威和他的整个星空。我经过保罗和我第一次接吻的书架。我经过玛格丽特和我第一次成为朋友的后屋,最后我来到里德小姐的办公室。

女馆长手里拿着那支笔,在椅子上轻轻地晃着身体沉思。桌子上放着一些文件,显然她的心思在那上面。空气中弥漫着浓咖啡的味儿,还有墨香。没有箱子,没有打包要走的迹象。她就静静地坐在那儿。只要她在这里,一切都会好起来的。我的慌乱消失了,慢慢地深吸了一口气。

"你不回家吗?"我问。

"回家?"

"你不走?"

她的眉毛拧在了一起,疑惑地看着我,好像从没有这样想过。里德小姐说:"这里就是我的家。"

亲爱的保罗:

  我很想你,我想让你搂着我的腰,让你在我的耳边私语。自从雷米入伍后,我的胸口一直很痛。我太害怕了,总觉得一切都不对劲儿。雷米不在,我就不再是自己了。也不知道我是谁。等你回来后,说不定情况会好起来吧。

  巴黎的很多人都被动员参军去了。你姑妈肯定非常需要你,但我也需要你,一直盼着你回来。

  致以

我全部的爱!

你那多刺的图书管理员
1939年9月1日

比茨是雷米的新知己,我无法否定这一事实,但我可以离她远远的,尽可能地待在期刊室。今天也如往日,看到自己的老熟人们,我感到非常振奋。科恩教授习惯性地披着那件紫色披肩,针对《黑暗中的航行》[1]中的一个优美段落发出轻轻的叹息。在她旁边,西蒙夫人正一边陶醉于《时尚芭莎》,一边咔嚓咔嚓地磨着她的假牙。在女士们对面,德·内西亚特先生和普赖斯-琼斯先生又吵了起来。

"最好的威士忌是苏格兰造的,"英国人说,"我就有一半苏格兰

---

[1] 20世纪英国文学大师琼·里斯的作品,她的作品还有《早安,午夜》等。

血统。"

"是的,我知道。"法国人嘟哝道,"另一半血统是苏打水。"

"格兰德纳赫是最好的!"

法国人从来不愿意承认英国还能造出什么有价值的东西,争辩着说:"田纳西州的乔治·迪克尔才是最好的。"

"这还不容易,都尝一尝,比一比,就知道谁是对的了。"我告诉他们。

"奥戴尔,你真是个天才!"

比茨侧身而入,朝我走来。"我弟弟也应召入伍了,"她说,"昨天离开的。"

"可我弟弟几周前就离开了,"我吼道,"你早就知道了他的心思,对不对?"

"无论如何,雷米都会被征召的。"

"你觉得这么说能让我好受一些?"我咆哮道。

读者们都吃惊地看着我们。"大家都很担心。"科恩教授安慰道。

我背对着比茨,打开《先驱报》看社论。"尽管大家现在都很焦虑,但很有可能大战永远不会爆发。当然,这要看希特勒先生的决定了,没有人会说一定如此。"西蒙夫人做了个鬼脸,我才意识到自己刚才大声地读了出来。

"什么战争啊?"她笑着说,"欧洲已经累了,没人想打架。"

"这是你的幻觉,"科恩教授说,"孩子们为玩具而战,男人们则为领土。"

"我们现在别考虑这个问题了。"德·内西亚特先生忧虑地看了我一眼。他抓过《先驱报》,打开了社会版。一如既往,整整两个专栏刊登的都是巴黎的美国人聚居区的消息。"纽约的伊莱·格罗贝克先生乘坐快速帆船驶向欧洲。芝加哥的 E. 布罗蒙德夫妇正在柏林访问,现在下榻布里斯托尔酒店。迈阿密的米妮·K. 奥本海默夫人带着露丝·奥本海默小姐也奔赴欧洲大陆。"

普赖斯－琼斯说:"战争无法阻止社会名流花天酒地。"

"从英国人聚居区传来的消息,"德·内西亚特先生继续往下读,"印度特里普拉邦的王公和巴里亚县的尤瓦拉尼家族正在乔治五世大道购物。阿宾顿伯爵夫人和伯爵一起下榻德加勒斯王子酒店。"

我和我的老熟人们都笑了起来。社会名流把自己看得也太重了吧,但这也让我们暂时忘记了形势的严峻性。

下班后我回到家,希望能收到雷米的来信,但是门厅那儿的托盘还是空空的。我听到起居室那边有声音,于是往里瞟了一眼。是保罗!他看到我,惊喜地跳了起来。因为父母都在家里,在他吻我的脸颊时,我只敢悄悄地摸摸他的胳膊。他终于回来了,我大大地松了一口气,胸口堵着的那块大石头也突然消失了。

我们坐在长沙发上,相隔 20 厘米远。我低声说:"我想你。"

"我更想你。至少你还有一群老熟人做伴。而我,除了姑妈,只有牛、鸡和山羊。"

"有人说普赖斯－琼斯先生是头顽固的老山羊[1]。"

"是的,但他从没有咬住你!"

爸爸又是得意又是慈祥地看着我们:"我就知道保罗是你的真命天子。"

"是的,爸爸,这第十四个才是最迷人的。"

"很快你们就有更多的时间在一起了,"他说,"说到战争,你的同

---

[1] 在英语中,"山羊"也有"色鬼"的意思。

事就要离开巴黎了,图书馆也要关门了吧。"

"里德小姐说我们会坚持开门的,"我说,"谁都不会离开,哪儿都不去。"

"不过你可以休息一段时间。"他调侃地眨了下眼。他又补充道:"也许以后你就能准时吃晚饭了。"

爸爸谈到他的工作时,提到的只有责任。他不明白我对图书馆的爱。为了学习如何帮读者解决问题,我和海伦自愿地加班加点。对我来说,这不是一件烦琐的工作,而是一项寻宝探险。"我们要记住,人们在向陌生人求助之前,不知道内心纠结了多久。"她提醒我,"所以一定要有耐心,所有的问题都有价值。"我们翻了一本又一本专业书籍和百科全书,从古巴人口有多少,再到一个中国花瓶如何估价,无所不包。每天都有新问题冒出来需要解答。在写了几十篇学术论文之后,科恩教授决定尝试写一部小说,研究16世纪的意大利。"当时的威尼斯人穿什么?他们喝什么?他们在口袋里放些什么?"她问道。

"你确定他们的衣服上有口袋吗?"海伦反问。

"一点儿也不确定!"教授回答。然后我们三个就起航去了那时的威尼斯,在书架与书架之间穿行。

在图书馆,很多人需要我,我在那里很开心。

"我不打算休息,"我告诉爸爸,"里德小姐说书籍能增进人与人之间的理解,这一点现在很重要,比以往任何时刻都重要。"

当他想开口跟我争辩时,妈妈把他从房间里推开,并且体贴地把门带上了。

我靠近保罗:"他想都别想!"

"他很担心你。"

"我想……"

保罗开始亲我的手、我的脸颊、我的嘴唇，可我还想要更多。我们紧紧地贴在一起，纠缠在一起。接吻只是一本书的序章，可我想一直读下去，读到最后。

门把手嘎嘎地响了两声，我俩一跃而起，迅速分开。妈妈冲向她的花架，给她的蕨类植物浇了点水。

小时候，我喜欢躺在床上看书。到了晚上，妈妈会命令我熄灯。我哀求她让我把那章读完，但没用。现在和那时没什么两样，只有妈妈才能决定何时终止。

我正在整理下午的报纸时，就看到里德小姐蹒跚地走进了阅览室，面色苍白如纸。很快，我们就知道有大事要发生了。普赖斯－琼斯先生和德·内西亚特先生停止了争吵。科恩教授从书中抬起头来。

"我接到了大使馆的电话。"她的声音颤抖着，"英国和法国已经正式向德国宣战。"

以前爸爸会跟我们讲他在战壕里的岁月，在我看来，战争就是一些褪色的老照片，还是远景拍摄的。雷米参军后，老照片变成了爆炸和炮火的特写镜头。雷米，你到底在哪里呢？你上战场了吗？

"他们有没有提到战场在哪里？"我还没来得及问，比茨就开口了。

"我希望能知道得更多，"里德小姐说，"布利特大使一有消息就会通知我。"她安抚了读者之后，把工作人员召集到馆长办公室。"你们该回家，要么去乡下，那样会更安全。"她对我们说。即便情况如此危急，她的语气仍那么权威，以至于我开始在脑海里收拾行李，把我的黄色连衣裙和蓝色围巾扔进手提箱。

"那你怎么办？"一向严厉的特恩布尔夫人问道。

"我会留下来。"里德小姐毫不犹豫地回答道。

"我来管借书处。"比茨说。

"我也想留下来。"我们的簿记员韦德小姐说。

"我也是。"我在脑海中又把衣服挂回了衣橱。我的位置就在这儿，我要尽己所能，让我们的图书馆继续开放。

"我不能没待几天就回罗德岛。"参考馆员海伦说。

书架管理员彼得深情地凝视着她："我也不想离开。"

"我真的很幸运。"里德小姐感激地看着我们，"现在，我们要想方设法保护读者的安全。"

书架管理员彼得把一桶桶沙子拎到图书馆顶层以防空袭。韦德小姐把最近的避难点——地铁站——绘制成指示图，并贴在墙上。我们还举行了安全演习。里德小姐负责清场阅览室，搂着吓坏了的学生离开。我把老熟人们从期刊室带出来。科恩教授临走前还从架子上抓起《早安，午夜》一书，好像是把好朋友从水深火热中解救出来一样。她庄严地宣布："我绝不会丢下琼·里斯不管的。"参考馆员海伦负责拿些瓶装水，看门人则切断了电源。比茨站在门口，挥舞着灯笼。一群不知所措的书籍爱好者跋涉了两个街区，终于来到地铁站。在灯光暗淡的地铁隧道里，我们猜后面会发生什么，什么时候发生。

[第十四章－奥黛尔]
-

鲍里斯拖着步子走进了阅览室，就像去吃了顿午餐，而不是在军队里待了六整天。读者们蜂拥上去，把他团团围了起来。先是德·内西亚特先生和普赖斯－琼斯先生，他们用力地握住鲍里斯的手。接着是科恩教授走上前来："我们很高兴你安全到家了。你的妻子和女儿一定松了口气。"我想冲过去迎接，但一群书虫把他团团围住了。

我退回书架旁，抓起一本书准备放回去。书脊上的分类号码是223，是宗教还是哲学来着？自从雷米离开后，事情就变得一团糟。我经常发现自己站在房间中央，却不知道属于哪里。

鲍里斯在分类号为 200 的书架旁找到我。"你还好吗？"

"我为我弟弟雷米担惊受怕。"

他把我的书塞入书架。"我理解你的感受。我弟弟奥列格参加了外国军团。"

"希望他能平安归来，至少你回来了。"

"这要谢谢里德小姐，是她给军方写了封信。显然，我在这里是不可或缺的。"

"不可或缺。说得太对了。"

里德小姐还成功地留住了看门人，谢天谢地。爸爸申请让他的手下留在巴黎维持秩序，并获得了批准。他没能保护自己的儿子，但却保住了自己的部下。我虽然很担心雷米，但也感激爸爸，因为至少我不会再失去保罗。

鲍里斯把另一本书插入书架:"如果能留在法国军队,我会尽到职责。毕竟,我经历过一场战争。"

我停了下来:"真的?"

"俄国革命爆发的时候,我正在读军校。尽管当时只有十五六岁,我们还是偷偷去参军了。"

"只有十五六岁……"

他解释说,他和小伙伴们认为,他们已经是男人了,因为他们能在十步之内开枪,把一个草莓打得稀巴烂。他们商量着要偷偷溜走时,他和好朋友还在争论哪款制服更好看,能让自己显得更潇洒。"我们还争论是应该步行还是骑马,是饿着肚子走还是去储藏室找点东西,前提是不能吵醒那个暴脾气的厨师。跟大多数孩子一样,我们以为上战场很酷、很容易,"他总结道,"我们甚至觉得战争不会持续一周。"

这让我想起了雷米离开家时的样子。他渴望冒险,急于向爸爸证明他长大了,变成了男子汉。

"我们的队长比我大不了多少。他命令我们开枪杀人,但你知道,面对你的同胞,我们下不了手。"鲍里斯艰难地吞了一口口水,"第一次杀人真的很难。"

书架上的书堆得很高,神圣得如一座忏悔室。他凝视着前面一排排的书,就像一队队的士兵。"在河对岸有个敌方的哨所,"他继续说,"那里站着我们的敌人,一个俄罗斯小伙子。我扣动扳机,子弹擦着他的耳边飞过,伤了他的耳垂。"

"耳垂?"

鲍里斯耸耸肩:"我的枪法一向不错。我不想杀掉那家伙,只是想给他个警告。"

"你做得对。"

他又拿起一本书，忧郁地拂过封面，好像要和它告别。"后来我们和对面那些人开战，包括那个我放了一马的人，他杀了我最好的朋友。"

"我很难过。"我的劝慰虽然发自内心，但没有任何力量，就这样轻飘飘地消失在一架架的书中。

"我中了两枪。"他用手指摸摸脸颊上的一道疤痕，伤疤愈合得很好，只留下浅浅一道印子，像一道皱纹，"但是斑疹伤寒差点夺去我的性命。医务室的条件比前方差远了。我是在一个大家庭里长大的，后来上了军校，又到了军队，从没有自己单独待过，一秒钟都没有。但生病之后就不一样了，我感觉孤零零的。那是我生命中的低谷，好在最后我挺过来了，因为我想到了我的姐妹。"

他指了指儿童阅览室，这时比茨从里面走了出来。"她可不是我的姐妹。"我说。

他忧伤地看着我。鲍里斯很少提起自己，他无可奈何地说了一句"我回借书处了"，然后就走了，留下我一个人悔恨交加。

[第十五章-奥黛尔]
-

宣战后第三天,里德小姐制订了"军人服务计划",就是给法国和英国的战士送去一些书籍。里德小姐想安慰前方的战士,让他们找到心灵的庇护所,让他们知道图书馆有一群朋友在关心他们。我们为食堂和野战医院准备藏书。保罗和我把一箱箱书送到邮局。

现在的巴黎出奇平静,像一个没有多少客人入住的大酒店,但我们的图书馆却挤满了读者。他们理所当然地认为图书馆会开着,他们继续借书,并通过报纸了解最新消息。

"不管是否发生战争,"里德小姐说,"人们都在阅读。"她呼吁人们捐书,给克拉拉·德·尚布伦伯爵夫人等赞助者写信。里德小姐把我叫到她的办公室,解释说她邀请记者们来图书馆,由我出面接待,解释我们的"军人服务计划"。

"你说让我主持?"我惊讶地问道,"报社的人……很难搞。"我曾在《先驱报》巴黎亚米利加图书馆新闻专栏发了篇文章,还犯了个小错误——打字打到public relations(公共关系)时我漏了一个l,变成了pubic relations(阴毛关系)。报社中有人抓住这个小把柄,每次我在专栏里发表一篇新文章时,总有人会问我的"特殊"关系。

"他们可能比较性急,"里德小姐承认这一点,"他们在法国各地奔波,用手中的笔给我们描述战士们的英勇奋战。但是,如果有人胆敢当场冒犯,你就打他的脑袋。"

想起面试时自己曾威胁要这么做,我的脸一下子羞红了。

"哦,不,我不会那样……"

"我知道,你早就不是那个莽撞的女孩了。你成熟了,工作干得相当出色。你的简讯很有趣,尤其是'你是什么样的读者?'专栏,通过一个人喜欢的书来认识他,这个主意真棒。"

在阅览室前面,我用一只脚蹭着另一只,终于鼓起勇气准备和记者们交谈。他们穿着皱巴巴的风衣,一副疲倦不安的样子。但我还没来得及张嘴,他们就发问了。

"法国人对美国人的书会感兴趣吗?"一位头发稀疏的记者问道。他的神态很倦怠,不,是很疲惫,"还有,战士们有时间读书吗?"

"一位将军从马其诺防线派来几辆卡车,专门用来运书,"我轻快地说,"战士们的确能挤出时间看书,我们的目标就是给那些生病的、受伤的或孤独的人鼓劲儿。我们必须把他们的士气鼓舞起来。"

"鼓舞士气?那为什么是书,而不是酒呢?"一个红头发的记者调侃道,"我现在就想喝两盅。"

"谁说两者不可得兼呢?"

他们笑了起来。

"但说真的,为什么是书呢?因为没有别的东西具有那种神秘的魔力,让我们用别人的眼睛观察。图书馆是通往不同文化的桥梁,一道由书铺就的桥梁。"

他们一个接一个地脱下外套,让自己坐得更舒服些。然后我向他们解释人们要怎么捐书。有些记者迅速地记下相关信息,还有一些似乎陷入记忆,怀念他们读过的那些大部头。那个疲惫的记者凝视着书架,也许想起了他看过的某本书,曾在辛苦一天后给他带来慰藉。

"每个人在生命中都会遇到一本书,它会改变我们的人生轨迹,"

我说,"让我们知道自己并不孤单。你的那本书是?"

"《西线无战事》。"他说。833。

"帮我们宣传捐书活动吧。帮我们把你喜欢的那本书送出去,送给前方的战士。"

消息一经报纸发布,募捐的书籍就源源不断。我们的员工从各处为每个军团都搜集了 100 本书和 50 本杂志。直到晚上 9 点,我和玛格丽特·里德小姐才结束了一天的工作。女馆长写下地址标签,玛格丽特把每一批次的目录打印出来,我则负责把书放在板条箱里。

比茨冲进了房间,手里挥舞着一封信:"我刚到家就发现了。"

雷米竟然先给她写信?

"啊,太好了,终于有他的信儿了。"玛格丽特高兴地说。

"比茨专程跑回来分享这个好消息,她心眼儿真好,对吧?"里德小姐看了我一眼,眼神里满是批评。

她是对的,我应该感谢比茨,而不是和她较劲谁先收到雷米的信。

"他就驻扎在巴黎附近,在达马丁。"她说,"他现在离危险还很远。"

"只是现在而已。"我尖锐地说。

"他想参军的。"

"可是你推波助澜。"

"他是追随自己的信仰。"

"如果他战死了怎么办?"我把一本厚厚的、未删节版的维克多·雨果的著作用力丢进一个板条箱。它砰的一声落在箱子里,充满了愤怒。

比茨退缩了。"求你了,别再说了。"她伸出那双雪白娇嫩的小手,握住我沾满蓝墨水的手掌,"我需要和你站在一起,我俩都爱他。"

"我应该回家,把这个消息告诉父母。"我把手掌从她手里抽出来,"他们会松口气的。"

"奥黛尔,亲爱的……"里德小姐同情地歪歪头。

别人的好心只会让我哭出来,所以我喘了一口气后说道:"谢谢,明天见。"然后,我冲下了楼梯。当我把那封信的内容告诉父母时,语气一定是有些酸溜溜的,因为妈妈说比茨没做错什么。雷米写了那么多的政治性文章,他做出这样的选择,一点也不奇怪。爸爸让我对比茨好一些,哪怕看在雷米的分上。

两天后,雷米给我们的信终于到了:"我们团驻扎在一个农场。谷仓里的猫寸步不离地跟着我们,即使在我们训练时都如此。我们还没看到任何形式的战争,除了为该谁洗碗而争吵。"

呼吸变得轻松了。

法国境内各个军团的需求邮件如雪片般飞来,还有来自阿尔及利亚、叙利亚甚至伦敦英军总部的信件。红十字会、基督教青年会、贵格会的工作人员和志愿者们挤进我们的图书馆,帮助我们把书籍送往前线。

我们仔细记录他们的需求偏好(小说类还是非虚构类,惊悚小说还是回忆录)以及语言(英语、法语,或两者都可以),我们要确保每个战士每个月收到两个爱心包裹。里德小姐拍下志愿者们包装书籍的照片,比茨给战士们写鼓励信,玛格丽特和我负责处理各个军团的来信。我打开其中一封,写信人是一名法国下士,他此前是英文老师,他想要一些课本给他的战友们上课。

"我们送哪些书呢?"比茨问我。

我假装没听见。

玛格丽特紧张地看了我和比茨一眼，大声地读出信的内容："我们在法国的东部，其中有人能读懂英语，可以给我们寄一些书和杂志吗？还有，会有年轻的女孩儿给我们写信吗？"

我被这些信件迷住了，于是拿起下一封读出来："我们驻扎在法国乡下，在萨尔和摩泽尔之间。这里的日子很枯燥，我们没什么娱乐项目。如果可以，能给我们寄一些《国家地理》吗？过期的就行。这些杂志会让我们开心起来，因为里面有美丽的风光。"

"这些战士远离故乡，日子一定很难熬，"玛格丽特说，"很高兴我们能为他们做点什么。"

"谢谢你的付出。"里德小姐说，她的声音温暖，让人感到舒适，像一杯热可可，"有你来帮忙，我们可真幸运啊。"

"要是没有你们，我又该怎么办呢？"说完玛格丽特就哭了起来。

"啊，亲爱的，你那个破茶壶又漏水了。"我打趣道，想让她开心起来。

"最近我们都容易情绪激动。"里德小姐看着我说。

好在法国境内几乎没什么战火，当然马其诺防线的局势依然紧张，因为将军们确信敌军会从那里发动进攻。

我们给那里的战士送去几百本书。有些人给我们回信，还回赠了一些礼物：一幅前线厨房的水彩画、一架被他们击落的敌机的素描，还有一包香烟。我和玛格丽特读到一封回信，来自一位英国上尉。

你们真是太好了，让我们拿到了这么多精彩的好书。谢谢你们为我们做的这一切，最重要的是，你们给了一群大男人更多的娱乐消遣,让他们无处发泄的精力有了去处。

我们要向你们表达感激之情,感谢你们的杰作。干得漂亮!对于你们的努力付出,再次表示感谢。

我们的"军人服务计划"发展得如此迅速,已经有数十名志愿者参加,收到了数千本捐书。邻近大楼的业主借给了我们整整一层楼用来存书。成堆的小说和杂志堆到了天花板,这是我们的文学比萨斜塔。韦德小姐给我们做了烤饼,统计我们送出的书籍。那年秋天,我们向法国、英国、捷克斯洛伐克的军队以及外国军团运送了两万本大部头。我和里德小姐一样,为计划的成功而骄傲。但我心中仍有一块阴影掠过,我几乎不和比茨说话了。

妈妈抱怨我再也不着家了。保罗开玩笑说,如果他想和我腻在一起,最好的办法就是当志愿者。我理解他俩的心情,但我发现自己已经停不下来了。和雷米一样,我也"需要做点什么"。自从雷米离开后,我总有一种强烈的失落感。我知道这种情绪对远离家乡的战士来说非常糟糕。我把鼓励卡片塞进书里,一并寄给他们。

未来变得越来越不确定,我在看书时习惯先翻到最后一页,看看是否有个圆满的结局。在《维莱特》一书中,823,我读到这样一段话:这里暂停,立刻暂停。人们说得已经够多了。不要自寻烦恼,要心地善良,要抱有阳光般的希望。由他们幻想在巨大的恐惧里重生的喜悦,自险境里获救的狂喜,凌迟前奇迹般的缓刑,以及终于回归的丰硕吧。我只希望在自己的世界里奋力前行,让自己安心。战争会结束的,雷米会回家的,保罗和我会结婚的。

又是一个筋疲力尽的夜晚,我拿着《简·爱》倒在床上。罗切斯特先生走了过来,抓住我的胳膊,抓住我的腰。他目光里燃烧着熊熊的火焰,似乎要吞噬我……

"从来没有,"他咬牙切齿地说,"从来没有一样东西能既脆弱又顽强。在我看来,她不过是我手心里的一根芦苇!(他抓着我使劲摇晃)我能轻而易举地把她弄弯……野性难驯的美丽的小东西!

"如果你愿意,你会翩然而至,偎依在我的怀中。倘若不顾你的意愿硬把你抓住,你就会像香气一样从我手中溜走——在我还没闻到你的芳香之前,你就会消失得无影无踪。哦!来吧,奥黛尔,来吧!"

"奥黛尔!"妈妈砰砰地敲门,"已经过了12点。"

我拿起纸笔写道:"亲爱的雷米,我可以读个通宵,但妈妈会纠缠不休,非要我关灯不可。今天图书馆一如既往地忙,因为8月底离开的读者又回来了。我们正尽最大努力为你们提供图书服务。保罗帮忙把装满书的板条箱送到车站。玛格丽特说保罗会守护我,但我不确定,我不知道他是怎么想的。我们从未说过'我爱你'这类的话。我们从没找到机会单独在一起。也许是我在刻意保持一定的距离吧。希望也让人痛苦。我担心他对我的感情会消失。"我一直记得爸爸和莱昂内尔姨夫是怎么发生外遇的。我的意思是,火花真的不会熄灭吗?

"熄灯,奥黛尔!"

亲爱的姐姐:

谢谢你寄来的书!简·爱和你一样勇敢而坚强。你是多么聪明啊,把你的读书感触写在了页边空白的地方!这让我感觉咱俩是在一起读这本书。你为什么同情罗切斯特先生?他是个浑蛋!我开始怀疑你对男人的品位了。

玛格丽特的判断是对的,保罗是心甘情愿地接近你。希望不会让人痛苦,它应该会让你兴奋,就像一盘子星星端到你面前,闪烁着无数可能。

我没有为圣诞节请假。我们这里很多人都有孩子,我希望他们能和家人一起过节。我会设法在春天回到巴黎。

你没提到比茨。她给我寄来的信有点阴郁。我有种感觉,她没和朋友待在一起,她也不会笑了。她像木头人一样去上班,然后回家。她的弟弟也参军了,这让她更痛苦。一想到她不开心的样子,我就很难过。我不想让她一个人闷闷地待着。请你替我好好照顾她。

爱你的雷米
1939 年 12 月 1 日

[第十六章 - 奥黛尔]

有史以来第一次,雷米没有和我们一起迎接新年。我们三个在一片静默中吃着油封鸭腿。那些日子里,我的内心一直摇摆不定,时而泪流满面,时而心平气和,时而不知所措,时而又对自己说"一切都会好起来的"。在图书馆,我们继续给前方战士寄包裹、打包书籍、服务读者。每天忙忙碌碌的,至少能让我有时忘记恐惧。

保罗帮忙把板条箱运到车站。他看到我,整个脸都亮了,我也激动得喘不过来气。八卦的西蒙夫人正盯着我,所以我俩没有过多温存。保罗打了个招呼,快速地啄了一下我的脸颊。他的嘴唇暖暖的,一股神秘的电流击中了我。

比茨站在儿童阅览室的门口,看着我俩推着手推车走过来。我直视前方,假装没看到她。两周前雷米来信央求我照顾比茨,但我还是没有。

里德小姐把这一幕尽收眼底,她在图书馆门口拦住我。"你没跟比茨打招呼。"她说。

"我今天早晨跟她说过'你好'了。"

"但你们以前是朋友。"

"火车就要开了,"保罗说,"我们最好快点。"

"你回来后我们再谈吧。"里德小姐严厉地对我说。

我一点也不担心。只要她走进办公室,就会被卷入由读者和受托人的需求构成的旋涡，才不会记起这档子事呢。

保罗推着手推车，沿着人行道往前走："你注意到了吗，鲍里斯用他的防毒面具当午餐盒？这是不是说，情况快要恢复正常了。"

"真正的迹象不是这个，而是他又开始写《鲍里斯的激情》这本书了。"

"那是什么书？"

"是一本关于这座图书馆的历史的书，包含很多有趣的故事和统计数据。他可以花整整一章的篇幅，讲人们怎么就《愤怒的葡萄》[1]这本书的书名演绎了多少种说法，比如斯坦贝克写的《老鼠的葡萄》《地心引力的葡萄》《愤怒的葡萄藤》《葡萄藤的愤怒》《加布的愤怒》，还有人要找《愤怒的强奸》，也是它。"

保罗笑了起来："这么好玩儿啊，真不知道他怎么还能忍住不笑，还能严肃认真地服务。"

在火车站前面，我绊了一跤，差点摔倒。保罗把手搭在了我的腰上，我才站稳了。我感受着他手上传来的温暖，差点把那些书都忘了。我的目光所至都是他，心中所想也是他。我想说"我爱你"，但又有些害怕。我怕我说了，他没有同样的回应。

他轻轻地拍打我的背："你没事吧？"

"没事。"

"我爱你。"他在我耳边低语。

我期望着会有一声大雷或是一场日全食，总要有点奇迹出现，来纪念这一刻吧。

---

[1] 《愤怒的葡萄》是美国作家约翰·斯坦贝克写的一部长篇小说，因作者还写过《人鼠之间》，所以会有读者演绎出斯坦贝克写的《老鼠的葡萄》。最后一个说法，Grape（葡萄）去掉前面的字母G就变成了rape（强奸），所以会有读者提出《愤怒的强奸》这一说法。

奇迹没有出现，反倒出现了一位老人。他一头撞到我们身上，大喊一嗓子："小心，看着路！"

我和保罗大笑起来。可真够荒谬的，但我们总算说出了心里话，分外轻松。"好吧。"我说。

"好吧。"他回应道。

我们走进了车站。处理好书后，我们悠闲地往回走。空气中满是爱的芬芳，就像烤面包散发出的浓香。阳台上有心形的铁艺。咖啡馆外有张双人桌。街角的锁匠扮演着丘比特的角色，为每把锁找一把钥匙。我的恋人保罗，在图书馆院子门口吻了我。我梦幻般地漫步在鹅卵石小径上。

里德小姐独自坐在借书处的办公桌前，看起来有些悲伤。

"一切都还好吗？"我问，"鲍里斯去哪儿了？"

"我不是告诉过你，我要和你谈谈。"

"我？"

"小心眼儿使性子不利于员工士气，读者理应得到更好的服务。"

就因为比茨，我就要遇上麻烦吗？"是她先挑起来的。"

"亚米利加医院需要志愿者，"里德小姐说，"我希望你去那里待上一段时间。"

我希望你离开。

"但我们有那么多工作要做。"我争辩道。

"的确如此。"

"我没跟比茨吵架啊，我连句话都没跟她说过。"

"这就是问题所在，你连句话都不跟她说。"她盯着我的眼睛，好像要在那里找到我的智慧，可它们压根儿就不存在，"你需要成熟起来。"

"你要我什么时候去?"

"就现在,请吧。在医院,向莱森护士报到。她在等你。"

我觉得自己如此渺小,就像一点灰尘,被里德小姐从架子上掸了下去。我吓得说不出话来,只能向她点点头,然后从低垂的国旗下,溜着边儿走进了院子,旁边就是凋谢的三色堇,和我一样耷拉着脑袋。我来到大街上,来到地铁站,艰难地走下凹凸不平的楼梯。我遇到了玛格丽特,告诉她自己被放逐了,她同情地歪着头看着我。

"你那么尊敬里德小姐,"她说,"或许她的话有些道理?"

"为什么所有人都觉得她无所不能?"

"如果你能跟比茨说说话……"她说,"这不是雷米想要的吗?"

那我想要的东西怎么办?里德小姐就没看出来吗,这不公平。为什么没人理解我呢?不应该像让·维克多·莫罗将军那样被驱逐,就因为他对自己不喜欢的书嗤之以鼻。我又没有做错什么。

"我该走了。"

我来到时髦的诺伊里郊区,踏入维克多·雨果大道,路两旁是一排栗树,叶子都落光了。我打开医院的一扇铁门,迅速迈上小径。一个戴着白帽子、穿着护士服的女孩儿给我们这些志愿者上了一堂急救课,然后带我们参观病房。"如果我们跟法国人一个样,"她说,"这里早就挂满牌匾了,'约瑟芬·贝克演唱会遗址''海明威切除阑尾后创作《太阳照常升起》纪念地'……"

她介绍我们认识杰克逊[1]医生。医生解释道:"战区目前的局势还很平静,但我们必须做好准备。"

窗户上贴满了纸,但他认为还不足以遮挡光线。他安排我刷窗,

---

1 萨姆纳·杰克逊是巴黎亚米利加医院的外科主任。

用蓝色油漆把四楼的玻璃窗全部刷上。我不擅长此道,甩到身上的油漆比刷到玻璃上的还多。我思念阅览室里的那些老熟人,思念那种被书堆包围的感觉,但我还是全身心投入这项工作,想忘记心中那个洞,还是我自己挖的。

医院里有150张床位,目前住着十二名士兵,都是在马其诺防线上遭到炮击受伤的。他们的伤口很疼。他们没有隐私,也没有家人或朋友来探望。他们神情萎靡,郁郁寡欢。我给他们端上饭菜,把书和杂志放在他们的床头柜上。阅读能让他们逃避现实的痛苦,让他们思考,并提供心灵上的私密空间。

其中一个小伙儿——鬈发的布雷顿很快就和我熟络起来,他像雷米一样厚颜。我收拾午餐盘时,他问道:"小姐,能给我读会儿书吗?"

"你最喜欢哪位作家?"

"赞恩·格雷[1]。我喜欢听西部牛仔的故事。"

病房角落里有个图书角,那儿有一本卷角的《内华达》。我拿起来,坐在他旁边读起来。读完第一章后,我问他:"你觉得好点了吗?"

他咧嘴一笑:"其实我可以自己看的。我只是腿断了,又不是大脑受伤了。不过你的声音真好听,长得也很漂亮……"

"小流氓!"我习惯性地伸手摸他的头发,就像摸雷米的那样。手还在半空中,我突然僵住了。如果雷米出了事,受伤被送进医院,甚至更糟呢?他在来信中,就拜托我做一件事,照顾好比茨。可我都做了些什么?……我要去找比茨,与她和好。真希望能把自己的恶劣态

---

[1] 赞恩·格雷,美国作家,因探险小说而出名。

度归咎于战争，但真相是自己还没成熟。如果我想和比茨、雷米处得更好，我就得改变自己。我想改变，但我能做到吗？

"你还好吗，小姐？"

"总比你强！"我调侃道，"至少我的腿好好的。"

我冲到图书馆，呼吸着书本散发出来的清香，那是天堂的味儿。我走向比茨，她正在把童书放回书架上。

"一起去喝茶吧。"

她紫罗兰色的眼睛闪烁着欣喜之色："可是，我的工作怎么办？"

"里德小姐不会介意的。"

"我想他……"比茨低声说道。

我把脚轻轻搭到她的脚上，以前我就是这样安慰雷米的。

巴黎，
1940 年 5 月

[第十七章 - 奥黛尔]
-

院子里的玫瑰花开了，香气飘进图书馆。尽管天气温暖宜人，但最近每个人都暴躁易怒——我们担心远离家乡的亲人，看到公报提到了芬兰的那场血腥战役，我们害怕德军下一步会把炮口瞄准法国。三天前，普赖斯-琼斯先生叫德·内西亚特先生"滚开"。两天前，鲍里斯称赞科恩教授新买的公文包不错，但西蒙夫人却嫉妒得眼都红了。她喃喃自语："看看你们这些人啊，你们什么都有，但像我儿子那样的法国老实人却只能混个温饱……"至少比茨和我相处得很好。

我陷入了沉思，压根儿没听到她的拖鞋声，直到她走到我身边："里德小姐有话要说，工作会议。"

比茨和看门人是最后到的，她坐到了我这边。

里德小姐清了清嗓子："我得到了最新消息，德军入侵了比利时、卢森堡和荷兰。他们还轰炸了法国的北部地区和东部地区。"

北部地区,雷米就在北部地区啊。上帝保佑,让他平安无事吧。出于本能,我紧紧地抓住比茨的手。

里德小姐让我们为轰炸甚至战争做好准备。根本没有办法知道该如何准备。巴黎同事要离开这座城市,外籍员工要离开这个国家。

"我们需要回家吗?"参考馆员海伦问道。

"恐怕是这样。"里德小姐回答。

"那你会离开吗?"鲍里斯问道。

"请不要离开。"比茨喃喃道。

"我不会离开,"女馆长说,"图书馆将继续开放。"

谢天谢地。我的手指和比茨的紧紧地绞在一起。我们很害怕,但至少还有图书馆。

"就这样吧。"女馆长说。这表示会议结束了。我们像被打了一杆的台球,四处散开,有的去传播这条新闻,有的躲到衣帽间里大哭一场。我心中一片茫然,跌跌撞撞地来到期刊室。保罗就在杂志架那里踱步。

"我也是刚听说,"他说,"你一定很担心雷米。"

他张开双臂,我滑入他的怀抱。

一周后,里德小姐走了过来,关切地皱着眉头。"医院已经不堪重负,这几天你能去帮忙吗?虽然希望渺茫,但说不定你能找到一些人,他们认识你弟弟或知道那个军团。"

"那图书馆怎么办呢?"

"书籍会比我们所有人都长寿。去医院吧,看看你能做什么。"

护士们从一个手术室赶到另一个手术室,护士帽都歪了,衣服上沾满了血。裹着脏绷带的战士们瘫坐在走廊的椅子上,志愿者帮他们擦脸、洗脚。我把温水倒入盆中,跪在一个战士面前,然后是下一个。

我蘸着温水清理他们脸上的血迹,每次遇到棕色头发的战士,我都暗自祈祷,希望毛巾擦过,雷米那双聪明的眼睛会露出来。一通忙活之后,我站起身来伸了个懒腰,去病房看看能否帮上忙。伤员们躺在狭窄的床上呻吟。我不知道是否该松口气,因为雷米没有因为受伤被送到这里。我也不知道是否该害怕,说不定他还在战场上战斗。等到黎明时分,我来到医院办公室,倒在行军床上睡了两小时。一觉醒来,已经是吃早餐时间。伤员们被剥下军装、军衔和国籍标志,统一换上病号服。这里的社会秩序自成体系,人们的地位以受伤的严重程度进行区分。我的标准是:如果一个伤员还有力气和你调情,说明他的感觉还不错;如果他一直沉默不语,就说明他伤得很重,需要更精心地照料。

有个人刚做完手术,躺在担架上呻吟着。我走上前去,用我的手帕抚平他紧皱的眉头。手帕是妈妈用薰衣草水洗过的。

"是你。"他说。

"是我。"我说。

"你给我洗了脸。你的触摸很温柔……"他打了个盹儿,然后又惊醒了,"我爱你。"

"他们给你输了那么多麻醉药,"我回答道,"就是见到一只山羊,你也会爱上的。"

第二天晚上,我在病房里帮他写一封家书寄回去。他不符合当地的参军条件,于是越境去了邻国,与英国皇家空军签了参军协议。"我从来就不是坐在板凳上干等的那个,"他又指指我手上的擦伤,那是给伤员清洗伤口时留下的,"你也不是。"

"我习惯于修补书籍，而不是治疗伤员。"

"书籍？"

"我是个图书管理员。"

"那如果有人在图书馆里不守规矩，你会嘘他们吗？"

我顽皮地戳了一下他的上臂："我只嘘那些无礼的大兵。"

"但愿我们现在在图书馆里。"

"你是什么样的读者呢？"几周来这是我第一次问这个问题。

"我读《圣经》。在我的家乡，人们都会虔诚地读《圣经》。"

"要我给你拿一本吗？"

"上帝啊，不！"突然意识到自己的回答近乎亵渎，他的眼睛一下子睁得大大的，"我是说，不用了，谢谢，我已经读过了。"

"明天我给你带点好书吧。"

"好啊，我很期待。"

他打了个哈欠，过了一会儿就睡着了。听着他平静的呼吸，我也平静下来。已经是晚上，快9点了，妈妈一担心就会揪植物的叶子，在她把蕨类植物揪秃之前，我得赶回去。

我走向门口。一个名叫托马斯的士兵伸出手来，抓住我的裙角。他才19岁，从军之前是个理发师。昨天，我给他带了一本《生活》杂志，他盯着封面上的拉娜·特纳，却不肯翻开杂志。"没必要看了。"他这样说。

"别走，书呆子小姐。"他抓住我的裙边。

我把他的碎发从额头上拂开——棕色的头发，跟雷米的一样。

"别走。"他又低声说。

让妈妈再等一会儿吧。我把行军毯拉到他的下巴处，在他床边坐下来。

"和我说说话吧。"

"说些什么?"

"什么都行。"

"真希望你去见见我在图书馆里的老熟人。其中有一个是英国人,你可以把他想象成一只戴着佩斯利纹领结的仙鹤。还有他的法国朋友——一只留着浓密胡子的海狸。每天,他们都会点燃一支呛人的雪茄,然后就开始争论。今天的话题:普鲁斯特笔下的玛德琳娜,到底是不是一款牛角面包?昨天的话题:谁是名字里带 J 的最伟大的运动员?是约翰尼·韦斯穆勒还是杰西·欧文斯?"

他对着我微微一笑:"他们都错了,是赛艇运动员杰克·贝雷斯福德。再说一点吧。"

"还有一位西蒙夫人,戴着一副二手假牙,其实并不适合她的大嘴巴。她口齿不清,还爱八卦……"

"就像我们那里去教堂的女人。再说点吧。"

"最新的话题涉及一位我最喜欢的读者,一位有着神秘过去的教授。'她嫁给了一个年龄只有她一半大的男孩。'西蒙夫人这样说。但我们那里还有位严厉的编目员,留着弯曲的蓝灰色刘海,就是特恩布尔夫人。她打断了西蒙夫人的话,'不,你错了,她丈夫比她大一倍。'嗯,她们说的都对,教授的第一任丈夫年纪比她大一倍,第二任丈夫年纪是她的一半。然后她们开始猜测第三任会是什么样的。"

"还有第三任?"他说,"多美好的生活啊。"

我瞥了一眼挂钟,快到 11 点了。

"别走。"他说。

他的声音变得有些沙哑,我抬起他的头给他喂了一口水。"我不会离开的,"我向他保证,"我还可以告诉你更多。你远远地就能认出那位教授,因为她总是披着紫色的披肩。她谈到书的时候,让你感觉她谈的是她最好的朋友……"

"我真想见见她。"

整个晚上,我都陪在他身边,给他讲故事,在他发烧做梦的时候安抚他。我握着他的手,直到他死去。

巴黎，
1940年6月3日

[第十八章 - 奥黛尔]
-

　　空袭发生的时候，我正在取书的路上，距离图书馆只有几个街区之遥。城市突然安静下来。没有人聊天，鸽子也停止了咕哝。我只听到一声巨响。我抬起头，看到了飞机成群结队地掠过。我的心怦怦乱跳。远处传来炮弹爆炸的声音，玻璃也被震裂了，哗啦哗啦地落了一地。尖利的空袭警报响起，人们从我身边跑过，不时把我撞个趔趄。到处都是硝烟。我知道自己该找个庇护所藏起来，可我满心想的只有雷米。现在他在哪儿呢？他身处的地方也有爆炸吗，也这样硝烟滚滚吗？我愣愣地站在人行道上，仰望着蓝天上的袭击者。

　　空袭终于结束了。我不知道它持续了多长时间，一个小时还是两个小时，抑或二十分钟？我贴着建筑物的边儿回到图书馆。同事们看到我回来了,都关心地围了上来。比茨喊道:"啊,亲爱的!"女馆长紧锁的双眉也舒展开了。玛格丽特欣慰地抚摸着她的珍珠项链。鲍里斯喊道:"快让她坐下来,她快晕过去了!"

里德小姐搂住我的腰,把我安顿在椅子上。鲍里斯倒了一杯波旁威士忌,以便安抚我的神经。

"你已经安全了,"他告诉我,"现在喝了它。"

"德国军队不会突破马其诺防线的。"玛格丽特说。

"我们之前的想法都是一厢情愿,"里德小姐说,"现在必须重新制订计划。"

"你是说我们必须离开吗?"比茨说,"我不知道我和妈妈该去哪儿。"

刺耳的警报声仍在耳边响着,我根本听不清他们在说什么。我只知道自己必须返回医院,那里的伤员需要我。我从椅子上站起来。

"你应该坐着。"比茨说。

不。我要回到伤员身边。

医院里没有落下炸弹,但大家还是惶惶不安。我的手还在打战,但还是拿起几本书,在病房里走来走去。眼前是一排排的病床,一张张焦虑的脸。晚饭时间到了,谁都没有胃口。我和护士们端着汤,哄着伤员们多少吃了点。

回到家后,妈妈接过我的包。"你回来得越来越晚了,"她大发牢骚,"保罗早就来了,一个小时前我就把烤肉做好了。"

我又问了每天例行的问题:"雷米回信了吗?"

"还没有。"

"这一天可真糟糕。"保罗说。我们端起了各自的盘子吃起来。我需要他的安慰,所以把腿伸了过去,伸到他的两腿中间。

"敦刻尔克传来了好消息。'战斗还在持续,战士们还在顽强抵抗……'"爸爸读着战争公报,"'这是盟军的伟大抵抗。'"

"我祈求战争能早点结束,这样雷米很快就能回家了。"妈妈一只手按在她疼痛的太阳穴上,一只手搭在雷米常坐的椅子的椅背上。

第二天早上,我来到图书馆。里德小姐独自坐在阅览室的桌子旁,正在仔细地看报纸。她穿着一件蓝色的针织衫,刷着睫毛膏,涂着口红,仪容上无可挑剔。她每天照常来图书馆,不会说因为害怕战争,或担心自己的安全而翘班。看到她,我感觉好多了。也许是觉察到了我的目光,她抬起头来。她的表情很复杂,我看出了关心、好奇、勇气和感动。"你家有人在爆炸中受伤吗?"她问。

"没有。"

"那就好。"她举起一封电报,"我的家人催我回去。"

"你为什么要留下来呢?"有时候,连我自己都想离开。

她轻轻地托起我的脸颊,说:"因为我相信书的力量——相信我们做的工作至关重要,因为我们让人们得到了知识,并创建了一个在困境中抱团取暖的社群,因为我有信心。"

"对上帝的信心吗?"

"对像你、比茨和玛格丽特这样的年轻人的信心。我知道你们会让世界步入正轨。"

我的老朋友们聚在一起看报纸上的新闻。《费加罗报》为巴黎人表现出的冷静沉着鼓掌欢呼。它说敌军投下了1084枚炸弹,造成45名平民死亡,155人受伤。它还刊登了一张被轰炸过的建筑物的照片,屋顶被掀开,房间像玩具屋一样向整个世界敞开。

"每一场战斗要么'值得表扬',要么'英勇果敢'。"德·内西亚特先生说。

"这是因为很多新闻都被屏蔽了。"科恩教授说,"这些新闻审查官到底在隐藏什么呢?"

普赖斯-琼斯先生问我能否和他单独聊聊,那双蓝眼睛里满是忧虑的乌云。"如果我也有个弟弟,我也想知道……"

我们来到衣帽间,那里堆着一些破雨伞和坏椅子。这位退休的外交官吐露说,公报没有讲出事情的真相。

"但是……报纸说我们赢了。"

"不对,"他说,"数万名法国士兵和英国士兵已经被德军俘虏。盟军在敦刻尔克,背靠着海峡作战,但德军成功地包围了他们。冒着被德军攻击的危险,英国派出了船只,把英国的士兵接走了。现在,英国在大陆上的军事力量基本上撤光了。"

我一屁股坐在凳子上,这和战争公报讲的太不一样了。才开战没几周,英国人就已经撤走了,那法国军队怎么办?雷米怎么办?

"我很抱歉,小姐。"

"谢谢你告诉我这些。可英国人为什么不连我们的人一起救呢?"

"据我所知,他们已经尽力。要知道,他们不仅动用了海军舰队,还征用了临近的渔船和小帆船。而他们要救的,是整整30万的大军。"

他们说马其诺防线牢不可破。他们说法国有世界上最好的空军。一派胡言。啊,雷米,你在哪儿呢?我们是姐弟,如果雷米发生什么事,我是会感知到的,但我什么感觉也没有。

几天后,我经过那条林荫大道回家。我期望能看到一群妙龄女郎,欢欢喜喜地欣赏着基斯拉夫商店橱窗里摆着的手套(有丝绸的、棉质的、皮革的、蕾丝的),或尼娜·里奇店里的时装(这家店的衣服的特征是点缀着一条松鼠尾巴)。但这一幕早就消失了。此刻的人行道上,还有鹅卵石铺就的车行道上挤满了人,有成千上万之多,让人根本就看不到街对面。所有的人都茫然而憔悴,我无法想象这些人都经历了什么,他们逃离的又是怎样的恐惧。

个别家庭坐在牛车上,身后还堆着床垫。大多数人都在步行,有穿着胶鞋的乡下小伙子,也有穿着翼尖鞋和露跟鞋的城里人,还有的拖着行李,有一个人推着一辆装满盘子的婴儿车。一个老妇人抱着一只铸铁平底锅走着,身上的衣服满是汗渍。旁边是她的丈夫,驮着一个鼓鼓囊囊的麻袋。孩子们也不轻松,随身都带着东西——一本《圣经》,一个装满衣服的袋子,一个鸟笼。

有些人成群结队地走着,也有人独自前行。一个头上缠着脏绷带的士兵差点撞到我。一个看起来和我差不多大的女孩步履蹒跚地走着,怀里还抱着一个婴儿。她好像不知道该怎么抱孩子。也许她丈夫应征入伍了,只留下她独自一人带孩子。她轻轻地晃动小婴儿,想让他醒过来。但孩子的双颊呈现病态的绿色,四肢迟早会僵掉。我实在看不下去了,转过身去。

在我旁边,一个农夫恳求他的牛继续往前走。一位母亲对着刚学会走路的孩子喃喃地说着什么。但大多数人是沉默的,对旁边的东西视而不见、听而不闻。我在他们脸上看到了鬼魂缠身的不祥之兆,他们的生活已经被彻底毁了,再也回不到从前了。这就像是一支送葬队伍,我跟在后面蹒跚而行。吃晚饭的时候,爸爸说这些难民大多来自法国的东部和北部地区。许多人一辈子都没离开过自己的村庄。"他们是从德国士兵的魔爪下逃出来的。我和他们谈了谈,都是农民和小商贩。没有人帮他们,也没人给他们指示和命令,他们的市长是第一个逃走的。"他们军需处还给这些难民烧了几大壶咖啡。

"这世道变成什么样子了?"妈妈抱怨道,"一群可怜的人,他们流落到哪儿才能停下来呢?"

他握着她的手说:"他们要去南方,那里不会打仗。你和奥黛尔也得去。我要留下来尽我的职责,但我要把你们送走。"

听起来他说的有些道理。我原以为妈妈会顺从,但她却猛地缩了一下,露出一副受伤的表情,就像他把离婚通知书猛地甩在了她的脸上。

"不!"

"可是,霍滕斯……"

她把她的手拽了出来:"这是雷米的家,是他要回的地方,我不会离开。"

我们巴黎人很注重言行得体,以致被人诟病为漫不经心。我们走得很快,但绝不狂奔。我们会留意到公园里一对对小情人,但绝不盯着人家看。哪怕是倒垃圾,我们也表现得万分优雅,哪怕是侮辱别人,我们也会一派骑士风范。

但到 1940 年 6 月初,一切都变了。德国的坦克距离巴黎只有几天的车程,我们把所谓的风范忘得一干二净。有那么多话需要说,"快,快去收拾行李!""别忘了锁门!""快点!"人们都有些结巴了。我们跑向车站,确保亲人们被送上火车,去往安全之地。惊慌失措的巴黎人也加入逃亡大军,与那些农民、牲畜、货车、独轮车、汽车、自行车为伍。鞋匠、屠夫、面包师和手套匠都纷纷打烊,用木板封上店里的窗户,逃走了。所有的公寓都关门了,一切都昭示着,可怕的事情就要发生了。

英国大使馆建议工作人员撤离巴黎,因此劳伦斯和玛格丽特计划开车去布列塔尼。"我们会在那儿待着,直到事情有所转机。"她说。她估计只要待几周就好,但我想起了那些难民惊恐的表情,一夜之间他们在自己的国家里沦为了难民,我觉得情况不会那么乐观。

尽管这座城市已经变成一座鬼城,但我们的老熟人还是会在期刊阅览室出没。我们围在桌子旁,一起浏览报纸。巴黎会再次遭到轰炸吗?德国人会攻入巴黎吗?连前线的将军都没法给出答案。也许这才是最可怕的,我们不知道接下来会发生什么。

"你要回英国吗?"科恩教授问普赖斯-琼斯先生。

他把头向后仰去:"当然不回!除了巴黎,我不知道自己还能去哪儿。"

德·内西亚特先生问起雷米,我摇了摇头,我怕只要一张嘴,我就会哭出来。

"连政客们都跑掉了。"普赖斯-琼斯先生好心地换了一个话题。

"还有那些外交官。"

英国人痛心地倒吸一口冷气,德·内西亚特先生补充道:"当然,我的老伙计目前例外。"

"没有政客的巴黎就像一座没有欢乐的妓院。"

"你把巴黎比作一栋名声不好的房子?"我问。

"比这还糟!"普赖斯-琼斯先生说,"他把政客比作了妓女。"

"如果鞋子合适(换位思考)……"我一说,他们就都笑了。

"但比尔·布利特还在这儿,"普赖斯-琼斯先生指指《费加罗报》上的照片说道,"他说美国大使不会逃离,因为他的前任在法国大革命的时候没逃,1914 年德国人入侵时没逃,如果他跑了,就成了该死的第一人。"

"有则公告说巴黎将成为一座不设防的城市,"我说,"这话是什么意思？"

"巴黎不会拿起武器反抗，敌人也不会发动进攻。用这种方式可以确保平民的安全。"

"就是说，不会有更多的爆炸了？"我小心地问道。战争公报是靠不住的，我更信任普赖斯－琼斯先生的判断。

"不会有爆炸了，"他回答，"但德国人要来了。"

玛格丽特跑进图书馆，脸色苍白得如她脖颈间的珍珠项链。她扫了房间一眼，向我跑来。"我最后再问你一次，"她说，"你真的不一起走吗？"

"如果雷米回来了……"

"我明白了。"她紧紧握住我的手，"我们有可能再也不能见面了，怎么办啊？"

这个问题注定无解。我只能告诉她："你是我最好的朋友。"

"如果没有你，我不知道该怎么办。我爱图书馆，但我更爱你。"

外面响起了汽车喇叭声。

"是劳伦斯。克里斯蒂娜一定等烦了，"她的声音有些颤抖，"我得走了。祝你平安！"

看着另一个深爱的人离开，我也哭成一个漏水的茶壶。不想让老熟人们见到我失态的样子，我冲到了卡片索引室，猛地闭上了眼睛。我抚摸着那些卡片，任由眼泪滚滚而下，溅到卡片纸上。所有的烦恼、所有的困惑都随着眼泪流出，被封印在了这个"O"标记的抽屉里。

"你的朋友做出了明智的选择。"科恩教授把她的披肩搭在我身上。是她，在我面试后给我鼓励，现在又给我安慰。

"你也要离开吗？"

"我的大小姐,我这辈子,从没有做出过明智的选择。"

谣言在大街小巷里肆虐,并传到期刊阅览室。科恩教授和西蒙夫人正坐在桌旁聊天,我在整理一堆报纸。"我听说从现在起,在学校里他们只教德语,"西蒙夫人又转过头来对我说,"他们不允许我们法国人在人行道上走,只有德国人才可以。你在听我说吗,姑娘?"她戳戳我的胸,说:"他们会强奸任何有腿的东西,尤其是像你这样漂亮的女人。"我试图忽视她的话,但恐惧在我的胃里翻腾。"在身上涂上一层芥末,这样他们就不会想要你了。"

"别说了!"科恩教授说道。

女馆长安排了几辆车,把一些同事送到昂古莱姆,在那里他们将协助美国诊所的工作人员。我想给他们送行,但爸爸命令我待在家里。

"我要跟他们说声再见!"

"绝对不行。"

"如果我不去,里德小姐会很孤单的。"我想起了有个读者是怎么倒在她怀里哭泣的。女馆长留了下来,而且她所在的国家还没有参战。

"我不担心她,我只担心你。"

"里德小姐说……"

"里德小姐说!为什么你就不听我说呢?"

"那图书馆怎么办?"我问。

"图书馆该怎么办?"他气愤地说,"你还不明白外面有多危险吗?"

第二天早上,我们被扩音器里的广播惊醒了:"不得针对德国军队进行抗议,不得采取敌对行为,违者将被处以死刑!"

巴黎，
1940 年 6 月 16 日

[第十九章 - 里德小姐]
-

这还是巴黎吗？里德小姐可不这么认为。大街上空无一人，临街摊位空荡荡的。就连麻雀也飞离了这座城市。她朝公共汽车站的方向走去。花店门前摆着一盆绣球花，像蜘蛛一样舒展着。不远处的面包店关门了，门窗都用木板钉死了。她渴望羊角面包那普通而又神奇的味道。她本该搭乘 29 路公交车，但公交系统已经停运。她拎着公文包和防毒面具继续前行。前面出现了三个正在巡逻的德国士兵。为了避免再遇到类似的情况，里德小姐加快了脚步，心里只想着她的图书馆。

她越过了塞纳河。偌大的协和广场上没有其他人，香榭丽舍大街上也没有汽车的影子，这可是法国最宏大的交通要道啊。在这个一向最有活力的城市里，她甚至能听到发夹落地的声音——诡异的寂静，前所未有的孤独。前面就是大使馆了,这让她安心下来。她想走进大使馆,告诉布利特先生图书馆坚持开放——毕竟他是图书馆的名誉馆长。但她知道,法国政府在跑路之前,已经请大使先生与德国将军交涉了。大使馆对面就是克利翁酒店,一面带有纳粹标识的旗子在酒店上空飘扬,估计大使要有的忙了。

女馆长走进图书馆的院子时,看门人刚打开百叶窗。她正好看到她的世界睁开惺忪的睡眼。

"9点之前不接待访客,麻烦帮我挡一下。"她对看门人说道,然后来到办公室,煮了一壶咖啡。坐在办公桌旁,她又读了一遍电报。电报昨天就收到了,是董事会的三把手从总部发来的。消息太坏了,她希望过了一夜后上面的文字能发生变化,但白纸黑字还是明明白白地写着:"经审慎研究,拒绝你处的拨款申请。"总部另一位副总裁写道:"因为战争,董事会成员无法确定该图书馆能否持续经营。多数成员认为它被关闭的时间指日可待。我认为它很快就将不复存在。"

"我还没离开呢!"她想大吼一嗓子,"我们的工作人员还在坚守呢。"她要说服董事会一定要把这座图书馆留住。她奋笔疾书,手中的笔几乎没法跟上她的想法。"图书馆是一座城市的肺脏,书籍就是人们呼吸的新鲜空气。它让我们的心脏持续跳动,让我们的头脑充满想象,让我们永葆希望之光。有了这座图书馆,读者才能了解外面的信息,才能聚在一起从社群中汲取力量。战士们需要读书,需要知道图书馆里有一群朋友还在挂念他们,关心他们。我们的工作如此重要,现在无论如何都不能停止。"她又读了一遍,真实而动情。

她平复了一下自己的心绪,开始写更多的求助信。这一封写给图书馆联合会会长先生,这一封写给董事会。"我们正在做的事情,是给学生们他们需要的,给公众他们想要的,给战士们我们所能提供的一切。毕竟，总要有人做些什么，总要有人坚守某样东西，我们希望能为人类做出更大的贡献。"

她给自己倒了一杯咖啡。

"能请我喝一杯吗？"比尔·布利特的光头出现在门前。

"大使先生！"

"女馆长，"他说，"你知道我为什么来这里。"

"劝我回美国。"她直言不讳。

"罗斯福总统命令我回国，但我还是留了下来。我不劝你做连我都拒绝的事儿。"

"咱们的常识去哪儿了？"她笑着说，"估计都留在美洲大陆了。"

大使给自己倒了一杯咖啡。

他坐了下来："到布里斯托尔酒店去避避吧，其他同胞都去了。"

"那里费用太高，我负担不起。"

他呷了一小口咖啡："费用问题由我来解决。"

"我在家里住就挺好的。"

"你住的大楼有地下室吗，能防毒气？"

她指指书架前靠着的防毒面具。

"交通也会中断一段时间，"他说，"布里斯托尔酒店离这里只有四个街区。"

如果住得近些，的确会更方便。

谈话陷入僵局，沉默。

"最近有什么新的消息吗？"最后她问道。

他强装出来的自信消失得无影无踪："和德国人打交道真难啊。答应我一定要万分小心。你得搬到酒店去住。"

"我今晚就去酒店住。"她把刚写好的信交给他，这是要装在外交邮袋里寄回国的。

"我就不再留你了。"他走出图书馆。

最近她多次接到父母的来信，他们一次次恳求她乘船回家。她也希望自己能满足父母的心愿。她在钱包里放了一张全家福。每次打开钱包，比如要买根法棍面包，她就能看到父母的眼睛，恳切地看着她。但她希望父母能明白，巴黎才是她的家。她一生都在这里工作，在这里生活。

留下来才是正确的选择。父母教给了她最重要的一课——无论何时何地都要坚持自己的立场。不管是对付心怀恶意的同学，还是那位专横严厉的编目员，道理都一样。没有原则，你会一无是处。没有理想，你将无家可归。没有勇气，你谁也不是。虽然他们恳求她回家，但也会为她留下来而骄傲。

"亲爱的爸爸妈妈，"她写道，"我有很多事情想跟你们说，很多想法想向你们解释。但是，唉，光凭言语很难说清楚，我们得心有灵犀，你们才能明白我内心的感受……"

布里斯托尔酒店。她的父母会放心的，因为她和同胞住在一起。这家酒店有一长串的尊贵客人：电影明星、女继承人、贵族、女士，现在还有一位图书管理员。

下班后，她步行回家，到现在住的椅子街1号收拾东西。她打开大门，门房帕莱夫斯基太太冲了出来。门房原本微黑的脸色，现在却苍白如纸。

"发生了什么事？"里德小姐问道。

"我丈夫在波兰图书馆工作。他们来了。"门房哭了起来，"他们穿着军靴冲进来，要图书馆交出钥匙。他们在楼里横冲直撞，把档案馆里的珍贵手稿都搜走了。馆长想阻止他们，还差点被抓。"

"你丈夫没事吧？"

"他人没事，但这群强盗夺走了一切……"

这是纳粹军队进驻巴黎的第三天。他们开始行动了。里德小姐原本以为，像教堂和图书馆这样的精神殿堂能够幸免于难，显然她错了。

她意识到，敌人就要来了，正面交锋的时刻就要到了。

[第二十章 - 奥黛尔]
-

亲爱的雷米：

你现在究竟在哪里呢？我们都想你，想知道你的消息。我们一切都很好。我在家整整待了十天，才得到爸爸的允许去上班。我很担心女馆长，怕她一个人守着图书馆感到孤单。她却说，作为图书馆唯一的监护人，她觉得干劲十足。但我还是觉得这种孤零零的感觉很糟糕。

其他人也是今天回来的。当比茨出现时，我高兴得尖叫起来；德·内西亚特先生对着我"嘘"了一嗓子，但他也很开心。但坏消息也出现了。鲍里斯说纳粹已经抵达西南城市昂古莱姆。还有，特恩布尔夫人得回她的老家温尼伯。她是加拿大人，被纳粹认为是敌对国的公民。

在这里，纳粹开始疯狂购物，从肥皂到缝纫针无所不包。他们还像度假一样到处拍照片，我们称他们是"游客"。他们向我们问路——凯旋门在哪儿？红磨坊怎么走啊？——我们回答说不知道。晚上9点开始宵禁，城市里鸦雀无声。我们被迫将时钟向前调了一个小时，按照柏林时间计时。每次给手表上弦，我都要提醒自己，我们得按他们的时间，按他们的方式生活。

没人相信法国会输得这么快。在讲坛上，牧师对着我们晃动《圣经》，说这是上帝对我们的惩罚，因为我们缺乏正确的价值观。

爸爸说，有好几个人被捕了，有的是因为涂鸦，有的是往德国士兵身上投掷石块。除此之外，局势还算稳定。保罗一副气冲冲的样子，想要杀人，因为他的岗位被调整了。上级要他戴着白手套站在街头，给纳粹指挥交通。他觉得自己要被困死在街上，成了纳粹人的"该死的管家"。夏天就要到了，很快他就会申请休假，帮他姑妈在农场里做事情。休假对他是有好处的。

你和比茨天各一方，这种滋味肯定很糟糕。她很想你。我保证你不在时，会用心照顾好她。

我们还没收到玛格丽特的消息，希望她平安无事。只有寥寥几个读者来图书馆，他们开始借阅更多的小说。或许这也是一种办法，能让人暂时逃脱现实中的种种变化，鲍里斯说这些变化是"法国的卡夫卡"。

爱你的奥黛尔
1940 年 7 月 2 日

《先驱报》头版头条为"英国舰队击沉两艘法国战舰，超过1000名法国水手丧生"。据《先驱报》报道，事件发生在地中海对岸的奥兰。英国人担心纳粹会接收法国海军的船只，于是英国海军上将出面，向法国发出最后通牒——要么投降，并在六小时内交出船只，要么由英军击沉它们。法国海军上将断然拒绝，而英军悍然发动了进攻。我读完这篇文章，然后又读了一遍，但还是没看明白。难道盟军内部也打起来了？

"叛徒！"德·内西亚特先生对普赖斯－琼斯先生大喊道。这位法国人迈着重重的步伐走上楼梯，咕哝着要找一个没有被普赖斯－琼斯先生玷污过的座位。光看他俩，我就知道法国与英国断交了。

鲍里斯走到我身边。"你的电话，"他说，绿色的眼睛满是悲伤，"是你爸爸打来的。"

我跑向借书处，抓住话筒："爸爸？是雷米有消息了吗？"

"回家吧，亲爱的。"他说。

我去找比茨，她正在给孩子们讲故事。一看到我，她手中的书就掉了下去。我抓住她的手冲出图书馆，拽着她飞奔。我们沿着街道疾驰，冲向……我停了下来。"到底怎么了？"她问我。我摇摇头。突然，我想在路上多磨蹭一会儿，我害怕雷米已经……我不能说那个字，甚至不能想到它。现在，我可以认为他还活着。或许等我们赶到家，等爸爸宣布那条可怕的消息后，他就不在人世了。

过去的一幕幕在我眼前浮现。五岁生日那天，妈妈烤了一个巧克力蛋糕，边缘有点焦。那天爸爸带我们去博伊斯骑小马。还有一次，我和雷米把盐放在糖碗里，妈妈烤好了下午茶点心端了上去，那诡异的口感让她和一帮朋友差点吐了。妈妈向爸爸抱怨，希望他把我们骂一顿，但他只是哈哈大笑。妈妈不是傻瓜，自此之后她换成了方糖。在冗长无聊的周日午餐中，雷米对我不停眨眼，让我保持清醒。正是在这个场合，我遇到了保罗。我的每一个记忆中都有雷米。

在雷米参军之前，他是我接触最多的那个人，早上是他第一个和我说话，晚上是他最后和我告别。他是我最好的朋友，我的另一半。但这些话我埋在心里，一直没告诉他。如果我把这些话向他倾诉，比如最后话别时告诉他，情况又会怎样？还记得他离家那天，我跟他说的话是那么寻常乏味。我说什么了？穿上你的毛衣，否则你会感冒？

快点,你会赶不上火车?

"别胡思乱想了。"比茨说。

"什么?"

"不管你在想什么,别想了。"

回到家中,爸爸让我和比茨坐在妈妈旁边。妈妈脸色苍白得像片阿司匹林。

爸爸紧靠着壁炉,壁炉上的钟嘀嘀嗒嗒地响着,我的世界要被炸开了。

"我们收到了雷米的消息。"爸爸说。

弗罗伊德，
1985 年 4 月

[第二十一章 – 莉莉]
–

    我和爸爸 3 点半到达教堂。我把手指伸进腐臭的圣水里。长椅上点缀着一簇簇粉红色的玫瑰，几乎和妈妈葬礼上的鲜花一样多。那都是一年前的往事了。我的头疼得厉害，真希望能躲到床上，把对妈妈的回忆变成一床毯子，把自己整个包起来。

    埃莉的妈妈冲了过来。"准备好迎接大日子了吧？"她问爸爸。她又拥抱我，说："叫我珠儿外婆吧。"她的康乃馨花束压住了我的鼻子，痒痒的，我打了个喷嚏。她领我走进后屋，介绍我认识三个伴娘。她们笑得咯咯的。她们和珠儿外婆一起从刘易斯敦赶了过来。和我一样，她们也穿着粉红色的裙子。埃莉正对着那面全身镜梳妆打扮，蕾丝面纱遮住了她的脸和发髻。

"你和戴姑娘[1]一样漂亮！"我说。我是发自内心地赞美她，因为她们都有一双小鹿般的眼睛。我想喜欢她，我也想让她喜欢我。但当她把我拉到面前，紧紧地抱住时，我还是有些不情愿，手臂胡乱地支棱着，没想着去拥抱她。"亲爱的，"她说，"我答应你，以后就像照顾我自己一样照顾你。"

就承诺而言，她说得很好，我也知道该如何回应。在上完 les adjectifs（形容词）的课之后，奥黛尔说，她要教我一些英文句子，人们希望我在婚礼上能说出来的句子。"希望你和爸爸幸福美满！"我对埃莉说道。尽管我练习过，但听上去还是有些生硬。

在法语中，有两种形式的"你"，非正式的和正式的：tu 用于朋友间，还有彼此相爱的人之间；vous 用于有过几面之缘，或想与之保持一定距离的人。我会在爸爸身上用 tu，在埃莉身上用 vous。

风琴奏响了约翰·巴哈贝尔的曲子，我们急忙跑到教堂后面。奥尔森夫人是镇上唯一的风琴手，她没有等待新娘的习惯，反倒是整个婚礼进程都得按照她的演奏安排。我沿着过道往后走，罗比坐在倒数第四排。他看着我，只看着我。我在裙子上擦擦手上的汗。奥黛尔和玛丽·路易斯坐在第一排，我挤到她俩之间坐下。先是伴娘和伴郎走了进来，一对对的，很整齐。教堂里奏响了《婚礼进行曲》。爸爸就站在当年妈妈停棺的地方。她的象牙白棺材就是在那里被抬上过道，抬出教堂。在抬棺人群消失之处，埃莉被她父亲挽着，款款而来。

"亲爱的各位……"马洛尼神父开始了演讲。我的眼泪涌到眼眶里，但我怕爸爸看到会不高兴，于是弯下腰凝视着前面的跪凳。奥黛尔把她的脚放在我的脚背上。这种压力让我能集中精力。

---

[1] 戴姑娘，即戴安娜王妃。

"布伦达刚死了没多久,他就结婚了!"苏·鲍勃说道。

"詹姆斯竟然娶了个这么年轻的姑娘!"艾弗斯太太说,尽管是她撮合了他俩。

"他这样做全是为了莉莉,"老默多克太太说,"这个女孩儿需要一个妈妈。"

闲言碎语,闲言碎语,满耳朵都是闲言碎语。我努力不去听。

"现在,你可以吻你的新娘了。"这句话总是婚礼的高潮,因为它很浪漫,而且意味着接近尾声。看着爸爸亲吻另一位女士,我总感觉怪怪的。玛丽·路易斯用胳膊肘揉揉我,好像她也不敢相信眼前的这一切。

市政大厅里挂满了装饰性彩带,在荧光灯之间摇摇晃晃。"这些粉红色让我想吐。"玛丽·路易斯抱怨道。我俩没精打采地坐在金属折叠椅上,看着新郎新娘不停地穿梭着,向客人致意。爸爸一直和埃莉在一起,把我抛在了一旁。我觉得很不公平。他们会有自己的小孩,只是时间早晚的问题。总有一天,他们的孩子会取代我,正如埃莉取代了妈妈。

婚礼蛋糕几乎和埃莉一样高,和她那条轻薄的清凉维普[1]裙很搭。爸爸的手搭在她的手上,一起握着一柄银刀,把蛋糕切开。他们把蛋糕送入对方的嘴里。相机的闪光灯不停闪烁,跟狗仔队一样。爸爸对着我做了个手势,让我过去拿一块。当然,蒂芙尼·艾弗森是第一个冲上去的。

"至少蛋糕挺好吃的。"她这样评价道。

"闭嘴。"我端着两个盘子,一个给玛丽·路易斯,一个给我自己。

"只是表示客气而已。"她转向爸爸,"恭喜恭喜,雅各布森先生、雅各布森太太。"

---

[1] 清凉维普是卡夫食品旗下的一种人工生奶油。

爸爸看到了我俩的交锋。可能他在感叹，为什么女儿就不能像蒂芙尼·艾弗森那样嘴甜呢。端着盘子，我的手在不停颤抖。爸爸还没来得及张嘴斥责，我就匆匆离开了，穿梭在婚礼宾客之间。

罗比出现在我面前："糟透了，是吧？"

我听出他的话里满是深意。很抱歉你妈妈过世了，你今天一定过得很难。

"是的。"我说。

他帮我把盘子端给玛丽·路易斯，又在桌旁逗留了一会儿，才回到父母那里。玛丽·路易斯吃了我的蛋糕，还有她自己那份。DJ放起了一首慢歌，我盯着门上方闪烁的"出口"标志，不想去看雅各布森先生和雅各布森太太翩翩起舞。

爸爸碰碰我的胳膊："莉莉，来个父女共舞。"他领着我来到舞池。埃莉的爸爸正温柔地带着埃莉转圈。我们本该跳舞，但只是站在那里。"在教堂里，"他说，"我看到你的头一直低着。"

我有些紧张。

"我也有些难过。"他承认道。

他拉着我的手，我们跟着音乐一起摇摆。他的忏悔一直在我耳边回响。

爸爸和埃莉开着旅行车离开了，车身上还挂着一块"新婚快乐"的牌子。这场折磨终于结束了，我松了口气，和玛丽·路易斯一起回家。我换上我的老鹰T恤，她把那件粉色衣服踢到床下。

在奥黛尔家，我闻到了羊角面包的香味。最近我一直心情不佳，吃得很少。我没法不胡思乱想，等爸爸和埃莉度蜜月回来后，生活会变成什么样子？很多事情都会改变，这个家还有自己的容身之地吗？

"你好像心思很重啊。"奥黛尔递过来《局外人》一书,"这本书讲家庭,你出生的地方,也要靠你和亲人们共同创造和维护。这本书让我们懂得,该如何为自己找到一方容身之地。"

"你的书很幸运啊,"我看着她的书架说,"它们都有自己的位置,待在自己该待的地方。它们知道旁边的邻居是谁。真希望我也有一个杜威十进制的编码。"

"我以前也有类似的想法。我们可以创造一个独属于我们自己的编码。"这引发了一场既富有幻想,又严肃认真的对话。我们应该属于纯文学类还是非虚构作品类?奥黛尔应归在哪个国家,法国还是美国?会有法美类吗?我们能不能共用一个编码?这样我们就能永远在一起了。我们增加了813(美国)、840(法国)和302.34(友谊),并创建了一个1955.34的书架——有价值的书。里面有我们最喜欢的《小王子》《秘密花园》《小妇人》《老实人》《漫长的冬天》《布鲁克林有棵树》《他们眼望上苍》。当我们做完这一切的时候,我感觉内心非常平静。不管以后发生什么,在某个地方我总会和奥黛尔在一起。

第二天早上,奥黛尔在花园忙活,我和玛丽·路易斯懒洋洋地躺在沙发上,喝着咖啡,吃着羊角面包。

我偷偷地打开她餐柜的抽屉,往里窥探。

"你还以为她是间谍吗?"玛丽·路易斯问道。

我耸耸肩。从账单上看,她的衣服购自芝加哥的一家时装店。这不算是发现——我早就知道它们不是来自镇上的"牛仔之家"。我还找到一张圣诞贺卡,因为时间久远已经褪色了。寄贺卡的人叫卢西恩,敦促奥黛尔尽快联系她的父母,免得"后悔莫及"。

"她就在外面,"玛丽·路易斯生气地低声说道,"会把你抓个正着。"

"她在巴黎一定发生了什么事,留在这里肯定是有原因的。"

通向花园的滑门打开了,我砰的一声关上了抽屉。

蜜月结束后,爸爸来奥黛尔家接我。我和她刚刚做完一套关于动词的测验。奥黛尔邀请他进来,但他拒绝了。我们在门廊那儿站着,沐浴着春天傍晚时的阳光。我担心他要说些令人不快的话。对爸爸来说,处理数字很容易,只需要加加减减就行。但言辞要棘手得多,他从来掌握不好那个度。

"谢谢你照顾莉莉。"他说。

"我乐意效劳。"奥黛尔笑着看向我。

"现在埃莉已经来了,你可以退出了。"他说。

"退出?"

"莉莉应该多点时间待在家里。"

别想让我放弃奥黛尔,门儿都没有。不管发生什么事,奥黛尔都会站在我这边。对她我可以畅所欲言。爸爸会粗暴地对我指手画脚,但奥黛尔从来不那样。她会退后一步,放手让我自己做主,她相信我会做出正确的决定。

我会帮她洗车,给她修剪草坪,给她的蕨类植物浇水——一切能支付学费的工作,我都心甘情愿,只要能和她在一起。我还没说出内心的想法,她已经用法语说道:"同一时间,明天。"

"啊,谢谢你。"我说,感激之情溢于言表。

埃莉提交了辞职报告,爸爸的生活又恢复了正常,每天下班后从银行回家,和妻子、女儿一起吃顿热腾腾的晚饭。每个周六早晨,埃莉安排我用吸尘器吸尘,并在抹布上抹上柠檬味的碧丽珠,然后擦遍房间。"年轻的女孩子需要学会打理家务，你迟早会感激我的。"她这样对我说道。我跟爸爸抱怨，但爸爸说我得"听"她的。他说的"听"，意思就是"服从"。即便学校放暑假了，埃莉也会早早起床，往头上的小发卷上打摩丝。然后在爸爸上班前，把他的领带整理十多次。妈妈从来不给我熨衬衫，但埃莉会。"没人会说我的坏话，说我没有照顾好你。"吃晚饭时，我把奶油玉米洒在桌布上，她会冲到水槽边，拿着一块抹布回来，把那团污渍擦干净。

我想摆脱她的控制，迫不及待地想开启高中生活。我希望罗比会爱上我，蒂芙尼会搬家，如果她能得上霍乱就更好了。晚上，我躲在房间里复习当天的法语课。然后，我用法语对自己说："je t'aime Robby, je t'adore.（我爱罗比，我爱你。）"我太害羞了，哪怕左右无人，也不好意思用英语说出来。

高中开学第一天，我穿上那件带有老鹰图案的T恤。尽管它小了两码，而且贴花大部分都脱落了，但穿着它能让我想起妈妈。

在厨房里，爸爸把车钥匙弄得叮当响："准备好了吗？"

"我们给你买了一套新衣服，"埃莉生气地说，"请你穿上好吗？"

我交叉双臂抱在胸前："我不。"

我们把目光投向爸爸，这个不情不愿的裁判。

"人们会说风凉话的！'看那个爹不疼娘不爱的小孩莉莉，上高中第一天只穿了一条短裤和一件破破烂烂的T恤。她过世的亲妈会怎么说？'"

"他们说他们的，我们又不用非得听。"爸爸指着手表说道，"再不走就要迟到了。"

"好吧。"她说。

这不是真正的胜利。

在教室里，我坐在前面一排，玛丽·路易斯坐在我后面。罗比选了我对面过道上的座位坐下来。我跟他打了个招呼"Bonjour（你好）"。他环顾四周，貌似以为我在和别人说话。

玛丽·路易斯好心地建议道："以后还是说英语吧。"

"嘘，"博伊德小姐厉声说，"再不安静下来，我就给你们布置额外的作业！"

总而言之，高中生活不过如此，只不过换了一栋更大的楼，面对不同的老师，还是一样令人失望。而在家里，埃莉递给我一份新的家务清单。"我和以前不一样了，不再承诺爱，不再幽默，不再听话。"我一边喃喃自语，一边心不在焉地拖地，拖把几乎没碰到地板。

有时我会梦到妈妈。我们一起观看天鹅在空中飞翔，我们一起大声唱《铃儿响叮当》，我们一起烘烤小饼干……闹铃响了，妈妈消失了。悲伤来得如此猛烈，我的身体痛苦地缩起来，弓成了一只虾米。

"起床了，小懒骨头！"埃莉砰砰地敲我的门，"上学要迟到了。"

"我不舒服。"我呜咽着说。

"你听起来好好的，没病啊。"

感恩节那天，埃莉邀请奥黛尔一起过节。奥黛尔的烹饪手艺不是盖的，那只原本干巴巴、难以下咽的火鸡变得如此美味。我们的邻居诉说自从丈夫死后，每次过节她只能孤身一人，形影相吊。爸爸拍拍埃莉的手，看得出来他为这个善解人意的小妻子而骄傲。我把一大块南瓜派放在盘子里，这时埃莉提议请奥黛尔给我们拍张全家福，到时做成圣诞节卡片。我的叉子顿住了。爸爸和埃莉站起身来准备拍照，但我心头的怒火熊熊燃起，他俩就这样联手，把妈妈从家庭地图上抹去了。

圣诞节到了。我早早地完成了作业。蒂芙尼·艾弗斯去东部地区探亲了。我的世界晴空万里。我和玛丽·路易斯准备给珠儿外婆一个惊喜，于是一起堆了个雪人（眼睛、嘴和耳环都用弹珠装饰）。自从埃

189

莉和爸爸结婚后,珠儿外婆每个月都会给我寄样东西——一张有趣的卡片、一份《17岁》杂志的订购单,一双淡紫色的登月靴。

"你觉得这个雪人堆得怎么样?"我问奥黛尔,她刚好出来拿邮件。

"你们得给它配点颜色。"

玛丽·路易斯围着从姐姐安吉尔那里"借"来的紫红色围巾,她解下来,绕在雪人冰冷的脖子上。不幸的是,安吉尔刚好开车经过,把我们逮了个正着。她很生气,抓起铲子,把我们的雪人劈成一堆伤痕累累的雪块。她发泄完就走了,我们连弹珠都找不到了。

埃莉父母的车子开了过来。我跑上去,拥抱了珠儿外婆。

爸爸和埃莉的爸爸拿着行李,走到客厅里就没再出来。我们这些女人开始忙碌起来。奥黛尔一边哼着《平安夜》,一边站在厨房料理台前,用擀面杖把面团擀开。我把圣诞老人的模具嵌入加了糖的、黏糊糊的面团里。珠儿外婆搅拌着热苹果酒。埃莉则坐立不安,好像憋着尿一样。

"姑娘,你到底怎么了?"珠儿外婆问道。

"我再也憋不住了!"埃莉尖叫道,"我有宝宝了,好期待啊!"

"我的孩子也要有孩子了!"珠儿外婆也叫了起来。

她们在说什么呢?"预产期是什么时候?"珠儿外婆问。

"4月28日。"

爸爸知道这件事吗?为什么他不告诉我!

"一个小娃娃!"奥黛尔双手合十,"真是太棒啦!"

"你小时候用过的洗礼袍我还留着呢,"珠儿外婆说,"回去后我就给你寄过来。"

"我有一些白色的亚棉布,刚好可以给小宝宝做些小毯子。"奥黛尔补充道。

我咬着嘴唇不出声。我们家没有多余的卧室。他们会把小宝宝放在哪里呢？麻雀会偷占圣马丁鸟的巢，把雏鸟从窝里推出来。而八哥又鬼鬼祟祟地从麻雀那里偷东西。妈妈说这就是自然之道。

金属书桌被抬出去了，还有那个文件柜，每次关上都会发出砰的一声巨响。银行对账单和电话账单也都清理走了。音乐会上的节目单和鸟儿的照片也撤下来了。任何带有妈妈记忆的物品都将消失。也许对埃莉来说，它们就是一些废纸，但对我而言那都是回忆。幸运的是，我在垃圾桶里找到它们，于是又拿到我的房间珍藏起来。

爸爸的书房变成了托儿所。埃莉举起调色盘，像给复活节彩蛋上色一样，加点粉色，加点蓝色，再加点粉色，再加点蓝色。最后的结果超出她的想象，房间的颜色既不是粉色，也不是蓝色，而是如阳光般灿烂的黄色。埃莉买了个木质的摇篮，如果妈妈见到了，会说它像个鸟巢，但这点我没跟埃莉说。当着她的面我不再提起妈妈，因为她会皱起鼻子，好像我说的话有股臭味。

到了五一节，孩子还没有出生，埃莉仍然大腹便便。一大早她送我去学校，到了校门口她放在肚皮上的手突然痉挛起来。当天晚上，爸爸带我去医院看她。她躺在病床上，看上去很累，但很高兴，就像赢得了一场长跑比赛。旁边的男人们递给爸爸雪茄，还拍着他的背祝贺。他咧着嘴，笑得像傻瓜一样。艾弗斯太太给了婴儿一张储蓄券，默多克太太送的是用钩针编织的小鞋子。全镇的人都挤进了病房参观。

玛丽·路易斯也来了。我俩挤眉弄眼地模仿大人们说话，"是个男孩！赞美主啊！""他会多子多孙的！"

晚些时候，我抱着这个孩子，想起了我的妈妈，内心一阵忧郁。这个叫乔伊的小婴儿依偎在我的臂弯里，闻起来像块糖饼干。我弯下腰呼吸着他身上的奶香。也许一切都会好起来的。

回到家后,埃莉几乎整晚都不睡觉,没日没夜地照顾乔伊。妈妈说的是对的。婴儿们不知道自己有多幸运,因为他们大部分时间都在睡觉,无法感受到父母投注在他们身上的爱。三个月后,埃莉开始精力不济。她不停地打着哈欠。她不再是一只活泼的长尾鹦鹉,而变成了一只胖鸽子,在婴儿床和摇椅之间晃来晃去。她的皮肤上长出很多斑点,头发也变得如丛生的乱草,纠结在一起。

"你是一个母亲,但也是一个女人。"奥黛尔对她这样说道,"你得照顾好自己。你需要休息和锻炼。"她和我轮流抱着乔伊,让埃莉放音乐,跟着简·方达的录影带做健美操。我们往客厅偷偷瞟了几眼,埃莉穿着粉红的弹力紧身衣,双腿用力往上踢。尽可能地踢高。"这不就是巴黎的康康舞吗?"奥黛尔低声说道。

我和埃莉坐在厨房里,等着爸爸下班。她突然问我:"你妈妈生完你后,体重是多少啊?"

"我不清楚。"

第二天,她又把我逼到厨房料理台前:"那她用什么样的尿布呢?她给你喂母乳吗?"

接下来她就会问我母亲的乳汁味道是什么样子的。在埃莉搬进来之前我们家没有秤。她来后买了一台,过去每周称一次。现在,她胖乎乎的,但又想"减去怀孕期间增加的体重",一天要踩十来次体重秤。

"她用母乳喂养吗?"埃莉又问,"她用棉布做尿布吗?"

"她用的是丝绸的。是的,她一晚上给我喂五次奶。乔外婆过来了,但是妈妈不要她帮忙。她说自己应付得了。"

我以为这就结束了,但埃莉又开始问:"她当时有多重?"

"你问爸爸啊。"

"到底多重?"

她这些愚蠢的问题快要把我逼疯了。我花了好长一段时间才明白,她在和妈妈进行比较。嗯,埃莉可以用我妈妈的锅做饭,用她的盘子吃东西。她可以住在我妈妈的家里,她可以随心所欲地给我当妈,但她永远不是我亲妈。为了摆脱这些喋喋不休的愚蠢问题,为了摆脱她的干扰,我带着随意的残忍和纯粹的快乐,说出了一个不可能的数字:"100磅[1]。"

"100磅?"埃莉的嘴唇哆嗦了起来。

放学后,如果看到奥黛尔在我家,坐在桌旁和埃莉一起喝茶,我就会非常开心。因为只要有人做伴,埃莉就不会纠缠我。乔伊在她们旁边的摇篮里流着口水玩儿。两个大人畅想着未来:有一天埃莉会重返大学,有一天奥黛尔会去看望她在芝加哥的朋友。奥黛尔端出来一盘葡萄,埃莉拍拍肚子说:"我正在努力减肥。"

我笑了。瞧她说的,就像那粒葡萄就是让她发胖的元凶似的。

奥黛尔说:"最近这几个月,你都减不了肥了。"

埃莉皱了皱眉:"你为什么这么说?"

"因为你又怀孕了。"

又要有一个孩子了?我笑不出来了。

"可我五个月前刚生了乔伊。"埃莉抗议道。

"我和很多女人打过交道,我看得出来。"

"可詹姆斯告诉我会很安全的。"

---

[1] 1磅≈0.45千克。

"你都多大了,还相信一个男人告诉你的话?"

埃莉笑了,有点不相信。开玩笑吧?但奥黛尔的声音里……有种东西,酸溜溜的。我猜某个男人曾对她说过什么,让她信了不该信的话。

埃莉挺着一个大肚子,这次像一座城堡那样大,让她的头显得很小。她的孕妇服有些滑稽,紧紧地绷在胸部和屁股上,似乎快要裂开了。她不再染发了,黑色的头发滋生出来,夹杂在金发中。只有那些不修边幅的女人才会这样。

"怀着乔伊的时候,我不是这个样子的。"她说这些话时,听起来有些茫然。

她全身都肿了起来,好像整个身体都怀孕了,而不仅仅是肚子。只要站起来,她就觉得恶心。她开始整天躺在床上,像妈妈一样。我就在她身边陪着。我记得《通往特雷比西亚的桥》中有这样一句:"人生就像蒲公英的花球那样脆弱。不管从哪个方向吹一小口气,它都会四散飘零。"小时候,我以为死亡只会发生在老年人身上。现在我知道不是的。为什么我对她不能好一点?我伤害过她,还得到病态的满足,真可怕。埃莉一点都不坏。她甚至说服爸爸给我一小笔赠款。她对爸爸说:"一个银行家的女儿要学会理财。"我开始向上帝祈祷,让她活着。

奥黛尔走了进来。我喜欢她不敲门直接进来,就像家人一样。看到她,我觉得轻松了。

"你看起来跟麦当娜一样漂亮。"她告诉埃莉。

"真的吗?"

实话实说?我觉得她更像是《星球大战》里的赫特人贾巴[1]。但说

---

[1] 赫特人贾巴是一个体型肥硕的赫特人,像个没有腿、浑身涂满稀泥的大鼻涕虫。

出真相不会有任何帮助,我点点头。

奥黛尔说:"为了保险起见,我们还是打电话给斯坦奇菲尔德医生吧。"

他给埃莉量了两次血压,说她得去做检查,当初也是这么对妈妈说的。

"她会没事吧?"我问。

"你的继母血压有点高,这对她和孩子都不好。"

乔伊和埃莉打起了瞌睡,奥黛尔为了帮我从烦恼中解脱出来,教我学跟婴儿相关的词语——摇篮车,couffin;尿布,couches。但我心里一直装着埃莉的病情,对学习有点心不在焉。

"法语里怎么说'高血压'呢?"我问。

"La tension。"

压力。这个词说明了一切。

"我们去散散步好吗?"奥黛尔说。

她相信新鲜空气是治愈一切的灵丹妙药。我们走在大街上,经过教堂,经过矮小的松树林,最后来到墓地。残酷的北风在周围呼号着,抽打着地面上的一切。和镇上其他女人一样,奥黛尔经常来墓地,但我不会。妈妈的花岗岩墓碑上镌刻着"布伦达·雅各布森,亲爱的妻子和妈妈",墓碑下摆着菊花。我心如刀割,转眼间妈妈已经去世两年多了。我知道自己该低头祈祷,但我没有,而是看向奥黛尔。她的丈夫和儿子的坟墓连在一起,也摆着菊花。她低着头,表情凄凉。她一定在想念家人吧,巴克和马克,还有她的父母和孪生弟弟。我想知道他们发生了什么事。

巴黎，
1940 年 8 月

[第二十二章 - 奥黛尔]

"也许我不该把你叫回家，"爸爸说，"但我想应该让你早点知道……"他一副欲言又止的样子，让人看了更加害怕。

"先生，到底什么事儿？"比茨催促道。

"雷米还活着。"爸爸说。

宽慰之歌响彻我的心灵。我猛地呼出一口气，身子后仰在了沙发垫上。

"他在哪儿？"比茨问道，"是在回家的路上吗？"

"他被俘了。"爸爸说。

"被俘了？"比茨重复道。

"他在 stalag，就是德国人建的战俘营里。"爸爸说。

妈妈哭了，我搂住她。

"毕竟他还活着。"我安慰妈妈。

"可他被俘了，"妈妈说，"他一定很可怜。"

"毕竟我们知道他在哪里了，"爸爸说，"这也是一种安慰啊。"

他是对的。可怜的比茨也是好几个月都没收到她弟弟的来信了。

"希望我们很快就会有朱利安的消息。"爸爸温柔地对她说。

比茨咬着嘴唇，看得出来努力不让自己哭出来。

爸爸从夹克外套里抽出一张卡片。我拿过来，上面的字已经模糊了。Je suis prisonnier（我是一个战俘）。下面还有两行字：

1. 我身体健康。
2. 我受伤了。

第二行还被圈起来了。雷米孤身在外，还受了伤。

看到卡片后比茨脸色苍白，她说要回家把这个消息告诉妈妈。我和爸爸把她送到门口。她吻了吻爸爸的脸颊，爸爸露出一丝微笑。

回到客厅后，妈妈还恍恍惚惚地坐在沙发上。爸爸跪在她身边，温柔地擦去她脸上的泪水。我搂着她的腰，扶她回房间上床休息。妈妈继续哭泣，爸爸不停地踱步。我无助地待在旁边，却不知该怎么安慰。

"我给托马斯医生打个电话好吗？"我问爸爸。

"这世上所有的药都没用，"爸爸说，"我会陪着她的。你去休息吧。"

这一次，我没和他争吵。我有些内疚，因为在妈妈最悲痛、最无助时我没法提供帮助，但同时我也松了口气，因为我自己也是伤痛不己,需要躲起来静静地应对。Stalag 是我的词汇表中从未出现的新词。此前我可以劝慰自己,雷米正在回家的路上,我们很快就能见面。现在我该给自己编个什么故事呢?

趴在书桌上,我用他的钢笔写道:"亲爱的雷米,我恨你变成了俘虏,恨你受伤了,恨你离家太远。我们都很担心你。"我心里好受了一些,因为写信可以宣泄我的感情,但这封信却不能给雷米带去安慰。我撕掉这封信,重新打开钢笔,让墨水滴在纸上。我又开始写另一封:"亲爱的雷米……"

亲爱的雷米离我很远,难以企及。

第二天早晨,我梳洗之后来到父母的房间。妈妈躺在羽绒被下面,闭着眼睛呜咽着,仿佛无法从噩梦中醒来。爸爸站在衣柜前,扣好了衬衫的扣子。

"我留下来陪她吧。"我说。

"妈妈不想让你看到她这样。"他把我送到门口,"放心,我能找到人照顾她。"

外面的人行道上空无一人,鹅卵石车道上也没有汽车。图书馆也变得出奇安静。我想念玛格丽特。我想念保罗,一遍遍地数着他从农场回来的日子。我甚至想念特恩布尔夫人严厉地训斥学生的声音。

"刚听说雷米的事了,我很难过。"科恩教授递过来一本《漫长的冬天》,是劳拉·英格斯·怀德写的。"我一直在读这本书。在暴风雪中,一个拓荒者家庭挤在他们的小屋里。煤炭、木柴都用光了,他们没办法取暖。爸爸拉起了小提琴,叫他的三个女儿跳舞。她们咯咯地笑着跳着,这样就不会冻死了。之后,爸爸还得去照看那些牲畜。他走出房门,甚至看不到前方六厘米之外的地方。他只能抓住晾衣绳,一步步地摸着去谷仓。在屋子里,妈妈屏住呼吸,等着爸爸回来。"

我接过那本小说,她用手掌捂住了我的手:"我们看不到接下来会发生什么,我们能做的就是坚持下去。"

吃晚饭前,我探头向父母的房间张望,妈妈还在睡觉。一个护士坐在她的床边。稀疏的棕色头发下是一张红润的脸。她看上去很面熟,是图书馆的读者吗,还是医院的志愿者?

"我是奥黛尔。"

"我是尤姬。"她说。

"妈妈怎么样了?"

"你妈妈还没醒来,恐怕她休克了。"

日子一天天过去。下班后,我和比茨会在杜伊勒里街上来来回回地走。

"你妈妈怎么样了?"我问她。

"她天天在门口等着,好像我弟弟随时会回来。"

巴黎人慢慢地习惯了占领者。有些人会和他们做生意,兜售相机胶卷或解渴的啤酒,但大部分人拒绝承认他们的存在,对他们视而不见。有些女人接受了他们的恭维和邀请,但大部分人却厌恶地撇着嘴。在地铁里,我怒视着一个瘦得皮包骨的德国士兵,直到他低下头去。

我很高兴尤姬来到我家。她一边照看着妈妈,一边关注着自己的毛线活儿。我还是好奇自己是怎么认识她的。是在"军人服务计划"中帮过忙的志愿者吗?是我上学时某个朋友的妈妈吗?

一天晚上,我和爸爸送她离开。他帮她穿上外套,提议送她回家。他可没对我们家的女佣这么主动过。尤姬大发雷霆,匆匆走下楼梯。电光石火间,我想起来了——这个"护士",不就是上次见到的爸爸的那个情人吗？

"你怎么把她带到这里来了？"我低声怒喝。

有那么一小会儿，爸爸显得有些畏缩。随后他的眼神开始闪闪烁烁，似乎在算计什么。他在猜我知道了多少，把这些信息加起来，再减去他自己的内疚感，余数是多少。他又开始假设他的分配比例，多少关心给他的情妇，多少留给妈妈。他建立了一个混沌方程，综合考虑了多个要素后，开始反击，就如同雷米在法学院的辩论中做的那样。

"我能怎么办？难道叫你姑妈珍妮从自由区回来？莫非要让个不知根底的陌生人来家里？"

"我们可以去找卡罗阿姨啊，她会愿意照顾妈妈的。"

"要是知道我们背着她跟卡罗阿姨联系，你妈会气疯的！"

"可是爸爸……"

"除非你想自己照顾妈妈？"

虽然我曾主动提出要照顾妈妈，但我也害怕会被她深不见底的悲痛淹没。"我们就不能请个护士吗？"

"大部分护士都逃走了，那些没逃的都在医院里轮班呢，每天干十多个小时。尤姬干得挺不错的。"

我冷哼了一声："她现在就在床边了，我相信你喜欢这种感觉。"

"别对你不知道的事儿说三道四！另外，尤姬很会照顾人，可以说就是一个护士。"

"在图书馆工作不会让我成为一本书。妈妈需要一个真正的护士。"

我气冲冲地走回自己的房间。他竟然把情妇带到家里来了！要是保罗在这儿就好了，他会跟爸爸据理力争的。我用胳膊搂住自己，真希望是保罗正在搂着我。当爸爸让我失望时，当遇到一个无礼的读者时，当我非常想念雷米时，保罗就是一味灵丹妙药，可以抚慰我伤痕累累的灵魂。

晚上8点钟,爸爸敲敲我的房门:"吃晚饭了。"

"我没胃口!"

整个晚上,我躺在床上睡不着觉,想象着自己把那个情妇逼到墙角,大声地质问她,问她怎么好意思到我家来,和我妈妈呼吸同样的空气!她一定会羞得满脸通红,不停地道歉。她会保证再也不会踏进我家的门槛,保证再也不和爸爸说话了。

在上班之前,我又去看望妈妈。尤姬轻抚着妈妈的头发,像情人一样温柔;她擦拭着妈妈的鼻子,又像母亲对孩子那样慈爱。我从没有给妈妈换过睡衣,也没有倒过便盆。这个陌生人介入进来,却做了我做不到的事情。慢慢地,我的愤怒消散了。现在唯一重要的是妈妈。

我吻了吻妈妈的脸颊。她一动不动。

"妈妈好些了吗?"我还是不能直视尤姬的眼睛。

"昨天只用了八块手帕擦汗,比前天要好,前天用了一打……"

"哦,妈妈……"

"我理解她的感受。"

"莫非你儿子也……"

"在'一战'的时候。他们轰炸了我们的村庄,他当时还是个蹒跚学步的孩子。我伤心得快死了,希望你妈妈永远不会有同样的遭遇。"尤姬摸着妈妈的胳膊,"太难了,日子真的太难了,霍滕斯,但你的孩子需要你。至少你可以给你儿子写信,而且你女儿就在这儿,你不想见见她吗?"

妈妈抬起了头,无助地看着我。

亲爱的雷米：

　　我们想念你，希望你能平安回家。我们还没收到你的来信，如果你已经写了，估计它还在路上。妈妈和爸爸都很好。保罗不在，回农庄帮着他姑妈收割庄稼呢。我很想他，所以我能想象你有多想念比茨。

　　越来越多的人来我们的图书馆看书，因为这里有一种社群精神，因为这里可以让心灵得到休憩。也有很多读者逃走了，还带着我们的书！我们开足马力，为读者服务。里德小姐不愿意拒绝任何人。

　　我还没有收到玛格丽特的消息，但是比茨终于收到她弟弟寄来的一张卡片，她这才放下心来。她很好，虽然她很想念你。

　　你能收到这封信吗？我有很多事想告诉你呢。

爱你的奥黛尔
1940 年 8 月 25 日

最亲爱的保罗：

　　请先代我谢谢你姑妈的盛情邀请。我很想见她，也很想见你，但我必须待在巴黎，万一雷米回信了呢。

　　昨天，比茨收到她弟弟寄来的卡片。他也成了战俘。当我听到这个消息的时候特别想哭。虽然我很喜欢图书馆，但有时它会让我无法忍受。和比茨面对面时，我俩就像在照镜子。我从她焦虑的表情看到了自己的担忧，从她苍白的脸色看到自己的痛苦。不过她的难过是我的两倍，因为她的心上人和弟弟都被俘了。我在她的办公桌上放了一个茶杯，里面插了一束花。希望我能做得更多些。真希望能多点好消息，少些伤感的心思。你什么时候回来啊？

你那多刺的图书管理员
1940 年 8 月 25 日

亲爱的玛格丽特：

我经常写信，但还没有收到你的回信。希望你一切安好。这里的日子很艰难。妈妈倒下了，爸爸请他的情人来照顾。但这位情人肯定没想到，她要帮着清空便盆！啊，好吧，每个职位都有它的劣势。妈妈恢复得很好，但还需要休息。我猜她喜欢被人伺候，或许她已经知道了这个"护士"是谁，想给她点苦头吃。我清楚妈妈的小心思，两者兼而有之吧。

纳粹已经攻陷巴黎，国家图书馆也落入他们的手中。我们收到了战俘的来信，但纳粹当局不允许我们给他们寄书，真让人心碎。

看看我现在的样子，竟然变得像西蒙夫人一样闷闷不乐。算了，我还是说些好消息吧。书架管理员彼得和参考馆员海伦天天腻在一起。午饭时，他们就在院子里野餐。当他们以为旁边没人时，干脆拉着手。我们开始叫他们"海伦的彼得"和"彼得的海伦"。我们很高兴地看到，他们相爱了。

快回来吧！我想你。没有你，图书馆都不一样了。

爱你的奥黛尔
1940 年 8 月 25 日

到了 9 月，里德小姐撕掉了遮住窗户的牛皮纸。但我往外看时，再也看不到那条鹅卵石小径，也看不见那装满常青藤的大缸了。我看到的只有那些丢失的信件和远方的朋友。突然,我看见玛格丽特走了过来。"雷米?"这是她说出的第一句话。这让我更加爱她了。"有收到他更新的消息吗?"

"从收到那张卡片后就没有了。"

"亲爱的,"她给了我一个拥抱,"我担心你和雷米,担心图书馆……"

"告诉我你的近况!"我们同时说。告诉我,我想知道一切。

她讲述了从巴黎开始的那次旅程。"路上挤满了汽车。德国飞行员向平民开火,所以每当飞机飞过头顶,汽车都会尖叫着停下来,人们跳进沟里躲起来。我们的汽油配给用完了,最后10英里只能走着过去。克里斯蒂娜一直在哭。该如何向孩子解释战争啊?"

劳伦斯本来想把她们送回伦敦,但玛格丽特拒绝了。"我第一次感到自己很重要,好像我的工作,嗯,我的志愿者工作,能起到一些作用。"

"你当然很重要,"我用不容置疑的口气说道,"我们需要你在这里。"

"Sincèrement(打心眼儿里说),我非常高兴能够回来修书!"

"劳伦斯高兴一起回来吗?"

玛格丽特抚摸着她的珍珠项链:"他留在自由区了。"

法国被一分为二,北部由德国控制,是占领区;南部由"一战"英雄菲利普·贝当元帅统治,是自由区。

"很遗憾劳伦斯没跟你一起回来,"我说,"因为他在那边抽不开身吗?"

"他和一个……朋友在一起。"

"他要在那儿待多久?"

玛格丽特在一堆英语、法语中寻找着合适的单词。我有时候也会这样，有时一整天都要在法语和英语之间不停切换，我也会词穷。"哦，不用管他啦！"她终于说道，"我来告诉你我们是怎么回来的吧。为了保证路上有足够的汽油，我把旧茶壶里都装满了汽油。"

"希望不是漏水的那把！"

一周后，保罗站在我家门口等我。他的头发晒得有些发白，颜色像干草一样，但脸颊红扑扑的。我傻傻地盯着他。每天晚上躺在床上，我不止一次畅想团聚时的场景。我会扑到他的怀里，不停地亲吻他。他会搂住我的腰，让我忍不住战栗。事实是，即便他把我抱在怀里，我还是浑身僵硬。紧张了这么多天，我没法一下子放松下来。

"我爱你。"他说。他呼出来的气儿吹在我的头发上，他的嘴唇印在我的太阳穴上，我的身体慢慢地软了下来。我哭了。为了不让父母担心，他抱着我，把我带到了楼梯平台上。在父母面前，在比茨面前，在读者面前，我都要装出一副坚强的样子，但和保罗在一起，我可以卸下这套沉重的盔甲了。

"我们会一起渡过难关的。"他说。

和他在一起，我的心跳都变得轻松了。很快我就停止了啜泣，真希望永远待在他的怀里，可是，妈妈出来了，还咳嗽了一声，让我们从激情中醒过神来。保罗带来了一个装满水果、蔬菜、黄油和腌制火腿的篮子。妈妈说："要俘获奥黛尔的芳心，先要俘获她的胃。""真是一个不错的供应商。"爸爸说。

爸爸和妈妈不时地在旁边晃来晃去，一会儿去餐桌，一会儿去客厅里。妈妈因为担心而生的皱纹舒展了一些，爸爸在好几个月以来开心地笑了起来。

"我想你，"保罗低声对我说，"真希望他俩能让我们单独待五分钟。"

"我们明天在你家见面吧。"

"我那层楼还住了四个同事。让他们看到了，你的名声就全毁了。"

来自德国战俘营

亲爱的爸爸、妈妈：

  我这里一切都很好，伤口也正在好转。一位来自波尔多的医生和我住一个营房，就睡在我旁边。他会打呼噜，但看到他还是会令人安心。谢谢你们寄过来的纸牌。你们能再寄些东西吗？一件暖和的衬衫、内衣、手帕，还有一条毛巾。再来一些丝线，还有剃须皂和剃须刀。如果不是太麻烦，可以寄一些好保存的食物，比如一些圆馅饼。

  请不要为我担心。我们得到了公平对待，在这种情况下，我们没有任何怨言。

你们的儿子雷米
1940 年 8 月 15 日

亲爱的奥黛尔：

  你还好吗？还有比茨、妈妈、爸爸和保罗，他们都怎样？我肩膀上的伤正在愈合。在敦刻尔克附近，我被敌人的炮火击中了。痛得要命！记得以前你在桌子底下踢我时，我也抱怨很疼。我们几个人被俘了。一开始大家气愤命运的不公，直到我们知道这次战役死了多少人。

我们这些战俘大部分是法国人,也有一些英国人跋涉了大半个德国。我们吃不到什么食物,也没法休息。你知道我平时不喜欢运动,这次真是够我受的。步行了好几周,我们总算来到这里。许多人都松了口气,至少不用睡在冰冷潮湿的地面上,至少有张床可以躺,哪怕那只是一层木板。

谢谢你的来信。很抱歉我以前没能写信。

爱你的雷米
1940 年 8 月 15 日

亲爱的雷米:

你的信今天终于到了!谢天谢地,你告诉我们需要什么。妈妈想送你一串祈祷时用的念珠,这样你和其他人可以"规范地祈祷"。隔了好久之后,她今天又去做弥撒了。前段时间她身体不好,爸爸给她找了个护士。

起初,我不确定妈妈是否会接受陌生人的照顾,但后来她们相处得很好。尤姬喜欢穿白色衬衫,配一件开衫,她长得很平常,有着圆圆的肩膀和忧郁的眼睛。她的唇边经常浮现伤感的微笑,有点像妈妈。前天晚上,我们三个人一边喝茶,一边等爸爸回家。

他到家的时间越来越晚。他的汽车也被征用了,只能坐公交车上下班。不幸的是,公交车越来越少了,因为没有多少化油剂可用。

你不在的日子里,爸爸对我越发挑剔了。爸爸对我的保护太严格了,真过分。他不让我出去,哪怕是看一场电影。纳粹有自己的电影院,也有自己的妓院,所以我和比茨、玛格丽特一起去看肯定是安全的。灯光变暗后，我们就可以表达真实的感受。当新闻片中出现希特勒时，每个观众都会发出嘘声。

随着"soldaten（德语，士兵）"告诉我们什么是"verboten（德语，禁令）"，德语正在入侵我们的大脑。他们的士兵也开始学习法语。在图书馆外面的大街上，有个士兵想和我们的簿记员韦德小姐聊聊。你还记得她吗？就是那个英勇无畏的烤饼烘焙师，喜欢把笔插进发髻里，挚爱那些死去了的希腊数学家的那位。"Bonjour, Mademoiselle. Vous ê tes belle！（你好，小姐。你长得真漂亮！）"这个斗鸡眼的士兵说道。她先是回答："Heave, ho！（喂！走开！）"看他有些听不懂，她又用德语道别："Auf Weidersehn!(再见！)"

爱你的奥黛尔

1940 年 9 月 30 日

信里的话题越来越沉重，纳粹已经遍布整个巴黎。在员工会议上，鲍里斯告诉我们，他们闯进圣母院附近的俄罗斯图书馆，查封了十万多本图书。"十万多本书！"玛格丽特无力地重复道。

记得我小的时候，有一次卡罗阿姨曾带我去过那里。我们在塞纳河旁的卡西莫多大教堂做完弥撒后，穿过"左岸书店"，沿着贝切里街蜿蜒而下，来到了一栋外观奇特的建筑前。所有的门都敞开着，我们就往里看了看。"欢迎，欢迎！"里面的人热情地打招呼。那位图书管理员，眼镜用银色的链子挂在脖子上，递给我一本图画书。我和卡罗阿姨非常惊奇，我们不止看不懂单词，就连一个字母都看不懂。

四面墙上都搭着书架，从地板到天花板，那么高，人们得爬上梯子才能够到最高的书架。卡罗阿姨让我一直爬到最高处。那真是天堂般的一天,不过话说回来,和卡罗阿姨在一起,每天都是天堂。

现在,我想象那些书架已经变得光秃秃的了,我想象那位管理员会泪汪汪的,我想象着某位读者前来还书,才发现整个图书馆就剩他手上这一本了。

"他们为什么要抢图书馆啊?"比茨问道。

鲍里斯解释纳粹想要扼杀某些国家的文化,要有计划地、有安排地毁掉该国的科学、文学和哲学著作。他还补充说,纳粹还掠夺了很多犹太名人的个人藏书。

"其中就有咱们的读者,"我说,"科恩教授的书也被抢了。"昨天在阅览室靠角落的一张桌子上,我看到堆得高高的一摞书。后面露出一头白发和一根翠绿的孔雀翎。那是科恩教授,用图书馆的书——有乔叟的、弥尔顿的,还有奥斯汀的,给自己设了一道屏障。

我慢慢走近,教授坐拥书城,似乎一点都没意识到。"您在重温经典?"我问道。

"那些纳粹把我的书抢走了。他们冲进我家,把我所有的书都塞进了板条箱带走了。很多都是初版。我写的有关《贝奥武甫》的文章也未能幸免,最后一页还在打字机里。"

"他们怎么能这样……"我搂住她的肩膀,"我很难过……"

"我也是。"她无力地指指那堆书,"我还想和我挚爱的书再多坐一会儿。"

我的思绪又回到了员工会议上。玛格丽特叹息道:"四十多年的苦心收藏就这样被抢劫一空了。"

"我知道她最爱的是什么书。"比茨说,"我们可以找些书商,替她换一些。"

"那其他的读者呢,他们的损失怎么办?"里德小姐问。

"还有俄罗斯图书馆呢?"鲍里斯问。

"还有我们的图书馆该怎么办?"我说,"我们很有可能就是下一个。"

"她说得对,"里德小姐说,"纳粹很快就要来了。"

10月,学校如常开学。无论生活发生何等变故,总归要继续前行。妈妈们给孩子熨好衬衣,替他们准备好笔记本和铅笔。有些食物变得特别稀缺,主妇们在肉店门前排起了长队。时尚杂志教女孩子怎么戴帽子,要向后倾斜一点。我和玛格丽特把书装进箱子,送到法国乡下的拘留营,那里监禁着共产党人、吉卜赛人和敌对国的公民(他们的国家恰好与德国处于战争状态)。

亲德媒体加班加点地工作,想要激起民众对英国的不满情绪。他们在建筑物、地铁站和剧院大厅里张贴了很多海报,上面画的是一名法国水手在血海里挣扎。他紧握着破烂的三色旗,哀求道:"别忘了奥兰!"正是在那里,英国海军击沉了我们的船只。我们怎么能忘记这一幕呢?有一千多名法国士兵在此遇难。为此,德·内西亚特先生一直不肯和普赖斯-琼斯先生说话。

但巴黎人拒绝被纳粹的宣传左右,他们对海报内容做了巧妙处理,把"奥兰"这个词擦掉,潦草地换上其他单词。我们现在看到的就是"别忘了你的泳衣!"。

这天的午餐时分,保罗和我正在蒙梭公园散步。他因为生气而神色威严,在沙砾的小径上大步前进,我很难跟上他。

"他们命令我修复海报,这比戴着那该死的白手套指挥交通还糟。我得在众目睽睽下擦掉涂鸦,围观的人们都在笑话我。"

"那不是在笑话你。"我搂住他的胳膊安慰,但他还是气冲冲的。

"真丢人。原来警察手里拿着的是武器,现在拿的是海绵。以前我保护人们的安全,现在保护海报。"

"可至少你留在了巴黎啊,至少你是安全的。"

"我倒宁肯和雷米在一起。"

"别这么说。"

"至少他还打过仗。至少他是个男子汉。"

"你在尽你的职责。"

"确保纳粹的车不会相撞?保证他们的宣传原汁原味?"他踢了一根挡住我们的树枝,"真丢人啊!"

来自德国战俘营

亲爱的奥黛尔:

　　谢谢你寄来的圆馅饼。大家都很喜欢。大多数人会把家里寄来的食物分给大家,但也有少数人偷偷藏起来。真让人失望,即使条件这么艰难,我们也不能团结一致。

　　保罗寄来了新闻剪报,还有他为比茨"一小时讲故事"活动画的素描。比茨把一本书打开盖在头上,就像顶着一个屋顶。我似乎能听到她的声音,告诉孩子们书是一个庇护所。很高兴能从巴黎得到一些消息。我想知道那里发生了什么。千万不要担心我的承受力,这些新闻能把我们的注意力从现实中引开。我们快要憋疯了,谁知道我们要被囚禁多久啊。其中一个家伙教我打桥牌。看来在这里,我们能拥有的只有时间。

爱你的雷米
1940 年 10 月 20 日

亲爱的雷米:

很高兴你喜欢那幅素描。保罗是个天才,对吧?妈妈经常邀请他和比茨过来吃饭。上星期一起吃午饭时,爸爸还给比茨看了你婴儿时的照片。和她在一起,他从不乱发脾气。真希望你能看看她是怎么征服这个暴君的。希望你能回家,好好待上一段时间。昨天,近两千名高中生和大学生举行游行示威活动,抗议占领者。像贝当元帅这样的老人可以管理国家,但年轻人将引领国家的发展。

爱你的奥黛尔
1940 年 11 月 12 日

我没告诉雷米,邮寄过去的那些圆馅饼是我们全家人一周的肉食配给。我没告诉雷米,示威活动并没有持续多久,因为很快当局就派来军队,把示威人群驱散了。我没有告诉雷米,纳粹又占领了捷克斯洛伐克图书馆,还把年迈的图书管理员抓走了。我没有告诉雷米,我们接到了一道可怕的命令。一周后,Bibliotheksschutz 要来"检查"我们的图书馆。

我和里德小姐、鲍里斯、比茨盯着那道命令,目瞪口呆。

"什么是 Bibliotheksschutz?"比茨问道。

"德语,字面意思是'图书馆保护者'。"女馆长说。

"听起来是件好事,对吧?"我说。

里德小姐伤心地摇了摇头:"这是一个相当讽刺的词,我猜他们会夺走我们的书。"

"这种人是图书界的盖世太保。"鲍里斯解释道。

"检查"的那一天还是来了。鲍里斯在中午之前抽了整整一包烟。里德小姐埋首于她精心准备的那堆文件，再次确保"图书馆保护者"挑不出关闭图书馆的理由。我把还书收集起来，重新放上书架。《了不起的盖茨比》《绿岸小镇》《他们眼望上苍》……

这些书是我们最亲密的朋友。我瞥了玛格丽特一眼，就知道她也在想同样的事情，没有图书馆我们可怎么活下去啊？

"我们去跟里德小姐一起喝茶吧，"她说，"我们必须做点什么，否则会发疯的！"

我有些心神不安，于是玛格丽特负责端盘子。当她放下托盘时，我问里德小姐："您还好吗？"

"胃里有些恶心，快要爆了。"女馆长回答说，"等着Bibliotheksschutz大人大驾光临吧。祈祷他能让我们继续开门。"

玛格丽特把甘菊茶倒进杯子。滚烫的瓷器温暖着我汗津津的手。我正要喝上一口，就听到沉重的军靴撞击到硬木地板的声音，一下一下，在书架中回荡。

女馆长坐在椅子上，挺直了肩膀。三个穿着纳粹军装的人走了进来。谁也没说话。没有人说"你好"，没有人说"bonjour"（法语，你好），没有人说"guten Tag"（德语，很好的一天），没有，什么也没有。也没有人说"你被捕了"，当然也没人说"Heil Hitler！"（德语，希特勒万岁）。他们中有两个年龄和我差不多，看起来是普通士兵。第三个是个消瘦的军官，戴着一副金框眼镜，拿着皮质的公文包。

这些人默默地打量着办公室里的物品：桌上的文件；空空的书架，那里原本放着珍稀的手稿和初版书，现在都被我们收走藏起来了。他们还打量着女馆长，她润泽的皮肤，光滑的发髻，还有紧闭的嘴唇。

没人知道里德小姐是否害怕，我从没见过她坐得如此笔直，脸色又是如此冷峻。按照我们的社交礼节，如果是异性客人来访，作为女士里德小姐无须起身，只要伸出手臂握手即可。但平时里德小姐才不管这一套呢，她总是站起来迎接访客。可是今天她只是稳稳地坐着，这些不速之客肆意践踏我们的地盘，他们不值得女馆长起身迎接。

这位"图书馆保护者"一定以为我们的馆长是位男士，而不是女士。所以他盯着里德小姐看了好一会儿，然后开始用德语发布命令。他的语调很低，语速很快。那两个年轻士兵转身走了，还像女仆一样贴心地关好门。女馆长依然沉默不语。他开始用地道的法语说道："多好的图书馆啊，真令人印象深刻，里德小姐。欧洲没有哪家图书馆能和它相媲美！"

听到自己的名字，她才定睛看了看他的脸。"福克斯博士？是你呀。你也在巴黎？我都不知道呀。"她拍了一下手掌，似乎因为见到老朋友而开心，"我承认，我刚才是对这套制服有意见，可不是针对你。"

"一周前我才得到任命，负责荷兰、比利时和法国占领区的智力文化活动。"他孩子气地吹嘘道，想要得到她的赞扬。他的脸颊红润闪亮，一头细密的浅棕色头发，看起来像个主日学校的老师。

"离开你的图书馆，你一定很想它吧。"她同情地歪歪头，好像他遭受了莫大的损失一样。

"的确。但我不在那儿，图书馆也会照常运行。至于离开它我能不能熬过去，那就是另一个问题了。"

我原以为这个纳粹只是个不识字的野兽。没想到，他曾在柏林最负盛名的图书馆里工作。玛格丽特和我等着女馆长做出指示，但她和"图书馆保护者"都沉浸在老友见面的惊喜中，顾不上我俩了。

"你现在当上馆长了？"他接着说，"向你致以最热烈的祝贺。"

"很幸运我们有一支敬业的员工队伍和志愿者。"她皱起眉头，"好吧，我们……情况发生了变化，同事们不得不离开。"

"光靠你自己肯定很难。"他在一张纸上写下自己的电话号码，放在了桌子上，"只要你需要，随时打电话给我。"

"好久没见了。"她支支吾吾地说。

"自从那次国际智力合作组织主办的学术讨论会之后。"他喃喃地说，"那是个更纯粹的时代。"

"如果他们告诉我'图书馆保护者'的名字，我这一周就不用那么绞尽脑汁地做准备了。自从得知要接受'检查'，我一直在斟酌我的措辞。"

"你想说什么？"他仍然保持着立正站姿。

"留下来喝杯茶吧。"她指指椅子。玛格丽特准备出去再倒一杯。我知道自己该离开，但这一戏剧性的转折太令人着迷了，我想留下来看看下面会发生什么。

里德小姐说："我本来打算告诉'图书馆保护者'，一个没有读者的图书馆就是一个藏书的墓地。书就像人，没有接触，它们就会枯萎灭亡。"

"说得真好。"他回答说。

"我准备谦卑地请求他允许图书馆继续开放。我怎么能猜到会是你呢？"

"你一定知道我绝不会让图书馆关门，但是……"

"怎么说？"她鼓励道。

"你要遵守国家图书馆的规定。某些书不允许再流通了。"他从公文包里拿出一张单子。

"我们需要毁掉它们吗？"里德小姐问道。

他吃惊地看着她："亲爱的小姐，我只想说你们不能再出借这些书。一个专业的图书管理员怎么会问这样的问题！像我们这样的人是绝不会毁书的。"

　　玛格丽特带着一杯伯爵茶回来了。佛手柑的香味给房间注入了希望。像我们这样的人，一个专业的图书管理员，一个同道中人。是的，战争把我们分开了，但是对文学的热爱又让我们重聚。我们可以见面喝茶，像文明人一样交谈。里德小姐长长地舒了口气，也许觉得最糟糕的事情已经过去了。她和"图书馆保护者"回忆起当年在芝加哥举行的一次会议，他们的谈话是一首由熟人故事组成的交响诗。啊，对的，她已经退休了。他换到了另一个分支机构，不在原来那家了……

　　福克斯博士突然看看手表，说他接下来还有个安排，必须走了。"很高兴见到你。"他起身对女馆长说。我们送他到门口，他笑着说会面进行得非常顺利。他转过身来，我以为他要问一个跟藏书有关的问题，或者跟我们告别，但他说的是："当然，你们不能让某些人再进来了。"

[第二十三章 - 奥黛尔]
-

里德小姐按着太阳穴喃喃自语:"总能想到办法的,我必须好好想想。也许可以通过某种方式把书送出去……"

其他同事都涌了进来。比茨轻轻地咬着她的嘴唇。鲍里斯紧锁眉头。韦德小姐的发髻里插着十二支铅笔。我走到里德小姐的书架前,抽出了《追梦人》。我需要一些能握住的东西,不用翻阅书页,我就能知道里面写了什么。这本书是一张地图,每一章都是一段旅程。有时路上一片黑暗,有时它指引着我们走向光明。我开始害怕我们要去的地方。

"你们谈得怎么样?"比茨问,"'图书馆保护者'都说了些什么?"

玛格丽特回答道:"我们必须把至少 40 种作品从书架上撤下来。"

那张名单上有好几位老熟人:欧内斯特·海明威,他为我们的简讯撰稿;威廉·夏伊勒,他在我们的阅览室里写文章。

鲍里斯说:"要知道这份禁书名单中包括几百部作品,我们付出的代价算是挺小的了。"

对此我并不确定。没有这些书,巴黎将失去一部分灵魂。

书架管理员彼得说:"可以把这些书借给那些我们知根知底的读者呀。"

知根知底的读者……我想到了科恩教授,想到了索邦大学的学生,想到了那些参加"一小时讲故事"的小不点儿。

我把书紧紧地抱在胸前，想知道该怎么告诉科恩教授，我们的图书馆不再欢迎她的来访了。我们该如何拒绝那些犹太读者呢，我们是否要拒绝那些犹太儿童呢？这个问题要比禁书的问题难处理得多，"图书馆保护者"要求把某些读者从我们的社群中剔除。

克拉拉·德·尚布伦伯爵夫人来了，此时正坐在福克斯博士之前坐过的椅子上。她是图书馆受托人中唯一一个留下来的，其他人都已安全地返回美国。她在美国、非洲和欧洲都待过，在索邦大学获得了博士学位，是研究莎士比亚的学者。她的头脑精明、经验丰富。真希望我们能在她的帮助下找到前进的方向。

她把眼镜挂在鼻尖上，问道："现在是什么情况？"

我们转向女馆长。她一向说话干净利落，但这次却有些吞吞吐吐："我……那是……"

"说啊。"伯爵夫人催促道。

"纳粹警察规定，不允许犹太人进入图书馆。"里德小姐的声音很小。她摇摇头，不敢相信那句话是从她自己嘴里说出来的。

"你不是认真的吧！"比茨说。她的下巴向前伸着，像极了雷米，他们都渴望为需要帮助的人作战。

"伊斯兰世界联盟的书都被扣押了，"鲍里斯说，"一点回旋的余地都没有。纳粹不但没收了乌克兰图书馆的全部藏书，还逮捕了他们的图书馆员。只有上帝才晓得他被关押在哪里。如果我们不服从命令，他们就会关闭图书馆并逮捕我们。"

我们看向里德小姐。

"显然那些人没法再来了。"她说，"有几个是我们最忠实的读者，一定有办法联系上他们。"

"想想穆罕默德和那座山的故事！"伯爵夫人说，"我有一双脚，鲍里斯、彼得和奥黛尔也一样。我愿意为他们送书，我相信在座每位都同样乐意。"

"就像之前的'军人服务计划'那样。"我说。

"我们要确保所有读者都有书看。"玛格丽特补充道。

"这样做很危险，"里德小姐严肃地说，她看向在场的每个人，让大家都意识到这点，"我们生活的规则就在一夜之间发生了改变。送书可能会被视为藐视当局，我们可能会被逮捕。"

参考馆员海伦说："我在战争前夕来到巴黎，就是为了把书交到读者手中。我现在没打算停下来。"

书架管理员彼得说："我要把图书馆的全部藏书送到读者手中。"

"我们不能让读者感到孤立无援，"韦德小姐说，"我去给他们送书，还有烤饼，如果我能找到面粉。"

"我们用书来抗议！"这是比茨的发言。

"我们需要这样做！"我跟在她后面讲道。

"这样做是对的！"鲍里斯补充道。

"我很高兴大家都愿意参与，"里德小姐说，"那现在就干活儿吧。"

她和伯爵夫人给那些犹太读者写信。比茨负责给那些安了电话的人打电话。她就坐在里德小姐的办公桌旁，电话听筒几乎和她的头一样大。我听到她的声音传来："需要等到局势恢复正常……真的很遗憾……我们可以给你带些什么书呢？"

鲍里斯按照读者的索书单找书，然后用绳子捆在一起。他给科恩教授准备了一捆。我负责送书，从图书馆出发，去往一个完全不同的世界。

我试图避开那些纳粹检查站，但他们在两个街区外又新设了一个。

在一条狭窄的街道上，全副武装的德国大兵持枪把守，要来往的行人五人一组穿过金属路障，核实他们的证件，搜查他们的物品。我在排队时，突然意识到了一个可怕的错误。我竟然把教授的地址写在了一张纸上，塞进了书包。为什么我就没记住她的地址呢？如果我把纳粹带去她的公寓怎么办？

一个士兵要我打开书包。我只是站在那里，无法呼吸。我觉得自己快要晕过去了。他抓起我的包，翻遍了里面的书和文件。

"没有什么有趣的东西，"这个士兵说的是德语，"只有一块手帕，她房子的钥匙和几本书。"

不过这些都是我猜的。我能听懂的德语单词不多，只听到了"没有""有趣"和"书"这三个单词。他又看看我的证件，然后盯着我看一会儿，再看看照片，最后把证件丢到我怀里，喝道："赶紧离开！"等拐过街角，我赶紧掀开书包，找到那张写着地址的纸条，撕得粉碎。我提醒自己一定要更加小心，千万不能给读者们带去麻烦。等呼吸平稳后，我才继续向前走去。

我总是好奇于科恩教授住在哪儿，她的书房一定是在美丽芬芳的玫瑰园旁，通风敞亮。她应该不会邀请我进去，毕竟这不是一次社交性的拜访。考虑到实际情况，我不知道该怎么张嘴。这样的规定大错特错？图书馆的人都感到很遗憾？这项业务真奇怪？还是什么都不说？

到科恩教授家要走20分钟。这是一座金碧辉煌的大厦，大楼梯弯曲得像蜗牛壳。我向二楼走去。刚到楼梯口，我就听到里面传来噼里啪啦的打字声。我害怕打扰教授，想把那包书放在门外就溜之大吉，但鲍里斯肯定会不开心的。最后，我敲了敲门。科恩教授把我引进客厅。我先是看到了她头发上的孔雀翎，然后又看见靠墙而立的几个大书架，本来能装一千本书，现在却光秃秃的。纳粹往她的研究成果上，硬生生地戳了一刀。

"他们甚至偷走了我的日记，那些我和家人在一起的快乐时光，还有我经历过的绝望岁月。"

他们甚至还没收了她的独立思想。如飓风扫荡，551.552；用野蛮的书籍审查制度，363.31；真是一群危险的动物，591.65。

教授又指着椅子上的一堆书说道："很多朋友过来安慰我。他们知道我的品位，给我带来了一些书。我会重建我的收藏，或许我还会写本小说。我和一位编辑提过我的想法，他很有兴趣。我现在已经开始写了。"

希望还在，152.4。我瞥了一眼她的打字机："您正在写的书，是关于哪方面的？"

"关于我们，嗯，关于我们巴黎人。和大多数人一样，我喜欢观察人。但有时我们太在意他人了，这往往会导致一种破坏性极强的嫉妒心。"

我还没来得及回答，她就离开了房间，又端着一杯茶和一盘饼干回来了。我瞥了一眼手表——已经4点了，其他人都还等着送货呢。我不想让鲍里斯生气，但科恩教授遇上了这么大的麻烦，我还是不能离开。

等着那杯"橙白毫"红茶泡开的功夫，我咬了一小口科恩教授自己烤的"俄罗斯香烟"饼干。我终于又品尝到黄油的味道，香甜得让我差点把舌头都吞了下去。

"我侄子的好朋友开了一家乳酪店。"她说。

我做了个鬼脸。"谁说只要能填饱肚子就可以了？"

"情况还会变得更糟。"

已经很糟糕了,我很难想象会变得更差。"里德小姐说她明天会来。"我告诉她,希望这个消息能让她高兴。

"图书馆的情况怎么样?"

我听出了她没问出的问题。我的朋友会注意到我离开了吗?他们会想念我吗?

她的表情毫不设防,充满了巨大的悲伤。这一幕让人感觉好奇怪——我看到了她的内心世界,她的家。我进入了她的生活,看到了一些本来属于隐私的东西。我不知道该说什么。她也是。最后她说:"谢谢你把书送来。我得回去写我的小说了。"

外界的消息很少能传进占领区。从1929年开始,里德小姐的母亲就坚持给她写信,每周一封,但女馆长已经有六个月没有收到一封信了。外国书籍或期刊也没法运来,我猜它们被堆放在纽约的一个仓库里。

整个巴黎实行口粮定额供应,食物变得越来越稀缺。妈妈要排几个小时的队,才能买到一小堆胡萝卜。里德小姐的圆点连衣裙曾经很合身,现在却像挂在了衣架上。参考馆员海伦仍然有卷曲的头发和梦幻般的大眼睛,但她已经瘦了12磅。像她们一样,我也瘦了很多。我告诉托马斯医生我已经好几个月没来月经了,他说我这种情况很普遍。

因为饥肠辘辘,我只能以半速走路,把书送遍整个巴黎,从蒙梭公园附近的豪华公寓到蒙马特的简陋房间。今天在检查站,一名当值的士兵,像是一个小头目,仔细翻看我的书包。"《野性的呼唤》?《最后一个莫西干人》?一个法国女孩,看英文小说干什么?给我看看你的证件!"

上尉伸出手指,摸摸我身份证上的照片,或许要确认一下是否伪造。他用德语问了其他士兵一个问题,他们也走了上来,把我团团围住。我从来没觉得自己如此势单力薄。他们仔细检查那些书,上尉语速很快地说着什么;我只能分辨出几个词:总的来说,天主教,好的。他们在说什么呢?他们是不是以为我在给人送信儿?他们会逮捕我吗?我能编个什么理由?说我是亚米利加图书馆的馆员?不行,他们会上门骚扰的。我有个英国朋友?不行,他们可能会拘留玛格丽特。

"您知道,一个'法国女孩'也可以对他国文化感兴趣。"我这样说道,"我和我弟弟都很欣赏歌德的作品。"

那个上尉点点头,以表赞同。"我们德国有优秀的作家。"

他把我的书递还给我。在他改变主意之前,我赶紧离开了。很难避开这些检查站,因为德国人会在道路上随机设立路障。我送完书后,回到图书馆,警告玛格丽特一定要万分当心,她是敌对国的公民,随时有被抓走的危险。

"我知道。昨天回家的路上,我发现路口多了一个新的检查站。我冲进一家女帽店,在里面待了三个小时。我买了四顶帽子,纳粹分子才离开。"她把珍珠项链在手指上绕来绕去,"感觉好像绞索套到了脖子上。"

簿记员韦德小姐已经一周没出现了,我们猜她遇上了最可怕的事儿。我们到处找她,去她住的公寓找,去医院找,去警察局找。最后鲍里斯听说了事情经过——纳粹像蜘蛛一样织就了一张邪恶的大网,捉住了韦德小姐,把她送去法国东部的集中营里拘禁,就因为她是英国人。

里德小姐决定让外国同事离开法国。她在告别会上说:"让海伦和彼得离开,这是我做过的最艰难的决定,但我知道这个决定是对的。只有他俩安全了,我才能安心。"

海伦脸色灰白，但眼睛里透着光。彼得已经向她求婚了。

我们举杯向他们道别，知道他们的爱情故事仍会继续发展下去，这让我们好受了些。

"至少里德小姐留了下来。"我对比茨说。

"只是现在。"

2月，3月，4月。冬天始终不肯离开，灰色的云在天空中飘荡，天上没日没夜地下着毛毛雨。巴黎人走路都要低着头，以避开脚下的小水坑。保罗每天都会给我带来一束丁香花。"你最近一直闷闷不乐，"他说，"有雷米的消息吗？"

我从口袋里掏出一个信封，把他最近寄来的信小心翼翼地展开，好像那是珍贵无比的亚麻布。

亲爱的奥黛尔：

复活节快乐！我想你。谢谢你寄来的《维莱特》。我开始把勃朗特一家当作好朋友了。

我们被迫在农场里干活儿。他们的青壮年都在东线作战，留在这里的人大部分是妇女和老人。我们这些俘虏被赶到镇上，在那里农场主们对着我们嗅来嗅去，想要找一个强壮的工人。

我们尽可能地进行破坏——毕竟这些农民也是敌人。我希望你能见见我的伙伴马塞尔。一个老妇人把他领到谷仓，塞给他一个水桶让他给奶牛挤奶。马塞尔猛拉牛的尾巴，就像人们从井里打水一样。母牛吓了一跳，蹦起来踢了他一脚。现在他和我一起躺在兵营里。他被踢断了几根肋骨，但据他说看到老妇人脸上的厌恶表情,他觉得很值。

爱你的雷米

为了我,他装出一副"一切都很好"的样子,我以前也曾这样对他。

"出了什么事?"保罗问我。

"从哪儿说起呢?比茨家住进了一个德国士兵,就睡在她弟弟的房间里,我不知道她是怎么忍下去的。昨天下班后,她躲在儿童阅览室里哭。我不知道是该走进去安慰,还是假装没看到,毕竟她有她的骄傲。德·内西亚特先生和普赖斯-琼斯先生还是不肯说话。我们为里德小姐担心,她一天比一天憔悴。"

"至少你还有个值得钦佩的老板。"

他看起来困惑不安。我想把他拉到怀里,一起忘掉这场战争,哪怕只有五分钟。但西蒙夫人那狗仔队一样的监视让我紧张,什么时候我和保罗才能有机会独处呢?

走上蜗牛形状的楼梯,我听到了科恩教授的打字声。一如既往,空气中飘荡着打字机色带的墨香。尽管内心充满忧愁,但看到穿着男装来应门的教授,我还是忍不住笑了起来。

"到底是怎么回事儿?"

"我想进入书中角色的内心世界,所以套上了我丈夫的燕尾服。"

"有效果吗?"

"我不确定,但很有意思。"

她后面的书架已经半满了。比茨、玛格丽特、里德小姐、鲍里斯、我和教授的其他朋友给她带来了自己的藏书。打字机旁边的那堆纸也变多了。"图书馆有什么新鲜事吗?"她问道。

我叹了口气:"我晋升为参考馆员了。"

"这不是件好事吗,干吗叹气?"

"前一个回国了。这可不是我想要的晋升。我宁愿永远待在期刊室里,只要我的同事能留下来。"

"人类订计划,上帝就发笑。"她说,"来杯茶?换件更合适的服装?"

我们坐在床上聊天,把茶杯放在大腿上。她穿着丈夫的燕尾服,我往脖子上系了一条黑领结。我摸摸那块丝绸,这确实让我感觉好了很多。

在这段暗淡的日子里,我每周都会来这里拜访一次,这成了我工作和生活中最大的乐趣。她甚至让我读她刚写完的章节,这些故事就发生在我们的图书馆里。这些章节是如此诙谐,如此有见地,带有浓浓的"科恩"风格。现在她在我心目中的地位急剧上升,成为我最喜欢的作家,不用分类的那种。

告密信

检察官先生：

  为什么你们不去搜捕那些藏起来的犹太人呢？他们中有很多人都躲了起来，没有向政府申报。比如科恩教授，这是她的地址——布兰奇街23号。她在索邦大学教所谓的文学课。现在她经常邀请学生们去她家里参加学术会议，这样她就可以和同事、学生厮混，那些人大多数都是男的，可她都那么大岁数了！

  她很容易认出来，你在一公里以外就能看到她。她披着一件紫色的时髦披肩，发髻上斜斜地插着一根孔雀翎。你可以让这个犹太老女人拿出证件来，比如她的洗礼证书，比如她的护照，然后你就能确认她的犹太人身份了。善良的法国人辛辛苦苦地干活儿，这位教授夫人却四处闲逛或读书。

  我的情报绝对可靠，现在该您出手了。

一个匿名的正直市民
1941 年 5 月 12 日

[第二十四章 – 奥黛尔]
—

我陪着妈妈、尤姬在大楼前的院子里忙活。妈妈皱着眉,把她心爱的蕨类植物从花盆里拔了出来。尤姬把植物根部的泥土弄下来,而我则开始在花盆里播撒胡萝卜种子。

阳光明媚,让人感觉像天堂一样。我很高兴能帮上妈妈的忙。

"去年我们就该种点蔬菜,"她抚摸着那些丢在鹅卵石小径上的蕨类植物,"但我喜欢漂亮的东西。"

"谁知道占领会持续多久呢?"尤姬说道,"如果永远不会结束呢?"

"'一战'的时候我们也这样抱怨过。所有的事儿总会结束的,好事如此,坏事也一样。"

妈妈老家的乡亲给我们寄来了一封信,说要给我们送些粮食。读完这封信后,妈妈感慨道:"我一直觉得很尴尬,因为自己出身于农村。记得以前爸爸的老板带着下属以及他们的妻子来我家吃晚饭,我总觉得有些丢人……总觉得我家的晚饭不如巴黎的好。肥羊肉就摆在烟熏三文鱼旁边。"

"哦,霍滕斯……"尤姬握住妈妈沾满污垢的手,"但现在恰恰是我的农村出身拯救了咱们。"

"以胡萝卜的形式。"我开玩笑地说。

"你为什么要说羊肉啊?"尤姬感叹道,"你一说让我更饿了。"

我俩咯咯地笑了起来,把花盆抬上楼梯,放在窗台上的花箱里。妈妈紧随其后,她的拳头里握满了像问号一样卷曲的小叶子。

"我们该看看晚餐吃什么,"尤姬说道,"为什么不邀请保罗过来呢?"

"他来是为了陪伴,可不是为了吃饭。"妈妈说,"又是萝卜啊。"

"那今天就吃烤的吧。"尤姬爽快地说。

吃完饭,我和保罗懒洋洋地躺在长沙发上,妈妈则在旁边忙来忙去,假装在整理东西。因为不能畅所欲言,我就给他看了一页《纯真年代》。我们一起看书,身子都快贴在了一起。"当我们分开以后,我期待着能见到你,思念就像熊熊燃烧的烈焰。但现在你来了,比我记忆中更生动,而我想要的不过是偶尔见面的一两个小时,中间还要经历苦苦的等待。"

尤姬冲进来,看着我们热情洋溢的脸色,她拉住妈妈的胳膊。"走吧,让他们玩得开心点吧。"

"等他们结婚后,他们想怎么'玩'都行。"妈妈回答说。

"你爸爸呢?"保罗问道,把话题又拉回安全领域。

"还在加班呢。他经常深夜才回来,回来后还要看会儿文件。但他什么也不说,怕我们担心。我看到他的黑眼圈……"

"你替所有的人操心,但我更担心你。"保罗说。紧接着,他说他要给我个惊喜,为此他攒了整整一年的积蓄。

"这是什么?"

"卡巴莱歌舞表演,明晚咱们一起去。"

"卡巴莱!"妈妈快喘不过气儿来了。

"有几十个人和他们在一起呢。"尤姬安慰道。

我搂住保罗的脖子跳起来。音乐!香槟!没有人监视!我们可以整晚跳舞，因为参加派对可以整晚待在卡巴莱表演场地，从而绕开宵禁。只需在日出时离开即可。

"这不能从根上解决咱们的问题，"他说，"但我们可以无忧无虑地玩上几个小时。"

第二天晚上，保罗穿着灯芯绒西装来接我。临出门时，妈妈在我的头发上插了一片露叶。在歌舞厅，我俩啜饮着漾着气泡的美酒，看着丰满的舞娘们在台上表演。她们只穿着亮闪闪的文胸和灯笼裤，偶尔还能瞥见乳沟。

相比之下，我对盘子里的鸡胸肉更感兴趣。刀叉在我手中不停地颤抖着，我可是很久没吃过肉了。我把它叉起来，狠狠地咬了一大口，真是丰满多汁啊。我用舌头舔着剩下的骨头，不想让一滴酱汁浪费在餐巾上，还把手指头舔得干干净净。吃饱喝足了，我和保罗来到舞池。我俩紧紧相拥，旁边闪过一对对情侣。

第一道曙光初现，我们这些狂欢者从卡巴莱表演场里蜂拥而出。我和保罗漫步在空旷的街道上，经过市政厅，那里张贴着布告。其中有一张写着凡尔赛宫的凯瑟琳·茹斯林小姐将与乔利特的胡格·德·圣·费约先生结为连理。

"想想这个时候人们还要结婚，真是奇怪。"我说。我想起了雷米，那么遥远，而比茨只能独守空房。

"生活总要继续啊。"保罗凝视着我。

我猜如果决定权在他手里，我俩早就结婚了。我拖着他离开那条结婚公告，穿过蒙马特蜿蜒的街道。太阳升起来了。我们在圣心教堂的台阶上停下来。他把我搂在怀里，我们一起看着天上的云朵像花儿一样绽放，有的粉红，有的橙黄。

"从一开始，我就知道你与众不同。"我心满意足地说。

"你怎么知道的?"

"你替雷米辩护,当我提出想工作时,你也帮我说话。"

他把我拉得更近了一些:"我很高兴你很独立。这让我也松了口气。"

"松了口气?"

"自从我爸爸离开后,都是我在照顾妈妈。"

"但你当时那么小!"

"那时我还是个孩子,根本不知道放学回家时她会是什么状态,有时喝得醉醺醺的,有时哭得泪汪汪的,有时半裸着和某个男人在一起。我不得不辍学,好找一份工作养家。我把收入的一大半都寄给她。实话实说,我后来明白爸爸为什么要离开了。"

"啊,保罗。"我心中满是柔情。

"我们该走了。"他站起身。

"再聊会儿嘛。"

"我不想让你父母担心。"

到家了,我想再次靠近他。在黑暗的楼梯口,我紧紧地拥抱着他。感受着他怦怦直跳的心脏,陶醉在他柔软如丝的吻里,还有他嘴巴里香槟的味道。我抚摸着他的身体,他的嘴唇落在我的脸颊上、脖子上、头发上。我们共同演绎着一场温柔的、狂野的魔法!真希望他能抱紧我,进入我的身体。是时候了,我们的关系需要写下新的篇章。

我松开了他的领带:"咱们就在这里吧。"

"你想好了?"他问我,但是手已经解开了皮带。

我喜欢他在我的指尖下颤抖,喜欢听他安静地呻吟,知道我们彼此都产生了激情。他把我抱起来,我的脚滑过他的小腿,滑过他的膝盖。他抓住我的大腿,把我的身体拽到他的身体上。我们的舌头纠缠在一起，一次又一次。我的腿盘在他的腰上，血液在我的血管里快速流淌，发出怦怦的撞击声。

"奥黛尔，是你吗？"妈妈的声音在门后响了起来，低低的。

慢慢地，保罗把我放回地面。因为欲望无处释放，我摇摇晃晃地站不稳。他一只手扶着我，另一只手扯平我裙子的下摆。我的身体很疼，可我不想停下来。激情让我不计后果，我喜欢。

前门砰的一声猛地开了："你忘记带钥匙了？"

"想办法让咱俩单独待会儿。"我在保罗耳边低声说。我揉着肿胀的嘴唇，我想要冒次险……

来到图书馆，挂好夹克，我醉醺醺地哼着昨晚乐队演奏过的民谣走了进去。我的肚子很饱，身体仍然在歌唱。当披着忧郁外衣的比茨走进来时，我才清醒了过来。

比茨看出了我的情绪波动："你怎么了？"

"没什么。"我不忍心面对她的目光。

"一定发生了什么事。"

"雷米走了，可我还能继续过我的小日子，这是不公平的。"

"谁说生活就是公平的呢？"她温柔地说。

"他那么痛苦，你这么痛苦，我又怎么能允许自己快乐呢？"

"总要有人快乐啊。希望你和保罗早点结婚。"

我看着她："他已经暗示过了……"

"你不能因为雷米而牺牲自己的幸福。你和保罗应该在一起。"

"你真的这么认为？"

"千真万确。"

比茨转身去了孩子们的房间，阳光照在她身后，她的发辫变成一道光环。

我还没来得及跟上，鲍里斯就递给了我一捆书。在去科恩教授家的路上，我在街角遇到了一个卖花女。我突然想起来，上次在教授家陪她聊天时，她时不时地会瞥一眼那个空着的水晶花瓶，眼神有些忧郁。为了让她高兴，我买了一束花。

当我把紫色的唐菖蒲递给教授时，她笑了。她从餐具柜里选了一个水罐，把花放了进去。

我指着那个水晶花瓶问道："您为什么不用这个？"

"我从来没在里面放过东西。"

"为什么？"

"这话说来可就长了。我第三任丈夫第一次邀请我去他父母家，那是一次周日午餐，拖的时间很长。中间我想休息一下，于是走出了房间。"

"我特别能理解！"

"等我回来的时候，就听到他妈妈在批评我，'她太冷淡了，太聪明了，岁数也太大了，肯定生不出孩子'。他还没来得及接话，我已经走了进去，告诉他们我得走了。第二天，他拿着那个花瓶来到我的办公室。他说这个花瓶让他想起了我。我问他，'因为它冷、硬、空？'"

"那他是怎么回答的？"

"'这是一件美丽的作品。它充满活力，却还能容纳更多。它本身就是完美的代名词。'"

我能理解她为什么要嫁给他了。

"图书馆现在怎么样了？"她又问。

我再次听出了她没有问出的问题。他们知道当局已经不允许犹太人担任教职了吗？他们知道我失去工作了吗？他们在乎吗？

"等到明天德·内西亚特先生和普赖斯－琼斯先生又要开战了。"我说。

她振作起精神："他们又在一起了？开始搭理对方了？"

的确如此。上周，法国人厌倦了僵局，请里德小姐进行调解。

普赖斯－琼斯先生曾告诉我："这位馆长令人敬畏。我们都不是她的对手。"

"当她的脚落下来的时候，"德·内西亚特先生补充道，"整个图书馆都在颤抖。"

阅览室里再次响起了他们的争论。

"美国会参战的！"

"美国奉行孤立主义政策，会置身事外。"

我怎么能错过这场斗嘴大戏呢！

"很高兴你们和好了。"我对德·内西亚特先生说。他停在我的办公桌前，和我说早安。

"好吧，我不得不把自己'放进他的鞋子里'，设身处地为他着想。"

我笑了起来，因为我们法国人在表达"设身处地"时，会说"放进他的躯体里"。

"迈出这一步会很难吧？"我问他。

"失去一个朋友会更难。"

在参考阅览室里，读者们排起长队，向我提出问题。"我该怎么制作玉米糁儿呢？""你能告诉那边的女士不要自言自语了吗？"……保罗走了进来，排在队尾。他也有个问题："能赏脸跟我去吃顿午饭吗？"

我的目光瞟向儿童阅览室。保罗和我要待在一起，比茨是这么说的，她的祝福比任何牧师的都重要。

在蒙梭公园附近，有一个因大使馆而闻名的豪华社区。他带我走进了其中一座金色的石灰岩建筑。

"你要带我去哪儿啊？"在登上大理石楼梯时，我问他。脚步声被一块深红色的毛绒地毯吸掉了。

他咧嘴一笑："你会看到的。"

我们上了二楼，他打开一间公寓的门，那间公寓比玛格丽特家的还要壮丽辉煌。天鹅绒窗帘挽了起来，衬着高高的窗户。在阳光下，枝形吊灯的棱镜闪闪发光。

"谁住在这里呢？"我敬畏地低声说。

"可能是一个逃到自由区的富商吧。"

"你是怎么拿到钥匙的？"

"一个哥们儿，和咱俩同病相怜，经常来这里和女友幽会。"

一间用来约会的公寓！

保罗用鼻子碰碰我的脖子。"我爱你，为了你我愿意做任何事。"他说。

我无比向往，但又突然害怕起来。害怕这会改变一切，害怕会有痛苦，害怕做爱会把我们永远绑在一起，同时又害怕它不会。

"这也是我的第一次。"他说。

他看着我的眼睛，等待我的回答。

我摸摸他的脸颊："我想要。"

他解开我衣服的扣子，手指抖得厉害。让自己的身体裸露出来，这是多么神圣啊！我放心地看着他，不用担心妈妈突然闯进来，这种感觉多么自在！他脱掉我的丝袜。"你真美啊！"他喃喃道，然后把我拉到长沙发上。我把腿抬起来，他慢慢地滑了进去。起初很疼，但我勇敢地看向保罗，我很高兴进来的是他。他在我的体内移动，我抬起臀部迎接他的冲击。我的大脑一片空白，整个身体陶醉其中。

结束之后，我依偎在他怀里，想知道为什么很多作品会跳过这一部分。它是如此完美，不仅完美，还正确无比。和保罗在一起，这种感觉很梦幻、很重要且很正确。

他还在激动，我抬起头环顾四周。我想探探险，想知道走廊会把我们带到哪里。我没有穿上衣服，光着身子在镶木地板上蹦蹦跳跳，阳光暖暖地落在身上。保罗紧随其后。第一扇门通向一个有镀金书桌的书房。我打开左手边的雪茄盒，发现里面装着一支华丽的钢笔。雷米喜欢这类收藏。

"为什么他们连珠宝都没拿走？"我问他。

"战争爆发得太突然了，人们是在恐慌中离开的。"

我不想再回忆那些可怕的日子，于是推着保罗离开那个房间，把所有疑问留在了身后。左边的门通往一个粉红的闺房。我们爬上那张四柱的大床，在床上蹦了起来。先是一只脚，再是另外一只，然后开始双脚跳。一会儿跳起，一会儿落下，我们像孩子一样咯咯地笑个不停。他先停了下来，突然变得很严肃。我喜欢他看着我的样子，眼里充满了爱慕。

我累得上气不接下气，扑通一声倒在床上，钻到羽绒被下面。他跟着我进入这柔和的天堂，我们的腿紧紧地纠缠在一起。过了一会儿，他对着我乱蓬蓬的鬈发低声说："我们得走了。"

我们离开那张温暖的床，沿着光滑的镶木地板来到客厅，匆匆地穿上衣服。保罗给我看了他的怀表："我们赶紧回去吧。如果迟到了，那个戴假牙的太太又要骂你啦。"

"答应我,以后还来。"我边说边关上门。他把一根乱发拨到我耳后:"只要你愿意,每天都来。"

我们在图书馆前徘徊,久久不愿分开。"我必须进去了。"我颤抖着说。我的身体以前是沉睡着的,但现在被唤醒了。我的每一根神经、每一寸肌肤都醒了。我的脚趾,我的大腿,我的肺,每一部分都活了。我注意到自己每一次眨眼,每一次呼吸,每一次心跳都充满力量。改变如此之大,不知道是否会有人留意到。

[第二十五章 - 奥黛尔]
-

借书处空无一人。真奇怪。鲍里斯会一直坚守岗位。我走向阅览室，老朋友们都坐在椅子上，一动不动。没人说话，没人看书。我问西蒙夫人是否看到了鲍里斯。她摇摇头，没有责备我晚回来五分钟。

出大事了。我匆匆地穿过图书馆。参考阅览室里空无一人，儿童阅览室也是如此。里德小姐的办公室锁上了，"来世"空空如也。最后，我在衣帽间找到了比茨。她蜷缩在角落里，膝盖贴在胸前。

我跪在她面前："是雷米来信了吗？"

"不是。"她瞪着地板说。

"是你弟弟出事了？"

她抬起头来，紫色的眼睛里满是悲伤："里德小姐说她要走了。"

这不可能是真的！"她和鲍里斯去办理她的旅行护照了。"比茨补充道。

"她在这里待了这么久，为什么偏偏现在要回家？"我问。

"纽约的受托人发了一封电报，命令她立即离开法国。他们认为美国参战只是时间早晚问题，担心她会被当作敌对国公民而遭到逮捕。"

我倒在比茨旁边的地板上。我无法想象女馆长不在的日子。我习惯了她就在隔壁，随时可以伸进头征求她的意见。如果不是她，我就不会和比茨说话。里德小姐还给了我一个成长的机会。她没有喋喋不休地给我上课，而是相信我自己能吸取教训。没有她我该怎么办啊？

两天后,我帮着里德小姐打包行李。虽然知道她的安全比什么都重要,而且她能撑到现在算不错了,但我还是慢腾腾地磨洋工,想尽可能多留她一会儿。抽屉里有一本红色的通讯录,里面装着如瑞典大使、温莎公爵夫人等人的名片。我把它塞进她的公文包。

"你回美国后干什么啊?"我问。

"拥抱我的家人,听听我不在家的这段时间发生了哪些故事。除此之外,我还没有考虑更多。也许会重新加入国会图书馆,或者在红十字会找份工作。"

"我希望……"

"我也希望,离开很痛苦。但我为图书馆和咱们的同事感到骄傲,我们竟然一直营业,坚持到了今天。但是你知道,当你收不到外部世界的任何信息,甚至不知道家里会怎样……"她的双眼泪光闪闪,又收拾起自己的私人藏书。她从家里带来了很多书,有些是她崇拜的作家亲笔签名的初版,还有几本法文大部头。

里尔克的书被装进了箱子,科莱特的书也被从书架上扯了下来,当这些书装箱打包后,里德小姐也要走了。看着她在清空书架,我很痛苦,所以我看向桌子。最下面的抽屉里有一堆信件。我知道自己不应该窥探,里德小姐就在旁边,但看到她写的粗体字后,我再也忍不住了。这是一封写给"爸爸和妈妈"的信。

现在这样的局势下,我们都没法提前一天做好计划,所以我不知道未来会怎样。然而,我有一种感觉,我们的图书馆将永远开下去。可以说我们做得相当漂亮。我们遇到了种种障碍,非常不容易。必须在上班前排队领取食物;不管是衣服、鞋子,还是药品等,所有东西都极难买到。这里没有暖气,没有热水,而且一切都很贵。看到那么多排队的队列你们会很难过的。没有肥皂,也没有茶叶,什么都没有。铁箍还在收紧,用一种非常礼貌的方式,但我们很难。哦,非常难……和内心的痛苦相比,肉体上的困难似乎微不足道。和其他人一样,图书馆的同事也各有各的痛苦。但不知怎么回事,当它发生在你所在的大楼,发生在你身边的同事身上时,会让你们更加紧密地团结在一起,互相伸出援手,互相鼓励打气。希望有一天,我能亲口告诉你们这个故事。

你们最爱的多萝西

这封信并没有寄出,像很多我写给雷米的信那样。我在书架的最底层摆放着一些大部头名著,散发着霉味儿,我把没寄出的信塞在书里。信里讲的情况太真实了,有太多的事我们不忍说。报喜不报忧,我想屏蔽雷米,就像里德小姐要屏蔽她的父母一样。

"能和你一起工作,真是太好了。"她对我说。

"真的吗?"

"答应我,不要由着自己的性子乱来。你可能已经记住杜威十进制,但如果不能管好自己的舌头,这些知识就毫无用处。我们说出的每句话都是有力量的。答应我三思而后行。尤其是现在,在这样危险的时刻。"

"我答应你。"

她整理好包裹,只留下福克斯博士给的那张带电话号码的字条:"他说我们可以随时打这个电话,不管白天还是晚上。希望你们用不上它。"

在告别派对上,伯爵夫人让她的仆人端上几杯酒,但我们都没有心情品尝。

"谁来接替女馆长的位子呢？"普赖斯-琼斯先生问道。

"当然是我们的奥黛尔。"德·内西亚特先生说。

"绝对没问题！"普赖斯-琼斯先生附和着大叫。

"她太年轻了。"西蒙夫人说，假牙磨得咯咯响，"董事会不会允许的。"

普赖斯-琼斯先生说："可能他们会把这份工作给鲍里斯。"

"让一个俄国人掌管亚米利加图书馆？"西蒙夫人说，"面对现实吧。这个图书馆很快就要关门了。"

"我们为里德小姐干杯吧！"伯爵夫人说道，以免大家的情绪变得低落。

我们举起了酒杯。

里德小姐虽然面容憔悴，但笑容灿烂："敬你们所有人，和大家共事是我的荣幸。任何祝酒词都无法表达我现在的挚爱、深情和崇高的敬意。"

"愿你只记得那些最美好的日子。"鲍里斯一边说一边送上我们的礼物——一个中间有埃菲尔铁塔的小雪球。里德小姐轻轻地摇晃雪球，一片片金箔在里面旋转起来。

我和玛格丽特、比茨站在一旁，看着读者和里德小姐告别。玛格丽特使劲捏着她的项链。她联系不上伦敦的家人，不知道他们是否熬过了希特勒发动的闪电战。比茨把艾米莉·狄金森的著作抱在胸前。因为那个安置在她家的德国士兵，连家里都失去了平静。

明天，女馆长就将离开占领区，穿过自由区到达西班牙，然后到葡萄牙，在那里登上一艘远洋邮轮，回到她的故乡。我想到了雷米，比茨的弟弟朱利安，还有其他像罪犯一样被关押的战俘。我又想到可爱的韦德小姐，她的罪行就是身为英国人。还有被迫离开的编目员，严厉的特恩布尔夫人，就因为她是加拿大人。然后是海伦和彼得，现在是里德小姐。他们都离开了。823.89，《无人生还》。

弗罗伊德，
1986 年 8 月

[第二十六章 – 莉莉]
-

  每次细细浏览奥黛尔的书架，总有一本书和我对话。有时候，封面上的印刷体书名金光闪闪，好像在向我招手；有时，某本书厚得扎眼，嚣张地大叫着让我拿下来阅读。这次是艾米莉·狄金森在喊我。妈妈生前喜欢她的一首诗。我记得其中一句："希望是长着羽毛的鸟儿，栖息在你的灵魂之中。"打开这本薄薄的书，里面有一张"巴黎亚米利加图书馆，1920 年"的藏书票。上面画着一轮太阳，正从一本打开的书上冉冉升起，书页构成的地平线宽广无垠。这本书就躺在一把来复枪上，把它藏得很严实，真可以说是"知识消灭了暴力"。就在我翻阅书页时，一张夹在中间的黑白照片飘到地板上。

  奥黛尔刚好走了进来，把它捡了起来："那是妈妈、爸爸、雷米，还有我。"

她父亲留着小胡子,看起来很严肃。她妈妈站在爸爸的身后,几乎全被挡住了,不知道是不是因为害羞。男人们都穿着西装,而她和妈妈穿着裙子。

"你爸爸是商人吗?"

"不,他是警察局长。"

我咧嘴一笑:"他知道你偷了一本图书馆的书吗?"

她没有笑:"他知道我是小偷。"

我很想知道她为什么这么说,正要问的时候电话响了起来。是埃莉打来的,然后我听到她尖厉的嗓音:"莉莉还在你家吗?我需要她帮忙……"

"今天的法语课就到这儿吧。"我说,然后把照片放回书里。我注意到照片不止一张,真希望能留下来好好问问。

"小宝宝还是肚子痛吗?"

"是的。"

两个月来,没人能睡得着觉。更糟的是,小婴儿不肯吃奶。护士说埃莉过于紧张了,她越紧张,本吉就越吮吸不出来奶水。爸爸总是在工作,只有我能照顾埃莉。我轻轻拍打着她的背,就像乔伊吃完奶后我给他拍奶嗝那样。

两个男孩相差不到一岁,还都穿着尿布。埃莉教我怎么换尿布,然后把那片弄脏的扔进厕所冲洗,再扔进洗衣机。我不知道为什么别人都用一次性尿布,她却坚持用棉布。也许她认为忙碌才是爱吧。

我在厨房里找到了埃莉。那里至少有 32℃,汗水从她脸上淌下来,而本吉躺在她的怀里大哭。

"为什么他一直哭?是因为我的错吗?"埃莉号啕大哭,她哭的时候并不比本吉少多少。

"你吃过饭了吗？"我问道。我又闻闻本吉，看是否需要给他换尿布。他闻起来还好。"你洗过澡了吗？"我又问。

埃莉瞪着我，好像我说的是波斯语。我一只手抱着本吉，另一只手打了三个鸡蛋。她狼吞虎咽地吃着煎蛋卷，我用本吉的围嘴擦擦他的鼻涕。

爸爸回来了，他做了唯一能做的事，就是对着埃莉打开风扇。听完了埃莉的抱怨，他起身给珠儿外婆打了个电话。第二天珠儿外婆就开车赶过来了。"这里真是臭气熏天。"她把一个纸箱放在厨房料理台上，里面装着婴儿奶瓶和橡胶奶嘴。

"用奶瓶喂奶？"埃莉抗议道，"别人会怎么想？"

珠儿外婆叫埃莉去休息。我躲在书后面笑了。珠儿外婆告诉你去"休息"一下，言外之意就是别在现场添乱。埃莉系紧身上那件脏兮兮的粉红色浴袍，拖着脚步不情不愿地走进客厅。外婆准备好配方奶，把奶嘴拧上，然后大步走过来，把奶瓶递给埃莉："给孩子喂奶吧！"

"可是布伦达用母乳喂养孩子。"

"别和一个死去的人较劲儿！"

"妈妈！"埃莉指了指旁边的我。

这种情况下，我还是消失吧。这意味着不再被人看到，不再存在。我用法语把自己包裹起来，就像裹上了一个大披肩，然后去见奥黛尔。她正在花园里松土，看到我，她站了起来，在工作服上擦擦手。"Bonjour, ma belle. Comment ça va？（你好，小美女。你今天怎么样？）"

她是唯一一个问我心情好不好的大人。其他人只会问候我的两个弟弟。"鬼魂用法语怎么说？"

"Le fantôme。"

"那伤心呢？"我之前学过这个词，但现在又要派上用场了。

"Triste。"

她抱了抱我："明天就开学了吗？"

"是的。我和玛丽·路易斯选了同样的课。"

"能和最好的朋友待在一起，这是上天给你的一份大礼。"她把从地上拔出来的扁葱放到篮子里，表情有点 triste。

"现在你有时间上法语课吗？"我俩异口同声地问道。

飞机场，un aéroport。飞机，un avion。机舱窗户，un hublot。乘务员，hôtesse de l'air，也是"空中小姐"的意思。我们肩并肩坐在奥黛尔家厨房的桌子前，她教我写下那些单词。通常，我们会学习日常用语，如人行道、建筑物、椅子等。但这次很特别。

"你为什么教我旅游用的词语？"

"因为，我的大小姐，我想要你坐飞机。"

吃晚饭的时候，埃莉把烘肉卷摆在桌子上，珠儿外婆跟在后面，像母鸡啄食一样对着她喋喋不休。"你打个盹儿，世界不会停止转动。你就不能多买件衬衫吗？你最后一次洗头是什么时候？你作为女人的骄傲去哪儿了？"

埃莉把一罐奶油玉米重重地掼到桌子上："妈妈！"

每到这个时候我就会想起来，埃莉只不过比我大十岁。

"还有，你那些朋友去哪儿了？"珠儿外婆继续说道，"为什么她们没来帮忙？"

"莉莉说布伦达都是亲力亲为。"

"她那时那么小，怎么会记得？"

埃莉转过身对着她妈妈："莉莉从来不说谎！"

我的脸红了起来:"事实上……"

"我不是这个意思,"珠儿外婆很快地说道,"但我告诉你说,一个女人带着三个孩子,总得要有人搭把手。"

"我自己应付得来。"埃莉的声音听起来像玛丽·路易斯的姐姐安吉尔那样闷闷不乐。

和往常一样,爸爸在晚饭开饭前 2 分钟下班到家。我们一家默默地吃着,而本吉则哭个不停。埃莉连餐前祷告都不说了。

当她和珠儿外婆给孩子们洗澡时,我负责洗盘子,收拾玩具,叠衣服。我一小时一小时地熬着,眼巴巴地等着开学。

整整一个星期,珠儿外婆负责给我们做饭,给埃莉讲商店里的婴儿食品不会害死人。在临走前,她问埃莉:"为什么很多事情都要问莉莉?难道没有其他人可以帮忙吗?那个好心的奥黛尔呢?"

埃莉交叉着双臂抱在胸前:"我什么事情都能自己做。再说了,莉莉是自家人。"她竟然把我当成了自家人?突然,我觉得自己愿意给她帮忙了,那不再是一种牺牲。然而我又依稀听到玛丽·路易斯的声音,好像她就站在旁边似的。"埃莉把你当奴隶,让你拼命干活儿,谁会对亲生女儿这样啊?"

"莉莉?"玛丽·路易斯拍了拍我的背。

我从瞌睡中醒来,发现已经下课了,其他人已经走出教室。"你没听到下课铃?"

我捂住嘴打了个哈欠,一丝口水沾在下巴上。蒂芙尼·艾弗斯嘲笑道:"她想罗比都流口水了。"

我对天祈祷,上帝啊,求求你!可别让他看到这一幕。

"别理她,"玛丽·路易斯说,"想到我家玩会儿吗?"

"不行，埃莉要我帮她看孩子。"

"周五怎么样？跟以前一样过个周末？"

我想去，我真的很想。"不行。"我说。

我费力地向家走去，那里有数不尽的尿布需要更换，肥胖的小屁股们在地毯上乱拉乱尿，时不时就会踩到"地雷"。当然，本吉还是一如既往地又哭又叫。埃莉正坐在厨房的桌边，她的衬衫脏兮兮的，一周都没换过。她不停地摇着摇篮，而乔伊就在她脚边呜咽。我把乔伊抱起来，然后去洗水槽洗碗，那里一片杯盘狼藉。

"不用你做。"埃莉虚弱地抗议道。莉莉是自家人。这句话在我耳边萦绕，我知道自己该做什么。我把该消毒的东西消毒，把本吉哄得开始打瞌睡。即便睡着了，他也会抽泣几声。我把他抱给埃莉，然后跑去奥黛尔家上一堂简短的法语课。

天啊！我多么喜欢奥黛尔家啊！那么宁静，没有小孩的哭声，没有一样东西乱放。报纸叠得整整齐齐，放在椅子旁边的篮子里。书架上的书也是按照奥黛尔－莉莉十进制分类法排列的。还有她丈夫和儿子的小相框照片。

"跟我讲讲古斯塔夫森先生吧。"

"巴克？"她眯起眼睛，好像很久没想到他了，甚至都没意识到我问的是谁，"他是男人中的男人，带有一种粗犷的英俊，红润的脸颊上布满胡楂儿。他喜欢打猎，所以得到了 Buck 这个绰号，'雄鹿'的意思。他十岁时就杀了一头鹿，那是他杀的第一头鹿。它那脏兮兮的尸体害得我俩第一次争吵起来。巴克想把那个鹿头放在壁炉架上，可我不想让它靠近我。"

"谁赢了？"

"嗯，我的大小姐，那是我作为新婚妻子学到的第一课。"她从桌旁站起来，来到水槽旁，"有时候，你看似赢了，其实是彻彻底底地输了。我趁着他上班的时候把那个鹿头扔了，清洁工把它捡走了。巴克很生气，过了好长一段时间，他的气才慢慢消了。"

"啊，这样啊。"

"是啊，真的是这样。"她背对着我，把碗架上的盘子塞进碗橱里。

"你和巴克喜欢一起做什么？"

"我们养大了儿子。"

"等他长大成人之后呢？"

她转向我："巴克和我没有什么共同之处。他喜欢参加足球比赛，我更喜欢看书。但我们都喜欢快步走。他是个浪漫主义者。他总是停下来为我开门，总是拉住我的手。我们有时深更半夜会跑到公园，像孩子一样在秋千上玩耍。"

这是她讲自己讲得最多的一次。我一声不吭，希望她能继续讲下去。"等他死后，我把大部分东西都捐给了慈善机构，他的工具、他的卡车。但我还留着他的枪，我需要留一些他看重的东西。"

电话铃又响了起来，又是埃莉在催我回家。我做好晚饭，之后又收拾好碗筷和厨房，衣服都没脱就倒在了床上。我累得不想再学习了。而且，微积分哪有奥黛尔的课有意思啊：爱就是全心全意地接受某个人，接受他的全部，甚至包括你不喜欢或者不理解的那些部分。

埃莉参加完我的秋季家长会回来了，她砰的一声关上了后门。"莉莉？"她喊道，"你在哪儿？"

我还能在哪儿啊？在客厅里，看着两个弟弟呗。乔伊站在我的大腿上，拽我的头发。本吉躺在我给他编织的毯子上，第一次注意到了自己的脚指头。

埃莉大步流星地闯了进来:"怀特小姐说你在班上睡觉。她说话的口气,好像我是个十恶不赦的人。我不是个坏妈妈!我喂本吉的时候你为什么不去吃饭?"

她把衬衫拉起来,露出下垂的肚皮,那里长着蜘蛛网般的妊娠纹。她松开文胸,露出皱裂的乳头给本吉喂奶。我匆匆地逃到了厨房,这样的情景看到一次就够了。我希望埃莉不要把我当成自家人,我希望她能跟着简·方达的录影带做健美操,我希望她和奥黛尔聊聊天。但大部分时间她都在自制婴儿食品,或者在水槽边哭泣。"你是一个母亲,但也是一个女人。"奥黛尔告诉她,但埃莉已经放弃了女人的身份。

渐渐地,我不再做家庭作业,也不再和玛丽·路易斯一起玩了。我的法语课程也停止了,因为埃莉需要我。有时,她会一直凝视着墙壁。"你不想抱抱本吉吗?"我问她。或者说:"看,埃莉,乔伊的牙齿长出来了。"但她呆呆的,连点头都不会了。

我拿到成绩单后,才意识到情况变得多糟。数学 C-,英语 B-,科学 C-,历史 C-,"你这是怎么了?"莫里亚蒂先生用红墨水写道。我拖着沉重的脚步回家,害怕自己会像埃莉一样放弃曾经的梦想。

"莉莉?"奥黛尔在门廊上喊我。我继续往前走。

"莉莉,你怎么了?"她把我领进家里,撬开我的手,拿到了成绩单。"哎呀呀!"她说。

"我得走了,埃莉需要我。"

空气中洋溢着巧克力的浓香。我深深地吸了一口,奥黛尔端出来一盘巧克力饼干。

我蜷缩在她的沙发上,饼干屑溅到我的衣服上,我狼吞虎咽,连味道都来不及细细品尝。

她悲伤地看着我:"家里到底是怎么了?"

"没什么。"我不想抱怨。

"你必须争取自己的权利。"

"你能和他们说说吗?"我问。

"从长远来看,这没用。你得自己学会谈判的艺术。"

我哼了一声:"好像他们会听我的似的。"

"先跟他们谈谈。"

"埃莉自己都自顾不暇。"

"告诉你爸爸你的真实感受。"

"他才不会关心我呢。"

"那就让他关心。"

"怎么做呢?"

"他想要什么?"

我思考着这个问题:"让他一个人安安静静地待着,不要被打扰。"

"那他想要你怎么样呢?"

妈妈想让我上大学。要不是因为过早结婚,她也会进入大学的。可爸爸想要我做什么,我根本不知道。我也没办法问,至少不能在家里问,埃莉和孩子们吸引了他所有的注意力。"也许……也许我可以去他的办公室,但他可能会疯掉。"

"他可能不会,你一定要试试。"

第二天早上,我打扮得就跟要去教堂一样。我该和爸爸说什么呢?还有八个街区就到银行了。我小跑着,希望没有人举报我逃学。艾弗斯先生看到我在爸爸的办公室外走来走去,他哈哈大笑,说如果我需要通过预约才能见到自己的父亲,那事情一定很紧急。

爸爸出来的时候,看起来很困惑。"你为什么不上课?"然后他害怕起来，"两个男孩出了什么问题吗？"

当然，两个男孩。

"莉莉来这儿是要进行一场父女间的谈话。"艾弗斯先生笑着说，但爸爸没有笑。他很尴尬地把我带到他的办公室。

"这件事情最好是很重要，否则……"他双手合十放在他的大桌子上。

"我……我……"

"到底怎么了？"

他生气了，这反倒让事情容易了。"我想学法语，想见到玛丽·路易斯，我想有足够的时间做功课和阅读。我讨厌换尿布。"

"埃莉需要你的帮助。"

"莫非你没注意到，她现在什么都做不了，只会哭吗？她想要的东西不是我能给的。"

"她会好起来的。"

"她需要一个心理医生。"

"心理医生是给那些疯了的人看病的。"

"给那些心情压抑的人。"

"你需要帮更多的忙！"

"那你呢？他们是你的孩子。"

"我在这儿工作啊。"

"你也需要在家里干活儿。"我把我的成绩单拍在他的桌子上，"甚至在妈妈过世的那段时间，我都是优等生。或许你觉得我当保姆没问题，但这不是妈妈想要的。"

他的头猛地后仰，似乎真相狠狠地揍了他一拳。

"我乐意帮忙，的确乐意，但我也想上法语课，我想上大学。"

他指指门，像打发一个不符合贷款条件的借款人："我送你去学校吧。"

一路上我们没有再说话。我从车窗看出去，真希望这是飞机的舷窗。奥黛尔是对的，迟早有一天我会飞走的。

爸爸总是在 5 点 50 分回家，正赶上洗手吃饭。今天他回来迟了，这还是第一次。埃莉问我想不想先吃点。她说她愿意等，我说我也跟着等。我们把烤肉又放回烤箱。在餐桌旁，乔伊在我的腿上连蹦带跳，本吉被妈妈抱在怀里，奇迹般地不哭了。我们通常在 7 点给孩子们洗澡，但今天这个时候我们还在等爸爸。埃莉问我："亲爱的，今天过得怎么样？"

"我去银行找爸爸了。"

"银行？"她困惑地嘀咕着，好像忘了弗罗伊德也有一家银行。

"我需要……"我需要什么呢？埃莉聚精会神地听我说，以前她对我可没这么重视，"我需要和爸爸谈谈，我想上大学。"

她脸上露出奇怪的笑容："我们中总算有个人足够勇敢，说出了自己想要的东西。"

我抽抽鼻子："你闻到烟味了吗？"

她把本吉推到我怀里，奔向厨房。我跟在后面，本吉挂在我的腰上，差点滑下去。乔伊抱着我的腿跟着。烤箱里冒出了滚滚浓烟。

"我放弃了！"埃莉哀号一声，拿出烧焦的烤盘。

爸爸拿着公文包走了进来，这时已经是晚上 8 点，在我们这个偏僻的小镇几乎等同于半夜了。

"这么晚回来，就连打个电话都不行吗？"埃莉大喊道，把那块烧焦的肉向他扔去。爸爸举起公文包捂着脸，躲过了一劫。那块烤肉砸到了墙面，又落在地板上，滑到了爸爸的脚下。

真为埃莉骄傲!

"你把所有的事情都留给我!"她吼道。我带着两个弟弟回到他们的房间。

"你天天不着家,"她说,"你到底是和布伦达生活在一起,还是和我?"布伦达,好久了,没人提到她的名字。"啊,妈妈,"我低声说,"我想你。"

"你为什么不高兴啊?"乔伊问道。我抚摸着他的头发,像小鸡的羽毛一样柔软。

爸爸温柔地嘟囔着什么,但埃莉一句也没有听进去。"你什么意思,你说是我自不量力?"她喊道,"我买一次性纸尿裤时,你说她用的是尿布。我从来都比不上你的圣人布伦达!"

"当时不是没有其他选择嘛,"他喊道,"我不是说你应该用尿布。情况已经很不一样了。没必要事事都自己做。人们已经伸出了援手,别再推开了。"

安静。

"我最需要的是你来帮我。"

我告诉奥黛尔,爸爸决定周六请假照顾孩子们,而且埃莉买了一卡车的纸尿裤。她说:"你看看,为自己挺身而出的滋味不错吧?当然并不是每件事都有解决方案,但如果不试试,你永远不会知道有没有。"

"我不确定功劳是谁的,虽然我跑了一趟爸爸的办公室。"我告诉她埃莉和那块飞出去的烤肉。奥黛尔拍了一下掌:"听起来你也在鼓励埃莉,太棒了!"

现在我又有时间和奥黛尔在一起了。我再次拿起了那本夹了照片的书。我们坐在沙发上,欣赏她的全家福。"我真想他们。"她说。然后她移到下一张照片,是一位穿着圆点连衣裙的黑发美女。奥黛尔笑了,好像突然邂逅了一位老友。"这是里德小姐,我图书馆里的老板,她是我最钦佩的人。"

下一张照片中有一位戴着头巾的女士,和一位戴着金属框眼镜的军官在交谈。他的胳膊上别着一枚刺目的纳粹标志臂章。

"再怎么回想过去,终归于事无补。"奥黛尔说。她的语气和脸色一样僵硬。

然后她把照片夹回书中。

为什么她会有一张纳粹的照片?

"你认识纳粹?"

"福克斯博士来图书馆了。"

我知道纳粹,历史课上说他们在集中营里杀人,却没有提到他们去图书馆里借书。她竟然知道他的名字,这似乎并不体面。

"当时巴黎被德军占领了,"奥黛尔解释道,"我们无法避开他们,也不是所有人都想避开。他就是纳粹所说的'图书馆保护者'。"

"所以说他拯救了图书?"

"没你想得那么简单。"

我想起了我在历史课上学到的东西:"我的历史老师说欧洲人都知道集中营的故事。她说显然……"

"我是战后才知道集中营的。当时我们一家人只想活着。我担心那些母语为英语的朋友和同事,他们作为'敌对国公民'而被逮捕。虽然犹太人被禁止进入图书馆,但我从没想过他们也会被逮捕,甚至被杀害。"

奥黛尔沉默了好久。

"我这样问,是不是惹你生气了?"

"Mais non.（不是的。）原谅我，我刚才想到了过去。战争期间，我们这些图书管理员会给犹太读者们送书，因为这个原因盖世太保对我的一个同事开了枪。"

对一名与世无争的图书管理员开枪？这不就相当于枪击一名医生吗？"他们杀死了里德小姐？"

"她当时已经离开。纳粹逮捕了好几名图书管理员，包括巴黎国家图书馆馆长。我们害怕里德小姐会是下一位。她走的时候我伤透了心。但分别是人生的常事儿，失去总是不可避免的。"

我有些后悔，真不该找出那些照片，害得她这么伤心。她轻轻地捧起我的脸说道："但有时，变化会带来好事儿。"

检察官先生：

　　我荣幸地写信告知您，亚米利加图书馆藏匿的敌对国公民比集中营的还多。首先是一个叫克拉拉·德·尚布伦的美国人，她在图书馆的时间比在家还多，这不是一个好妻子应该做的。为了维持图书馆的运营，她每天都在向那些社会名流募捐。她是否向政府申报相关账目，我深表怀疑。

　　她不喜欢贵国人（她称之为"匈奴人"），并且蔑视贵国的相关规定。不能仅仅因为她是位伯爵夫人，就可以不遵守法律制度。我有确凿证据，她把图书馆的书偷运给那些犹太读者。天知道她还想干什么！她非常狡猾。

　　您可以亲自前来调查。您会发现她自以为能凌驾于法律之上。

一个知晓内情的人

1941 年 12 月 1 日

巴黎

巴黎,
1941 年 12 月

[第二十七章 - 奥黛尔]
-

  伯爵夫人,即克拉拉·德·尚布伦成了我们的新馆长。1920 年她和伊迪丝·沃顿、安妮·摩根一起创办了这个图书馆,是最初的受托人之一。她和海明威共用同一家出版商,还写了好几本莎士比亚研究领域的专著,并把莎翁的几部戏剧翻译成法语。

  过去的几个月里,伯爵夫人做出的成就远超我们的想象。她找到新的赞助者,筹集到了足够的资金购买煤炭,给工作人员发工资,还成功阻止了当局的"轮换"计划,他们原本想让鲍里斯和看门人"轮换"到德国工作。我很担心她作为一个杰出的外国人,会遭到逮捕。

  在借书处,我和鲍里斯、玛格丽特提起了我的担忧。鲍里斯正在给西蒙夫人最喜欢的《时尚芭莎》盖章,他说伯爵夫人在 1901 年嫁给了阿尔布特·德·尚布伦伯爵，一位法国将军，因此伯爵夫人拥有双重国籍。她既是美国人，也是法国人，所以不用担心国籍导致的安全问题。

就在这时，德·内西亚特先生突然闯了进来，普赖斯-琼斯先生紧随其后。

"神风特攻队袭击了珍珠港！"德·内西亚特先生大声宣布。我们聚集在他们周围讨论起来。

"什么是神风特攻队？"玛格丽特问道，"珍珠港又在哪里？"

"日本袭击了美国的一个军事基地。"普赖斯-琼斯先生解释道。

"这是否意味着美国将参战？"我的内心升起几丝希望，说不定美国参战会改变战争局势，很快就能把德国击败。

"我们相信是这样的。"德·内西亚特先生说。

"我们希望能战胜纳粹！"我说。

玛格丽特说："无论如何，他们的表现也不会比法国军队更糟糕。"

我把头猛地向后一仰。玛格丽特怎么敢这样说？她是第一批逃离巴黎的，现在却敢批评像雷米一样的军人！我回击道："英国军队是挺厉害，还没开打呢，就逃到你们那可怜兮兮的英伦三岛上了。"

我们怒视着对方，我等着她收回刚才的话。

"我们不应该谈论政治，对吧？"她终于开口说道。

她这算伸出了橄榄枝，却不算道歉。我尽量不再生气。她不是有意的。我害怕会说出一些让人后悔的话，于是走到后门的打字机前，希望打印一份新闻简讯，说不定这能分散我的注意力。在法国被占领前，每一期简讯我都可以油印 500 份。可现在呢？因为纸张匮乏，我只能印一份，贴在布告栏上。

普赖斯-琼斯先生搬了一把椅子，坐在我旁边："我们在阅览室，都能听到你按键的声音。"

我指着打字机的色带说:"它该换了,字迹变得越来越模糊了。"

"我猜你在发泄愤怒。玛格丽特刚才针对法国军队说的话很不友好。"

"我知道她不是故意的,但还是很受伤。"我用手指捂住 r、e、m、y 键,"我想念雷米,我知道他在前线努力作战。"

"玛格丽特也知道这点。她有时说话有口无心。"

"我们都一样。"这个月的简讯还需要一个访谈对象,于是我问普赖斯-琼斯先生:"你是哪一类读者呢?你认为自己最珍贵的书有哪些?"

"要我说真话?"

我好奇地侧过身。难道他要承认自己会看小黄书?

"就在上周,我放弃了我的全部收藏。"

"什么?"放弃书籍就像放弃了呼吸。我真是搞不懂他。

"我原来有很多书,索福克勒斯的、亚里士多德的、梅尔维尔的、霍桑的。有些是上大学时学校发的,有些是同事送的。过去我曾花了一些时间阅读这些书。但我现在最想看的书,是斯科特·菲茨杰拉德的、南希·米特福德的、兰斯顿·休斯的。"

"你的藏书到底怎么了?"

"那天我听说科恩教授的藏书遭到抢劫,我就把我的书寄给她了。偷书就像盗墓一样。"

普赖斯-琼斯先生心甘情愿地把攒了一辈子的藏书送给了科恩教授,是因为科恩教授被迫和她攒了一辈子的藏书分开了。他说得轻描淡写,我却为之感动。我提醒自己,这个世界上总有一些人,遇到的问题比你的更大,受到的伤害比你更深。

但我对玛格丽特还是很生气。

来自德国战俘营

亲爱的奥黛尔：

　　我知道你在信中隐瞒了一些事情。想弄清楚我是怎么知道的吗？你已经很久没抱怨过爸爸了，你也很少提到保罗。你觉得自己不能写那些甜蜜的故事，因为我和比茨被迫分开了，你怕我伤心。你错了，我想听听爸爸的咆哮和妈妈的抱怨。我还想知道你恋爱中的故事。

　　告诉我你的真实感受吧，而不是你觉得我能承受的。我既需要你的爱，也想让你如实相告。我能看得出来，你把信里每句话都斟酌了好几遍，我在字里行间都快找不到你了，这让我快发疯了。我们虽然没在一起，但我们的心不能疏远。比茨也是报喜不报忧，落笔时犹豫不决。其实我也是，我想保护你们。我不想让你们知道，我还是让你们知道吧。

　　这里的情况很难。我们又饿又累，还得低头弯腰，衣服也破烂不堪。我们渴望回家。我们怕未婚妻会忘记我们。当我们以为没人听到时，我们会哭出来。最让我们痛苦的是被人称作"囚犯"，就像我们犯了罪一样，可我们是为自己的信仰和国家而战。视线可及之处，都是铁丝网。

爱你的雷米
1941 年 12 月 12 日

亲爱的雷米：

　　我这次不再对你隐瞒了。我和保罗逃脱了妈妈的监视。他找到了一间废弃的公寓，我们经常利用中午过去幽会。我们用我的书和布列塔尼的素描装饰我们的房间。那里没有暖气，我们都感冒了，但非常值得！我从没有想过，爱情比阅读更让人兴奋。

　　现在德国已经向美国宣战，住在法国的美国人成了纳粹的敌人，我真担心纳粹会永久关闭图书馆。虽然这里的工作人员，每天都装得很平静，很乐观，但实际上我们又累又怕。我们如浮萍一样，不知道会漂向哪里。有时我会无缘无故地发火，有时我觉得无法思考，有时我都不知道该想些什么。

　　但至少我们还有一场圣诞晚会值得期盼。伯爵夫人说，我们可以带家人前来，只要他们"品质优良"。所以我邀请了妈妈和尤姬"阿姨"。爸爸不能来，他要开会。这就是我不抱怨他的原因，他好久没回家了。

　　　　　　　　　　　　　　　　　　　　爱你的奥黛尔
1941 年 12 月 20 日

　　鲍里斯把香料放进酒里一起加热，醉人的香气在图书馆里飘荡。栗子在壁炉里噼啪作响。比茨帮助孩子们剪折旧报纸，做成装饰品挂在圣诞树上。玛格丽特和我从后门那里找到一些节日丝带，准备把阅览室装点得更好看一点。

　　"我的公寓很冷，"她说，"我准备把这些枯燥无味的书拿回家当柴烧。"

　　我本能地抓起一本小说，把它抵在胸前。我宁愿冻死，也不能毁掉这里的任何一本书。"一战"期间,它们从图书馆出发,来到战士们手中。在战壕里,在临时医院里,人们如饥似渴地读着它们,它们让饱经创伤的心灵得到休憩和抚慰。"我在开玩笑呢。"玛格丽特说,"莫非你没听出来?"

"当然……"不过,这个说法还是很可怕。

我挪到一个僻静的角落,抱着那本《道林·格雷的画像》。我低下头,闻到一股略微发霉的气味,似乎还带着战壕里的硝烟和泥土的气息。每当翻开一本旧书,我都感觉自己释放了一个战士的灵魂,他乐意在这个远离战火的港湾着陆。我猜他很高兴被置于书架上,或在"来世"打个小盹儿。"就是这儿,老朋友,"我低声说,"你现在安全了,你回家了。"

"还在和书自言自语呢?"比茨调侃道。妈妈和尤姬跟在她后面。

"这就是你上班的地方?"妈妈说,"一点也不像我想的那么可怕。"

尤姬咯咯地笑着说:"你以为她在矿洞里挖煤啊?"妈妈笑着拍了拍她的胳膊。

每位客人都带来了一些稀有而昂贵的东西,要么来自黑市,要么来自乡间的亲戚。一块松软的卡芒贝尔奶酪散发出诱人的气息。一篮子鲜嫩多汁的橘子在向我们招手。保罗从布列塔尼带来的鹅肝酱,也被妈妈和尤姬带了过来,装在盘子里供大家享用。

伯爵夫人穿着貂皮大衣,挽着丈夫的胳膊走了进来。她丈夫穿着燕尾服,是一位白发苍苍的绅士。即使胸前没有挂着勋章,从他的言谈举止也能看出,他是一名将军。他挺起胸膛,冷冷地打量着客人,好像是在检阅他的部队。

在茶点桌旁,西蒙夫人把克拉拉·德·尚布伦逼到了墙角。她提到自己是怎么用旧浴袍做时尚围巾的,讲个没完没了。"快来救救我,就现在！"伯爵夫人给了丈夫一个求助的眼神，他就像一只听话的宠物狗一样，飞快地跑了过来，把西蒙夫人赶走了。

"他曾在两个大洲指挥作战。"德·内西亚特先生说。

"但毫无疑问他现在不再掌权了。"普赖斯-琼斯先生说道。

"将军也遇到了自己的滑铁卢啊。"

"滑铁卢？不，他娶了她。"

保罗把我带到我最喜欢的那架书旁，823.8。那里有凯瑟琳和希斯克利夫，还有简·爱和罗切斯特先生，现在我们这一对儿也加入了。我凝视着他的嘴唇，因为喝了一点酒而泛着明亮的玫瑰色。慢慢地，他跪倒在我面前。"你是我生命中的女人，"他说，"我早上第一个想见的是你，晚上最后想吻的也是你。你说的每一句话都很有趣。我喜欢听你脚下的秋叶嘎吱作响，喜欢你跟那些暴脾气的读者互怼，喜欢你躺在床上看小说。我想告诉你我内心最深处的想法，我最喜欢的书。我想和你在一起，永远。你愿意嫁给我吗？"

这次求婚就像一部完美的小说，结局虽不可避免，但过程却让人又吃惊又感动。

从阅览室传来妈妈的声音："保罗和奥黛尔去哪儿了？"尤姬阿姨回道："啊，给他们一点空间，让他俩自己待会儿吧。"

"真希望我们现在就在那栋公寓里，"我低声说道，"在我们的玫瑰色的房间里。"

"我也想就咱俩在一起，只是……"

"只是什么？"

他的喉结紧张地乱动："我们不该老是这么偷偷摸摸的，这是不对的。我不知道自己还能撑多久……"

"爸爸不会发现的。"

"怎么什么事情都能扯到你爸爸呢?"

"我没有!"

"好了,咱们别吵了。"他说。

抚摸着他的脸庞,我看到了战争在他脸上留下的痕迹:眼睛下面那浓重的阴影,嘴角那痛苦的纹路。我们都变了,变了很多。可我还是希望有些东西能保持原样:我在图书馆的工作,我们在公寓里的那些幽会。

"只有你才能让我挺过这场战争,"他说,"熬过我的工作职责。"

"我也一样,亲爱的。等雷米回来。"

我跪下来。他想对我说些什么,也许是"我爱你",也许是"我不想等了"。但我吻住了他的唇,那些话在我的舌头底下消失了。他把我拉到怀中,他的心怦怦跳得厉害。我的手伸进他的夹克、他的毛衣、他的衬衫,感受到他皮肤的燥热。周围的朋友们唱起了《平安夜》,我和保罗闭上双眼,拥抱在一起。一切都在眼前消失了,天地之间只剩下我们的激情。

1941年过去了,1942年到来了,我和家人数着雷米被俘的日子,度日如年。1月12日:亲爱的雷米,我只能告诉你一个人——保罗提亲了!等你回来我们就举办婚礼。2月20日:亲爱的奥黛尔,不用等我回来。记得及时行乐!3月19日:亲爱的雷米,玛格丽特和我没有丝袜可穿了,所以我们用米色的粉底涂遍腿部,比茨认为我们疯了。4月5日:亲爱的奥黛尔,比茨是对的,我也觉得你俩疯了!谢谢你的包裹。你怎么知道我想读莫泊桑啊?

每个人都要登记。家庭主妇要登记才能领到粮食,外国人和犹太人则必须去警察局登记。就连普赖斯-琼斯先生也要去粮食管理局登记,每周一次。但玛格丽特一次都没去过。在建筑物的外立面上,有人潦草地写下大写的"V",那是抵抗军留下的,代表着胜利,但旁边就是"打倒犹太人"的标语。贝当元帅把法国的格言"自由、平等、博爱"改成了"工作、家庭、祖国",但巴黎人的心境似乎是"紧张、愤怒、仇恨"。

保罗和我漫步在香榭丽舍大道的绿荫下,那里的咖啡馆挤满了纳粹和他们穿着花哨的女友。士兵们掏出德国马克,给自己买啤酒,给情人买手镯。他们远离东线战场,他们想忘掉战争。有什么地方比巴黎这座光明之城更好呢?更何况这里还有一群可爱的、寂寞的巴黎女人。

我不想责备那些女人。正是18岁的花样年华,谁不想跳舞啊?而30岁的妈妈需要钱来支付账单。她们的情人要么在战斗中阵亡了,要么被困在战俘营。她们只是尽最大的努力活着而已。不过,站在她们旁边,我觉得自己就像个刚进城的乡巴佬,灰扑扑的。我捏捏脸颊,希望能带出点红润。我又提醒自己,在今天的巴黎,衣着寒酸才是最时髦的。

保罗皱着眉头看着这一对对儿:"我只能在做梦时才能给你买些首饰。我本应该送给你一些好看的礼物,可我买不起……真丢人!"

"我不在乎,这跟咱们的感情无关。"

"这些婊子得到了一切,而我们却什么都没有。这群荡妇……"

"别这么粗鲁!"

"她们应该感到羞耻,把自己挂在那些该死的德国佬身上,巴结着敌人。真该狠狠教训她们一顿,让她们长点记性。"

他下巴紧闭,双拳紧握,大步流星地走向那些士兵,还有他们的情人。他看起来像变了一个人,我被他吓住了。

"这不值得,别打架。"我死死地抓住他的胳膊。

巴黎到处都是德国大兵，躲都躲不开。他们在我们最喜欢的咖啡馆闲逛，还在街道上设立越来越多的检查站，谁都没法预测。有一次，我去蒙马特给桑格博士送一些科学专著，就遇到了一个在当天安置的金属路障。一个士兵抓起我的书包，把里面的东西倒在了地上。沉重的大部头撞在人行道上，翻了开来，我皱起了眉头。士兵拿起其中一本，翻看了几页。也许他是在寻找绝密代码或是夹在里面的刀片，也许仅仅因为无聊。他瞥了一眼标题，突然笑了。"小姐是在攻读物理学论文吗？"

我在公立中学曾上过物理课，但那是很久以前的事儿了。要是他问个问题，我就怕麻烦了。我可以说这是给邻居借的，或者……我可以问一个自己的问题。

"你的意思是，女士们只能看刺绣方面的书？"

他把我的书包还给我，让我把地上的书捡了起来。

回到图书馆后，我试着跟玛格丽特提出警告，但她压根儿就不当一回事儿。虽然我们现在正在给即将被送往拘留营的箱子装书，那里关押着我们的韦德小姐，还有"左岸书店"的老板比奇小姐，就因为她们来自敌对国家。

"你到警察局登记了吗？"我这是第十次问她了。

玛格丽特说："我看起来挺有法国味儿的，那就够了。"她轻轻地放下《圣诞布丁和鸽子派》。

"也许你应该去自由区和劳伦斯会合。"

"他的情妇会不乐意的。"

情妇？不，这不可能。我惊呆了。我开始回味此前的谈话，寻找我错过的蛛丝马迹。她曾说过劳伦斯和一个"朋友"在一起，我却把这个词当真了。玛格丽特从没收到过劳伦斯的来信,也没说过想念他。我真傻,竟然没看出来。她默默地忍受着痛苦,我却在和保罗谈情说爱。我能看懂书,但真的不会看人。

情妇往往会导致离婚,我担心玛格丽特会搬回伦敦,或者更糟的是,像卡罗阿姨一样消失。

看到我心急如焚、六神无主的样子,玛格丽特轻轻握住我的手,好像我才是那个需要安慰的人。"法国和英国的外交关系早就中断了,"她说,"他之所以留下来,全是为了她。劳伦斯和我如今在分居。这不是我想要的,尤其是想到克里斯蒂娜,她没有了父亲。但我只能接受。"

"他是个白痴,他竟然看不出来你是这么可爱,这么勇敢。"

玛格丽特浑身颤抖着笑了:"从没有人像你这样夸我。"

我怕失去她,紧紧地搂着她问道:"你觉得他会和你离婚吗?"

"像我们这样的人是不会离婚的,我们只会同床异梦。"

"所以你会留下来?"

"我永远不会离开图书馆。"

"你保证?"

"这是我做过的保证里,最简单的一个。"

"我太高兴了,你会留下来。但我不希望你惹上麻烦。如果你像韦德小姐一样被捕呢?你需要在粮食定额发放簿上签字,你想过这点没有?这是法律规定。"

"不是所有的法律都必须遵守。"她把手指从我的手里抽出来,砰的一下把箱盖牢牢地盖起来。对话结束。

[第二十八章 - 玛格丽特]

在夜色中,玛格丽特从地铁站出来,走上台阶。她一边走,一边考虑临睡前给女儿读哪本书,《山羊贝拉》还是《盲猫荷马的生命奇迹》?突然,她发现前面新设了一个检查站。她慢慢地往后退,但太晚了!

一个士兵喝道:"你的证件。"他的下颌松弛,说法语时带着一点刺耳的德国口音。

她拿出了证件。

他看了一眼,然后瞪着她继续盘问:"你是英国人?"

士兵紧紧地抓着她的胳膊,手指关节触碰到她的胸部。她向后缩起身子,把胸脯从他的手指处移开。

玛格丽特是他们这次抓到的唯一一个外国人。他们带着她走上人行道。她从来没有这么害怕过。她想这些士兵或许会把她推到一个废弃的院子里,然后为所欲为,彻底地葬送她的人生。走过六个街区后,他们来到一个被征用的警察局。房间的一边摆着几张书桌,另一边是一个拘留室,三个头发花白的女人瘫坐在长凳上。她们的睫毛膏都晕开了,裙子上满是褶皱,这说明她们已经被囚禁了好几天。

纳粹把她推进拘留室里。玛格丽特回身问道:"我家里还有个女儿……能让我给家里打个电话吗?"

"这可不是乡村俱乐部,"一个纳粹回答说,"你也不是我们的客人。"

那些老妇人在长凳上给她挪出个位置,玛格丽特拘谨地坐在边上。正常情况下,她会介绍自己是圣·詹姆斯太太,但在拘留所里还拘泥于礼节就太傻了。"我叫玛格丽特,是个英国人,这就是我的罪行。"

"我们也一样。"

"我们一起从读书会出来,在回家的路上被他们抓住了。"

"的确是这样。"

"这些身材魁梧的士兵一定很骄傲,因为他们不让女士们读普鲁斯特。"

军官们待一会儿就离开了,只剩下一个年轻的士兵,就坐在凳子那儿看书。

"Entre nous(一见钟情),那个看守似乎被我们的新朋友迷住了。"

玛格丽特注意到,他的目光从书本上挪开,看向她们。在这个潮湿阴暗的警察局里,有什么好看的呢?

"你们能告诉我一些这里的情况吗?"

"我们在这里待了一周。"

"等他们逮捕到足够多的人之后,就会把我们送往一处集中营。"

"没有水,没有食物,只有跳蚤和不耐烦的士兵。"

夜晚降临了,她们得一起度过这漫漫长夜。这几位女士的情绪也越来越低落。"要是他们总不放人,该怎么办啊?"

玛格丽特把《小修道院》一书从包里拿出来。"大家坐好了,放松些。我来读个故事。"

等到三位老妇人坐好后,玛格丽特开始读了起来:"'天快要全黑了。两个小镇相距五英里,在中间的高速公路上,汽车开着车灯,像甲壳虫一样穿梭着。每过一会儿,桑比修道院的前门就会被照亮。'这是一座高大古老的房子,我保证,在这里你会舒适惬意的。"

玛格丽特读完这一章。其中一位老妇人打了个哈欠。她们三个蹲下,给自己搭了个简陋的床铺,在水泥地板上躺了下去,头枕着她们的手包。玛格丽特也想和她们一起躺下。

"你去睡长凳吧,亲爱的。"

"你不像我们能找到这么多衬垫,留在那儿别动啦。"

她被这种单纯的善良打动了:"不,我宁愿和你们在一起。"

玛格丽特把头枕在《小修道院》上面,轻轻地抚弄着她的珍珠项链。这条项链是她母亲送给她的,值不了几个钱,但玛格丽特格外喜欢。每次戴上这条项链,她就觉得自己被母亲的爱包围着,像一个孩子任由妈妈的嘴唇贴近眉边絮絮低语。"你一定要努力学习,这样就不用像我这样在工厂上班了。"妈妈这样说。但是玛格丽特的祖母另有一番说辞。老太太告诉孙女,她想要什么样的男人都能得到,因为出众的容貌足以弥补门第方面的不足。祖母把俘获男人比作钓鱼:去鱼多的池塘,用你最好的诱饵,耐心等待。玛格丽特和朋友们经常在一些高级餐厅外面徘徊,故作端庄地在大门入口处晃来晃去。就是在那儿她看到了劳伦斯,他穿着燕尾服,风度翩翩。她把钱包掉在了地上。他捡了起来。鱼儿深信不疑,他上钩了。

在婚礼上,她穿了一件简奴·朗万设计的丝绸连衣裙。因为开心,她的嘴都笑疼了。在此之前,除了婚礼庆典,她从来没考虑过别的,对新婚之夜更是一无所知。那件事让她如此震惊,又如此亲密而尴尬,以至于她根本就不介意有没有蜜月。劳伦斯是位年轻的外交官,他和玛格丽特应邀参加一场重要的晚宴,希望能促成某项和平谈判。

在帕特尼餐厅的鸡尾酒会上,劳伦斯把手轻轻搭在玛格丽特的背上，带着她四处炫耀："这是我的妻子！"他们先是来到意大利大使面前，然后又加入德国代表团。她很惊讶大家都在说法语，毕竟他们是在英国啊。她不明白。"法语是外交语言，"他解释道，"你说你学过的。"

当初他问的时候，她说她学过。她没有说谎，她是学过，但每次的法语考试她都不及格。在恋爱中，大部分时间都是他在说话，滔滔不绝。她压根儿就没想到这会有什么关系。

玛格丽特大口大口地喝着鸡尾酒，看其他人的妻子诙谐地聊天。那些原本严肃端庄的外交官，脸上慢慢露出难得的微笑，甚至有的还开怀大笑起来。

在餐桌上，她右边坐着一个粗声粗气的俄国人，左边是一个畏首畏尾的捷克人，压根儿就没法交流。她指望劳伦斯能给她一点帮助，但他却轻蔑地看着她，跟她妈妈的样子一模一样。还好，当男人们开始抽雪茄时，女人们办起了自己的沙龙。玛格丽特本想谈论谈论时尚，但女士们开始谈论当时的政治形势。她跟不上她们的思维——先是意大利首领，再是德国总理，然后又提到了法国的总统和总理。她都听糊涂了。

玛格丽特快要崩溃了，但事情还没完呢。当她和劳伦斯站在酒店门前等车时，一个穿着亮片连衣裙的法国女人走了过来，吻了吻劳伦斯的脸颊。她的嘴几乎贴到了他的嘴上。这个女人用纯正的英语说："你得给小玛格丽特买份报纸了，这样在聊天时她也能插得上话。"

坐车回家的时候，玛格丽特说："事情没那么糟。我准备找个家教复习一下我的法语。"但他没有回答。在灯光下，她看到他一脸厌恶，因为他觉得自己上当受骗了。玛格丽特意识到，她曾在妈妈脸上见过这种表情。那次妈妈从集市上回到家，发现自己买覆盆子时被人骗了，上面的又大又丰满，底下的却长满了霉菌。

"告诉我该做什么，我会去做的。"玛格丽特哀求道。但他没有再看她一眼，也没有再碰过她。

第二周，她邀请朋友们一起喝茶。她们艳羡不已。一套豪华的公寓，一个有钱的丈夫，一枚钻戒。"你得到了你想要的一切！"

在拘留室里，其中一个女人靠近她，她背上的温暖让玛格丽特很快进入梦乡。就在迷迷糊糊入睡之际，她意识到这一切是真的，她的确找到了她想要的一切。真希望之前能早点知道。

半夜时分，玛格丽特猛地从睡梦中醒来。有人在戳她的胳膊。那个士兵就蹲在她身边。她想后退，想远离，但拘留室那么小，她退无可退。

"起来吧，"他低声说，"我放你走。"

拘留室的门已经打开。她走过去，准备叫醒那些太太。

"她们不行，只能是你。"

"为什么是我？"

"你太漂亮了，不该待在这里。"

他很像劳伦斯，知道自己想要什么。

"她们走不了，我也不会离开的。"她又躺了下去。

"这绝对不行。要是整个牢房都空了，我真没法对上面交代。"

她狠狠地瞪着他，眼前这个人把自由的希望摆在她面前，然后又一把夺了回去："战争就没让你学会说谎吗？"

"我会惹上麻烦的。"

"对你来说，最坏的结果会是什么？你的上司会吼你，让你难堪。可对我们来说呢？只有上帝知道我们会被送到哪个集中营，再也见不到自己的亲人，没有食物，没有暖气，也没有书。"

"那，你们四个都走吧……"

"谢谢你，谢谢。"

"我让你们走，但有个条件，你得给我读那本小说。"

"什么？"

"我们每天见一面，在先贤祠的台阶上，或者你说个地方。"

"这太荒唐了。"

"一天一章。"

"为什么要这样做？"她希望能看到他的表情，但是他把脸转向背光的地方。

"我想知道后面的故事。"

检察官先生：

本次写信，是要向您揭发以下罪行。在亚米利加图书馆，女馆长克拉拉·德·尚布伦（娘家姓朗沃斯）编造谎言和借口，让首席管理员和看门人留在巴黎，而不是让他们"轮换"到贵国工作。

鲍里斯·内特切夫去那些犹太人家里拜访。每天傍晚，他都带走几捆书。如果有人说他走私淫秽书籍，我丝毫不会感到惊讶。他道德沦丧，拒绝让图书馆的书籍保持纯洁。他说他取得了法国国籍，但我对此表示怀疑。

请履行您的工作职责，把巴黎从这群外国流氓手中拯救出来吧。

一个知晓内情的人
1942年5月9日
巴黎

[第二十九章 - 奥黛尔]
-

早餐是几勺燕麦,还有一个鸡蛋。妈妈把它分成了三份,又小心翼翼地把碎了的蛋黄放到蛋清上。她的脸颊曾经丰满得跟李子一样,现在却深深地凹陷下去。爸爸非常瘦,妈妈把他的裤腰改小了很多。他那乌黑浓密如一把扫帚的小胡子也变得稀疏了,再也掩盖不住嘴上那悲伤的皱纹。

"你应该结婚,而不是当一个老处女似的图书管理员,"他告诉我,"你到底是怎么想的?"

我盯着雷米的椅子。我失去了他的支持,"保罗是个很棒的年轻人,"爸爸接着说,"你为什么不嫁给他呢?"

"够了!"妈妈低声呵斥道。

这一次,爸爸老老实实地闭嘴了。我似乎能听到雷米在发问,让爸爸闭嘴就这么简单?两个字就行了?如果我们早知道就好了!

工作依旧很忙碌。我刚跨过图书馆的门槛,鲍里斯就递给我很多书。我不介意,因为我们都面对过检查站,因为我知道他和伯爵夫人送的书也同样多。在去科恩教授家的路上,我试着享受6月里郁郁葱葱的早晨,但爸爸那个不合时宜的问题却总是在我的脑海里回荡:"你是怎么考虑的?你是怎么考虑的?"

我来到教授家,瘫倒在她的长椅上。我的目光掠过那台老爷钟,一到整点它就不停地打嗝,然后转到空荡荡的花瓶,最后看到教授眼中的关心和忧虑，像两团乌云。

"一切都还好吗？"作为图书馆的专业人士，我本不应抱怨，但是她已经问了。

"爸爸希望我结婚。"

她身体前倾："保罗向你求婚了？"

"嗯。"能和她分享我的秘密真好，"但只有雷米知道，现在又多了您。"

乌云消散了："应该用香槟庆祝。唉！可惜只有樱桃酒了。"她从柜子里拿出酒瓶，把最后几滴酒滴到两个玻璃杯中。

"敬你和你的小伙子！"

我们啜饮着甜酒。

"为什么不告诉你的父母啊？"

"只要我一说，爸爸就会敲定结婚日期，然后就想着给孩子起名。妈妈早就绣了整整一屋子嫁妆，能把你淹死在一堆垫子里！不过，我主要还是想等雷米。这是我的人生大事，而不是爸爸的。"

"我很理解你的感受，亲爱的！真的。但是我妈妈以前说过这样的话，'接受人们真实的样子，而不是你想让他们变成的样子'。"

"你是说……"

"你爸爸已经老了，很难再变了。龙生龙，凤生凤，我能看得出来你和他一样固执。你唯一能改变的就是对待他的方式。"

"我不确定这是否可行。"

"和他谈谈吧。"她说。

"他从来都不会理解我的。"

"说不定谈完后你会大吃一惊。"

我噘起嘴："可你并不了解我父亲。"

"等你再长大些……"

我向她道别,怒气冲冲地走下台阶。科恩教授说:"等你再长大些……"爸爸质问我:"你到底是怎么想的?"我没好气地沿着布兰奇街往前走,突然发现对面有个黑发女子走了过来。她穿着一件优雅的蓝色夹克,翻领上别着一颗黄色星星。我惊呆了,自尊心受到的那些伤害一下子消失了。犹太人不能教书,犹太人不能进入公园,犹太人不能穿过香榭丽舍大街。犹太人不能使用电话亭。犹太人只能上地铁最后一节车厢。

黑发女子继续朝我的方向走来,高昂着下巴,但嘴唇在不停地颤抖。我不知道自己该怎么反应。我应该对着她微笑吗?让她知道,不是每个人都同意这种怪异的身份歧视?还是该出于尊重,把目光移开?还是像平常一样直视前方,让她知道一切都没有改变?是的,我选择了不再看她,就像在路上遇到其他女人那样。我们在小巷子里擦肩而过。我昂首阔步,鼻尖高高地翘着。

犹太人不仅被禁止干这干那,当局还强迫他们戴上身份标志——那颗黄色星星。科恩教授的日子已经如此艰难了,可我还拿自己那点琐事向她抱怨。

整个早上,我和玛格丽特都在修补破损的图书。我们已经好久没有订购新书了,现在留下来的每一本书都珍贵无比。我又累又饿。我把胶水涂在书脊上,来来回回地涂满,慢慢地,更慢更稳一些,像一台录音机在放音乐。

玛格丽特早就停下了手上的工作,嘴角带着几丝微笑。我叫她的名字,但她沉浸在自己的思绪里,没有回答。

"玛格丽特?"我推了推她的膝盖。

"啊？对不起，我走神儿了。"

"咱们这行的职业病。"

她大笑起来，眼神里满是幸福和爱意。莫非她与她丈夫和好了？

"劳伦斯回来了？"

她惊骇地看着我："天啊！没有。你怎么会这么想？"

"但你看起来很高兴啊。"她一直很漂亮，但最近几周她变得更漂亮了，更加灿烂，就好像阳光冲破了晨雾，光芒万丈。这个变化是一点点发生的，但我直到今天才看出来。

她自己也有些吃惊，犹豫了一会儿说道："我猜是吧。"

"有什么特殊原因吗？"

"我在重读《小修道院》，这次是大声读。"

"大声读？"

"给某个没法阅读的人读。"

还没等我打探出更多内情，沉重的军靴声就攫取了我们的注意力。"图书馆保护者"又带着他的两个跟班来了，周边的读者都被吓住了。我们习惯了在马路上遇到纳粹军人，但这里是图书馆，这种感觉就像是在周日弥撒上看到恶鬼现身。尽管彬彬有礼，但他的出现还是有些不合时宜。距离上次来访，已经过去好几个月了，事情发生了很大的变化：里德小姐离开了，德国和美国宣战，这就是他来这里的原因吗？

福克斯博士抬抬金框眼镜，要求见女馆长。于是我带他们去克拉拉·德·尚布伦的办公室。比茨小心地跟在后面。

伯爵夫人早就习惯于面对穿着纳粹军装、全副武装的军官，当我进去通报时，她一副麻木腻烦的表情。但"图书馆保护者"可大不一样。当他看到里德小姐的办公桌后坐着一个陌生人时，眼睛一下子睁得很大。他先是看了一眼那个巨大的保险箱，又皱着眉头看着我，好像我把女馆长给塞到里面去了。

"这是什么意思？"

"请允许我介绍我们的馆长克拉拉·德·尚布伦，她现在负责整个图书馆。"我说。

"里德小姐在哪儿？"他的声音里满是担心。

"她回家了。"伯爵夫人答道。

"我向她保证过她会很安全。她为什么还要离开呢？"

"毫无疑问，她认为回国的命令比你的保证更重要。"

我来到走廊上，和等在这儿的比茨在一起。我问道："他为什么这么生气啊？"

"因为女馆长不辞而别了。不过他没有生气，他是受到了伤害。"

啊，因为他爱里德小姐，我也情不自禁地喜欢上了他。

他向伯爵夫人询问她的资历、图书馆藏书的价值以及图书馆的保险政策。他很满意，又列出了当局的各项规定，比如不能给员工加薪，也不能把书籍变卖。他说："我向你保证，这个图书馆会继续开下去。如果当局来干涉，你可以在里德小姐的抽屉里找到我的电话号码。遇到麻烦就给我打电话吧。"

来自德国战俘营

亲爱的奥黛尔：

很抱歉没给你写信，因为我们没有纸。我们中很多人都生病了，我的伤还没有痊愈。卫兵不想杀死我们，但也不想让我们活下去。有人说他们自己都没有药。

我的室友马塞尔又惹上麻烦了。挤奶事件发生之后，他又被那位老太太挑去干活儿。结果他把老太太的拖拉机开进了深沟里。他和那辆拖拉机都摔得很惨，他的胳膊还被铁家伙压住了。指挥官提出要换人，但老太太再也不想让法国人帮忙了。

我们这里还有一个小伙子，他为一个年轻的寡妇工作，她有梅·韦斯特那样的身材和一张天使般的面孔。他们的关系越来越亲密，他答应战后要留在当地。我们都为他感到遗憾。

为了感谢我们带来的丰收，那个寡妇塞给他一台收音机。德国人和德国人也不一样，有些和希特勒一样恶毒，但也有人反纳粹，听BBC。有了收音机，我们就不会再和你，和整个世界隔绝了。很高兴每天都能听到新闻，虽然我们不能保证每天都能吃上面包。

我靠你的来信活着，靠着还能见到你的希望活着。我很幸运，来自一个有爱心的家庭。

很多人都收不到家里的来信。另外，如果你能寄给马塞尔·丹内斯一包糖果，我猜他会喜出望外的。

爱你的雷米
1942年11月30日

在儿童阅览室里，比茨读着信，牙齿轻轻咬住嘴唇。所有的配给都是定量供应，只有富人才能承受黑市的价格。雷米的出发点是好的，但现在连家里人都不够吃，我们到哪儿去找给陌生人的食物呢？

"Bonjour, les filles.（你们好，姑娘们。）"玛格丽特走了进来，"奥黛尔，你怎么不在咨询台啊？读者都排起了长队。"

"我们收到了一封信。"我把那封信翻译给她。

她皱起了眉头："我保证，你每个月都能寄一个包裹。"

第二天，她带来了一小箱干香肠、香烟和巧克力。

"怎么弄来的？"我疑惑地问道。

"你不用操心这个。"

我想起了她公寓墙上的镀金画像，我想象着玛格丽特为了喂养雷米，一个一个地卖掉了她的祖先。她是最亲爱的朋友。

亲爱的雷米：

　　希望你顺利收到了我们寄出的包裹。那件开襟毛衣还合身吗？你认得出那些颜色吗？妈妈把咱俩小时候穿过的毛衣留到了现在，我把它们拆了，给你织了这件。抱歉，两个袖子不一样长。对我来说，织毛衣还要勤加练习，需要一个熟能生巧的过程。

　　昨晚，我和保罗去了奥登剧院，去看伯爵夫人改编的《哈姆雷特》。这些活动在战前都是稀松平常的，但现在做起来却奇妙无比。比茨和我要去树林里摘一些冬青叶，这样就可以装饰我们送出去的一捆捆书了。最近要借书的电话比较少。比茨非常想你。我们都想你。我们盼你回家。

　　　　　　　　　　　　　　　　　　爱你的奥黛尔
　　　　　　　　　　　　　　　　　　1942年12月20日

来自德国战俘营

亲爱的奥黛尔:

  谢谢你送来的食物!太美味了!当马塞尔收到那包糖果时,你不知道他脸上的表情有多精彩。不过,千万不要因为我们而苛待自己。当初我真不该向你要东西的。

  这里一切都很好,除了马塞尔差点被杀。我们这些囚犯躲在休息室里,围在收音机旁听BBC的广播,让广播的声音小得像一声声叹息。这时警卫突然冲了进来。我们其他人都匆匆跑开了,但是可怜的马塞尔听得太入迷了,压根儿就没留意到警卫。他们打碎了收音机,还让我们这100多人在院子里排成一排,谁也不准穿外套。他们承诺说只要我们认罪,就会从轻发落。我们谁也没认罪。指挥官强迫马塞尔跪下,用手枪指着他的头。"告诉我都有谁和你在一起,否则我就杀了你。"你知道那个蠢货怎么回答的吗?"那就让我一个人死吧。"

爱你的雷米
1943年2月1日

检察官先生：

我写信给法国警方，但毫无结果，现在我转向您，揭发以下罪行。

亚米利加图书馆收藏了希特勒的讽刺漫画，任何人都可以借阅。这还不是全部。正如我向警方提到的，图书管理员们向犹太人走私书籍，包括那些任何人都不可阅读的禁书。

图书管理员比茨·朱伯特说德国士兵的坏话。她家住了一个德国士兵，天知道她是怎么折磨人家的。志愿者玛格丽特·圣·詹姆斯在黑市买食物。看看她肥嘟嘟的面颊，您无法想象有多少人快要饿死了。一个叫杰弗里·德·内西亚特的读者捐钱给抵抗者们，还让他们住在他的豪华公寓里。

在图书馆的后屋，罗伯特·普赖斯－琼斯收听BBC的节目，这是被政府严格禁止的。这并不是唯一的噪声，图书馆的阁楼上着锁，但一直传来吱吱作响的脚步声。不知道那些图书管理员在上面藏着什么人，藏着什么东西。希望您能亲自来看看。

一个知晓内情的人

1943年6月1日

巴黎

[第三十章 - 奥黛尔]

邮政的包裹到了,我把送来的时尚杂志摆到书架上。Mode du Jour(时尚)一词提醒着读者,"智力水平和品位属于同一类东西,是没法定量分配的"。鞋子会磨破,但帽子却永远不会。我想念《时代周刊》,我想念《生活》。我转过身,同情地望向身边的那个人。我从未见过他,但他翻阅旧杂志时,眼里流露出的那种诡异的光芒,让我停下了脚步。他的嘴巴抿得紧紧的,穿着一件绿色粗花呢西装。如果在以前,我会把他当成一个拘谨的教授,但现在我得说他是一个间谍。我哼了一声。是我偏执多疑吗?那这也是纳粹的宣传造成的。从外表来看,他是温良无害的,尽管他把一本杂志塞到了夹克里。

我沉下脸喊道:"这里的期刊不许拿出去。"

他把它放回架子上,偷偷地溜走了。

"你太棒了!"鲍里斯鼓掌,"你和国家图书馆的米蒙夫人一样威武,不失为一条守护珍宝的巨龙。"

我行了一个屈膝礼:"我尽力而为。"

比茨走了进来,跟我们点了点头。她太安静了,甚至把我都吓着了。最近一段时间,我不想把她一个人丢下,哪怕只是一个小时。我坚持要她和我一起去给科恩教授送书。我们爬上"蜗牛楼梯"的二楼,科恩教授从我们手中接过那些又厚又重的人物传记。

"我的小说已经写完了。"她指着桌上厚厚的一摞稿纸说道。

"祝贺你！"我说。

我以为她会异常兴奋，但她眼中原本充盈的光芒熄灭了，现在流露出的只有失望。

她叹了口气："但编辑是不会出版的。"

我知道原因，她也知道。任何法国出版商都不能出版犹太作家的作品。

"真是遗憾。"我说。

"是啊！"她说，"不管怎样，我要谢谢你，没有你我是不可能完成这部作品的。你不仅给我带来了研究用的书，还用你的陪伴和善良鼓励我，你成了我认识巴黎的窗口。书籍和思想就像血液，它们需要流动，才能让我们活下去。没有你们，图书馆不可能撑这么久，当然我也不可能撑这么久。你提醒了我，这个世界上还有美好和善良。"

我本应该为这样的赞扬而激动不已。相反，我感到一种渗透全身的寒冷和恐惧。"听起来你在说再见。"

"我只是想说，我们不知道明天会发生什么。"她把手稿递给我，"请替我保管好。"

她对我的信任让我觉得很荣幸，于是上前吻了她的脸颊。"你确定不把它寄给您的某位同事吗？"

"我只有这一部手稿，由你保管会更安全。"

"这本小说叫什么名字？"

"《亚米利加图书馆》。"

"那绝对出彩！"

"等你看到里面的角色后再发表意见吧。一群不同寻常的人！"她眨了眨眼，"你肯定会认出几个的。"光，535；手稿，091；图书馆，027。

她又恢复了精神，送我们离开。在楼梯井里，我和比茨听到了打字机轻快的敲击声。我希望她正在写续集。

在回图书馆的路上，比茨说："这个责任很重啊！"

我把书稿紧紧地抱在胸前："我们要把它放在保险箱里。"

我们拐到街上，旁边走来三个穿着渔网长袜的小姑娘。她们长得胖乎乎的，黄色的头发蓬蓬的，咯咯地笑着，神气活现地走了过去，留下了刺鼻的香水味儿。

"一群荡妇！"比茨扑打着那股气味，"有些人就不知道还在打仗呀。"我们走进图书馆时，她还在大声地说着："昨天早上，我看见一群妓女摇摇晃晃地回去。她们身上有一股酒精味儿。就这一点，就能看出一个人有没有好家教！"

我把她带到后屋，把她按着坐下来。"坏人却能得到好东西，"她的嗓音有些沙哑，"我饿了，没法集中精力思考。季节在流逝，但我不怀念那些日子。圣诞节、新年，很高兴都过去了。现在又是复活节。唯一会上涨的只有食品价格。我想念雷米。如果不是他，我可能会……"

"我们给他写信吧。"我被她的绝望吓住了，一定要把这种绝望控制在大坝里。雷米能帮上忙的——每次难过时我就想着他，这样情绪就会好多了。我从包里掏出一支铅笔。"你用小写字母，我用大写字母。"

"亲爱的雷米，来自图书馆的问候。我们很想你。奥黛尔想出了这个疯狂的、高明的点子。"

"这封信看起来就像一张勒索信，"她说，"谁知道他会不会收到？"

"至少我们会把审查官弄糊涂的。"

比茨笑了起来，这就够了。

"你认为科恩教授会介意我们读读她的小说吗?"她问道。

在尊重隐私和满足好奇心之间,我选择了后者。我翻过扉页大声读起来:"'来世'充满了发霉书籍带来的天堂的气息。墙壁两旁都是高高的书架,上面摆满了厚厚的大部头,它们被遗忘在那里。这是个舒适的夹层世界,没有窗户,没有钟表,偶尔会有孩子们的笑声,或巧克力羊角面包的味道,从一楼飘了进来。"

"那里是整个图书馆我最喜欢的地方。"我说。

她说:"我也是。"

我正要读下一行,突然听到一个女人喊道:"我真是等烦了!快把我的书给我,要不然,哼!"

"哦,亲爱的!又是一场混战。"

我和比茨冲向借书处,那里有六七个读者在排队。克拉拉·德·尚布伦也从办公室里走了出来。"到底是怎么回事?"她问道。

"斯迈斯太太等得有些不耐烦了。"鲍里斯对伯爵夫人说。然后他对斯迈斯太太说:"请耐心点儿,回到你排队的地方去。"

"我要通知警察!"她咆哮道。

"控告我们效率低下?"他扬起眉毛,"您可以在整个国家兜一圈看看。"

排队的人都笑了。

"我要控告你们迎合犹太人。"

"那你就去告吧!"伯爵夫人抓住斯迈斯太太的胳膊,把她拽到门口,"以后别来了。"

这位读者开始哭起来:"没有我从你们这儿借到的那些书,我一天也活不下去。"

在图书馆正式开门之前，我和鲍里斯坐在办公桌旁，把借书卡一张张放回每本书扉页的口袋里。我沉浸在舒适和寂静中，不由得想起了保罗。等到中午我们又可以在公寓里见面了，那里从不会让我们失望。我们将懒散地躲在玫瑰色的闺房中，墙上挂着他的关于布列塔尼的速写。我爱其中的每一幅：一片被罂粟花包围的麦田、一堆堆金色的干草，还有那匹摇摇晃晃的老马。

持续的敲击声把我的思绪带回现实。我抬起头来，看到福克斯博士正从窗外往里看。他为什么这么早就来了，还是孤身一人？我们邀请他进来，但他始终站在台阶上没动地方。

"小心点，"他低声说，"盖世太保正在给你们设陷阱。不要让违禁作品落入他们手中，他们会用任何借口逮捕你们。"他又回头看了一眼，"不能让人看到我来过这里。"

"什么样的陷阱啊？"我问，但他已经离开了。

"我听说盖世太保正在接管巴黎，"鲍里斯点燃一支香烟说道，"他们更危险。"

比打败法国军队的纳粹更危险？比日夜巡逻的德国士兵更危险吗？

在一片混乱的寂静中，我们忙活了一个上午。

午饭时间到了，我走出图书馆，发现保罗正在院子里等我。"我们不是说好要在公寓里见面吗？"我问他。这些天我晕乎乎的，把一切都弄混了。

"刚才那个朋友告诉我，昨天他带着他的女朋友去那里，发现那里添置了一些新家具，就夹在原来的旧家具里面，但他没多想。他们正在亲吻，就听到有人进来了。他们躲了一会儿，然后从仆人用的楼梯溜走了。他后来再回去，发现锁已经换了。"

我们的爱巢消失了，随之一起消失的，是我们的自在，彼此间的拥抱，可以什么都说或什么都不说，可以完全不用去想战争。

"那你的速写怎么办？"我闷闷不乐地问道。

"我可以画新的。"他搂着我的腰，"打起精神，我又找了个新地方。"

在街上，我们遇到了西蒙夫人。"你要去哪里？"她问我。

由于失去了我们的小窝，我的情绪仍然很激动，喉咙被堵得死死的。

"苏谢小姐有权去吃午饭，"保罗回答说。

"这样啊，你1点钟前必须回来。"西蒙夫人对我说。

"这位小姐不想回答你的话。"他说。他领我走下人行道，胳膊紧紧地搂住我的腰。

"你不要这么生硬，"我说，"她就像《小妇人》里的马奇阿姨，外表粗鲁，但内心深处很亲切。"

"不是每个人都有内心深处的。"

"同样的道理，不是每个人都是罪犯。"我轻描淡写地说。

"有些人就是他们展现在外面的样子。"我们在一座宏伟的豪斯曼建筑前停了下来，"就是这个地方。"

一尘不染的入口处铺着一块厚厚的红色地毯，上面悬着金色的吊灯，让我有一种似曾相识的感觉。是我以前送书时来过这里吗？

我们来到二楼的公寓里，那里的织锦窗帘被拉上了。我不在乎风景，只在乎保罗。我们只有一个小时的时间，足以让我们忘记现实中的一切。他吻着我的胸、我的腹、我的臀部，我的整个身体都要爆裂了。

之后，我们光着身子，参观了整座公寓，就像参观一座博物馆。

我们欣赏着地板上的中国花瓶，墙上的画像。但最好的地方还是厨房，橱柜里放着巧克力。新地方还不错，探险很刺激。

再不走就要迟到了。我把衬衫和裤子扔给保罗。他草草穿上，但没有系紧。他帮我把衬衫后面的扣子扣好。他一边虔诚地吻着我的颈背，一边扣上珍珠母的纽扣。我最爱这个时候的他，极尽温柔。

我意乱情迷，隐隐约约听到大门的锁咔嗒一声，门吱呀一声开了。

"该死，你们到底是什么人？！"一个胸肌发达的男人喝问道。

我和保罗衣衫不整，还光着脚，仓皇地往两边跳去。

"该死！现在这里是我的地盘。"

我慢慢地向门口走去。保罗抓住我的手："我们想……"

"出去！给我滚远点。"

因为被抓了个现行，我们尴尬万分，低着头往图书馆的方向走。以后我们还能在哪里见面呢？还有一个问题，那是谁的公寓？

慌乱中，我走进了期刊部，这才想起我已经调到参考阅览室。最近几期的报刊都没送来，读者们几乎都不来了。但我惊奇地看到，房间里居然有人。他正在旧杂志里东翻西找，书架上一片凌乱。我忘记了自己的忧愁，忘记了一分钟前还困扰我的问题。

"需要帮忙吗？"

"我发现这里的很多读者都是外国人啊。"他看起来很眼熟。啊，我想起来了，就是那个穿粗花呢西装的人，他曾想偷走我们的杂志。

"这也是值得我们骄傲的一点。无论是谁，在这里我们都会让他感到宾至如归。"

"我想联系他们。"

"我们销毁了记录，就因为不想让它落入坏人之手。"我的语气有些尖刻。说完后，我大步走向借书处。鲍里斯和比茨正在那里聊天，头凑在了一起。

"他问我从哪儿来,"鲍里斯低声说,"我告诉他我是巴黎人。"

"他来的次数越来越多了,"比茨说,"他站在我身后时,呼出的热气都喷到了我的脖子里。"

我把脚轻轻地放在她的脚上安慰她。

"他想要什么?"鲍里斯问。

"他询问我们这里外国读者的情况。"

"说到外国人,"比茨惊呼一声,"玛格丽特在哪儿呢?"按说这个时候她应该到了。

"我们给她打电话吧。"比茨说。

整个下午我都在给她打电话,但是没人接。她是被捕了吗,像韦德小姐那样?不会的。她一定是有事耽误了,没来是合情合理的。我看看手表,表盘冷漠无情,表针似乎也一动不动。我把手腕举到耳朵旁,听到手表发出微弱的嘀嗒嘀嗒声。我的胸口一阵恐慌,几乎无法呼吸。

"你去看看她吧,"鲍里斯催促道,"这里有我们呢。"

我又打了一个电话,然后匆匆地向玛格丽特家走去。

[第三十一章 - 奥黛尔]
-

管家过来开门。"玛格丽特在吗？"我一边问，一边紧张地往公寓里望去。他和往常一样泰然自若，把我领到她的卧室。她躺在床上，旁边是皱巴巴的手帕。我搂住她。

"谢天谢地你在家里。我们还担心你被纳粹逮捕了呢！"

"我病了。"她的声音有些嘶哑刺耳，"我试着打电话，但打不通。整个一周电话都打不通。"

我坐在她旁边："我甚至都告诉保罗了，让他过来看看，再找不到你，我们就要填写失踪人员报告了。"

"你不用担心我。"她的语气很坚定。

"我当然担心了！纳粹已经渗透到这座城市的每个角落。"

"我告诉你不要担心。"她朝客厅看了看，确保仆人们没在附近转悠。然后她小声说道："我遇到了某个人。"

"我们每天都会遇到新朋友。"

"不，我遇到了某个人。"

她是想说她有一个情人吗？"在图书馆认识的？"

"不是。我不想吓着你……但是我六个月前被捕了。"

"被捕？"我大喊道。

"嘘！这正是为什么我没告诉你。"

我紧紧地抓住蓝色丝绸的床罩。发生了这种事，她怎么还瞒着我？当然，我也没告诉她我和保罗订婚了。

"我获释后，菲利克斯给了我一份允许自由行动的文件。"

她竟然直呼那个纳粹的名字？他是她的情人？信息量太大了，我一时接受不了。她对我隐瞒了一个秘密。她竟然和敌人交往。我气得浑身直哆嗦。

"你刚才说保罗要来？"她赶紧往粉红的鼻头上涂脂抹粉。

我用一只眼睛瞄着客厅："你还病着，不适合多聊。"我生硬地说，"我得走了。"

"别跟那些法国人一样，戴着一副彬彬有礼的面具。"

"我不知道你在说什么。"

"你要是想离开，就离开好了，不要假装因为我病了。"我们的视线在镜子里相遇了。我的神情有些慌乱，她的神情异常坚决。"如果菲利克斯没有发善心，把我和那三个老太太从牢房里放出来，我们早就不知被送到哪个集中营，在那里腐烂发臭了。到时候我的女儿该怎么办？你有替我想过吗？"

我被勉强说服了。没有菲利克斯，她可能就像韦德小姐那样，在我们面前消失得无影无踪。我不能再像原来那样妄下断言、大肆评判，从这点来看，我和西蒙夫人没什么差别，同样很坏。

"对不起，"我说，"最重要的是你现在是安全的。你确定自己没事了吧？"

"我只有站着的时候才会头晕。麻烦你叫伊莎准备一个茶盘。我马上就过来。"

在客厅里，镶在镀金镜框里的肖像画还在。每当玛格丽特递给我一个包裹，我都会万分内疚，以为她会把那些肖像画从墙上摘下来，卖给别人，好给雷米买食物。既然肖像画还在，那她又是怎么买到食物的呢？

一定是她的纳粹情人帮她弄到手的。

玛格丽特和一个纳粹。把他俩相提并论，真是太古怪了。两者原本属于完全不同种类的书籍，被放置在不同的书架上。但随着战争的持续，人们开始纠缠在一起。原本黑白分明的东西，如同墨水和纸张，现在混合交融在一起，变成一片模糊的灰色。

保罗走了进来，我紧紧地抱住他。

"你怎么了？"保罗吻了吻我的头顶。

"没什么。很高兴见到你，很高兴你没有变，还是原来的你。"

"真不敢相信这里会有镀金画像，就像把卢浮宫搬到了家里。"

"那些闪闪发光的东西并不一定正直。"我说。

"嗯？"

玛格丽特冲了进来。她真的很喜欢长驱直入。保罗和我向两边站开了。

"很抱歉让你翘班了，保罗。你来看我，真是太好心了。奥黛尔遇到你，真是太幸运了。"

保罗害羞得耳朵都红了，他羞涩地咧嘴一笑："很高兴见到你。"

我用胳膊肘推保罗，提醒他我们不是来闲聊的。他需要提醒她注意危险，我可不相信，她的小情人靠一张薄薄的纸就能保护她。

保罗用英语坚定地说："他们说德国佬已经拘留了两千多名外国妇女。"

"我知道。"她说。

"你留在这里很危险，"他说，"你该离开。"

玛格丽特转向我争辩道："你也可以逃到南方的自由区的，可你也留下来了。"

"我得留下来,好让雷米找到我。"

"我想和奥黛尔在一起。"保罗说,"想想你的女儿。"

"可伦敦也不安全。"玛格丽特对着手帕咳嗽着。

"小心点,"保罗说,"如果你看到德国人来了,就穿过马路避开他们。"

没有人能避开纳粹分子,即使在图书馆也不行,但我知道玛格丽特并不是特别想避开。

一个星期后,玛格丽特把我堵在衣帽间。她把一个系着银丝带的盒子塞给我。一打开盒盖,我就闻到了巧克力的香味。这是黑市黄金啊。我的胃咕噜噜地叫了起来。我不想让她用不正义的手段得到食物,但还是忍不住拿起一块。牛奶巧克力在我的嘴里慢慢融化。我想知道她还收到了什么。是丝绸和牛排,还是口红和鹅肝酱?它们的杜威数字是多少?最接近的是家蚕 629,牛 636.2。我找不到正确的编码。我不敢相信她能拥有一切,而我们其他人却没有。

"在图书馆今年例行的闭馆期间,我想和菲利克斯去度假。多维尔应该不错。保姆会照看克里斯蒂娜的。如果有人问我,我会说我和你在一起……"站在幸福的云端上,她飘然离开,去了阅览室。

巧克力美味无比。我会把剩下的寄给雷米。我会寄的,不过我又忍不住拿起一块。

当天傍晚,鲍里斯和伯爵夫人在馆长办公室里审核预算,我正在借书处工作,电话铃突然响了。我本以为有人要我们去送书,于是接起了电话。"我们要见克拉拉·德·尚布伦。"打电话的人用法语说道,还带点德国口音,"就明天早上 9 点半吧,告诉她直接过来。代我向她致歉，我就不去图书馆通知了。"他没给我一个答复的机会，就挂掉了电话。他们想从伯爵夫人这里得到什么呢？莫非我们又要失去一位朋友？我上了楼，站在伯爵夫人办公室的外面往里张望。鲍里斯看到了我，皱了皱眉，露出关切的神色。他一定看出来有什么不对劲儿。他不仅是图书管理员，还兼任心理医生、酒保、保安和侦探。

"刚才有人打电话，让我给您带个口信。"我说。

伯爵夫人从老花镜上面看着我："好吧，怎么说？"

"福克斯博士要您明天去他的办公室。"我说。

"哦，是吗？"

"您和将军应该离开这里去镇上。"鲍里斯对伯爵夫人说道。

"然后让他们在我的地盘上逮捕你？"她答道，"他到底说了些什么？"

我再次重复了一遍那人说的话。

"我陪你一起去。"鲍里斯说。

我不想让他去——他有妻子，还有一个指望他养活的小女孩。我试图找到一个令人信服的理由。比如，他保管着钥匙，所以他必须一大早就来开门？不行，他会把钥匙交给我的。

"据我所见，"我慢吞吞地说，"福克斯博士对女士更有好感。最好是我陪伯爵夫人一起去。"

"我不会带你去见纳粹的！"她说，"真这样的话，你父母会怎么说？"

"实话实说，我父亲也不想让我来这里工作，他不想让我和信奉资本主义的外国人共事。我爸爸在警局工作，所以我的家人早就开始跟纳粹打交道了。"我这样说只是想赢得这场辩论，我以前可从没想过爸爸是怎样度过每一天的，也没有想过他会和谁在一起。

"你确定要陪我吗?"她问道。

我本来不敢去纳粹总部,但我想到伯爵夫人书架上那些皮革封面的书,想到我带给读者们的那些小说,想到藏在保险箱里的科恩教授的著作。这些文字值得我为之奋斗,为之冒险。

"当然。"

我们没有时间讨论那些可能发生,或不太可能发生的事情,图书馆的事儿就够我们忙的了。我回到借书处,西蒙夫人就等在那儿。她咬牙切齿地训斥我:"你究竟去哪儿了?我本来可以带着这些书走了!"

最后一个读者离开了。我把要带给科恩教授的书包好,塞进书包,然后沿着林荫大道匆匆地向前走去。刚过7点钟,还能隐约看到建筑物的轮廓。我在这座城市里长大,走在大街上和在妈妈怀里一样安全。但今晚有些不一样,我被人跟踪了。每次回头看去,我都能看到那个穿粗花呢西装的人站在后面。我过马路,他也跟过来。他紧紧地跟在后面,甚至走进了我的影子里。我回头,他就停下来假装翻阅书报亭的杂志。我走得越来越快。他继续跟着,阴险的脸上愁眉不展。在暮色中,我看到他一只手拿着公文包,另一只手……枪管的金属光泽闪过,枪口正对着我。

我一个向右急转弯,然后紧紧靠在了肮脏的大楼的外立面上。我的腿抽搐着,催促我赶紧跑起来。我在拐角处偷看了一眼。他继续朝我的方向走来,手里拿着一本卷起的杂志,可能是刚在书报亭买的。就是这本杂志,让我刚才看成了枪管。

我特地拐了个弯,想要甩掉他。我匆匆忙忙地走过豪华的圣奥诺雷街区,经过一家爱马仕门店,然后是总统府,寻找藏身之所。这里离占领初期里德小姐住过的布里斯托尔酒店不远,我给那里体弱多病的客人送过书。我突然跑了起来，在酒店的门童还没来得及反应之前，我已经打开玻璃门，朝前台冲了过去。我请求那里的工作人员让我从后门离开。他领着我穿过椭圆形的沙龙区域，穿过一扇小门，走进一间嘈杂的厨房，然后我来到一条黑暗幽深的小巷。

我屏住呼吸，不知道是该继续去科恩教授家送书，还是直接回家。最后我做出了决定：我没有做错什么，我有权利见到我喜欢的人。

科恩教授说："我不确定你会来。"

"我走了很远的路。"

她温柔地抚摸着我的脸，就像妈妈那样。《早安，午夜》这本书，教授至少借阅过十次。我问她为什么如此喜欢这本书，她回答："琼·里斯无所畏惧，她讲真话，为孤独和脆弱的人写作。"

我随意翻开一页，这样能让人快速地了解一本书。"今晚的巴黎看起来很漂亮……你今晚看起来很漂亮，我的美人，亲爱的，哦，你真是个婊子！"看到这段文字，我畏缩了。我可不会这样想我的这座城市，绝不会。

看到我的反应，教授说："你要知道，里斯是个没有钱，也没有人愿意帮她的外国人。她是用这种身份来描写巴黎的。"

我爱科恩教授，也想爱她所爱的东西。"答应我，你看完后也让我读一读。你觉得我会喜欢这本小说吗？"

她把披肩裹得更紧了："我不确定，因为这本小说没有幸福的结局。"

第二天早上9点钟，伯爵夫人和她的丈夫把车开到我家楼下等我。将军戴着一顶常礼帽，遮住了头上大部分的白发。像大多数巴黎人那样，他眼睛下面生出两个大眼袋。他踩下油门，这辆标致车就像一匹不情不愿的老马一样，开始在鹅卵石上缓慢奔驰。我坐在后座上，发现他一直在偷偷地看伯爵夫人，花的时间比看路的时间都多。我们穿过香榭丽舍大街和凯旋门，来到了美琪大酒店，福克斯博士就在这里办公。

"需要我和你一起进去吗？"将军问道。

"只是回答几个问题。我们完全有能力自己处理。"

"那我就在外面等着。"他紧握方向盘说道。

大厅里空无一人。一个穿制服的女子把我们带到福克斯博士的办公室。巴黎人管这些德国女人叫"灰鼠"，因为她们灰褐色的制服太单调了。博士僵硬地坐在他的书桌前，显得和我们一样心神不宁。他没有站起来和我们打招呼，我就意识到要出事了。他用法语警告我们："你们必须如实回答。"

"没问题，只要是涉及图书馆的问题，我们一定会知无不言。"伯爵夫人镇定地说道。

"我们收到另外一封匿名信，指责你们图书馆散发反希特勒的图书。"

难道我们被告发了？

"这些漫画是有人在你们的藏书中发现的。"他把一卷期刊扔到伯爵夫人面前。

她翻阅着那些文件。"这些漫画要追溯到战前，像这样的期刊永远不会在阅览室之外的地方出现。"她把期刊放在桌子上，"我曾向您保证过，我绝不会背叛我承诺要守护的组织。"

"如果它们被带了出来，"我补充道，"那也是德国人干的。我看到有人试图偷杂志。"

"嘘，"伯爵夫人低声说，"你想清楚了再说话。"

"我知道你们在传播禁书。"他说。

"你曾答应里德小姐,不会毁掉它们的。"我据理力争。

一提到里德小姐,他的态度立刻软化下来。"这倒是真的。但从现在开始,你们必须把它们都锁起来。"他深深地吸了一口气,"看起来我们找到了一条解决之道。"他是用英语说的,这样走廊里那些偷听的人就听不懂了。他又用英语补充道,"夫人,我为你躲过一劫感到高兴。我也不想隐瞒,我为自己能帮到你们而高兴。"

他站起身来,我们知道会见结束了。意识到福克斯博士周围布满了"灰鼠",我和伯爵夫人非常谨慎,出来的路上一声不吭。

在回图书馆的路上,我一直在想福克斯博士最后那个奇怪的声明。或许是因为,如果我们被判有罪,那作为占领区图书馆审查长官的他也会受到牵连。

伯爵夫人和我刚跨过图书馆的门槛,就看到鲍里斯期待的眼神。我点点头,让他知道一切都如预料的那样顺利。他从抽屉里拿出一只烧瓶,把波旁威士忌倒进三个茶杯里。伯爵夫人放松地坐到椅子上,喝了一小口。我给大家,就这些指控做出了解释。

"我们否认了一切。"伯爵夫人补充道。

"那他相信你们吗?"鲍里斯问道。

"是的,"她说,"但经过这次危险事件后,我决定,与其按照惯例等到 8 月再进行闭馆整顿,不如明天就把图书馆关掉吧。"

国庆日,又是一个没有理由庆祝的节日。

巴黎，
1943 年 7 月

[第三十二章 – 鲍里斯]

周三傍晚，鲍里斯和安娜总要到邻居家玩会儿纸牌，哪怕战争爆发，巴黎被占领，也是如此。他们会在弗拉基米尔家喝杯酒，吃简餐，乐一乐。埃琳娜和弗拉基米尔家的孩子一起在卧室里玩。大门紧闭着，留声机里播放着巴赫的曲子，百叶窗也被拉了下来。几对夫妻轻松自在地开个沙龙。大家都是多年的至交，肝胆相照那种，所以弗拉基米尔坐在桌旁，讲起他和妻子玛丽娜的秘密。他们在一所学校当老师，把一个学生藏在了学校的阁楼上。那个学生才 13 岁，父母都失踪了，自己在家里躲了整整三天，才偷偷地告诉老师。这个孩子连续三天没有吃饭，玛丽娜给他端上食物后，他一顿狼吞虎咽。但现在口粮是定额供应，弗拉基米尔夫妇正在发愁怎么弄到更多的食物。

话题又转到他们自己的孩子身上。鲍里斯喜欢听安娜谈论埃琳娜。

一提到女儿，她的语气，还有眼神都变得分外温柔起来。尽管日子苦得让人精疲力竭，无论是买面包，还是买黄油，买任何东西都得排队，但安娜的脸上并没有留下苦难的印记。她的脸光洁柔嫩，没有因为担心、生气而皱纹丛生。有时，他的心中会生出失败无力的感觉，肩膀会塌下去。他们好不容易才逃离国内的大革命，又要面对一场战争。痛苦如一只小虫啃咬着他的心，但安娜会笔挺地坐着，把自己的力量传递到他身上。

等把餐盘收拾干净后，鲍里斯开始洗牌。纸牌一张接一张，慢慢地滑过桌子。安娜看着自己的手笑了起来，这让鲍里斯很高兴。

有人敲门。他们吃惊地看着彼此。也许会有什么事情发生，也许什么也不会发生。那个人会离开的。我们等着吧。

砰！砰！砰！敲门声还在继续。他们看着彼此，谁都没有说话。弗拉基米尔、玛丽娜和安娜放下手中的牌，鲍里斯仍然握着牌。弗拉基米尔走到门口，通过窥视孔[1]往外看。他的后背猛地一僵，证实了鲍里斯的猜测——盖世太保。

啊，让他们抓了个现行，玩纸牌，听巴赫，鲍里斯的孩子还在玩过家家。弗拉基米尔慢慢地打开门。四个纳粹分子把他推到一边，挤了进来。有人用枪指着弗拉基米尔。两个人对书架上的书连翻带撕，另一个人则撕破沙发上的垫子。该死的窥探者，他们不掀个底朝天是不会满意的。也许他们发现了那个男孩。弗拉基米尔和玛丽娜是教师，而不是革命者。但在这里，就因为帮了一个孩子，他们就陷入困境。不然的话纳粹为什么会在这里呢？或者说纳粹做任何事根本都不需要理由。

---

1 窥视孔，法文为 le judas，原始意思是犹大，引申为窥视孔，我们通常称为猫眼。在这个夜晚，法语的说法似乎更恰当。

鲍里斯一点也不惊讶地看着这些人横冲直撞。巴黎人看过纳粹表现最好的时候，锃亮的靴子，在回国前贴心地为他们的母亲买小饰品。巴黎人也看过他们最糟糕的时候，喝得醉醺醺的，摇摇晃晃地在街上走着，或被巴黎人直接拒绝后羞得面红耳赤。当然，纳粹也看过巴黎人最糟糕的时候，困饿交加，在肉店排队时大吵起来；不对，他们即便吵架，也是最亲密的敌人：他们一个挨着一个，肩并肩地排在一起，只有他们自己。

拿着手枪的纳粹咆哮着说了句德语。安娜、玛丽娜和鲍里斯三个人还在桌边坐着。这激怒了他，他们为什么还能平静地坐在那里？

"站起来！"他用法语喊道。

安娜站起身来，像一位刚行过屈膝礼正要站起来的女皇。她不想表现出一丁点儿害怕，这将证明他们赢了。啊，安娜。鲍里斯懊悔地摇了摇头。奇怪的是，那些跟她有关的温柔瞬间涌了回来，好像他们才20岁，无限美好的人生就摆在眼前。

"你，站门口的那个，"纳粹对弗拉基米尔说，"和其他人站在一起，举起手来！"他们举起手，鲍里斯意识到自己还拿着牌。

纳粹的枪口瞄准了鲍里斯。他们会逮捕他吗？苏联、美国都与德国交战了，他是一个在美国机构工作的法裔俄国人。现在他认出了这个挥舞着手枪的人。这个狡猾的家伙。他经常穿着一身花呢套装来到图书馆，东翻西找，想寻找他们的罪证。他去得那么勤快，所以奥黛尔曾经说："得有人告诉那个浑蛋，他能做的最体面的事儿，就是给图书馆支付一笔使用费。"

这个奥黛尔！他笑了起来，他笑了。

卢格尔手枪开火了。鲍里斯感到一阵剧痛，血浸透了他的白衬衫。他松开手中的牌。它们扑腾着，落在他的脚上。痛得太厉害了！他摇摇晃晃。这是最后一支舞曲,他想,告诉孩子们我爱他们。安娜,哦,安娜。你知道我的感受。

他不记得自己摔倒了,没有感觉到头撞到地板上。他意识到安娜就在他身边,他看见红色的液体顺着他的衬衫流下,流到安娜苍白的手上。他听到纳粹在大声呼喊。他实在是吃不消了。鲍里斯渴望走上那座螺旋楼梯,一个人走入那一排排的书丛,在"来世"的甜蜜宁静中迷失自己。

弗罗伊德，
1987 年 8 月

[第三十三章 – 莉莉]

　　玛丽·路易斯的姐姐安吉尔最近占据了弗罗伊德某份报纸的头版头条。返校节皇后[1]。洗车天后穿着比基尼为孤儿拉赞助，或为啦啦队营地筹款。她的眼神可以让每一个成年人激情四射。我和玛丽·路易斯花了好几个小时进行研究，想知道怎么才能变得像她一样有魅力。为了找到答案，我们偷偷地溜进安吉尔的房间。我们竖起一对小耳朵，生怕会惹上麻烦，比如被苏·鲍勃发现。空气中弥漫着一股危险的气

1　返校节是美国中学和大学的一项传统活动，一般在每年秋季开学后举办。本校的毕业生校友和在校生都可以参加，庆祝活动通常会持续一个星期，大家在一起举行晚会、舞会以及晚宴。其中最引人注目的项目之一是返校节"国王"与"皇后"评选，由所有学生投票选出最受欢迎的男孩儿、女孩儿。当选者乘车游行，以此拉开橄榄球赛等比赛的序幕。

息,还带着乔治香水那浓得让人头晕的香味。

玛丽·路易斯把梳妆台抽屉里的东西都倒了出来。她用指尖捏着一件黑色文胸,罩杯大得能塞下好几个垒球,令人着迷。我们抚摸着安吉尔的安哥拉毛衣,比皮肤还柔软。我们把它铺在我们尚未发育的胸脯上。要是我穿上这件毛衣,罗比把手从毛衣下探过来摸我,那会是什么感受?一定很美味吧。在安吉尔的床下,我发现一个鞋盒,里面装满了过去舞会时收到的小花束,还有一个粉红色的塑料盒子,里面的药片卷成了一个蜗牛壳的形状。

一颗避孕药躺在我的手掌上,它跟枪一样,能了结一条生命。我从铝箔包装纸里拿出一颗,想吞下去看看是什么感觉,但是玛丽·路易斯让我将其放回原处。

梳妆台上摆着一个托盘,里面放着各种各样的化妆品,像外科医生的手术器械一样复杂。蓝色的眼线让安吉尔的眼睛幽深神秘,如看不到底的海洋。我们也尝试着画了一下,但看起来就像一个抓狂的傻瓜拿着打火机。最后,我们打开了衣橱,那里满是丝绸做的贡纳·萨克斯[1]服装。我们迷失在这堆漂亮衣服里,摸来摸去,感觉就像是摸到了天堂。

我回到家时,奥黛尔和埃莉正坐在沙发上等我。埃莉站起身来,冷冷地说:"苏·鲍勃打过电话来了。"

真不敢相信,告状竟然比我本人先一步到家了。

"你知道,偷窥别人的隐私是不对的。"埃莉并没有抓狂,她看起来只是有点……担心,"如果我乱翻你的东西,你会怎么想?"

---

[1] 贡纳·萨克斯,20世纪70年代创建的美国品牌,以19世纪初维多利亚风格的蕾丝、薄纱为设计风格,在当时掀起一阵复古狂潮,力压风头正盛的紧身迷你裙,当时几乎所有美国女孩都想穿它出席晚宴。希拉里在1975年的婚礼上也穿着这个牌子的婚纱嫁给了克林顿。20年后,这个品牌没有转型成功,衰落了下去。

"那你就去翻啊！"我生气地说，"我又没有什么秘密。"

"我的大小姐，"奥黛尔也站起来说道，"每个人都有自己的秘密，以及私人感情。你爸爸、埃莉，还有我，都是一样的。如果人们愿意告诉你，你要心存感激地听着。如果他们不想告诉你，你也要接受这道界限，理解他们的事儿通常和你无关。"

看到我没明白奥黛尔的意思，埃莉简洁明了地做出解释："别偷窥别人，否则你会惹上麻烦。"

"是安吉尔在吃避孕药，为什么你们反倒不停地说我？"

埃莉倒吸一口冷气，这让我很满意。

奥黛尔用力抓住我，手指深深地陷入我的胳膊："你仔细听好，千万别泄露别人的秘密，这是世界上最邪恶的事。你为什么要说出安吉尔的秘密？你是想让她惹上麻烦？还是要毁掉她的名声？还是想让她受到伤害？"

"我不是那个意思……"

奥黛尔怒视着我："好吧，这次就这样吧。下次张嘴前要多过过脑子！嘴巴要闭牢。"

"没人喜欢一个闲话篓子。"埃莉补充道。然后她俩就坐回沙发，继续之前的谈话去了。

"所以你觉得我应该去？"奥黛尔问。有史以来第一次，她听起来不像从前那样肯定。

"去哪儿啊？"我问。

"芝加哥啊！"埃莉尖叫道。

"芝加哥。"我叹了口气，真希望我也能离开这里，离开这些把我盯得死死的人，真希望能去一个到处都是摩天大楼和高档餐厅的城市。

"你一定得去！"

"自从40年前来到这里,我就再没坐过火车,也没见过卢西恩。"

"为什么以前不去看她呢?"我问。

"之前她邀请过我们,但巴克不想去。他死后,我就习惯了对别人说不。"

"想想那里的商店和剧院!"埃莉说,"唉,如果我有这样的机会……能见到多年老友,不是很好吗?"

"过去的几十年,我们一直在给对方写信。当年她和我一起上的船——从诺曼底到纽约的船,真是令人难忘的三周。她要我去那儿待上一个月。"

"我和莉莉可以开车送你去火车站。"埃莉说。

"我会考虑的。"奥黛尔说。根据我的经验,她这样说就意味着不会去。

那天晚上,我躺在床上读小说,没过一会儿就打起了瞌睡。突然我听到外面爸爸和埃莉吵了起来。"苏·鲍勃连她自己家的闺女都管不了,还想告诉我该怎么教育我家的孩子?"爸爸说,"安吉尔就是一个失败的例子,玛丽·路易斯又在追随姐姐的脚步。"

"一派胡言,"埃莉说,"玛丽·路易斯只是好奇心重了一些。"

感激之情驱走了我的困倦。门吱呀一声开了,埃莉穿着拖鞋踩在地板上。她替我关了灯。

"谢谢你。"我小声说。

"为什么谢我?"

因为你没有因为我偷窥而生气。因为你热情地鼓励奥黛尔。因为你看到玛丽·路易斯最好的一面。因为你理解我。我什么也没说,只是依偎在被子下面,感觉到久违的幸福。

十天后,我和埃莉开车,把奥黛尔送到沃尔夫角的车站。我坐在后排座位上,无聊地看着车窗外闪过的广阔的荒野,真希望离开的人是我啊。

在等车的时候,奥黛尔问道,"她要是变化太大该怎么办?要是我和她处不来该怎么办?我会被困在那儿的。"

"那你就早点回来,"埃莉说,"反正弗罗伊德始终在这儿。"

"我可不是思念弗罗伊德。"奥黛尔看着我回答道。

"我也会想你的。"我把脚轻轻地放在她的脚上。

"帝国缔造者号"缓缓地停了下来,她上了车。我和埃莉站在月台上,挥手和奥黛尔告别。

两个星期后,晚餐桌上,我一边帮乔伊切开鸡肉,一边问起驾驶执照的事:"玛丽·路易斯已经有驾照了。"

"为什么要拿自己和别人比呢?你可是一个美丽、独特的女孩。"爸爸说。

我擦了擦乔伊脸上的番茄酱:"好吧,我是独一无二的,是班上最后一个拿到驾照的。"我想告诉他,他不能永远把我密封在这座房子里。玛丽·路易斯教过我开车。我在通往垃圾场的土路上开过车,没那么难。

"弗林家的女孩出事后,我担心得快要疯了,"他说,"我可不想让你冒险。"

杰西·弗林搭上一辆醉酒男孩开的车。那辆福特车翻了,她当场死亡。我们镇为她的死哀悼了整整五年。

埃莉争辩道:"但是没有青少年会喝完酒后还开车上下学啊。一个年轻女孩要有点独立精神,这没什么不对的。在上大学之前,让她系上安全带学着开开车不是挺好的吗?"

爸爸指责她之所以替我说话,是要讨好我。埃莉气鼓鼓地推开座椅开始收拾桌子,把银汤匙扔到盘子上叮当响。唉,怎么现在我变成他俩吵架的焦点了,这可不是我的本意啊。

晚饭后玛丽·路易斯来了。我们盘着腿坐在地板上,后背抵着床,一起听治疗乐队[1]的歌。

"爸爸和埃莉又吵架了,"我说,"真希望自己能逃到芝加哥。"

"这需要一大笔钱才行。等你到 30 岁就可以了。"

"可那时我就太老了,再没心情享受生活了。"

"莉莉,"埃莉从客厅里大声喊道,"把音乐关小点,你吓着本吉了!还有,你给奥黛尔的绿植浇过水了吗?说不定它们快要干死了!"

我和玛丽·路易斯飞快地穿过奥黛尔家的草坪。"真希望我们也能坐上火车离开这里。"玛丽·路易斯咕哝道。

奥黛尔的客厅看起来和原来一模一样。椅子旁边摆着一个纱线篮,咖啡桌上摆着我的工艺品:一个薰衣草香包,一个皮革书签。但是房间里没有巴赫的音乐响起,没有人问候我们一天过得如何,也没有刚出炉的曲奇的香味。整栋房子散发着霉味儿,显得空荡荡的。拉上的窗帘挡住了阳光照入,而且奥黛尔也离开了,屋子里又冷又暗,像一具失去灵魂的尸体。

现在整栋房子都对我们敞开了怀抱。我们可以为所欲为,以后可再也没有这样的机会了。我打开一个抽屉,里面除了旧剪报什么也没有。

"你到底在找什么?"玛丽·路易斯一边把水洒在蕨类植物上,一

---

[1] 治疗乐队,一支于 1976 年组建的英国摇滚乐队。

边说。

"线索。"我想知道奥黛尔永远不会告诉我的那些事情。我把书从书架上拽下来翻看,希望能找到一张照片、一封情书、一本日记,只有禁忌才会让人浑身发抖、兴奋异常。不这样做,你还能用什么方法知道呢?

"别偷窥别人,你会惹上麻烦的。"埃莉这样警告过我。一股罪恶感从我内心掠过,但我继续翻阅着书页,寻找一个名字、一个暗示、一个证据。

"奥黛尔可能并不像你想的那样,"玛丽·路易斯说,"如果她爱上了纳粹军人呢?"

我还记得那张"图书馆保护者"的照片。对一个纳粹来说,他长得算是不错的。可我摇摇头。"不对!说不定她是一个抵抗组织的成员,而密码就藏在书中,需要她一点点地破解。我敢打赌她爱上了一个抵抗者,哦,也许他在一次秘密任务中牺牲了。"

"她整整一年都没有笑过,"玛丽·路易斯接着讲这个故事,"但幸运的是,她后来遇到了古斯塔夫森先生,他又帮她笑了起来。对了,他们是怎么认识的呢?"

我做了一个大胆的设想:"古斯塔夫森先生跳伞进入法国,但被敌人击落了。他被送到医院,在那里她每周做一次志愿者。"

"遇到古斯塔夫森先生后,她每天都去医院帮忙。"

我们研究了奥黛尔的结婚照。她紧闭着嘴,看着相机。巴克低头看着她,眼里充满了爱意。

"你能想象当年的样子吗,他躺在病床上,仰望着她,崇拜着她?"我问。

"完全正确。她也喜欢他,但她不能说,因为那时,女人们不得不假装害羞。"

我想象着奥黛尔戴着贝雷帽,和盖世太保对抗的样子,和对抗他爸爸的样子应该有一拼。我敢打赌她把犹太人藏在了公寓里。

"如果奥黛尔把安妮·弗兰克[1]藏了起来,说不定她今天还活着呢。"

"没错,"玛丽·路易斯说,"让我们看看她还有什么!"

我们走向卧室,玛丽·路易斯消失在衣橱中。"这儿说不定会有个珠宝盒!我敢打赌里面全是老情人送给她的红宝石!"

我跟着她进去了。我俩挤在里面,勉强可以容身。我的脸颊拂过挂在衣架上的衬衫。架子上还挂着一件黑色蕾丝睡衣,闪闪发光。它是如此性感,让我俩都禁不住脸红起来。角落里倚着巴克的一支枪。

我们不应该进奥黛尔的卧室,更不应该进入她的衣橱,翻看她的东西。我知道不应该,但还是忍不住抚摸她的开司米羊毛衫,像在商店里那样叠得整整齐齐。

玛丽·路易斯指着第二排架子,上面放着一个白色盒子。我把它拿了下来,她打开了上面的金钩。

"没有上锁。"我惊奇地说。

"一无所获,真倒霉。"她说,手里拿着一堆纸。

这正是我想要的,一段奥黛尔的过往经历,来自她的情人。巴克或另外一个,某个冲锋陷阵的外国人。里面的纸张脆得跟煎过的培根一样,因为时间太久而泛着微微的黄色。我抓起第一页。那柔美流畅的笔迹很像是奥黛尔的。现在可以确定,这不是情书。法语并不容易

---

[1] 安妮·弗兰克,生于德国法兰克福的犹太女孩,二战犹太人大屠杀中最著名的受害者之一。安妮在日记中,记录下从1942年6月12日到1944年8月1日的所见所闻所思,被后人整理成《安妮日记》出版,成为二战期间纳粹德国灭绝犹太人的著名见证。

理解。这封信里满是像"放荡"这样的字眼,我之前曾见过,但早就丢到脑后了。

检察官先生:

为什么你们不去搜捕那些藏起来的犹太人呢?他们中有很多人都躲了起来,没有向政府申报。比如科恩教授,这是她的地址——布兰奇街23号。她在索邦大学教所谓的文学课。现在她经常邀请学生们去她家里参加学术会议,这样她就可以和同事、学生厮混,那些人大多数都是男的,可她都那么大岁数了!

她很容易认出来,你在一公里以外就能看到她。她披着一件紫色的时髦披肩,发髻上斜斜地插着一根孔雀翎。你可以让这个犹太老女人拿出证件来,比如她的洗礼证书,比如她的护照,然后你就能确认她的犹太人身份了。善良的法国人辛辛苦苦地干活儿,这位教授夫人却四处闲逛或读书。

我的情报绝对可靠,现在该您出手了。

一个匿名的正直市民
1941 年 5 月 12 日

45 年前的仇恨仍未消散,此时从纸上浮了上来。这就是为什么奥黛尔从不讲述她的过去吗,因为这些文字实在太丑陋了?

刹那之间,我感到自己与这个世界失去了联系。玛丽·路易斯的嘴巴在动,但我听不到她在说什么。我觉得自己就站在一个雪球里,有人正在摇晃这个雪球。雪球里的碎片没有被固定住,砖房、灯柱、流浪的猫、警车,一切都在旋转,天旋地转。我被雪弄得焦头烂额。

不对，那不是雪，只是黄褐色的纸屑，是我把信撕成了纸屑，纷纷扬扬，散发着腐臭的气息。

玛丽·路易斯拍着我的胳膊："你为什么要把它撕碎？"

"你说什么？"我问，还是有些头晕目眩。

她指着我们脚边泛黄的碎屑："她一定会知道的，我们有麻烦了。"

世间所有的一切都失去了意义："我不在乎。"

"图书馆保护者"的照片闪过我的脑海。奥黛尔把它和亲人的照片放在一起。也许她喜欢纳粹，也许他帮她找过工作。她的家人也从未来过。

"信上说了些什么？"

我沉默着，不想让她知道人心有多么险恶。我不想说出自己对奥黛尔的怀疑。如果不是她写的，为什么这封信落到她手里了呢？

"信上到底说了些什么？"她重复道。

"我没看懂。"

"好吧。"她拍着我的肩膀说道，"或许你的法语没你想象的那么好。"

我是应该感到高兴的，因为我已经找到想要的线索。但是……我浑身发冷。我的胃很不舒服。

玛丽·路易斯指着盒子里的信说道："如果你没看懂刚才那封，就看下一封吧。"

"所有的信都没法理解。这都是垃圾，一堆旧垃圾。"我想把它们撕碎，但玛丽·路易斯抢走了信，把它们按我们打开时的方式折了起来。

"我想回家了。"我说。

"也许你是对的。我们是该走了。"

"是的,你们是应该回去了。"奥黛尔说。

是奥黛尔。她就站在我们后面。

我们转过身去面对着她。她的眉毛抬起来,像两个问号。我们在她的房间里做什么呢?我们脚下这堆纸屑是怎么回事?

至少见到我让她很高兴,我从她翘起的嘴唇、温柔的凝视中看得出来。"你们在我的卧室里干什么呢,两位大小姐?"奥黛尔问我。

我和玛丽·路易斯经常惹上麻烦,但这是第一次被当场抓获。我想向奥黛尔道歉,因为我们洗劫了她的图书,侵犯了她的隐私。但我更想让她忏悔,因为那封充满恶意的信件,因为她教会我那些可怕的法语字眼,因为她让我觉得她曾在正义的抵抗组织中工作,但她只不过是个骗子。

"是你把书从书架上拿下来的吗?"她的声音依然十分温柔。玛丽·路易斯丢下信,推开我跑掉了。但奥黛尔教会了我一件事,那就是要坚持自己的立场。我直视她的眼睛,直视她那双温柔的棕色眼睛:"你到底是什么人?"

巴黎，
1943年7月19日

[第三十四章 - 奥黛尔]
-

比茨都没顾得上打招呼，就一头闯进我的卧室，衣衫不整，气喘吁吁。我正趴在桌上给雷米写信呢，就听到她上气不接下气地说道："快，快跟我来！鲍里斯又去打牌了！"

鲍里斯和妻子每周都会和邻居玩一次纸牌，我不明白为什么比茨会如此惊慌。"玩牌？"

"盖世太保向他开了一枪！"

"开枪？"我吓得按住自己的胸口，"他……他还活着吗？"

"他们把他带到'慈悲'医院审问去了。"

在盖世太保的控制下，"慈悲"医院实际上等同于死刑判决。不，不是鲍里斯。我不能再失去一个朋友了。

"今天我待在家里，一直坐立不安，"比茨喘了口气继续说，"所以我就去了图书馆，想找点事做做。我发现伯爵夫人也在那里，她也是刚从福克斯博士那里回来。她说鲍里斯的妻子半夜给她打电话，所以她一大早就去找那个'图书馆保护者'。'鲍里斯在我们的图书馆工作了近20年，'伯爵夫人这样说道，'他绝不会做那些让图书馆陷于危险的事情。您答应过，如果图书馆遇到麻烦会帮忙的。'"

"福克斯博士让伯爵夫人准备一份书面材料。哈！伯爵夫人对纳粹，还有他们的材料那套门儿清！她早就整理好一份关于此次事件的完整描述，还打印了出来，并让一位证人签好名。于是福克斯博士给某个人打了个电话，那人告诉他，鲍里斯要被驱逐出境。"

"驱逐出境！"

"但是福克斯博士答应会想办法的。"

"图书馆保护者"还是很有能量的。我知道他会信守诺言。他至少比其他纳粹要好一些。"那我们怎么能帮到鲍里斯呢？"

"帮着照顾他妻子安娜。"

鲍里斯住在圣克劳德附近的郊区。我们跳上自行车，赶到他家。安娜在家吗？我们被迅速带进公寓，里面坐满了亲朋好友，他们轻声地交谈着。埃琳娜就在隔壁，她能听到所有的谈话。可怜的小娃娃，她才六岁啊。

这些纳粹到底在找什么呢？希望他们能让安娜见见鲍里斯。你能相信吗？这些盖世太保居然会在凌晨3点返回来？只是为了拿走他们在桌子上看到的香烟。

安娜深夜才回来，脸色苍白得像月亮。盖世太保把她推到地下室，带到一间阴冷潮湿的房间里。他们给她看了一张又一张照片，上面都是她不认识的男人。他们也给鲍里斯看了同样的照片。最后，他们允许安娜去见鲍里斯。他还穿着那件血迹斑斑的衬衫,身上的枪伤也没有包扎。没有任何医生给他检查过。

8月,多亏有福克斯博士从中周旋,鲍里斯被转到亚米利加医院。他被射穿了肺部,因为连续好几天没有得到治疗,伤口感染得很严重,医生一度开出了病危通知书,只允许安娜在他身边照顾。直到六周之后,医生才允许其他访客探望。在医院大厅,安娜告诉我和比茨:"他感觉好多了。昨天,他还央求我给他带包吉坦烟呢。"

我笑了,但不太确定他是不是在开玩笑。

"你们好,我来了!"玛格丽特一边喊,一边朝我们走来,"对不起,我来迟了。"

我有好几周没见过她了。她晒得黝黑、神情自若,浑身散发出欢乐的光彩。

"可怜的鲍里斯!"玛格丽特说,"你为什么不早点告诉我呢?"

"我给你打电话了,"我简短地说,"可你从来不回电话。"

"我在海边度假,和……"她看看比茨和安娜,"我在海边。我应该及时联系大家的。"

在去看望鲍里斯的路上,一个护士热情地向我打招呼,我在这家医院做过志愿者,我们曾一起照顾过伤员。她竟然还记得我,我很感动,和她在大厅里聊起来。安娜去病房,看鲍里斯是否醒了。

我直奔病床,像妈妈一样瞎忙一气,把毯子拉到鲍里斯胸前。因为服用了止痛药,他的绿眼睛里湿漉漉的,但嘴角却微微翘起。以前他想说什么傻里傻气的话时,嘴角就是这个样子的。

"我们国家真的变成法国的卡夫卡了。"

"这是一本法国版的《变形记》。"我努力让口气更轻松一些。

"很抱歉把你一个人留在借书处。"他说。

"我不介意。答应我好好休养,不要提早出院。"

"如果延迟出院呢?"他打趣道。

比茨激动得说不出话来,她亲吻过鲍里斯后,就走到房间的角落里望着他。

"鲍里斯,人们不得不佩服你选的时机,"玛格丽特说,"在图书馆年度停业整修的时候挨上一枪。"

"这不是我第一次挨枪子儿了,"他昏昏欲睡地说道,"但我希望这是最后一次。"

"你说什么?"玛格丽特喊道。

他的眼皮猛地闭上了。

"他太容易疲倦了,"安娜一边说,一边送我们到病房门口,"但他说稍微好点就回去上班。"

"相信他很快就会痊愈的,"比茨说道,"我们下次什么时候来探望呢?你需要我们帮忙照料埃琳娜吗?"

趁着她俩说话的时候,玛格丽特把我拉到一边:"我不能把菲利克斯介绍给我女儿,她太小了,不能保守秘密。但我需要有个人去见见他,看看他为人有多好。我希望你去见见他。"

她真的指望我和她的纳粹情人一起喝茶吗?"你不该去见他。"我厉声说。

"他救了我的命,也正在救雷米的命。"她说得对。但同时她又错了。

她说:"我希望你能抽出一个小时见见他。"

我知道玛格丽特总是说话不经大脑,但没想到这次竟然提出这么离谱的要求,她不是没好好考虑,而是彻底发神经了。

"五分钟我都不会去!"

"当你需要我做什么时,我从来都不会拒绝!"她说完,就气急败坏地走了。

"你俩又吵起来了?"比茨问。

"没什么,"我说,"你知道我有的时候会带刺儿。"

"只是有时候吗?"她抬起了一条眉毛。

来自德国战俘营

亲爱的奥黛尔:

这很有可能是我给你写的最后一封信了。我病了,身边的人说我有些神志不清。我的伤口一直没有愈合,而且感染了,我们这里也没有药物,伤口还在持续恶化。

不要让这场战争,或其他任何东西把你和保罗分开。嫁给他吧,每晚都在他怀里安睡。我们两个,不能都遭受痛苦的折磨,总要有一个幸福。如果我能回去,我会和比茨在一起,时时刻刻和她在一起。

无论发生什么事,请不要悲伤。我相信上帝,请你试着保持信仰。

爱你的雷米
1943 年 9 月 3 日

我想象着他正孤零零地躺在一块冰冷的木板上,远离所有深爱的人。哦,雷米,回家来吧!回来吧!我的肠胃猛地一阵痉挛,我跑向盥洗室。痉挛仍在持续,我不得不弯着腰,蜷缩在那里开始呕吐。雷米，求求你，不要死去，不要死。当再也呕不出任何东西时，我挣扎着来到走廊，靠在墙上。我全身都在痛，我的肚子，我的头，我的心。我用手捂住脸，又穿过头发，按压住脖子，试图减轻这种疼痛。我们必须做点什么……我打开家里的药箱，抓出一把药物软膏、芥末膏药，还有一瓶阿司匹林（里面还剩三粒）。任何能救雷米的东西，我都要。我抱了满满一怀，放在桌上，然后又去厨房拿了一个盒子。

"这是什么东西？"妈妈看着桌上堆着的一堆药物问道，"你的头发怎么了？你看起来像个疯子！"

我给她读了信。

"哦，亲爱的……"妈妈说。她打起精神，和我一起准备包裹。我们都知道，整理的东西已经超过当月能寄出的量。"当局可能不允许，但我们总要努力试一试。"妈妈说道。

真令人吃惊，她才是那个无比冷静的人。在收到这封信之前，我一直坚信雷米会回来的。而妈妈经历过那场大战，她更能理解当时的情形，或许这就是为什么雷米被俘的消息传来时，她的反应是那么强烈。

一周后，当我下班回家时，吃惊地发现公寓里一片漆黑，没有亮灯，好像没人在家一样。我打开门廊的灯，朝客厅望去。妈妈穿着一身黑衣，独自坐在里面。

"有消息了。"她说。她的面颊和嘴唇如鬼魅一般苍白。她的情感也如同血色一样从身体中抽干了。一张纸落在她脚边。我知道，雷米死了。

我和雷米十岁的时候，有一次我们打了一架，他把我重重地推到在地上。我后背着地，无法动弹，连气儿都喘不过来。我没办法抬起头,对他说:"这不是你的错。"我以为我瘫痪了,身体里什么东西像被切断了。现在又是这样,我没办法脱下外套,没办法眨眼,没办法走到妈妈身边。我站在那里,从内心到身体都被冻住了。

"这段时间我一直等着,"她说,"希望他能获释,能回到我们身边。"

"我也是,妈妈。"我终于说出话来了,"我也一样。"

抱着一丝希望苦苦等待是一种痛苦,但现在我明白了,希望破灭会更加痛苦。我在妈妈旁边坐下来,她紧紧地抓着我的手,念珠深深地刺进我的掌心。

"在他寄来最后一封信之前,"她说,"我就知道了会是这个结果。不知怎的,我知道了。"

"通知单送来的时候,您是一个人在家吗?"

"谢天谢地,尤姬也在这儿。"

我扭亮台灯:"那她现在在哪儿呢?"

"她去张罗丧事了。"

"我们应该派人告诉爸爸。"

她又把灯关掉了:"他不配知道。"

"哦,妈妈……"

"雷米参军只是为了向你爸证明他是个男人。"

即使这是真的,现在这么想也不会让雷米回来了。如果她心里一直这样想,那在她心中爸爸也死了,就像雷米一样,都死了。我必须得想办法,让妈妈能从怨恨中挣脱出来。"我们得告诉比茨。"我说。

"明天吧。这消息会让她心碎的,让她再好好地睡一个晚上吧。"

我和妈妈沉浸在巨大的悲痛中,谁也没有再说话。我不知道过了多久。

我想起了那段话:"他当然没有死。他不可能死,除非他的孪生姐姐失去了感觉,失去了思考能力。"813,《他们眼望上苍》。我只要一直想着雷米,他就能活着。我想到雷米坐在书桌前写文章。我想到雷米在勒罗斯坦德喝咖啡,咖啡馆的那只大猫就趴在他的腿上。我想到雷米和比茨一起大笑。雷米,哦,雷米。那些人说我有些神经错乱。雷米离开了,消失了,不见了,我再也见不到他了。但事情怎么能这样呢?我还有那么多的话要告诉他呢。

[第三十五章 - 保罗]

保罗坐在警署的办公桌旁，心里只想着一件事，那就是奥黛尔。当他把注意力集中在她身上时，就可以忘记现实中的一切烦恼。他们第一次见面的时候，奥黛尔很生气，他不知道为什么。当他给了她一把小花束，她的目光就变得温柔起来。她的嘴唇，像樱桃一样甜润光泽。她臀部的摆动。她穿着黑裙子的样子，她脱掉黑裙子的样子。她的胸部。他喜欢爱抚它们，品尝它们。

他的老板猛地敲击一下桌子："你就没有工作要做吗？"

保罗在椅子上动了动："是的，长官。因为我……"

"你的任务不是狡辩，而是闭嘴听从命令。这是一份名单。"

保罗扫了一眼名单，有些看不明白。一开始法国对德国宣战，当时警察逮捕了很多共产主义者，以及生活在法国的德国反战主义者。之后没多久，警察又瞄上了英国人，包括一些女士。而现在逮捕对象又变成了犹太人。在他的办公桌旁贴了张告示，上面写道："无论男女，无论法国人还是外国人，只要有犹太血统，都要接受随机检查，视情况予以拘留。本命令由警员负责执行。"

有些同事喜欢把人们从公寓里赶出去。有些同事觉得这项工作令人不快，所以假装生病请假。保罗不会这样做。有段时间他想要逃往自由区，但他不想像父亲那样逃避自己的责任。他想和那些自由的法国人一起在北非作战，但他不能抛弃奥黛尔。他拒绝了她父亲给予的升职机会,就是想让奥黛尔明白,她才是第一位的。他告诉她那些从未向任何人透露的事。如果让他在奥黛尔和其他东西之间做选择,他会毫不犹豫地选择前者。

他出发了,朝名单上那个最远的地址走去。他不想考虑工作,只有奥黛尔可以让他把工作从脑海中清除出去。奥黛尔在床上。奥黛尔光着身子在厨房里,用陌生人的铜壶搅拌巧克力。一开始,这种幽会很刺激,有一种害怕被抓住的兴奋感,但现在保罗已经厌倦偷偷摸摸。他想明媒正娶奥黛尔。可是,如果雷米再也回不来,他该怎么办?很有这种可能。他又能做什么呢?拿到一张特别许可证,只要她一答应……

他来到名单上的那个地址。他不想思考下一步应该做什么。奥黛尔把胳膊塞进他的肘弯。奥黛尔对他的速写赞不绝口。奥黛尔大声朗诵艾吕雅的诗。奥黛尔。奥黛尔。奥黛尔。

保罗跳上两段楼梯,按响了门铃。一位白发苍苍的女士出现在门口,他说:"您是艾琳·科恩夫人吗?我奉命要送你去警察局。"

"我做错了什么?"

"可能什么都没有。我是说你都这么……"他本来想说这么老了,但提醒一个女人她的年龄是不礼貌的,"这是随机检查。"

她转身从桌子上拿起一本书,保罗注意到她发髻上插着一根孔雀翎。"你带本书是对的,"他说,"警察局的排队等候时间变得越来越长。"

"我认识你,你是奥黛尔的未婚夫。"她把那本薄薄的小册子递过来,"请把这个给她,她知道该怎么办。"

他惊讶万分,笨手笨脚地去接,却不小心把书掉到地上。书脊撞到地板上,书页翻飞。保罗看到了亚米利加图书馆的藏书章"Atrum post bellum, ex libris lux"[1]。奥黛尔告诉过他,这句话的意思是"读书点亮生活"。

他捡起那本书。"夫人,我是个警察,不是跑腿的。晚饭前您就能回来了,到时候我再把书还给您。"

"你太天真了,年轻人。"

保罗站起身来,想要发火。天真!他可是个饱经世事沧桑的小伙子!不能因为一个人没当过兵,就以为他没什么见识。这个女人为什么要这么说?他曾在法国各地流浪,为自己和妈妈赚点糊口钱。而她又是谁,头发上插根羽毛的疯女人吗?头发上插根羽毛。现在他认出她来了,但还不是很确定。图书馆里有很多老人,他不知道他们的名字。他记得奥黛尔曾提起过自己最喜欢的那位读者,一位发髻上插根孔雀翎的教授。

科恩教授穿上外套。保罗看到她翻领上的那颗黄色星星,他开始浑身冒汗,羞耻的汗珠顺着他的脸滴落下来。他想告诉奥黛尔这次围捕的事。他想告诉奥黛尔7月的这个早晨有多么可怕。他和其他人,包括她的父亲,逮捕了数以千计的犹太人。有的犹太家庭全家被逮捕了,甚至连孩子也无法幸免。但这不只是他的工作,也是她父亲的。

保罗端详着手中的书。他应该向奥黛尔隐瞒这件事,还是向她吐露真相?他应该尽他的职责逮捕科恩教授,还是应该离开这间公寓再也不回来?

---

1 这是一句拉丁文,直译为:即使在战后,从书中也能看到光明。

[第三十六章 - 奥黛尔]
-

  自从十天前收到雷米的信后,妈妈就不让我去上班了。我在公寓里烦闷地走来走去,她就一直跟在我后面。甚至我去洗手间,她也站在门口看着我。我思念雷米,我希望能一个人,安静地悼念他,但妈妈一直在盯着我。坐在沙发上,我打开了《海的沉默》,843,把它像盾牌一样举起来。我需要安静,如果能去工作就更好了。图书馆需要我,但我却被困在了家里。

  "最好别看让你难过的故事。"妈妈说。

  我把书放下:"图书馆需要我!我错过了鲍里斯回来的第一天。我敢说他还不适合上班。"

  "你也不适合上班。我们遭遇的事太可怕了。"

  妈妈唯一能接纳的访客就是尤姬。她俩都穿着黑色的丧服,在窗户外的木箱里种上了胡萝卜,把它们当孩子一样溺爱。

  "再过一两天再拔吧。"妈妈说。

  "那它们会长得更大。"尤姬表示同意。

  我去盥洗室的时候,她俩正在那里洗衣服。我家的女仆已经逃出巴黎,没有人为此责怪她。现在的清洗工作得由我们自己做。妈妈和尤姬在干脏活的时候,会穿上旧围裙。她们把滚烫的热水倒在浴缸里的亚麻布上,先擦洗,再冲洗,最后拧干。这项工作给了妈妈一些事情做,总比哭好。她们的脸上露出心满意足的光彩。

我想帮忙，但尤姬把我推开了。"这会弄粗你的手的。"她说。

"你以后有的是机会做家务。"妈妈补充道。她俩用力拧着亚麻布，我觉得自己真没用。

"都怪这场战争。"妈妈说。

"是啊，都怪它。"尤姬赞同道。

这场战争让她俩成为奇怪的盟友。

"让我来。"我用尽力气对付一条湿毛巾，但没拧出什么水来。"可不能让她去农村，在那儿她什么都应付不来。"尤姬咯咯地笑着说。

"我女儿是个城市女孩，"妈妈骄傲地说，"用脑子而不是用肌肉干活儿。我像她这么大的时候，三下五除二就能折断一只鸡的脖子。"

我快要疯掉了，我想念保罗，想念图书馆。这时比茨突然推开前门走了进来，她也穿着黑色的丧服。她绕过妈妈，气冲冲地走到我跟前说："我们需要你。"她生气地戳戳我的胸口，以为是我自己退缩了，不去上班。"伯爵夫人现在特别虚弱。鲍里斯根本就不该起床。大家都快撑不住了。"

尤姬的目光飞快地转向妈妈："奥黛尔需要休息。"

"我也需要，"比茨说，"大家都需要。"

"我需要奥黛尔在这儿。"妈妈颤抖着说，"如果她出了什么事……"

我拥抱着她，突然明白了她为什么把我关在家里。

我靠在被风雨侵蚀的伤痕累累的门柱上，看到鲍里斯正在借书处忙碌着。他还穿着此前的那套西装，憔悴不堪，两鬓已经变得斑白。如果不是伯爵夫人和福克斯博士……他看到我，慢慢地站了起来，还有些站不稳。我担心会碰到他的伤口，于是小心翼翼地吻了吻他的脸颊；他轻轻地拥抱着我，胳膊十分无力。

闻到他身上散发出的吉坦牌香烟的气味,我说:"要是让安娜发现你还在抽烟,她会杀了你。"

"我这不是还有一个好肺嘛。"他抗议道。

我笑了笑,轻轻拂了拂他的领结。

图书馆里的人都簇拥上来。伯爵夫人、普赖斯-琼斯先生、德·内西亚特先生和西蒙夫人都表示了哀悼。太年轻了。太伤痛了。很遗憾。这场战争……就在我想我要哭的时候,普赖斯-琼斯先生说:"你是我们最喜欢的裁判,我们一直很想你。"

"没有你,连斗嘴都失去了乐趣。"德·内西亚特先生补充说。

我淡淡一笑。

他们的语气很轻松,但眼神中充满关切。这本身就是一个关爱的故事。

我很幸运能有这样的朋友,很幸运又回到属于我的地方。在去参考阅览室的路上,我闻到了这个世界上我最喜欢的味儿——书,书,书。

玛格丽特从书堆里走了出来,就像第一天来时那样犹豫不决。我畏缩了,因为我想起来她想把我介绍给她的德国中尉。

"我听说了雷米的事情。"她说。

听到他的名字,我忍不住冒出了眼泪。

"以前的事儿,"她继续说了下去,"是我要求太高了。我现在明白这一点了。"

"我敢肯定菲利克斯一定很可爱,而且我的家人也很感激他帮我们弄来的食物,那是给……"我不想把弟弟的名字和她的德国情人放在一起。

"我为你和你的家人不停祈祷。对不起我没有去你家里看你,我不确定你们是否还欢迎我。"

这场战争偷走了太多的东西。现在我不得不决定是否让它带走我们的友谊。

"你去了也白去,"我说,"妈妈不让任何人进门。"

"连保罗也不让吗?"

"比茨都不行。"

"你说她一向很严厉,看来真不是开玩笑。"

"我敢说这里积下了很多工作。你愿意帮我回答读者的问题吗?"我指了指我桌上的文档。

"非常乐意。"

忙碌的图书馆工作又开始了,整整一天我都忙着回答问题。有人问:"我在哪里可以找到卡米尔·克劳德尔的资料?"还有人问:"克利夫兰有怎样的历史呢?"我把手一直插在口袋里,摸着雷米最后的那封信。我记得信里所有的内容。当最后一个读者离开时,其中一句话蓦地涌了上来:"不要让战争把你和保罗分开。"

我给保罗的办公室打电话:"我自由了!快来图书馆见面吧。"

就在我穿过庭院的时候,伯爵夫人走了过来:"我想把科恩教授借的书带给她,但去了两次她都没在家。你现在能去试试吗?"

"我今天已经有安排了,明天可以吗?"

"我猜,"她宽容地对我说,"是因为某个'瘦瘦的脸庞,蓝眼睛'的小伙子吗?"

"是啊。"我意识到这句话出自莎士比亚的喜剧《皆大欢喜》,于是又补充了一句,"但没有'一副懒得跟人交谈的神气'。"

她继续往前走去,经过一棵金合欢。街灯昏暗的光照亮了它的叶子,如在低语。我想起了《皆大欢喜》中的另一句台词:"这些树木将是我的书册,我要在一片片书皮上镂刻相思。"

保罗一到,我就溜进了他的怀里。

"听到雷米的消息,我很难过。"他说。

我往他怀里缩了缩。

"我想去看你,结果你妈妈就像看守宝物的巨龙一样。"

"战争让她性情大变。"

"战争改变了每一个人。"

我不想再提到战争,不想再回忆那些失去的亲人,不去想挚爱的雷米。在回家的路上,我问他:"最近工作怎么样?"

"乌七八糟。"

这样的问题以前会无关紧要,但现在就像是一杆上了膛的枪。我们继续往前走,我问候了她的姑妈(我知道不能提到他妈妈),但他没有回答。我又问他那个休病假的同事是否回来了,还是没有回答。

"最近情况还好吗?"

我们停了下来。我能看出来他想说些什么。

"告诉我。"

"几天前……嗯,你爸爸说我们做的事……"

"我爸爸?"我问,"我爸爸又卷到什么事里去了?"

保罗耸耸肩,继续往前走。

我跟了上去:"到底发生了什么事情?"

他直视前方:"为什么一定要有什么事情发生呢?"

第二天,保罗在巡逻的时候,第一次反常地没有进图书馆看看。这让我很担心,毕竟他的工作性质特殊,会遇上各种各样的事。他强行制止了那些酒后斗殴,还不止一次。还有那些可怕的黑市贩子,他们为了保护自己的不义之财，会以激烈的方式对抗警察。我有些心烦意乱，竟然忘了给科恩教授送书，而是直接回家了。

第三天，保罗还是没来。下班时，我把要给科恩教授带的小说塞进包里。我爬上蜗牛楼梯，本以为会听到她打字的声音，但我听到的只有诡异的寂静。我敲了敲门："科恩教授？"

没有回音。

我把耳朵贴在门上静听，里面极为安静。

我敲得更响了。"教授？我是奥黛尔！"

这么晚了，她会去那里呢？是出去拜访某人，还是出了什么事？也许她是去乡下看她侄女去了，但她没提到最近有旅行计划啊。也许她有些不舒服，但她一向很坚强，尽管被剥夺了种种权利。我又敲敲门，然后又等了二十多分钟，才拖着步子回家。

第二天早晨上班的时候，我告诉鲍里斯："我以前从没遇到这种情况，教授没有开门。我不知道该怎么办？我是不是该给谁打个电话？还是今天再跑一趟？"

我希望他说我是在庸人自扰，但他却变得紧张起来："我们现在就过去看看。"

在路上，他告诉我他有三个常去送书的犹太人读者，竟然失踪了。我们不知道是怎么回事。莫非他们逃离了巴黎，逃离了纳粹的监视，还是……

我们到了科恩教授的公寓，鲍里斯开始敲门。我喊道："教授！是奥黛尔。"但没人回应。

已经一个星期了，保罗始终没有出现，这让我很痛苦。就像卡罗阿姨失去了姨夫莱昂内尔，玛格丽特失去了劳伦斯，或许保罗对我也

332

失去了兴趣。自从收到雷米的阵亡通知后,我就不再是一个好恋人了。我每天泪汪汪的,也没法集中注意力听别人讲话。也许他和其他人在一起了。巴黎到处都是孤单寂寞的人。以前我们散步经过一些咖啡馆,那里坐满了大兵和他们的姑娘,保罗看到那些穿着低领装的放荡女子,总是一副目瞪口呆的样子。

傍晚时分,我准备离开图书馆,发现保罗正在外面等我。我松了一口气,想上前拥抱他,却被他推开了。

"你怎么了?"我问他。

他没有看向我:"你先别生气。"

我就知道,他是来让我伤心的。

"很抱歉我最近没来看你,尤其是雷米发生了不幸。但我只是为了工作。太可怕了。"

原来他不是被某个婊子迷住了,只是因为他的工作。我因为怀疑他而感到内疚。

"很高兴你来了。"我伸手抚摸他的头发,但他低下头。"我逮捕了一个我们认识的人,科恩教授。"

这太荒谬了。"一定是什么地方弄错了。"科恩是一个十分寻常的姓氏。

他从邮差包里掏出一本书。《早安,午夜》。我最后一次给科恩教授送去的书。我从他手里夺了过来。"什么时候发生的事?"

"几周之前。"

"为什么你不早说?"莫非这就是教授没有回家的原因?不,不是这样的。我开始往她的公寓走去。

他跟在我后边:"我和你一起去。"

"不用。"

"我很后悔没有早点告诉你。"他抓住我的胳膊说。

我把他推开,然后跑了起来。鞋子的木跟敲打着人行道,发出很大的回声。我跑过肉铺,它已经用木板围起来了。我跑过巧克力店,那里已经没有巧克力出售了。我跑过面包店,并不是所有的家庭主妇都能买到面包。我跑过小酒馆,在那儿德国人对着科恩教授的房子,大口地灌下一罐罐啤酒。

我一步两级台阶,跳上楼梯,把门拍得砰砰响。门内有人走动,或许教授正在准备泡茶。她此前出了趟远门,仅此而已。现在她回家了。我听到镶木地板发出的咯吱声,钥匙在锁中转动的咔嗒声。她一切都好。这只是一场误会。我靠着墙站着,想好好地喘口气儿。

门吱呀一声开了。一位身穿蓝色丝滑连衣裙的金发女郎走了出来:"你找谁?"

我挺直了身子:"我来找科恩教授。"

"谁?"

"艾琳·科恩。"我从那个女人身边往里看去,看到了祖父钟,它的指针停在了 3 点 17 分,水晶花瓶里插满了白玫瑰,书架上的书消失了,摆上了一瓶瓶啤酒。

"你弄错地址了。"

"我没有。"

"她不住这里了。如今这里是我的公寓。"

"你知道她去哪里了吗?"

那个女人砰的一声关上了门。

她是谁?为什么会在科恩教授的家里出现,用着教授的东西?她为什么说这是她的公寓?我需要回答,于是来到了保罗住的小旅馆的门口。

他示意我进去说话,但我坚持留在走廊里。

"为什么你要逮捕教授?"

"她的名字列在犹太人的名单上。"

"名单?还有名单?"

他点点头。

"你也逮捕其他人了?"

"是的。"

我想到我和保罗最早去的那处爱巢。当时我也问过那是谁的家,但也只是问问而已,不关心答案。我现在明白那些公寓是谁的了,为什么珠宝都留了下来。我惊惧地捂住了嘴巴,因为我想起来当年我和保罗是怎样跑到人们的家里,在他们的床上嬉戏,一玩就是好几个小时的。

"请原谅我没有早点儿告诉你,"他说,"以后我任何事都不会向你隐瞒了。"

我看向他,不确定自己看到了什么:"我怎么才能找到她?"

"我只是个无足轻重的小卒子,你知道该问谁。"

我一言不发地走开了。我真是个愚蠢的参考馆员。我的工作是针对每个提问寻找真相,但实际上我和真相背道而驰。我本应追问下去,却把自己的头埋在了陌生人的羽绒枕头上面。

在回家的路上,我意识到保罗是对的。爸爸是我唯一能求助的人。我确信,一旦我向他解释一切,他就会干预并让教授获释,也许不到一小时问题就能解决。

饭菜已经摆好了。妈妈把汤分到我们的碗里。灰色的面条在水里沉浮。"这里加了扁葱,无论如何都得保证有它,这样味道才鲜美。"她说。

爸爸拿起勺子喝了一口:"你用那么点调料做了这么美味的汤!"

"谢谢。"有史以来第一次,妈妈让自己接受了一点点表扬。

"爸爸,我的一个朋友被捕了。"

他的勺子没动,眼睛紧张地转向妈妈。

"是谁啊,亲爱的?"她问。

"科恩教授。她帮我争取到了图书馆的这份工作。保罗说是他逮捕的。"

她满脸愁容地看向爸爸:"为什么他要逮捕一个可怜的女人呢?唉,都是战争闹的。"

"你让妈妈不高兴了。"他告诉我。

我看得出来他不想再多说什么。

吃过早饭后,我动身去爸爸所在的警署,一路上想着怎么说服他。我从来没有向你要求过什么,你就不能试着帮我个忙吗?我经过那个正在打盹的守卫,沿着宽阔的楼梯穿过大厅,又穿过一道道白墙,来到他的办公室。时间还早,他的秘书还没来。我推开了门。

他从办公桌后面站起来:"你妈没事吧?"

"她很好。"

"那你来干什么?"

我不知道该说什么,就朝四下张望。好几十封信靠着办公室的墙堆着。在桌子旁边的地板上,还摊着一堆已经拆开的信,好像被一只愤怒的拳头猛地打散在地板上。

我捡起几封。罗杰·查尔斯·迈耶是一个纯种的犹太人,纯得不能再纯了。我不会隐瞒这样一个事实:如果他被逮捕,我会非常高兴……这完全是他罪有应得。如果你能把他搞垮,我将不胜感激。

我又继续看下一封。你不会告诉我你赞成那些肮脏的犹太人吧。

我们已经受够他们了。当我们的亲人被杀害或被俘虏时，犹太人还在经营着他们的生意。我们这些可怜的法国人快要饿死了。但对他们来说，看着我们饿死都不够。如果有食物供应，他们认为那也是给犹太人的。

下一封。

长官：

我写信给您是想揭发一个人，莫里斯·雷奇曼。他是一个犹太裔共产党人，住在古迪奇街49号，和一个法国女人住在一起。我们经常在他家门口看到一些可怕的场面。我想您会屈尊去处理此事，街上的商人提前向您表达谢意。

最后一封信则列出一份名单，包括人名、地址，还有职位。在信的末尾写道，74个重要的犹太人，74条大鱼。

"我不理解，这些人为什么这样做。"我把信丢进垃圾箱。

"告密呗。"爸爸不情愿地说道，"我们管它们叫'乌鸦信件'。"

"乌鸦信件？"

"来自那些黑心肠的人，他们监视自己的邻居、同事，还有朋友，甚至家人。"

"所有的信都是这样的吗？"我问他。

"有些会署名，但大部分都是匿名的，告诉我们谁去黑市买卖，谁是抵抗者，谁是犹太人，谁偷听英国人的电台，谁说德国人的坏话。"

"这种告密持续多久了？"

"从1941年秋天就开始了，当时贝当元帅在电台里说隐瞒信息也是一种犯罪。这些'乌鸦'说服自己，他们是在履行爱国义务。我的工作是确认每封信的真实性。"

"但是爸爸……"

"上头提醒我,如果我觉得这份工作令人讨厌,还有几十个人在排队抢这份工作呢。"

"可它不正义。"

"也让你没有挨饿。"

我一直以为爸爸没日没夜地工作,是为了帮助人们,但现在……

"这是……为了我吗?"

"这20年来,我和妈妈所做的一切都是为了你和你弟弟!我们为他请拉丁语老师,为你开设英语课,还给你准备嫁妆,堆满了整整一屋子。妈妈为了给你准备绣品,眼睛都快要瞎了。等你出嫁的时候,我们准备的嫁妆能堆满一栋百货大楼。"

"但是我从没要求过这些啊。"

"你不需要提要求。"

如同当头棒喝,我终于看清了人生的真相。一直以来,我为自己的人生经历感到自豪。我毫不犹豫地反抗爸爸给我做出的安排,毫不犹豫地选择了做独立女性。我看到了卡罗阿姨的不幸遭遇,我为了能独立生活而辛苦工作。但现在我才知道,我之所以没有向爸爸、妈妈要求过什么,是因为我不需要。他们早就给我的人生铺设好了红地毯。衣服、机会,甚至求爱者,他们把一切都装在盘子里摆在我面前,任我挑选。我当场就僵住了。保罗不是我想象的那个样子,爸爸也不是,而我自己,也不是自己以为的那个样子。

爸爸从垃圾箱里把那些信捡了出来:"我要尽到我的职责,调查每一个人。"

"职责?"

"我的职责就是维护法律。"

"那如果法律错了呢?"我争辩道,"那些被告密伤害的无辜者该怎么办？"我的声音在哆嗦，和爸爸争论时我一向如此。我提醒自己，我来这里是有原因的。"爸爸，求求你，我们能救救科恩教授吗？"

"每天我这里会有近百人前来求助，寻找他们的家人。我没法帮助他们，我也没法帮助你！"他抓住我的胳膊，把我推出办公室的大门。"我以前告诉过你，不要到这里来。一个受人尊敬的年轻女士不该来这种地方！"

外面寒风刺骨，我用披肩把自己包裹起来。我该怎么做才能帮到科恩教授呢？我还能做什么呢？我在心底问雷米。

为什么不去找伯爵夫人帮忙？我听他这么说。他是对的。伯爵夫人认识许多高层。而且她肯定会帮忙的。我直接冲进她的办公室。

她坐在办公桌后面，眼睛盯着前面的茶杯，嘴角悲哀地弯着。"我已经告诉了很多人，但现在必须告诉你，"她颤抖着说道，"我们的朋友艾琳·科恩将被驱逐出境。"

还不算太晚。伯爵夫人和福克斯博士会救她的，就像救鲍里斯那样。

"她在德兰西[1]。"

巴黎的一个拘留中心。等一下。是不是？

"那里的情况很糟糕。我丈夫向我描述时，我根本不敢相信自己的耳朵。我们想救她，不幸的是……"

不，她说的不该是科恩教授。脚下的地板开始晃动起来，我伸出双手，用手掌抵住墙壁。我觉得如果自己不靠住墙，一切都会土崩瓦解。

---

[1] 二战期间，德国人在西欧设立了多个中转营地，巴黎北部的德兰西就是其中的一个。这是犹太人收容中心。很多犹太人被关进德兰西集中营后，又被火车送到波兰的灭绝营处死。德兰西集中营条件恶劣，在那里很多犹太人因为患上伤寒而悲惨死去。

"我知道得太晚了。她努力想给我捎个口信儿。我父亲……告密信……都是我的错。"我说。

"千万不要苛责自己，"她说，"我们知道西蒙夫人的儿子和儿媳搬到了教授的公寓里。即便我们不是夏洛克·福尔摩斯，也能明白是怎么回事。显然，西蒙夫人和警署的官员，以及盖世太保们往来密切。"

是那个狗嘴里吐不出象牙，爱骂人的西蒙夫人写的"告密信"？我们几乎天天见她，但到现在才知道她是个什么样的人。"她最好别回到这里！"

"相信我，她不会的。我还没说完呢。艾琳失踪了。我丈夫相信，她已经从集中营里逃了出去。"

科恩教授是舞团的首席演员，受过严苛的芭蕾舞训练。她在索邦大学完成了艰难的学业。她活得比三任丈夫都长。如果说有人能从监狱逃脱，那一定就是她。她不会再回自己的公寓，但肯定躲在法国乡下，和她的朋友在一起。

我需要相信她目前是安全的，我需要她有一个开心的结局。我从《早安，午夜》一书中找到一句台词："我想要一本跟幸福优渥的人有关的书，篇幅很长，叙述风格冷静细腻，就像一片平坦的绿色草地，还有羊儿在里面吃草……我大部分时间都在看书，我很高兴。"

[第三十七章 - 奥黛尔]

-

  我坐在办公桌前,手里拿着笔,心里想着那些"乌鸦信件"。我承认巴黎人会对别人的着装表示关注,不管是他们的朋友,还是街上的行人。我们会夸某人把围巾围得恰到好处,帽子倾斜得很妙,但现在这种赞赏已经变成批评,甚至是嫉妒。她以为她是谁,炫耀自己有裘皮大衣吗?为什么她会有新鞋子?为了得到一副金手镯,玛格丽特到底做了什么?

  我在想究竟是谁写的那些信。我看向那个穿得破破烂烂的男人。是你吗?我又看向那个戴着蓝色贝雷帽的女人。或者是你?每个人看起来都很正常,都是一副又饿又憔悴的样子。

  鲍里斯过来提醒我,他要早点离开去看医生:"你似乎心不在焉。"

  "你放心去吧。"我一边说,一边把他送到门口。

  那些信件。那些可怕的告密信。必须得有一个办法,让那些无辜者摆脱科恩教授的命运。在借书处,玛格丽特和我为读者办理借阅手续。这时一个想法突然冒了出来,如果没有那些告密信,人们就不会被捕了。

  我用力拉下外套的领子。都11月了,怎么天气还这么暖和。"你脸红了,"玛格丽特笑话道,"想保罗了。"

  我摇摇头,没注意到她轻快的声调。

  "顺便问一句,他在哪儿呢?有段时间没见到他了。"

"我必须出去一趟。"我说,"你能帮我照看一下吗?就一个小时。"

"可我只是个志愿者……"

"像鲍里斯一样发号施令就行了。你会做好的。"

"但是你一定要离开吗?你病了吗?"

"是啊,"我心不在焉地说,"我有点恶心。"

我一边顺着林荫大道往前走,一边编造一些理由。如果遇上给爸爸站岗放哨的秘书,我会说:"我刚好在附近街区……"如果遇到爸爸正在工作,我就说:"妈妈想知道你今晚会不会回家吃饭……"我希望那里没人,这样自己就可以偷偷进去,偷偷出来,再偷偷返回图书馆。这样除了玛格丽特,没人知道我出去过。

在警署门前,我停了下来。我害怕被爸爸抓住。爸爸发火的样子特别骇人。他会粗暴地把我拖出办公室,才不管我的胳膊会不会擦伤呢。但更让我害怕的是,要是不采取行动,还不知道我会变成什么样的人。我想起了那些信,每天都会有更多的信寄过来。我大步走了进去。一路上,我不停地避开那些穿制服的人,径直走到墙边。

爸爸的秘书刚好不在,他办公室的门也没有锁。办公桌上,柜子里,窗台上,堆满了小山般的信件。我抓起一把,塞进书包里。

我把书包的盖子合上,悄悄地向外张望。外面的人很多,来来往往地没个消停。我抓着书包,蹑手蹑脚地走进大厅。

"你,站住!"一个士兵冲我喊。

我把头昂得高高的,继续往前走。

"站住!"油腻的手指死死地抓住我的胳膊。

"为什么这么急匆匆的?"他问道,一只手抓住我,另一只手握住了枪套里的枪。

我一直担心被爸爸发现,从没想过被别人抓住的危险。我吓坏了,连话都说不出来。

人们从办公室里走了出来。有些看起来很严厉，有些则忧心忡忡。一个头发花白的指挥官问道："怎么这么乱？"

"我发现她鬼鬼祟祟的，长官。"

指挥官皱起了眉头："小姐，你以为你在干什么？"

我没回答。我无法回答。

"拿出你的证件。"哨兵命令道。

我的证件就放在包里。如果我打开，他们就能看到那些举报信。

他抓住了我的包，出于本能，我把它拽了回来，就像在地铁上遇到流氓那样。

最后，我终于说出话来了："我来找我爸爸，但他不在。"我指指爸爸的办公室。

指挥官的表情缓和下来："你一定是奥黛尔吧。你父亲说你是巴黎最可爱的女孩，他说得很对。对不起，我太粗鲁了。因为有破坏分子，我们的安保措施提高了一倍。"

"破坏分子？"我无力地说道。他是说我吗？破坏分子会被判终身监禁的。在图书馆，我们刚刚得知一位读者被判去做苦役，就因为帮抵抗组织印刷小册子。

"不用害怕，"他说，"我们会保护你父亲的安全。"

我想说"谢谢"，但嘴巴颤抖得说不出话来。

"你真害羞，不是吗？你那漂亮的小脑袋别担心啦，回家去吧。"

抱着我的书包，我急匆匆地去了图书馆，来到了壁炉前。

"嗯？"玛格丽特跟在我后面问道，"到底什么事情这么重要？"

我把信扔进火里，看着它们燃烧："出了一点事儿。"

"你知道你冒了多大的风险吗？"

她发现我的所作所为了?"你,你什么意思?"

"你怎么能让图书馆没人照管呢,这是不负责任的!伯爵夫人已经精疲力竭了。难道你不知道她为了保护这个地方,最近天天都在办公室过夜吗?你不在这儿的时候,比茨几乎就是个哑巴。鲍里斯身上有伤,本来就不应该来上班。我们都指望你呢。"

保罗走进庭院,透过窗户看着我,脸上满是悲伤。我摇了摇头。他走开了。每隔几天,他就会再度尝试。他会跟在我后面,穿过那些书架,穿过街道,穿过灰蒙蒙的冬雨。即便他不在,我也能看到他的身影。我很生气他没有及时告诉我科恩教授的事,也生气自己瞎了眼喜欢上这么个人,更生气的是发生这样的事情后,我还是想念他。

我沿着鹅卵石小径向前走着,晨雾弥漫。就在快到图书馆的时候,保罗追上了我。

"你能原谅我吗?"他抓住我的胳膊问道。

"她被送到了德兰西,你知道的。"

他的手滑落到身体一侧:"我不知道。"

"没人知道她遭遇了什么。"

他低着头走开了。我垂下了肩膀。看到他让我想起了以往的一幕,我曾高兴地闭着眼睛,在被驱逐者的家里快乐嬉戏。

每天吃午饭的时候,我都会匆匆来到爸爸所在的警署,绕过守卫来到爸爸的办公室。我把告密信塞到自己的包里,等回到图书馆再烧掉。好几周过去了,我越来越有信心。我不只是拿五封,而是拿起了一打。那儿还有好几百封信,而且每天还在增加。我真想把它们一股脑儿烧掉,但这只会让他们警觉。

我万分小心,生怕被抓住。在回图书馆的路上,我不停地往身后瞟。在家里,我经常不安地抽搐。

这个星期天,一家人要去做弥撒。我在门厅里系围巾,爸爸停下来把领带拉直。我们的目光在镜中相遇。

"你还好吗?"他温和地问道。

我点点头。

"对不起,我不能……"

"不能什么?"我直接问道。

他看向别处。

当他去拿西装外套时,妈妈发话了:"你最近几周看起来有些魂不守舍,到底怎么了?"

"没什么。"

"你看起来实在是有点儿……心里有鬼。为什么最近保罗不来了?"

"如果现在再不走,我们就迟到了。"

她摸摸我的额头:"你一定遇上了什么烦心事。或者你……"她惊恐地瞥了一眼我的肚皮。

慌乱之中,我说道:"事情不是你想的那样。"

"那你就好好地待在家里吧,好好休息。"

他们离开后,我开始在日记本中写道:"亲爱的雷米,我此前真是自私,还瞎了眼。我让教授失望了,但我正在补救。"

门铃响了,我以为妈妈忘了带钱包,于是跑去开门。

"我知道自己不该来,"保罗说,"但是他们说不定会在家里等着抓我呢。"

他流过鼻血,血迹已经干了,在鼻孔周围凝成血块。"到底发生了什么事？谁要抓你？"我示意他进来。

他一动没动："我不想让你父母看到我这副样子。"

"他们都去教堂了。现在告诉我，到底发生了什么事？"我把他拽进来，一边让他坐下，一边问道。

"有个纳粹浑蛋喝得醉醺醺的，一个人走在街上。我从后面抓住他，开始拳打脚踢。我想让他后悔入侵咱们这座城市。他还击了，但我肯定打破了他的鼻子，可能还弄断了他几根肋骨。然后我就跑开了。我并不后悔自己做的这一切，但这些天，你永远不知道谁在监视着你。"

"你现在安全了。"我拿出自己的手绢，替他擦脸。这么多天，我一直想念抚摸他的感觉，也思念他的抚摸。我很高兴他能来。真希望能回到我们一起去火车站的那天，那是他第一次给我看他最喜欢的地方，那时我只感受到一件事——全然的爱。

"以前我曾以'行为不检点'的罪名抓过人，那是我经历过的最严重的逮捕事件。当我……好吧，我真没想到他们会扣下像她那样的老太太。"

"你根本就不知道科恩教授对我来说意味着什么。"我想起那些本应送过去的书，"我们都有遗憾。"

"我爱你，"他说道，"你原谅我吧。"

[第三十八章 - 奥黛尔]
-

在伯爵夫人的办公室里,我看到一张临时床垫。她现在晚上已经不回家了,每晚都睡在上面。她已经七十岁了,但随时准备着对抗纳粹。她的枕头旁放着几本书。我向前探探身,想要看看书名,但比茨拽着我的袖子,催促我赶紧去会议桌那里。那里曾经被员工们挤得满满当当的,但现在只剩下一位秘书、一位管理员,还有比茨、鲍里斯、我,以及伯爵夫人了。

伯爵夫人说:"普赖斯-琼斯先生被捕了,被送去了集中营。"

不,我们不能再失去朋友了,就因为他是敌对国的公民而被捕。

"德·内西亚特先生正在四处奔走,进行营救。"她继续说道。

鲍里斯说:"我读过一些令人痛心的报道。他们不再把人送到集中营,而是直接送到灭绝营。"

"都是宣传,"伯爵夫人不屑地说道,"想想咱们听到的那些谣言。"

"他是不是挨打了?"比茨问。

"很有可能。"鲍里斯说。

这场战争带走了我珍视的每一个人。所有的一切,我的祖国,我的城市,我的朋友,要么被洗劫,要么遭到背叛。我想要终结,用我唯一知道的方式。我要销毁那些信件。我不再考虑自己是否会陷入麻烦。有件事已经确定无疑。我必须得烧点什么。我冲出图书馆,鲍里斯和比茨一边追我一边喊。

"快回来!"

"你被吓着了。"

警署就在前面,我沿着大厅冲到爸爸的办公室,然后把身后的门砰的一声关上了。

他的办公桌上摆满了信件。我抓起一封,一撕为二,然后是第二封,接着下一封。撕纸发出哧啦哧啦的声音,真像一首动听的音乐。意识到爸爸随时会进来,我抓起一把信塞入包里。那些信被我团得不成样子。

门把手咔嚓一声响,门被打开了。我从书桌旁跳开,一边放下包盖一边往外走。

"原来是我的孝顺女儿啊,"爸爸干巴巴地说,"来这儿看我吗?"

我不知道该怎么表演下去。

装出被冒犯的样子?你竟然怀疑自己的女儿?

若无其事?我来这儿看看,有什么了不起的?

如实招供?是的,我是个小偷。

"我收到一些来信,询问警署为什么没有跟进他们此前提供的线索。这很令人费解,因为我们调查了每一场指控。我没法儿理解。"他锐利的眼神扫过我撕碎的那些信,"现在我明白了。"

我紧紧地抓住包。

"你就没什么可说的?"他说。

我摇摇头。

"我会被捕的。"他说,"他们对叛徒绝不心慈手软,直接宣判死刑。"

"但是你不用遭受良心的谴责……"

"天啊,你怎么能这么天真?!"他用手撑住办公桌,低下了头,几乎败下阵来。

"可是爸爸……"

"今天被我发现的如果不是你,我一定会逮捕那个人的。"

我只来得及拿走部分告密信。这是我能做的最重要的事,但我失败了。

弗罗伊德，
1987 年 8 月

[第三十九章 – 莉莉]

我陷在衣橱的一角，被一件件毛衣、一个个秘密包围着。我死死地盯着奥黛尔，她依然十分高雅，挎着她的小包。那些信就躺在地板上，横在我和她之间。为什么你们不去搜捕那些藏起来的犹太人呢？我的情报绝对可靠，现在该您出手了。

"你到底是什么人？"我问。

奥黛尔的嘴巴微微张开，然后又闭上了，绷成一条线。她扬起下巴，目光与之前迥然不同。戒备，还有巨大的悲伤。我也一样。她一直沉默着。我抓起那些信，猛地递到她眼前。她纹丝不动。

"你为什么会有这些信？"我质问道。

"我已经烧掉了很多，但这些我没舍得……我是故意留下来的。"

"我原以为你是个英雄,你帮着犹太人藏起来,躲避灾难。"

她叹口气:"唉,我没有。我只藏起了这些信。"

"你从谁那里得到的这些信?"

"我父亲。"

"太疯狂了。他不是警察吗?"

她的眼神透露出忧虑和恐慌,好像看到了一个鬼魂。一片寂静,衣橱是寂静的,卧室是寂静的,我们的友谊也在静默中岌岌可危。窗外,一只迷路的海鸥发出孤独的叫声,一辆垃圾车缓缓地行进在小巷子里。我可怜的心脏也在怦怦乱跳。

"战争开始的时候,"她说,"警察开始逮捕共产党员。德军占领期间,他们又开始围捕犹太人。人们写告密信告发邻居。有些信件落在我父亲手里。我把它们偷出来,保护那些无辜者不会受到伤害。"

"原来这些信不是你写的啊?"这句话刚出口,我就知道自己错了。

我浑身颤抖起来,手中的信也如蝴蝶般战栗。奥黛尔盯着那些信说道:"你因为无聊或者好奇而跑到我房间乱翻乱动,我不怪你。"她的眼睛微微眯起来,变成一条狭缝,眼神冰冷如刀,"但你竟然认为我会写那些告密的文字!我究竟做了什么,让你觉得我会做那种勾当?"

她说完后,就转头盯着窗外。我知道她不愿再看到我了。我有什么权利在她的衣橱里翻来翻去,偷窥她的过去呢?她把那些东西藏起来,肯定有她的原因:战争,她爸爸扮演的不光彩角色,甚至是她离开法国的原因。

"想想吧,我是因为想你才早早回来的。"她重重地坐在床上,因为伤心,后背蜷曲了起来。而在教堂里她的腰板一直挺得笔直。

她说:"你走吧。再也不要回来了。"

"我不走,求求你了!"我痛苦地摇着头,靠近她。我怎么能指控她做出那种事呢?我一定要弥补自己的过错。我会替她给花园除草,替她修理草坪,整个冬天都行。我要让她忘掉我那愚蠢又伤人的质问。"我错了,对不起!"

奥黛尔站起来,离开了房间。我听到前门开了。她走了出去。

我把客厅的门关好,把她的书一本本放回原处,希望顺序是正确的。我直挺挺地坐在沙发上等她,仿佛礼拜日在教堂时那样,一动也不敢动。我等了一个小时,然后又是一个小时,但她始终没回来。

她的口气听上去异常坚决。我就是这么对埃莉说的。我希望埃莉会对我大吼大叫,但她只是说了一句:"她当然会生气。现在你明白了吧,为什么爸爸和我不让你偷窥。"可我的所作所为比偷窥更糟,但我羞于向她承认我真正的罪行。

第二天,我去敲奥黛尔的门,她没有应门。那天晚上,我写了一封道歉信放在她的邮箱里。等我次日早上去学校的时候,发现那封信就放在我家的门垫上,甚至都没有被打开。做弥撒时,我跪下,发自内心地祈祷上帝,让奥黛尔原谅我。弥撒仪式结束后,她和马洛尼神父在门厅聊天。她谈到了芝加哥,容光焕发。可我刚走过去,她就找个借口回家了,而不是像以前那样走向大厅。接下来的一周,我坐在她常坐的座位,孩子气地希望她能看到我,因为在赞颂"我们的主啊"之后,教区居民们会相互握手,"愿主赐予你平安"。但奥黛尔不再参加弥撒了。

在大厅里,女士们聚在一起,端着果汁和甜甜圈吃自助餐。奥黛尔在弥撒仪式上已经消失一个月了。

"有人最近见过古斯塔夫森太太吗?"艾弗斯太太喃喃地说。

"我去拜访过她,"老默多克太太回答,"我敲门,能听到她在房间里走动,但她没有回应。"

"跟以前一样。"

"真希望那时候我们能对她更好一点。"

"我也这样想。"

"一定发生了什么可怕的事儿。她儿子死的时候,她也没错过弥撒啊。"

埃莉觉得这种惩罚持续的时间够长了,于是去找奥黛尔帮我说好话。"莉莉知道她做错了,"她在走廊上为我辩护,"她还是个小女孩儿,犯了错。但她真的爱你,也想念你。"

奥黛尔让埃莉说完,然后轻轻地关上了门。

我需要神的帮助,让奥黛尔重新接纳我。于是我把乔伊带到教堂,点亮了所有我能找到的蜡烛。"我们祈祷吧。"他说。

我给上帝两天时间,但他也没能帮上忙。我又尝试一种更直接的方法,直接去找神父。在神父家,他邀请我到厨房坐坐。神父没穿做弥撒时的长袍,看上去就像一位普通的老爷爷。他在我面前放了一盘奥利奥,但这次我一点胃口也没有。我编了一个半真半假的故事,在神父面前可不能完全说谎。我小心翼翼,始终没敢说出我对奥黛尔的怀疑和指控。

"就只有这些吗?"马洛尼神父怀疑地问道。

很久以来,我一直想有一个独属于自己的秘密,能藏在自己的心底。我可以拥有一些只有我知道的事情。现在我有秘密了,但它给我带来的不是兴奋,而是悲伤。

"她发现我乱翻她的东西。这可真是个大问题。"

"因为这个,她才不来教堂吗?"

"为什么她不让我说一声对不起呢?"

"有时候,当人们正在经历艰难或者被背叛时,他们唯一的生存之道,就是和那些伤害他们的人切断联系。"

她从来没有回过法国,也没有提起过她的父母、叔叔、阿姨或堂兄弟姐妹。奥黛尔抛弃了她的整个家庭,所以离开我对她来说并不难。

星期六下午,马洛尼神父把车停在路边。我打开家里的窗户,俯身看下去,这样就不会有人看见我在窥探了。他和奥黛尔在她家的门廊上亲切地谈论食品室筹款活动。但他一提到我,她就回家了。

没有奥黛尔的日子在继续。学校开学了,但我的法语课没有了。自从妈妈去世后,我还没有经历过如此大的缺失。但妈妈没办法做出选择,而奥黛尔却选择离开。我迈着沉重的步子从学校回家,从她家门前经过。窗帘拉得严严实实的。

吃午饭的时候,玛丽·路易斯和基思躲在外面享受二人世界,把我一个人留在餐厅。蒂芙尼·艾弗斯贼兮兮地跑过来:"我敢打赌你继母都快等不及你毕业,这样就能摆脱你这个累赘了。"

蒂芙尼曾对约翰·布雷迪指指点点,因为他父亲在学校里看大门;她给玛丽·马修斯起了个绰号"意大利香肠比萨",因为她长了粉刺。整个学校里,只有我一个人有继母。在我们这个小镇,离婚会搞得满城风雨,而像妈妈这样英年早逝,谢天谢地,更是极为罕见。我不想让其他人经历像我这样的痛苦。

"知道法语里怎么说'继母'吗?"我问她。

她瞪着我,空洞呆滞的眼睛被厚厚的刘海遮住了一半。我突然觉得可笑，这么多年来，我干吗要和她比来比去呢？和她比运气，和她比外貌。我想起妈妈给我织的毛衣，我干吗那么在乎蒂芙尼·艾弗斯的意见，甚至超过妈妈的感受？

"Belle mère,"我说，"它的意思是，漂亮的妈妈。"

"你说的真的是法语？听起来有点口齿不清嘛。"

如果是几年前，她的话会让我怒火中烧。但现在我知道，对于那些说话残忍的人，你完全可以把他们从你的世界里剔除出去。我走出餐厅。远离那些恶毒评论，远离那些小心眼的人，这会让我变得更为强大。

即使沉默不言，奥黛尔也教会我许多。

周六早晨 7 点 33 分。我被史酷比动画片的尖叫声吵醒了。"还有人要睡觉呢！"我对着客厅大喊。

"好的，好的。"乔伊大喊着回应，并把音量调低了半格。

乔伊和本吉，本吉和乔伊。我爱他们，但他们快要把我逼疯了。每次只要我坐下来，本吉就会抓住我的腰，紧贴着我的大腿往上爬。而且我们家的旋律总是这样的："乔伊，甜心宝贝儿，你能把手指头从鼻孔里拿开吗？乔伊，把手指头从鼻孔里拿出来。把手指头拿出来！立刻！马上！"天啊，我是多么想念奥黛尔啊。我每时每刻都沉浸在失去的痛苦中，我清楚地意识到，自己因为鲁莽和自私抛弃了什么。

埃莉往我的房间里看了一眼。"一起开车出去逛逛如何？"她说，"让你的学车许可证派上用场？"

"那两个男孩怎么办？"我们本来去哪儿都带着他们。好长一段时间，我们哪儿都没去过了。

"让你爸爸看着他俩，看一会儿不会杀了他的。今天就只有女士们出去。我们去好望城吧。"

我喜欢握着方向盘的感觉,喜欢踩油门时汽车发出的轰鸣声,喜欢辽阔的牧场,喜欢那些看着我们飞驰而过的奶牛。我喜欢靠近城市时,能收听到不止一个电台。我喜欢远离学校,远离家里那两个男孩,尤其是可以忘掉我是如何伤害奥黛尔的。

好望城至少有3万居民。就在进城之前,我把车停在路肩上,换成埃莉开。我们经过一家"冰雪皇后冰激凌"和一个"贝斯特韦斯特酒店",这两个连锁店哪里都有。弗罗伊德有红绿灯,但没有人会在遇到红灯时停下来,而好望城的红绿灯能真正起作用。这里的人行道是我们的两倍宽,人们停车还得花钱。我们把车子停在蒙大拿州最宏伟的百货公司前。这家百货公司的名字叫"The Bon",在法语里是"很好"的意思。五层砖砌的楼,外层涂成金色,在阳光下闪闪发光。大门宏伟富丽,黄铜门面上嵌着玻璃,一点儿污迹也没有。百货大楼里充盈着"风之诗"香水的气味,令人沉醉。一个个化妆品柜台在向我们招手。

埃莉把我带到倩碧专柜。女店员穿着一件跟医生一样的白色长夹克,看上去非常专业。她用不同的口红在手腕上画了几道,像一条条丝绸,细腻而柔嫩。我们三个认真地比较着、分析着,就像我们在给州长的官邸挑选窗帘一样。

我们最后选中了一支清新珊瑚蜜桃色的口红,埃莉拿出支票簿。

"你自己不来点什么吗?"我问她。

"我啊,就不用了。"

"你应该给自己买点好东西。"

"以后再说吧。"她有点尴尬,但我不明白为什么。她是个已婚女士,而且花的还是自己的钱。

我坚持道:"我们大老远赶过来的。"

埃莉最后被说服了。她给自己挑了一支淡罂粟色口红,涂上去后让她显得容光焕发。

百货大楼的夹层那儿有个小酒馆,从那里可以望向一楼。我们挑了一张靠边的桌子,这样我们就可以像在巴黎的咖啡馆里那样,观察来来往往的行人了。点完菜后,我向下看去,正好看见一位文雅的女店员偷偷把她的长筒袜往上拉了拉,她还以为没人看见呢。

服务员端上埃莉点的俱乐部三明治,还有我的法式蘸酱三明治。埃莉问我:"今天玩得开心吗?"

"棒极了。"我用法语说道,一边把三明治浸到酱汁里。

吃完午饭,我和埃莉去盥洗室补妆。在镜子前面,我们噘起嘴唇,重新涂口红。这是我感觉自己和她最亲近的时刻。如果我们是法国人,或许从这一刻起,我对她的称呼将从正式客气的 vous(您)改为更亲密的 tu(你)了。

我们找到自家那辆小货车,埃莉开车带我离开了城市。经过那一片片牧场向家的方向驶去。电台里的摇滚乐渐渐听不清了,埃莉又调回我们本地的乡村电台。我看到了弗罗伊德的水塔,用法国人的说法就是,"水城堡"出现在地平线之上。

汽车慢慢地行进在街道上,突然我们看到一辆消防车。隔着五个街区的距离,我们很难看清它的具体位置,但看起来它像是停在我家门口。"两个弟弟!"我倒吸一口冷气。埃莉一脚踩下油门。我们就出去一天啊……是不是乔伊在抽屉里发现了火柴?上帝啊,求求你保佑他们平安无事吧!我祈祷着。

消防车停在奥黛尔家门口。缕缕浓烟顺着窗户飘了出来。一个消防队员拖着一根瘪瘪的水管从房子里走出来。埃莉踩下刹车,我们从车子里跳出来。邻居们聚集在人行道上，在那儿我看到了奥黛尔弯着腰坐在路边。艾弗斯太太用一床被子裹住她，但她恍恍惚惚，对周围的一切视若无睹。

"发生了什么事儿？"埃莉问那个消防队长。

"厨房着火了，"他回答，"东西忘在烤炉里，最后烧起来了。"

"科恩教授的小饼干。"奥黛尔说，"我想起了她。我越来越想她。都是我的错。"

"这是常有的事儿。"埃莉安慰道。我俩在奥黛尔旁边蹲下来，一边一个。

"是我的错。"她坚持说道。

"你不是有意的。"我说。

奥黛尔看向我，这让我很高兴，甚至都没注意到她的眼睛睁得大大的，眼神空洞，像是看着一个陌生人。

"对不起。"她说。

我咽了口唾沫："不，这话该我说……"一时间，有那么多的话涌到我的嘴边。我爱你。你的原谅对我来说意味着一切。我还是很愧疚。

"要不你去我家里待一会儿吧？"埃莉说。

我带她来到我家，来到我的房间，把她扶到床上躺下。

"你想让我走开吗？"我问。

"坐下吧。"她拍拍床，"我想让你知道，有些战争中发生的事儿没人谈过，哪怕到今天也没人谈。我们把那些可耻的往事当死人一样埋了，埋在一个秘密的墓地里，然后永远遗弃了那片墓地。"

她抓着我的手，开始介绍起她故事里的角色。亲爱的妈妈、脚踏实地的尤姬、暴脾气的爸爸、雷米（淘气的孪生弟弟，和奥黛尔长得一模一样）、雷米的姑娘比茨（一位勇敢的图书管理员）、保罗（长得非常帅，听得我也爱上他了）、玛格丽特（跟玛丽·路易斯一样有趣）、里德小姐、伯爵夫人、鲍里斯，他们是图书馆的心脏、灵魂，让图书馆活了起来。这些人，我将永远不会有机会认识，但也永远不会忘记。他们活在奥黛尔的记忆里，现在他们也在我的记忆里活着。

她终于讲完了。我觉得这个故事成了一本我刚刚读完的书，也永远成为我自己的一部分。当纳粹分子闯进图书馆时，我在书堆里瑟瑟发抖。我把书交给科恩教授，在鹅卵石小径上磕磕绊绊地走着，害怕纳粹会知道我的使命。随着食物变得越来越少，我的肚子咕噜咕噜地叫，我的脾气日益暴躁。我读了那些可怕的信，不知道该怎么处理才好。

"你们都很勇敢，"我告诉奥黛尔，"是你们让图书馆没有被关掉，让所有的人都能借到书。"

她叹了口气："我只是尽了一点点绵薄之力。"

"绵薄之力？你已经做得很棒了。你给了读者希望，证明即便在最糟糕的时候，人类仍然能够坚守内心的善良。你不但在救书，也救了那些爱书的人。你冒着生命危险去反抗那些残暴的纳粹分子。这真的是太伟大了。"

"如果我能回到过去，我可以做更多。"

"你烧了那么多的信，还藏起来那么多，你救了好几百人的命。"

"如果我一看到那些告密信，就把它们一股脑烧掉，或许就能救几千人的命了。我花了太长时间，才明白需要做什么。我太焦虑于被抓了。"

我想继续说下去，可她的睫毛轻轻颤抖了几下，把眼睛闭上了。

吃晚饭的时候，奥黛尔打起了瞌睡。埃莉和爸爸决定让奥黛尔和我们待在一起，直到她的厨房装修好。然后爸爸、埃莉又谈起了别的，可我没法集中精力听他们说话，我没法不去想那些告密信。如果换了我自己，我确定自己不会逮捕那些无辜的人，但我也有盲从和随意攻击别人的习性。爸爸正在吃豆子，我注意到他的头发开始变得灰白。我在想他会为什么事情发愁，愁得晚上睡不着觉？为了保护家人，他又愿意付出什么样的努力？我又回味了一遍奥黛尔的故事，发现有些事情始终不大对劲。

每年夏天，我都会去乔外婆那里度假，我们在装着纱窗的门廊上喝柠檬水。乔外婆喜欢拼图游戏。我们把拼图碎片堆在她的桌子上，重建了巴伐利亚城堡上空的蓝天。那是我第一次看到外面世界的样子，尽管是由一些小碎片组成的，但能让我徜徉在蓝天下那大片的麦田中。外婆一周要玩两副拼图。这个爱好实在是太贵了，所以妈妈买了一些二手拼图。好处是：很便宜。缺点是：拼了好几个小时后，才发现有些碎片丢失了，早在甩卖前就丢失了。

不完整的拼图会带来挫败感，这种感觉我可是好久没体会到了，但现在这种熟悉的感觉又回来了。在奥黛尔的故事里，有一个元素丢掉了，或者是框架里的一部分，或者是某个角落。如果奥黛尔深爱着保罗，那她为什么要嫁给别人呢？

巴黎，
1944年8月

[第四十章 - 奥黛尔]
-

盟军正在逼近。这消息从雷恩街传过来，又蔓延到各条小巷子中。它沿着通往拉雪兹神父公墓的小路向人们低语，又来到红磨坊。他们正在逼近。这条消息沿着地铁的台阶攀登，在庭院里的白色鹅卵石上跳跃，又来到借书处。我们听说盟军两个多月前登陆诺曼底海滩，现在他们到哪里了呢？那些充斥着各种虚假的宣传的新闻媒体毫不足信。只能依靠口口相传。

"盟军一定是越来越近了。"鲍里斯这样告诉我。

"我看见德国人把车子停在被征用的旅馆前面。"

"空房广告牌马上就要立起来了！"鲍里斯回答。

普赖斯-琼斯先生拄着拐杖，摇摇晃晃地跨过门槛。他在拘留营里被关了一段时间,三个星期前刚刚被释放。德·内西亚特先生紧跟在后面,伸出双手虚扶着,担心他的朋友随时会摔倒。

"我真不该回来,"普赖斯-琼斯先生喃喃地说道,"其他人还被关着,我不该自己先回来。你非得以我的年龄为借口把我弄出来吗?"

"啊,我亲爱的朋友,我本应该告诉他们你弱智低能。"

我把手里拿着的《螺丝在拧紧》(813.4)一书挡在脸上,偷偷微笑。有些事情未曾改变。

"盟军到哪儿了?"德·内西亚特先生问。

"他们一定在拼命往这里赶。"鲍里斯说道。

我都等不及告诉玛格丽特这个好消息了。她的女儿得了腮腺炎,她去照料了一周,正要回来。午饭后,玛格丽特赶到了。我差点没认出她来。

她戴着一顶簇新的白帽子,帽檐遮住了眼睛,身上是一袭雪白的丝绸连衣裙,像是一件精致的洗礼服,和帽子很配。她是那么时髦,这太没天理了。我一边摸着自己的旧皮带,一边忍不住这样想。

"你的腰带上到处都是裂缝儿,"她一边说,一边在我的桌边靠着我坐下来,"我送你一条新的吧。"

"不用了。"我说,口气比我的本意要尖厉得多。每个人都知道像玛格丽特这样的装束意味着什么。保罗把那些和德国士兵睡觉的女人叫作"填充床垫"。但也许我有些意气用事。她总是拥有漂亮衣服——我自己都穿坏过不少她的衣服。她的这套新行头未必来自她的情人。

"我错过了什么?"她问道。

"他们说盟军随时都会打过来!"

我以为她会像其他人一样激动起来,结果她只是淡淡地说了一声:"哦。"

比茨过来打招呼。她手上戴着我祖母传下来的珍珠白的托帕石戒指。当初我父母讨论要把这件传家宝送给比茨，我表示大力支持。我希望她能拥有这个戒指，知道我们曾认真考虑过成为一家人。

我给她看过我和雷米的秘密之地。在皱巴巴的手帕和沾满灰尘的小兔子玩偶中间，我俩躺在一起，我抓着他的玩具士兵，她抓着他最喜爱的书《人鼠之间》。我从小就相信爱情会一直持续下去，直到第三者把一对恋人分开。但比茨向我证明，即使死亡，也不能摧毁真爱。在那个黑暗如子宫的地方，我们低声啜泣着，眼泪把我们焊接成一对儿好姐妹，情比金坚。

我递给她一封信，来自雷米的一个朋友，让她读。

亲爱的奥黛尔：

我们管你的弟弟叫"法官"，因为他会帮我们解决争端。我甚至用石头、树枝和一小段麻绳给他做了一把木锤。我们被困在这里，远离家乡，又是沮丧，又是愤怒，无聊而且饥肠辘辘，一点小事就能引发一场争吵。"法官，"我会说，"你的法庭又要开庭了吗？路易斯总是把上帝徒劳地挂在嘴边，把简·查尔斯弄得要抓狂，查尔斯反过来也让路易斯发狂。"我们的争论或许显得微不足道，但法官对每一个人都很认真，设法安抚我们这些疲惫不堪的人。要不是他，我们绷着的那根弦早就断了。我们想念他。

您忠实的朋友马塞尔·丹内斯

比茨读着信，脸上的表情也亮了起来。我坚持让她留下这封信。马塞尔的敬意对我来说意味着整个世界，但她对我来说意味着更多。

她把这张纸紧紧地压在胸口上,然后走向孩子们的房间。

看着她离开,玛格丽特不满地说道:"看啊,她的头发就像一顶荆棘王冠[1]!小比茨会很快厌倦寡妇的角色,找一个小情人的。"

她含沙射影地说比茨的悲伤是一种表演,这话像一记重拳击中了我。我不敢想象比茨会忘记雷米。我痛苦得几乎没法呼吸,猛地从房间里逃了出去。如果我没那么冲动,如果我能停下来想想,或许我就能记起来,自己也曾认为比茨的美德像作假。玛格丽特鄙视的不是比茨,而是她自己。

鲍里斯看到我匆匆跑来,诧异地问:"你就这样把玛格丽特一个人丢在参考阅览室了?"

"相信我的判断,她是个自以为是的自大狂!"

"她是你的,也是图书馆的好朋友。"

"你为什么站在她那边?"

鲍里斯被我的气势吓退了。"随你吧!"

我需要找个明白事理的人聊聊。谢天谢地,保罗的办公室没有别人。他把他的椅子让给我。

"你根本就想不到玛格丽特说了什么。"

"都是战争的缘故。我们都会说一些,或做一些让自己后悔的事。"他很少提到过去。有一次我没有及时把书送过去。他逮捕了科恩教授。我们在被驱逐者的床单上嬉戏。对过去的事不要想、不要提,这是让我俩还能继续在一起的唯一方法。

"我知道。"

---

[1] 荆棘王冠,意指耶稣受刑前,罗马士兵用荆棘做成一个王冠,戴在耶稣头上。玛格丽特是嘲讽比茨看起来像耶稣一样神圣高尚,毫无瑕疵。玛格丽特因为有位德国情人,内心其实是自卑的,嫉妒比茨的美德,所以会这样说。

"日子迟早能恢复正常。"

"这样的话我们都说多少年了。如果这就是生活的常态呢？"

"任何事都不会一成不变，好事如此，坏事也一样。"他一边说，一边温柔地帮我按摩背部。

"上周我告诉玛格丽特，妈妈天刚亮就赶去肉店，那时排在前面的人就有十多个了。她说，'她为什么不去黑市呢？'那里的东西贵得要死，妈妈拿什么买啊。无论怎样，她都能得到各种食物，因为她有菲利……"

我猛地停下来。不能说，千万不要说，绝对不要。你怎么总是这样冲动。这次不行。闭嘴！

"你想说什么？"他问。

我长长地喘了口气："没什么。"

"玛格丽特还是挺善良的，我是说对一个英国姑娘来说。"

"她还善良？她含沙射影地攻击比茨，说她是在假装伤心。"

"人们有时说话不过大脑。我相信她没有恶意。"

如果他知道她有个纳粹情人，就不会这样急急忙忙地为她辩护了。玛格丽特的日子过得太轻松了。她只要动动手指头，就能开派对，穿上漂亮的时装，买珠宝，还有美味的巧克力，还有海滨旅行。

"她暗示说比茨会找一个情人。"我继续这个话题。

"比茨当然爱你的弟弟，但或许有一天……"

"或许有一天……"我的声音一下子尖厉起来，"她永远忘不了雷米。永远！不是每个人都跟玛格丽特一样，她就是个荡妇！"

保罗的手一动不动地搭在我的肩头："你不是那个意思。"

为什么他会把比茨往最坏的一面想，却相信玛格丽特最好的一面？

"你不是那个意思。"保罗再次重复道。

我转过身面对着他，带着报复的快感残忍地说道："她有一个德国情人。"

我的话在我俩之间的半空回荡，在一呼一吸之间。

保罗厌恶地撇起嘴唇："荡妇！"

随着这个词的回音慢慢飘散，我意识到愤怒冲昏了我的头脑，我应该谨慎评判他人。

"我刚才真不该说出来。你是对的，你总是对的。玛格丽特人很好，对我的家人也很好。多亏了她帮忙，雷米才能吃上顿饱饭。在图书馆里，要是没有她，我们都不知道该怎么办。她现在就在那儿，还在替我工作呢。"

"像她这样的婊子会得到报应的。"

"千万不要这样说。她丈夫就是个无赖。她有权利得到更好的生活。你说得对，人们说话不过大脑，我刚才就是这样。答应我，千万不要跟其他人讲。"

保罗继续保持着沉默。

"你什么都不会对外讲，是吧？"我问。

"我能告诉谁啊？"他让我转过去，继续按摩我的肩膀，这次他加大了力道。

[第四十一章 - 奥黛尔]

　　煤气管道被切断了,几乎所有的地方都停电了,但空气中却有一股电流在涌动。不知道什么人在建筑物两侧贴出海报:"敌人在哪里,我们就在哪里吹响进攻号角!"敦促着巴黎人行动起来。铁路工人开始罢工,然后是护士、邮递员、钢铁工人,最后连警察也加入罢工的洪流。保罗帮着起义军挖壕沟、设路障,用各种手段围困和袭击敌人。

　　我曾在书报中读到过战斗,感觉遥不可及。但现在枪声就在耳边响起,人们放火焚烧德军的汽车和坦克。谣言如流弹一样满天飞。美国人来解放我们了!不,是戴高乐将军!不,法国人已经受够了,他们开始绝地反击!德国人正在撤退!不,他们还要做垂死挣扎!

　　在上下班的路上,我蹑手蹑脚地经过一栋栋建筑物的间隙。我害怕狙击手,我害怕炸弹,但我也害怕这一成不变的生活,我怕我们会永远这样生活下去。

　　24日那天晚上,我想趁蜡烛还没烧完的时候把《黑暗中的航行》读完,但火苗最后闪了一下熄灭了。就在这时,教堂的钟声响起来了。仿佛巴黎所有的教堂钟声一起响起来了。我猛地站了起来,走到客厅,爸爸、妈妈也出来了。妈妈穿着睡衣,仰望着天空,仿佛在惊叹上帝的神迹。爸爸伸出了双臂。在我和雷米小的时候,他就是这样张开怀抱,等着我俩向他飞奔而去。我们仨都在想着同一件事,要是雷米此刻就在这里该多好。我们默默地拥抱在一起,凭本能就知道,敌军的占领结束了。

巴黎解放了。普赖斯-琼斯先生一瘸一拐地穿过图书馆,大声喊道:"德国人已经逃走了!"德·内西亚特先生紧跟着喊道:"我们自由了!"两人在我的双颊留下激情一吻。然后他们拥抱在一起,片刻之后又迅速分开。只有他们保持着谨慎。我拥抱了比茨、鲍里斯和伯爵夫人。她的仆人把酒窖里剩下的香槟酒都拿了出来。我这一天喝的比我有生以来喝的都多。

"战争还没有结束。"普赖斯-琼斯先生警告说。

"但这是结束的开始。"伯爵夫人说。

"我要为此而痛饮。"德·内西亚特先生说。

"你总能找到喝酒的理由,老伙计!"

图书馆前面的草坪已经被人们踩得凌乱不堪。无论是工作人员,还是读者,大家都一起欢笑、一起落泪、一起亲吻。由六名读者组成的乐队来回演奏着我们的《马赛曲》和《星条旗永不落》。保罗和我彻夜起舞。就好像我连续好几个月屏住呼吸,现在终于可以大口吸气了。我曾经只能活在当下,害怕未来。但是我们总算不用再为生存而战了,我和保罗可以为未来做安排了。我允许自己放飞思想,梦想着以后会有一个家,还会和保罗生几个孩子。

尽管全城都在庆祝,但玛格丽特却有些闷闷不乐。她的中尉情人被捕了,不知道被带到了哪里。更糟糕的是,她的丈夫劳伦斯离开了四年,现在又回来了。在玛格丽特看来,和劳伦斯在一起的日子乏味寂寞,就像行走在一条废弃的乡间小路上。为了让她转移注意力,我邀请她去杜伊勒里散步。我们漫步在绿树丛中,漫步在斑驳的灯光下。

她不时地摸一下那条珍珠项链,我知道她内心惊慌不安。我想安慰她,却不知道该说些什么。

篱笆的另一边传来一阵骚动,有人在敲鼓,还有一群巴黎人在叫喊着什么。也许是一场庆祝解放的游行,或是庆祝胜利的聚会!我希望这能让她高兴起来,就哄着她穿过大门,来到篱笆的另一边。

一个男人敲打着低音鼓走在里沃利大街上,两边有数百名男女在鼓掌围观,其中还有一些孩子。接着,一个衣衫褴褛的老人出现了,他向空中挥舞着什么东西。好像是一只拔了毛的鸡。在低音鼓和掌声中,我听到了一声哀号。

"这不是真的!"玛格丽特猛地指向那个老人。

他走得越来越近,我终于看清楚了,他拿在手里挥向空中的那个东西,不是鸡,而是一个浑身赤裸的婴儿。看到那个哭泣的婴儿,我吓呆了。

"德国佬留下来的纪念品。"他喊道,抓着婴儿的腿摇晃着。

"杂种,杂种,"人群高呼着,"婊子养的野崽子!"

在他身后不远处,两个男人拽着一个女人的胳膊往前走。她一丝不挂,头发也被剃光了。她的脚被路上的鹅卵石磨破了,血迹斑斑,她又冷又怕,身体已经失去血色,变得一片苍白,衬得阴毛处的那一片黑更为显眼。她试图冲过去抱自己的孩子,却被两个看守粗鲁地拽了回去。

"淫妇!"人群中有个男人喊道,"你的情人现在在哪儿呢?"

我从没见过女人一丝不挂的样子,这让我感觉到自己也被剥光了,也遭到了冒犯。我向前几步,想要帮助那个可怜的女人,但玛格丽特拽住了我的胳膊。

"我们无能为力。"她说。

她是对的，这不再是游行，而是一场暴行。眼前是一群暴徒，我们无法阻止他们。多少年的阅读经验告诉我，他们已经变成野蛮人。"杂种，杂种，"他们继续高喊着，"婊子养的！"眼泪顺着我的脸颊流了下来。我和玛格丽特被他们彻底包围了。我们想要继续前行，在我们前面，是一片骨瘦如柴的胳膊丛林，还有伸出的轻蔑鄙夷的手指。"德国人都不允许这么做。"一个中年女人说道。

"你看到是谁在抓着那个年轻女人吗，就是右边那个？"另一个女人说道，"上周，他还给那些德国佬供应啤酒和炖菜呢。"

"谁在乎他啊！"一个男人说，"但这个婊子不守规矩。"

"你不能选择你会爱上谁。"玛格丽特小声说。

"爱？"他嘲笑道，"这与爱无关。婊子们为所欲为。"

玛格丽特颤抖得很厉害。她是被人群的暴力谴责吓坏了，还是说从这位年轻妈妈身上，看到了自己的未来？她魂不守舍，我只好让她紧紧地靠在身上，把她送回家。

可这一天还没有结束。四个街区之外的广场中央搭起了临时高台，一名佩戴着蓝白红绶带的市政府官员站在上面，紧紧地抓着前面那个女人的脖颈。她身着节日的盛装——那应该是她最好的衣服——凝视着前方。理发师开始给她剪光头。哧啦，哧啦，哧啦，好像这是世界上最自然的事情，好像他已经剪了几十个女人的头发。当剪刀滑过她的头皮时，一些碎头发落在了她的肩上。理发师漫不经心地把它们扔在地上，在他眼里那就是垃圾。在高台的另一边，还有五个法国女人被穿着制服的人包围着，等待着同样的命运。人群在下面欢呼，尽情地嘲笑着她们。没有审判，只有这不体面的判决。我看着这些不流泪、依然保持着尊严的女人，擦去了自己的泪水。

[第四十二章 - 理发店四重奏]

在巡逻时,保罗和他的同事罗南和菲利普遇到了玛格丽特。她刚从菜场回来,拎着一篮子病恹恹的胡萝卜。

"见到你真高兴!"她对保罗说。

男人们交换了一个眼色,似乎在说:"就是她,那个和德国佬鬼混的荡妇。""……嗯,那个纳粹杂种去哪儿了,还能护着她吗?"

玛格丽特的珍珠项链让保罗想起了奥黛尔,想起他没能力给奥黛尔送件像样的首饰。玛格丽特的白色丝绸连衣裙和帽子提醒罗南和菲利普,他们已经好多年没有给妻子买新衣服了。

保罗一把抓住玛格丽特的胳膊,拽着她往前走。菲利普抓住她另外一只胳膊。

"我的天啊,保罗!你要带我去哪儿啊?快停下!我的胡萝卜掉了!"

玛格丽特一路笑得很开心,她以为这些小伙子是被解放的喜悦冲昏了头脑。毕竟到处都是欢庆的场景,彼此陌生的行人也会相拥、接吻、跳舞!笑声让保罗更加生气,五脏六腑都痛苦地扭在了一起。她竟然敢嘲笑我们?玛格丽特根本就没意识到危险,这让三个人进一步愤怒。该死!他们很危险。他们未曾在前线战斗过,但这并不意味着他们就是懦夫。战争期间,他们在巴黎巡逻,知道这座城市里每一寸荒凉而隐蔽的地方。

保罗和菲利普把玛格丽特拖进了一条废弃的死胡同。罗南夺下玛格丽特挽着的篮子,她还以为这个小伙子是一片好心,高兴地对他们微笑。她说了声谢谢,结果罗南把篮子连同胡萝卜一起从窗户扔进一间没人住的小屋里。

保罗伸手用力一推,把玛格丽特推倒在地上。她想要爬起来,结果那些男人轮流上前,一次又一次把她撞倒在地上。玛格丽特惶然四顾,希望能看到一个路人。"救命啊!"她向一个巴黎人求救,但后者匆匆离开,看都不敢往这边看一眼。

"你这个英国婊子,"保罗骂道,"早早就放弃战斗,击沉我们的战舰,等局势稍好又跑来作威作福!"

"可我一直都在这里啊!"玛格丽特哭喊道,"和你的奥黛尔在一起。"

"你是为了要和某个德国佬在一起,是奥黛尔跟我说的。"

菲利普说:"他们正在惩罚那些和纳粹睡过觉的荡妇。我在广场上看见他们了,正在剪掉那些婊子的头发。"

"就该对她也这样。她罪有应得。"保罗说。

玛格丽特一只手撑地跪了下去。他们喜欢她跪着的感觉。

"求求你们,不要啊。"

"闭嘴!"罗南喊道。

他们原来没打算这样做。他们从没有伤害过一位女士。也没想过去伤害,但现在她就摔倒在他们前面,外国人,浑身尘土,肮脏至极。在他们饥饿难耐时,她还能吃上牛排;在他们的女人衣衫褴褛时,她却能花枝招展。

在他们眼里,她不再是女人了。在纳粹占领期间,他们遭到了殴打和羞辱。现在轮到他们翻身做主了。复仇的时刻到了。打啊!敲啊！挥鞭啊！

保罗触摸着她珍珠项链上的珠子："这是谁给你的？"

"我妈妈。"

"撒谎！"他狠狠地拽着项链，直到那些珍珠深深地嵌入她的肌肤。

"这是我妈妈给我的。"

"我敢打赌这是你的情人送的。"他猛拽那条珍珠项链，链子断了，珍珠落在地上，灿若悲伤的星辰。

"是我妈妈送给我的！"她哭号着。菲利普把珍珠拢起来，放在口袋里。

"闭嘴，否则有你好受的。"罗南递给保罗一把小刀，对他说："想做一些赢得荣誉的事吗？"

她想告诉保罗："我们一起吃过晚饭。你曾去过我家。当奥黛尔对你犹豫不决时，是我帮了你一把。"但是她的声音，连同勇气一起消失了。

保罗拿起了刀子。

[第四十三章 - 奥黛尔]

　　禁闭室里弥漫着樟脑球的气味。整个战争期间，这里没有任何改变，或许整个巴黎只有这个地方是这样的。上次妈妈允许我进来时，我才15岁。此刻我怀着少女不切实际的幻想，为这些嫁妆，为女性亲戚们给我的婚礼所准备的珠宝而欣悦不已。在角落里放着一个小箱子，里面有一条奶奶用钩针编织的婴儿毯。不久后保罗和我就能有一个小宝宝。我打开了妈妈缝制的白色睡衣。"为了你的蜜月。"她曾害羞地说。自从保罗告诉我科恩教授的事之后，我们再没有偷偷约会过，也没有寻找新的约会地点。我们一本正经地坐在沙发椅里，而妈妈就在旁边闲聊着瓷器里的碎片。结婚会是一个全新的开始，我想象着在教堂中，走过长长的过道，走向保罗。

　　我全神贯注于自己的白日梦，好久才回过神来，意识到有人在敲门。我挤过这些物品，打开门，保罗正站在楼梯平台上，他红红的脸上满是汗水。

　　"到底发生了什么事？"我咯咯地笑着，"你就跟个小男孩一样，砰砰地砸门。你就这么没耐心吗？"

　　他猛地抓住我的手："咱们结婚吧。"

　　他好像能读懂我的心思。

　　"咱们私奔吧，就今天，到市政厅办手续！"

　　"不用发布结婚公告吗？如果我们不在教堂结婚，妈妈会崩溃的。

我还想让玛格丽特做我的伴娘呢。"

"婚姻是咱们两个人的事，和其他人无关。你的父母会理解的。忘掉那些公告吧，我有一个特殊许可证，在我口袋里装了好久，一直希望能用上它。"

"特殊许可证？"

"请说'好的'。"

保罗总是知道我想要什么。"吻我。"我说。

在我的怀里他一直在颤抖。"我爱你……我是如此爱你。我们走吧，再也别回来了。"

如果我和保罗私奔了，我父母会失望吗？还是会偷偷地松口气？没有钱买婚纱，更别提一桌丰盛的婚宴了。有一件事是肯定的：经历了如此之长的"占领期"，我的确想和他在一起。"好的！"

"给你父母留个便条。我们去我姑妈家度蜜月。我得走了！我们一起离开。"

"你没事吧？你看起来不像你自己。也许我们应该等一下。"

"我们等的时间还不够长吗？我想娶你。我想去度蜜月。"

蜜月，我一边做着白日梦，一边收拾我的衣服。我从嫁妆里挑了那件睡衣（我敢肯定妈妈不会介意我不告而取），还有一本艾米莉·狄金森的书，在火车上打发时间。保罗打电话给当地车站的站长，让他跟姑妈提前说一声。然后他帮我把手提箱提在手里。刚走出家门，我突然说："等一下！我的工作怎么办？"

"告诉他们你需要一周时间度蜜月。他们怎么能对真爱说不呢？"

我写了一张纸条，让邻居女孩给图书馆送去。我开始琢磨私奔到底是浪漫，还是一种莽撞。

在市政厅前台，秘书都没从文件中抬起头来。"下周再来吧。市长的日程已经排得很满了。"

我本来就不太确定要不要私奔,但现在有人反对,我的渴望反而更迫切了。"求你了,"我说,"我们恋爱了。"

"巴黎或许已经解放了,"保罗补充道,声音颤抖着,带着些歇斯底里,"但战争仍在继续。没有人知道未来会怎样。我们想要结婚,帮帮我们吧。"

看到我们如此紧张和期待,市长秘书动了恻隐之心,答应帮我们看看市长能否抽出一点点时间,举行一个临时的小仪式。保罗不停地在旁边踱步,我则坐在一把伤痕累累的木椅上等待。几年前我们就该这么做了,但我一直想等雷米回来。我摸了摸旁边的空座位。

保罗说:"我也希望他能在这里。"

秘书领着我们来到婚礼室,那儿天花板上绘着蔚蓝的天空,还有薄薄的云层。市长系上蓝白红相间的绶带,宣布典礼开始。保罗用手背擦擦额头上的汗。他很紧张,到了说"我愿意"的时候,市长不得不推了他一把。

在车厢里,保罗拿起报纸,读了一行后就匆匆地叠起来,放在了大腿上。他一会儿翘起二郎腿,一会儿又放下来。每一动他的膝盖就会推搡到我的。

"你怎么了?"我问道。

"没什么。"

"不后悔吧?"

"后悔什么?"他小心翼翼地看着我。

"后悔结婚。"

他把手掌放在我的手上,掌心湿漉漉的:"从第一眼看到你,我就爱上了你。"

"你爱的是妈妈的烤肉吧。"

"要是现在那盘烤肉摆在面前,可别指望我会给你一块大的。"

我们已经把太多东西视为理所当然的了。

保罗的姑妈皮埃尔特驾着摇摇晃晃的马车来车站接我们。"我经常听保罗提起你!很高兴终于见面了。"她红通通的皮肤粗糙得跟皮革一样,但看起来比大部分巴黎人都要健康。

壁炉里正在烘烤一只野鸡,吱吱地冒着油花。油花不时滴进火里,然后火焰跳了起来,冒出阵阵青烟。我已经好几年没闻到这种浓郁的香味了,不由得咽起了口水。桌上还放着一只陶瓷大碗,里面的土豆泥热腾腾的,真希望自己能一头扎进去。

"这不算什么婚宴,"皮埃尔特姑妈说,"我也没来得及准备。"她碰了碰保罗的胳膊,保罗腼腆地笑了起来。

"对我们来说,这就是一顿盛宴。"我说。

我想慢慢吃,但这顿晚餐实在太美味了。我和保罗一顿狼吞虎咽。他姑妈离开了,留下我们坐在壁炉旁吃甜点。在火光闪烁中,保罗把我抱在怀里,给我喂了几匙果馅饼。奶油顺着我的喉咙滑下,如同幸福的珍露。

回到房间里,我关上百叶窗。保罗把手伸到我的裙子下面。"耐心点!我得穿上睡衣。"

"可我等不及了。"他把我推到床上。我轻轻地吻了他。他解开裤子,把我的裙子拉上去。

"慢点,"当他把我的内衣胡乱地推到一边,我喃喃地说,"我们会有整整一辈子可以厮守。"

"我爱你。"他一头扎进我的身体,"答应我,永远不要离开我。不管发生什么,都不要离开。"

"当然不会离开,我答应你。"

第二天早上,他给马儿套上挽具,我们坐着马车去村里买戒指。在珠宝店的陈列柜里,几十枚婚戒闪闪发光。绝望的人们往往愿意以几法郎的价格卖掉它们。

"我们今天会有好运气吗?"我问保罗,他把一个戒指套在我的手指上。

"幸福的婚姻并不取决于运气,而取决于初心。"珠宝商说道。

这个金戒指非常合适。在接下来的七天里,我没法忍住不笑。

去巴黎的列车晚点了。我担心上班迟到,保罗坚持说我们可以直接从火车站去图书馆。"你不用陪着我。"我说。

"可是我想陪着你,马丁夫人。你总得需要有个人给你提箱子吧。"

"你不会迟到吗?"

"我这周值晚班。"

在阅览室窗前的桌子上,摆着一个婚礼蛋糕、许多的巧克力、香槟,还有一些茶点。看到这一切,我惊呆了。

"是你策划的?"我问保罗。

"他们准备的。"他指着围在旁边的祝福者们。伯爵夫人看上去很骄傲。鲍里斯和比茨喜气洋洋。德·内西亚特先生和普赖斯-琼斯先生仍在争吵。"我告诉过你,他们会结婚的。""不,是我告诉过你。"尤姬和我父母竟然也来了。

"我现在明白你为什么喜欢在这里工作了。我真希望能早点过来看看。"爸爸说。

"啊,爸爸!我很高兴你也来了。"

"新婚快乐，宝贝儿！"妈妈说。她和尤姬阿姨给了我个大大的拥抱。我对着香甜的婚礼蛋糕滔滔不绝（啊，每个人都贡献出了自己的口粮！这对我来说意义大于一切），之后伴随着保罗的热情求婚，美美享受了这个蛋糕。接着保罗又重述了我们的婚礼仪式。

"玛格丽特在哪儿呢？"我问比茨。

"她这周都没来。我们给她送去了请柬，但她一直没回应。"

我皱了皱眉。莫非她病了，还是说克里斯蒂娜病了？我正准备打个电话，耳边传来砰的一声，庆祝的迹象，全世界我最喜爱的声音。伯爵夫人递给我一大杯香槟。保罗和我的脸上涂满了蛋糕上的奶油，我们聆听着来自亲朋的祝福。我几乎没有注意到他什么时候吻的我，又什么时候悄悄溜去上班了。

庆祝活动结束时，我已经喝得醉醺醺了，摇摇晃晃地向玛格丽特家走去。我沿着镀金的亚历山大三世桥走到街上，在那里我瞥见了埃菲尔铁塔。"喂，你这个漂亮的铁娘子！"我向它喊道。

在玛格丽特家门口，伊莎接待了我。一个女仆，竟然站在门口？真是不寻常。或许管家也病了。"太太不在家。"

"那她什么时候回来呢？"

伊莎想把门关上："以她现在的情况，她哪个地方都去不成。"

我硬挤了进去。"以她现在的情况？你是说她……有小宝宝了？"

"我倒希望这样。"伊莎说道，泫然欲泣。

"她病了吗？她丈夫在她身边陪着吗？"

"他带着小姐回英国了。"

"真是没天理。"香槟涌上了头，我都跟不上她说的话，"等等。你说她哪儿都没去。换句话说，她在家里？"

"太太谁都不想见。"

"但我是她最好的朋友。"

伊莎犹豫了一下:"她可能还在睡觉。"

"如果她睡着了,我很快就出来。"

我摇摇晃晃地沿着大厅走,不时地摸着墙壁以保持平衡。不管事情变得多么疯狂,有一件事情不会变,玛格丽特当然想要见我。真遗憾,她错过了刚才那场聚会。这个时候得病,真是糟糕。只有玛格丽特才会这么不走运。

房间内一片昏暗。我站在门口向里看去,她还在睡觉。我应该让她好好休息,但我抑制不住激动的心情,踮起脚尖轻轻走了进去。她的耳边还有一缕缕长发,但其他地方的头发只有几毫米长。她的脖子似乎还有瘀伤。我眨了眨眼。我喝了多少香槟?不,不!我揉了揉眼睛,她的头发还是很短,瘀伤依然存在。她的手腕上缠着白纱布,搭在绷带上。她看起来好像出了什么意外。不对!她看上去像被人打了一顿,还被剃了头发,就像上次在街上看到的那个年轻妈妈那样。我一下子清醒了过来。

玛格丽特没有睁开眼睛,问道:"是谁在门口,伊莎?"

"是我。"

玛格丽特猛地坐了起来。

"发生了什么事?"我问道。

"问得好像你不知道似的。"她的嗓音干涩沙哑。

我凝视着玛格丽特的喉咙,那里有一圈珍珠项链形状的灰色瘀血。"什么时候的事?"

"一周之前。"

我僵住了。正是保罗向我求婚那天。我想起了他的急躁,他坚持一起离开。一定是出了什么事。我怎么就没看出来呢?"你为什么要告诉他？"她质问道。

"我没有……"我不是有意的。

"这些都是因你而起的！"她抬起手，指向头顶那被剃得短短的头发。

我紧紧抓住床头板，身体不禁颤抖起来。"不是我。"

"为什么他要这样做？"

"我不知道。"

"你说谎！我一直以为只有外交圈子才是邪恶的！"玛格丽特说，"告诉我，朋友，你到底跟他说了些什么？"

"没什么，真的……"

"的确，菲利克斯给了我一些东西。但是我分享出去了，相信你也会这样待我。你很清楚那些礼物是从哪里来的。"

"我知道，但我从来没降低自己的身份……"

"降低你的身份？你根本就不需要，因为我为了你，为了雷米已经自降身份了。"

"我没有向你索取任何东西！"

"你不需要主动向我索取。"

"这件事不是我的错。"

"那是谁的错呢？"

她怔怔地凝视着我，这让我紧张不安。我望向窗户，望向梳妆台，望向克里斯蒂娜的肖像画。"想要和一个人好又有什么错？"她继续说，"被一个人需要又有什么错？是你说我是在异国他乡，我可以随心所欲。"

"但我的意思是说骑自行车，可不是让你和纳粹勾搭！"

玛格丽特伸出手去，想要摸她的珍珠项链，以前只要觉得不安她都会去摸。但这次她没戴着它。

她需要知道我不是有意伤害她。"不是我做的。"

"保罗是枪,但你扣动了他的扳机。"

"那你呢?你还说过比茨假装伤心的话……"

"所以不可原谅,"玛格丽特说,"至少我做错了,我会承认。"

"我只告诉了一个人。"

"你怎么能背叛我?"

"我嫉妒你……"

"嫉妒我?像你这样有一份完美的工作,一个充满爱的家庭,一个深爱你的男人,你会嫉妒我?"

我从没考虑过我拥有什么,只考虑我想要什么。"事情没你想象的那么糟,你的头发会长出来的。"

"你认为他做的最坏的事就是剪掉我的头发?因为你,我失去了一切。"她举起自己被打断的手腕,"看看他们对我做了什么。我不能给克里斯蒂娜写信,我不能自己穿衣服。如果你这么恨我,我倒希望你能雇一个刺客杀了我,因为对我的家人来说,我已经差不多死了。家里的仆人可以选择留在这里陪我,或者跟着劳伦斯和克里斯蒂娜回英国。除了伊莎,没有人愿意留在这个公寓里,留在像我这样的妓女身边。"

"我从来没想过……"

玛格丽特猛地拽开被单,掀起睡衣的下摆,露出腿上的擦伤和瘀血。我紧紧地闭上眼睛,希望能收回刚才的话,希望能挽回伤害。

"懦夫!既然我敢把伤疤露出来,你就得忍心去看。"

她怒气冲冲。她的精神受到了重挫,但没有崩溃。

"你知道,劳伦斯拍了我的照片。如果我敢大吵大闹,他会在法庭上出示这些照片,来证明我是个不称职的母亲。只有荡妇,才会被剃光头,对吧?我怎么才能让我的小女儿回来?"

"我可以给劳伦斯打电话,解释一下……"

"打电话给劳伦斯,解释一下?"玛格丽特嘲笑道,"你该走了。"

"我可以留下来帮忙,给你做饭,帮你写信给你的家人。"

"我不要你再'帮'我什么忙了。请离开。"

我走向卧室的门。

"等一下!"她说。

我转过身来。只要能再给我一次机会,我什么都愿意做。当然,她会原谅我的。我们一起经历了那么多。

"更衣室的架子上有一个蓝色的盒子,把它拿给我。"

我试着把那个盒子递给她,但她说:"这是给你的。我让菲利克斯帮忙找到的。每当你戴上它,我希望你能想起来你做了什么,你能意识到对一个真正的朋友来说这意味着什么。"

盒子里面是一条红色的腰带。皮革如黄油般光滑,又细又长,像鞭子一样。

"我怎么做才能弥补呢?请给我一个机会吧。"

玛格丽特把脸转向墙壁:"你走吧,我再也不想见到你了。"

弗罗伊德，
1987 年 12 月

[第四十四章－莉莉]
-

"爸爸的妻子拿走了我的《永远》！"我冲进奥黛尔的厨房喊道，"她说朱迪·布鲁姆写的是淫秽小说，说审查官就不该让她的书出版！"

"于是你就大发雷霆，就不肯坐下来好好和她谈一谈。"奥黛尔洗完并擦干最后一块盘子，"你应该问问埃莉，她到底害怕什么。"

"呃？"

"阅读很危险。"

"危险？"

"埃莉害怕书里有些不好的观点，害怕它们会进入你的脑袋，害怕你想去和别人体验一下性关系。"

"我读《走出非洲》时,可没想过在肯尼亚建立个咖啡种植园!"

奥黛尔笑了笑,这意味着她觉得我说的话有点傻气:"大多数人都不会这么想。性是人生很自然的一部分,但这一步实在是跨度太大了,所以埃莉会担心。"

"我连约会都还没有呢,"我说,"照这样的节奏发展下去,我一辈子都不会有。埃莉要毁掉我的人生。"

"你知道这不是真的。"

"她只关心爸爸和那两个男孩。"

"你天天重复这样的抱怨,自己不烦啊?埃莉已经尽力了。你要试着把自己放到她的身体里!"

"好恶心!"

"那就放到她的鞋子里[1],替她想想。你想没想过埃莉的感受?这么多年来,她和你爸爸从没买过一件新家具。没有新沙发,也没有新台灯。她用你妈妈的平底锅做饭,端上桌的,也是你妈妈生前留下来的盘子。那感觉有多奇怪?你真的觉得在这个家里,只有你是个外人?"

她说的有道理。

"爱是没法定量配给的。埃莉在方方面面都很关心你。你应该和她去谈谈。"

"可是如果……"

"你要迈出第一步。"

回家的路上,我看到两个男孩在后院跑来跑去。乔伊对着本吉,挥舞着一把漏水的水枪。本吉裹着他的儿童毯,就像披着一领斗篷。他们冲我跑了过来,一人抱住一条腿。

---

[1] "把自己放到别人的鞋子里"是英国谚语,意思是"设身处地为别人着想",在法语里人们习惯用"把自己放到别人的身体里"来表示。

"她是我姐姐。"本吉拖着我的腿说。

"不对,"乔伊争辩道,"她是我姐姐。"

"你俩都是我的小弟弟。"我抱住了他俩。

回到家里,我抚摸着妈妈餐厅里的桌子,妈妈亲手缝制的窗帘,妈妈选的蜡笔画,主题是她最喜欢的小鸟。没有一样东西属于埃莉,她只是布伦达博物馆的馆长,还是不用付工资的那种。

在主卧室里,埃莉正坐在妈妈的摇椅上,给爸爸补袜子。"你的火气发完了?"她问道。

"对不起我跑开了,"我说,火气已经消失得无影无踪了,"是我自己还不成熟。"

"亲爱的,我只想给你最好的。"

"我知道。"我走向她,她拥抱了我。

为了庆祝我拿到了驾照,奥黛尔邀请我和埃莉一起去哈士奇屋吃圣代。在橘红色的摊位上,奥黛尔把礼物放在桌上。"从芝加哥订购的。"我轻轻地拆开天鹅绒丝带,打开盒子。里面放着一顶灰色的贝雷帽,毛茸茸的像一只鸽子。

"我太喜欢了。"我绕过桌子,去亲吻她的脸颊,"我再也不会把它摘下来了。"

她把贝雷帽搭在我的额头上。

"你看起来很像法国女孩。"埃莉说。这是她夸我夸得最好的一次。

回到家之后,我头上戴着贝雷帽,躲在自己的房间里,拿出了奥黛尔借给我的约瑟芬·贝克的唱片。我用手指抚摸着约瑟芬的脸,嫉妒她那轻松愉快的笑容,她那如露水般晶莹剔透的皮肤,还有她强大的自信。我踢掉鞋子,扯下衬衫和裤子。我只穿着白色的文胸和内裤,看向镜子中自己瘦骨嶙峋的身影,想象着如果穿上性感的长丝袜,自己会变成什么样子。我抓起一支黑色的记号笔,猜着丝袜能达到的高度,在我的大腿上各画了一个圈。但这还不够,我希望能给自己画一个全新的人生。

高中前的那个夏天,我和玛丽·路易斯在奥黑尔汽车旅馆工作。我们用吸尘器打扫房间,整理床铺,清洗马桶并擦洗浴缸。在这里工作比照顾小孩收入高一些,而且范德斯洛特太太会在我们休息时送一杯可乐。

8月第一周,汽车旅馆里到处都是麦客的身影。这些人从日出忙到日落,大部分又老又爱抱怨,但我们还是希望能遇到些年轻帅气的。他们从得克萨斯州来到俄克拉何马州的狭长地带,又从南达科他州来到我们蒙大拿州,帮助整个美国收割小麦。这些人不像我们那样被困在城镇里。他们是自由的,我们羡慕他们。

他们的恭维让我们脸红。他们看我们的目光,就像我们已经成为真正的女人,而不是懵懂的小女孩。昨天晚上,在一弯月牙的照耀下,玛丽·路易斯和其中一个麦客偷偷溜了出去。他们大口地喝酒,在卡车的车斗里做爱。她说那个麦客叫约翰尼,比她的男朋友基思更清楚自己在做什么。

这些麦客今天就要离开了,开着他们的机器,带着冒险的希望离开。我拖着吸尘器走过大厅,不小心撞到其中一个。他一手抓住吸尘器,另一只手稳住我。我能闻到他穿破了的棉衬衫上麦子的香气。我拉了拉贝雷帽,透过帽檐看他的脸。天啊,他真的很英俊,晒得黑黑的皮肤,年纪在二十一二岁。他长着一双见多识广的眼睛,走过很多州县,见过长长的道路在眼前延伸,无数的绿灯在前面闪烁。这是个真正的男人。

"你这么漂亮的女孩,怎么会拖着这么一个旧东西?你在这儿工作?"

"是的。"

"你要把它放到哪儿去?"

"第四号房间。"

"说话不用这么小心,亲爱的。咱们不是在教堂里。"

我打开门,他把吸尘器放在电视机前面。地板上堆满了床单。如果是玛丽·路易斯,她会吹声口哨,然后说:"昨晚肯定有人在这儿寻欢作乐了!"但我不是玛丽·路易斯。

"我喜欢你的小帽子。"他走过来,直到和我相隔仅有一英寸。我知道他能听到我的心跳。

"你真漂亮,像一只小母鹿。"我闭上眼睛,听任他的嘴唇碰上了我的。从来没有这样的感觉,如此美妙。

"快来啊,迈克。"一个麦客在大厅里喊道。

我们一下子分开了,我屏住呼吸。他用布满老茧的手摸了摸我的脸。"你还好吗?"他问。我点点头。他一上高速公路就会忘记我,但我会永远记得我们的那个吻。那个上午,我不时会把手指放到嘴边。

下班后,我和玛丽·路易斯在我家门口停了下来,一起给妈妈的蜂鸟喂食器添加食物。我没有回家,而是和她继续往前走,经过了公园中的女童子军营地。刚出城,我们躺在草地上,草丛硬得如干草。几英尺外,一只地鼠从洞里探出头来。天气又热又干,弗罗伊德的天气总是这样。远远地,我们听到一台联合收割机在田里轰鸣。我把双手抱在脑后。玛丽·路易斯拿起一根草放在嘴里吮吸。云层滚滚而过,永不停留。其他地方的人都已经开始看 MTV 了,我们却还在看《草原上的小木屋》的重播。离学校开学还有一个星期。我以为我们会在一片寂静中死去。

"答应我,我们以后一定要离开这里。"玛丽·路易斯说。

第一天开学,我穿了一条和贝雷帽比较搭的裙子,每个人都看得目瞪口呆。因为在弗罗伊德,只有异形怪胎才不穿牛仔裤。玛丽·路易斯和我上的课不一样。我经常看到她和基思在大庭广众之下耳鬓厮磨。我挤过一群群困惑的高一新生,但始终没有找到她。罗比和我选了同样的课程,我和他之间只隔一条走道,无论在教堂里,还是在上课时,每次我抬头,都能看到罗比在看我。在内心深处,我知道他喜欢我,但我并不信任内心深处的感觉。

放学后,我来到奥黛尔家,她给我冲泡了一杯café au lait(法式咖啡)。我一边喝,一边想着她的结婚照。以后会不会也有一个男人深情地看着我,就像巴克看着她那样,或者是基思看玛丽·路易斯那样的眼神?

"我几乎再也见不到玛丽·路易斯了。"我说。我受伤了,她轻而易举地把我甩了,就像甩了微积分一样。

"你要知道,人不能总是在同一地方、同一个地点待着,这才是友谊的意义。"奥黛尔说,"还记得你当初一直忙于照顾埃莉和小宝宝吗?现在轮到玛丽·路易斯忙起来了。初恋就是这样,会耗掉你所有的时间。"

"瞧你说的,恋爱怎么跟水蛭差不多啊。"

她笑了起来:"好吧,本来就是呀。"

"不对,不应该是这样的!"我激动地说。

"她会回来的,给她点时间。"

我想着基思搂住玛丽·路易斯时,她脸红红的样子。这时如果我走过去,基思会挽住她的腰说:"咱们走吧。"然后她就跟他走了,因为他们不想身旁多个电灯泡。玛丽·路易斯什么都是第一个得到。第一个吻、打球时第一个本垒打,还有第一次恋爱。

"嫉妒是正常的。"奥黛尔说。

"我才不嫉妒她呢!"

"这很正常,"她重复道,"除非……"

"除非怎么了?"

"你要记住,属于你的日子也会到来的。"她有点蹩脚地结束了谈话。

好吧,她说得对。

埃莉准备了我最爱吃的晚餐,牛排、炸薯条,配上一小盘绿色沙拉。其他人先吃沙拉。但我把沙拉留在后面吃,然后再吃一小块奶酪,巴黎人就是这么吃的。

"你一定要时刻戴着那顶帽子吗?"爸爸问。

"这是贝雷帽,"我紧接着说,"时髦。"

"你都好几个月没摘下来了。它都发臭了,还时髦吗?"

我选择了自动忽视,对埃莉说:"Le steak est délicieux(牛排真美味)!"

"你就不能让她说英文吗?"爸爸向埃莉抱怨道。

埃莉笑了。我猜她喜欢我讲法语。

"你考虑过我说的那些意见吗,就是申请大学的那些?"爸爸问。

"我告诉过你,我想当作家。"

"作家不是一项职业。"他说。

"你把这话说给丹尼尔·斯蒂尔听听,"埃莉说,"她比乔纳斯·艾弗斯还有钱呢！"

"你还是学会计吧，"爸爸说，"你得有个备选计划。"

"备选计划？你认为我会失败？再说了，我学什么与你无关。"

他用叉子戳向我所在的方向："如果要我来付账单，就和我有关。"

"在你眼里，所有的东西最后都落到钱上。"

"这是银行家的工作之一，"爸爸说，"要确保每个人都有个计划。"

我真弄不明白，本来是一顿丰盛美好的晚餐，怎么到最后就变成一场关于大学专业的争吵了呢。

"我猜，"埃莉说，"你爸爸是想说，他见过很多人因为钱的问题失去了他们的家园，企业家因为钱的问题失去了他们的事业，他只是不想让你也遭受这样的痛苦。"

晚餐后，我来到奥黛尔家。

"当你在我这个年纪的时候，知道自己未来想做什么吗？"

"我爱书，所以成为图书馆员。你也应该找到自己热衷的事。"

"爸爸说我应该学习一门手艺。"

"他说的没错。你需要活得精彩，也需要支付房租。对于一个女人来说，自己有钱很重要。我在教堂做过秘书，我很感激有这份收入。你想要更多选择。"

"我只是希望爸爸不要对我说教。"

"亲爱的科恩教授总是说，接受他人本来的样子，而不是希望他们变成你期待中的样子。"

"她是什么意思？"

"她当时说的是我的爸爸。她说我爸爸想给我最好的东西，但我不相信她。你和你的爸爸不同，但这不意味着他不爱你，不会为你担心。"

冬日的那场正式舞会就要来了，但还没有男孩邀请我参加舞会。我告诉自己这并不重要。弗罗伊德的男孩都没有脑子。我会在纽约找到我的心上人的。我刚刚申请了那里的哥伦比亚大学。那里至少有500万个男生，其中总有一个会喜欢上我的。西蒙娜·德·波伏娃也是在21岁时才找到萨特的。

在餐厅里，玛丽·路易斯悄悄地走到我跟前，邀请我晚饭后去看她的礼服。几个月来，她都忘了我的存在，现在又想在我面前炫耀一番。

"不行啊，"我撒了一个谎，"作业太多了。"

"求你了！"

我身体的一部分想要真心实意地对她好，但更大的一部分想要让基思甩了她，这样她就会和我一样痛苦了。

晚饭后，我瘫倒在奥黛尔的椅子上。

"玛丽·路易斯抛弃了我，再次抛弃了我。"

"她不是邀请你去看她的礼服吗？"

我盯着1955.34书架上的书，《通往特雷比西亚的桥》《根》和《我的安东尼娅》。"我不想去。"

"如果我也一起去呢？"奥黛尔问。

我振作起来："那会好一些。"

在去玛丽·路易斯家的路上，她一直关切地看着我，如果妈妈在世，或许会说她这样就像一只鹰。我们刚一进门，玛丽·路易斯就兴奋地转起圈来。这是一件蛋糕裙，并且露出脖子和肩膀，把玛丽·路易斯衬托得娇艳无比。

她的身体几乎一夜之间就起了变化。她的胸部像落基山脉一样挺拔,而我的胸部还像城外的牧场一样平坦。她的臀部翘得像座钟,但我的身体根本还没开始发育,呆板得像一支铅笔。

"你觉得怎么样?"她使劲拉了一下胸衣,兴奋地问我。

"太棒了!"奥黛尔真心实意地赞美道。

我用双臂捂住发育不良的胸膛,想了一会儿,终于找到一句含义无穷的恭维话:"比天使还可爱。"

"不是吧!"玛丽·路易斯盯着衣帽架旁边的镜子,"你是说真的?"

我点点头,却说不出话来。嫉妒像眼泪一样翻涌。在这一刻,在她变得最美丽的时刻,我连看着她都无法忍受。基思来了,他在门边徘徊,苏·鲍勃把他推到玛丽·路易斯身边。他们深情凝望的样子让我绝望。一股酸涩的胆汁涌上我的喉咙,我一次又一次咽了下去。我不知道自己还能撑多久,于是一点点向门外挪动。玛丽·路易斯突然跳了过来,苏·鲍勃抓拍了一张我俩的照片。

"为什么你又悲惨又孤单?"胆汁质问道,"一个真正的朋友是不会让你来的。她在幸灾乐祸,你还看不出来吗?告诉那个满脸粉刺的小伙子,告诉他玛丽·路易斯告诉过你的秘密。她和那个麦客上过床,而且觉得那个麦客哪点都好,无论是接吻,还是床上技巧,都高超得多。"

玛丽·路易斯搂住了我的腰。我张嘴说道:"基思……"

奥黛尔皱起了眉头。

"你应该知道……"我继续说。

"别说了。"奥黛尔在我耳边低语说,"多说一个字就会毁掉一切。我能看见一群乌鸦在你的脑袋里乱飞。"

巴黎，
1944 年 9 月

[第四十五章 - 奥黛尔]
-

"你怎么能背叛我？"我恍恍惚惚地顺着人行道向前走去，走向塞纳河，走向家的方向。玛格丽特的质问在我的脑海中久久回荡。华丽的亚历山大三世桥在我面前若隐若现，但我根本没心思欣赏。玛格丽特那光秃秃的头皮，一直在我眼前晃动。

我想躲到自己的房间里，或向妈妈和尤姬坦白一切。但是她们会被我伤害挚友的方式吓到，也会被保罗的所作所为吓到。我太羞愧了，无法面对妈妈。我也不能回图书馆，那里每个人都喜欢玛格丽特。她说得很清楚，不想再见到我了。如果我回图书馆，那她失去的就不仅仅是自己的女儿，还有她的朋友，她的事业。

不久前，我曾用怀疑的目光，一个个扫过读者们，我想知道到底是什么样的人会写告密信。现在我知道了，就是像我这样的人。检察官先生，玛格丽特·圣·詹姆斯，一个英国人，从她的纳粹情人那儿拿到钱，在黑市上买东西。我甚至还向警察抱怨过。

　　我开始穿过塞纳河，手里死死地抓着皮带扣，皮带像鞭子一样前后摇摆着。我靠在栏杆上，看着塞纳河的流水。我是个畜生，跟保罗一模一样。我把结婚戒指猛地拽了下来，把它扔进泥泞的河中。就这样吧。他再也不是我的丈夫了。我们离婚，再也无话可说。离婚。离婚的女人比堕落的女人更被人瞧不起。"人们会怎么想？"妈妈会问的。妈妈才不关心我为什么离婚呢，她会把我赶出去的，就像对待卡罗阿姨一样。

　　一个小时前，我还在庆祝我的未来，但现在却只剩下黑暗。我不知道该做什么。我在香榭丽舍大道上踯躅，经过一对对在户外咖啡馆用餐的夫妇，绕过在剧院排队进场的队伍，继续往前走。我不知道自己该去哪里，直到来到维克多·雨果大道，来到亚米利加医院。我经过一辆没熄火的救护车，一个护士说："很高兴你回来了。我们需要你的帮助。"

　　玛格丽特不想和我再有任何关联，但我可以在这里照顾伤员。我可以留在医院里，这里大家轮流在帆布床上补觉，就像我在战争开始时那样。我不用面对家人和朋友，保罗也不会找到我了。我松了一口气，倒在了后门的水泥门廊上。玛格丽特是对的。当她侮辱像雷米这样的士兵，或暗示比茨的哀悼是一场骗局时，我非常愤怒，却不敢当面承认。我嫉妒她缤纷多彩又充满刺激的生活，却不敢当面承认。我把不满郁积在心里，就像有人剧烈晃动过的香槟酒那样，黏糊糊的情绪总有一天会喷薄而出。在那一刻，我曾经想狠狠地惩罚她。这样的时刻只要有一次就够了，就足以毁掉她，还有她女儿的生活。

有个挂着拐杖的美国大兵蹒跚走来。"你好，小姑娘。"

我抽噎了一下，他递上来一条棉手帕。

"怎么了？"

我咬住了嘴唇。我不敢张嘴，害怕整个故事会脱口而出。

他坐在我旁边："到底怎么了？"

"我做了件很可怕的事。"

"嗯，我们这里的大多数人都能理解。"

他的凝视如此真挚而强烈，我不得不转移他的注意力。"你来自哪个州？"

"蒙大拿。"

"那里是什么样的啊？"

"跟天堂一样。"

肯塔基州的读者说过同样的话，肯特郡和萨斯喀彻温省的士兵也这么说。"你得说服我。"

"蒙大拿州是地球上最漂亮的地方，哪怕咱们现在待在巴黎，我也要这么说。我一度想离开我的乡巴佬小镇，但如果这次我有幸回去，我发誓我永远不会离开。那里的人正派、诚实，但我以前认为他们很无聊。"

"换个口味看，无聊也挺好的。"

"你的英语怎么说得这么好啊？"

"当我还是个孩子时，在亚米利加图书馆学的。"

"巴黎除了有一家亚米利加医院，竟然还有一家亚米利加图书馆？"

"别忘了还有亚米利加散热器公司和亚米利加教会！我们有位读者M. 德·内西亚特，过去常开玩笑说，美国人在没有告诉任何人的情况下就殖民了巴黎。"

他笑了："什么读者？"

"我是图书管理员。好吧，我以前是。"

"我很想看看你的图书馆，也许你可以带我去。"

我皱起了眉头。

"你别介意。"他揉了揉自己的大腿，"带着这条伤腿，我应该老老实实待在原地。刚才说去图书馆只是我的小花招，我想多点时间和你在一起。"

第二天下午，我们在门廊上野餐。他用香烟配给换了一点火腿和法式面包。他告诉我，蒙大拿州的田野就像一床打着各种补丁的大被子。他告诉我那里一直是艳阳高照。他告诉我要尝尝他妈妈炖的牛肉。两天后，他向我求婚了。

我想离开这里，不再见到那些我认识的人。重新开始，变成别人，更好的人。我会想念图书馆，但世界上总有其他工作。我会想念爸爸、妈妈，但没有我在身边他们会过得更好。我会想念我的同事和那些老熟人，但如果我不在，玛格丽特就可以留下来。我喜欢图书馆，但对我来说玛格丽特更重要，我要向她证明这一点。"小姑娘？"巴克看着我，眼神中充满了理解。我觉得自己能告诉他一切，但不知怎么回事，我觉得他已经知道了。

"我答应嫁给你。"

他把我拉到身前。我感受着他胸前温暖的气息，嗅到干净的棉衬衫的味道。和他在一起，我觉得自己很安全。

从布列塔尼回来的那天晚上，我把箱子带到了图书馆。天快亮了，周围静寂无人，只有看门人在附近巡视，我把它拿了回来，还有我从爸爸那里偷来的最后一批"乌鸦信件"。我来到比茨的书桌旁，上面摆满了孩子们的画、黏糊糊的笔,还有她最喜欢的茶杯,上面有个缺口,是别人不想要了,她才拿来的。我写下一张便条:"最亲爱的比茨,请照顾好玛格丽特。告诉妈妈和爸爸我很好,告诉他们我很抱歉。请照看好科恩教授的手稿。我爱你,就像爱一个至亲姐妹,一个孪生姐妹。你的奥黛尔。"

我漫步穿过图书馆,跟它说再见。首先是期刊室,一切都是从这里开始的。然后是参考阅览室,在那里我学到了和读者一样多的东西。然后是"来世",我把手放在书脊上抚摸,让它们知道我不会忘掉它们。我离开了图书馆,再没回去。

弗罗伊德，
1988 年 2 月

[第四十六章 - 莉莉]

在从玛丽·路易斯家回去的路上，奥黛尔问我本来要对基思说什么。

"没什么。"

"莉莉！"她呵斥道。

"她和那个麦客好过，她骗了基思。"

"那跟你无关。你为什么要告诉基思？"

"我不知道！"

"好吧，你再想想看。"

"我想让她回到我身边。"

"你是不是在生她的气？"奥黛尔问。

"也许吧。"

"她到底做错了什么?"

"我不想谈这个。"

"别逃避!"

我知道她不会放过我:"我连一个男朋友都没有,但是她有两个。前几个月,她彻底把我给忘了。"

"我理解你的感受。"奥黛尔说。

她能这么说,我感觉好受了很多,嘴巴里那种酸胆汁的味道消失了。

"如果玛丽·路易斯做了什么事情伤害了你,直接告诉她。"她继续说,"别窝在自己心里。也别以为她不开心了,你就会好受。玛丽·路易斯是个心大的姑娘,能同时容得下你和基思。"

当我们走到奥黛尔的车道上时,她说:"你也会有男朋友的。"

"是的,总会有的。"

"相信我的话。"在星光闪耀下,我能看到她庄严的表情,"爱情会来来去去,失而复得。如果你足够幸运,能够找到一个人生知己,一定要万分珍惜。别让她离开。"

她说得很对,我应该珍惜玛丽·路易斯。但如果我刚才说出那句话,我相信玛丽·路易斯绝对不会搭理我了。

奥黛尔打开前门的锁,我们腾地一下坐在她的沙发上。

"我想逃离这里。"

"不要逃跑。"奥黛尔说。

"为什么不呢?"

"我告诉你为什么,因为我曾经逃跑过。"

"你说什么?"

"和你一样,我感到万分羞愧。于是我逃跑了,离开了父母,丢掉了工作,还有丈夫。"

"你离开了巴克?"

"不,我说的是第一任丈夫,我的法国丈夫。"

我糊涂了。

"你嫉妒你最爱的朋友,但你不是唯一的一个,我也嫉妒过。"奥黛尔承认道。

"你也嫉妒过?"

"我还背叛了她。"她摸着那条褪色皮带的扣子,"玛格丽特说她再也不想见我了。我们都在一个社交圈子里,我们都挚爱图书馆。但对她来说,那是纯粹的付出——她心甘情愿地付出,哪怕一个子儿都拿不到。她是图书馆里的志愿者。"

"你那么喜欢图书,怎么舍得离开呢?"

"如果我留下来,她就会失去一切,尤其是那个被她视为家的地方。我爱图书馆,我也爱玛格丽特。我没脸告诉朋友和家人真相,也害怕产生的后果,所以我匆匆嫁给了巴克,和谁都没有告别就离开了巴黎。我从没去看过弟弟的坟墓,希望我的父母能够认领到他的尸体。"她深深地吸了一口气,"我逃走了。在遇到你之前,我把这段故事封存在内心深处,从没告诉过任何人。"

我张开双臂拥抱她,但她没有回应。

"我不能原谅自己。"她低语。

"因为你对玛格丽特做过的事吗?"

"因为我抛弃了她。"

"是她让你走的。"

"那恰恰是需要我留下来的时候。"

她说的话让我惊呆了。我时而盯着她窗前那温顺的蕨类绿植，时而看看整整齐齐的一摞信件，还有书架上我们最喜欢的书。真相被揭开了，就像龙卷风呼啸而过，我的世界坍塌了，眼前这些东西似乎也应该坍塌在地板上，一片狼藉。

"但是……你总是知道说什么才是对的。"

"因为我曾经说错过很多话。"

"你真的是一个重婚者吗？"

"巴克死了，所以不算是了。"

我们咯咯地笑了起来，虽然一点儿也不好笑，但从某个角度看又有点儿滑稽。

"你到底做了什么？是很坏的事儿吗？"

奥黛尔给我讲起玛格丽特和她情人的故事，以及保罗和他的亲信们是如何攻击她的。随着她的讲述，那片丢失的拼图突然出现在应有的位置上，我看到了整个故事的真相。

"即便你说的是真的……"

"就是真的，"她的声音猛然尖厉起来，"他们打断了她的手腕。"

"可这不是你的错，又不是你把她弄骨折的。"

"我也有错，我说出了她的秘密。"

"每个人只应该为自己的行为负责。"

"我同意你的说法，"她说，"但不包括这次。代价实在是太高了，我让玛格丽特陷入危险。此前我从没在别人面前吐露过半个字，甚至包括巴克。"她直视着我的眼睛说："但我要告诉你，是不想让你犯同样的错误。控制住你的嫉妒心，否则你会被它控制。"

我希望能说服奥黛尔我的感觉是对的，她不用一直生活在负罪感中。"你有没有想过后面是什么情况？她是不是为了女儿回英国了？你有没有试着联系她,看看她的近况?"

奥黛尔打开抽屉,拿出了一篇文章,那是从1980年《先驱报》上剪下来的。我快速浏览了一遍,是一篇关于玛格丽特·圣·詹姆斯的专访。"我们失去了爱人、家庭、朋友,还有生计。但我们中的很多人正在捡起生活的碎片,尽管有些碎片已经永远失去了。我们必须重塑自己。

"我认识一个朋友,她用摔东西的方式来驱散这种失落感。她把盘子摔在地板上,这让她感到安心。或许她想在自己被痛苦扯碎之前,先把能找到的东西摔个稀巴烂。她的这种破坏欲让我很苦恼。在巴黎,战后好长一段时间内政府还实行粮食配给制度,我们又饿又累,日子过得分外艰难。

"我让她的女仆把碎片给我,我想把盘子修补好,但它已经修补不好了。我把碎片归拢在一起,做成胸针来装饰我女儿穿坏的衣服。图书馆的读者们很欣赏我的作品。我把它们卖了出去,很多巴黎人都喜欢。大家知道,一旦一样东西在巴黎流行开来,其很快就会在全世界传播。"

我很高兴看到玛格丽特的消息。她还活着,还活得很好,成为一个真正的艺术家。

"你确定她失去女儿的监护权了?"我问奥黛尔。

"她很肯定地对我说……"

"可这篇文章说,她的女儿和她住在一起。"

奥黛尔认真研究着那张新闻简报:"我还从没往那方面想……"

"也许对玛格丽特来说大结局并不是太糟糕。这是她巴黎精品店的地址。"我指着那张报纸说道,"你应该写信给她。"

"我不认为她想让我给她写信。"

"你应该试试。"

"我想尊重她的感情。"

"或许你是怕她不回信吧。"

"我也担心这个。"

"给她写信！"或许我和妈妈一样，是个随机应变的乐观主义者。我觉得奥黛尔和玛格丽特会有一个幸福的结局，我投入全部的身心去感受。爱情会来来去去，失而复得。如果你足够幸运，能够找到一个人生知己，一定要万分珍惜。别让她离开。

"我会考虑你的建议。"

我们已经走过一段暗黑之路，因为丑恶的情绪而坐立不安，她看到了我最坏的一面，却仍然爱着我。我吻了吻她的双颊，跟她说晚安。奥黛尔又一次救了我。

弗罗伊德，
1983 年

[第四十七章 - 奥黛尔]

又是一个孤独的生日，陪伴在我身边的只有电视机。里面正放着田径节目，因为巴克和马克都喜欢运动。我想起了以前的时光，我们仨窝在一张沙发上看比赛。巴克嘟囔着："该死的播音员，嘴里就没句好话。"然后他狠狠按下了静音键，这样我就可以通过立体声听巴赫了。

也许是我一直活在过去吧，时间久了点。人们说，如果过去的回忆是甜蜜的，人们就很容易沦陷。我品咂着和巴克度过的新婚之夜，幸福再次光临，真是出乎我的意料。"爱就像大海。它是流动的，但会随着海岸的变化，呈现不同的形状，每片海岸都不同。"813，《他们眼望上苍》。

当然，也有过艰难时刻。我跟着巴克去他家拜见他的父母时，要接受他们的规定。"妈，爸，这就是我跟你们说的惊喜。她是我的小女孩，奥黛尔。"巴克骄傲地说着，把我拉到身边。

"很高兴见到您。"我像伯爵夫人那样，把每个英文单词咬得字正腔圆。

他爸爸把我的名字"奥黛尔"听成了"一场交易"，而他的妈妈则纠正说是"折磨"。

"哦，说好了。我在法国已经结过婚了。"巴克说。[1]

巴克的爸爸小心翼翼地看着我。她妈妈之前心不在焉地笑着，现在却痛苦地皱起了眉头。"我们都没在现场，你怎么就结婚了呢？"她问道。

"那珍妮怎么办？"他爸爸问道。

"她就像我们的女儿，"他妈妈说，"你出远门的时候，我们会一起度假。"

出远门？听她的口气，好像巴克是去欧洲游山玩水去了。他那是在战场上。

"大家都以为你和珍妮彼此有意呢。"她继续说。

我看向巴克。"她是我在高中时的心上人，"巴克向我解释，"我从没说过让她等我。我再也不是个孩子了。战争……她不像你那样理解我。在所有人当中，你是唯一明白战争的那个。"

这是真的。巴克和我都经历过那场战争。他妈妈甚至都没有勇气说出这个字眼。时间始终往前，我们拥有的越来越多，一个家，一个男孩儿，还有幸福。

---

[1] 奥黛尔的法文名字 Odile，巴克爸爸听成了"A deal"，成交；巴克妈妈听成了"Ordeal"，折磨；而巴克开玩笑"Oh-deal"，是"哦，说好了"的意思。可以想象，现场很喜感。

我丈夫的家人对我一直不冷不热，但是马洛尼神父雇我当教堂秘书，让我撰写教堂新闻栏，并在教堂门厅办了一个小小的图书馆。过了很久，村民才原谅了我，不再因为我"偷"了巴克耿耿于怀。但是，其他人越是尖酸，就越衬托得巴克可爱。我给巴克看了巴黎亚米利加图书馆庭院的照片，他就在我们的院子里种下很多矮牵牛。通过一个东部地区的战友，他找到了一些法文书，于是我的书架上就摆满了科恩教授的作品，背景是"一战"后的埃及。这让我想起她的那部书稿，一直没有出版，但我想它正安全地藏在图书馆里。

巴克从不抱怨我从巴黎订购《先驱报》的高昂费用，也从来没说那些信息总是会迟一周。"有些女人想要珠宝，而你需要报纸。"他这么说，"咱们刚结婚，我就知道这点了。"我阅读"巴黎亚米利加图书馆新闻"的每个栏目，通过这些栏目我了解到很多信息：里德小姐后来在国会图书馆任职；韦德小姐从集中营获释，又回到图书馆保管那些图书；比茨晋升为助理馆长；伯爵夫人出版了她的回忆录；鲍里斯最近退休了。我很满意，因为图书馆还在运营。多年之后，我在报纸上看到一篇对爸爸的采访，主题是毒品在巴黎的兴起。我还看到对玛格丽特的一篇专题报道。我想念他们，尤其是玛格丽特。

而如今，我在屋子里到处游荡，就像无人可以纠缠的鬼魂。我一个人吃饭，一个人睡觉，可我厌倦了一个人的感觉。我盯着我的珠宝盒，里面乱塞着我没法烧毁的信。我犯过错误。我从错误中学习，但学得还不够快。如果把我的人生比作一部小说，里面的章节有时枯燥有时刺激，有时伤痛有时滑稽，有时悲苦有时浪漫，但现在这本书应该翻到最后一页了。我孤身一人。希望我的故事能尽快有个结尾。要是我能勇敢地把这本书彻底合上就好了。

巴克的来复枪就戳在角落里，瞄准镜上积满了灰尘。我在想这把枪是不是已经上膛了。我了解巴克，肯定已经上膛了。"你是枪，而保罗是扳机。"不对，玛格丽特不是这么说的。"保罗是枪，但你扣动了他的扳机"。你，扣动了扳机。举起枪，扣动扳机。我把枪拿在手中。

门铃响了。我才不在乎呢。门铃又响了。我的手指慢慢向扳机移动。有人走了进来，喊道："喂？"我听出来了，是住在隔壁的那个女孩。我把步枪放回原处。

"有人在家吗？"

头晕目眩，我走到客厅。

"我在写一篇关于你的报告。"女孩儿说，"确切地说，是关于你的国家。你可以来我家接受采访吗？"在我家客厅竟然能看到其他人，真奇怪。"这里就跟图书馆一样。"她说。

上一次我的客厅有人还是四年前，殡仪馆的人带走了巴克的尸体。

女孩转身要走。"什么时候？"我问。

她回头看了看："就现在，怎么样？"

似乎生活又给我加了一个尾声。

弗罗伊德，
1988 年 5 月

[第四十八章 – 莉莉]

"大学将为你的人生开启新的篇章。"从弥撒出来时奥黛尔对我说，"你可以自己决定，是否让大学生涯过得精彩。"或许吧。

我被哥伦比亚大学录取了，玛丽·路易斯则考上了纽约艺术学院。谢天谢地，我们还在一座城市，我可不敢想象和她分开的日子。她的男朋友基思要到比尤特城读技校，但是答应会给她写信。罗比则留在了家乡。蒂芙尼要去西北大学，或者东北大学。我们马上就要分开了。我的心里竟然生起不期然的怀念，哪怕是对那些不喜欢的同学。

在大厅里，每张桌子上都装点着一篮一篮盛放的花，花儿都是毕业班专有颜色：红色和白色。在咖啡机那儿，男士们正在谈论着狡黠的总统，此刻他正在莫斯科参加峰会。女士们则排着队挑选小甜点。

"你一定为莉莉感到骄傲。"艾弗斯太太对奥黛尔说。

"我想她上完大学，回来后肯定比咱们这些人都聪明。"默多克太太说。

"她现在就已经比这里很多人聪明了。"奥黛尔答道，目光锐利地看着其他女人。她们尴尬万分，不约而同地匆匆离开了。

我想起了法语中的说法，所谓"散步"，直译出来就是"派人去走段路"，实际上却表示"不理睬某人"。嗯，奥黛尔的确把她们打发走了。

"她们一直想跟你搭话，"我告诉奥黛尔，"她们说'天气真不错'，或者'今天的布道挺好的'，只是想跟你搭讪，结果你却让人家滚开。"

"她们之前对我很刻薄。"

她的语气就像一个耍小性子的小孩儿。我吃惊地看着她，她意识到了这点，同样很吃惊。她思索片刻，眼睛亮了。"她们之前的确犯过错，但现在已经在尽力弥补，"我说，"给她们个机会，就现在？"

奥黛尔看向那些太太，她们正聚在一起喝咖啡。奥黛尔向着咖啡机走去，拿起了台子上的奶油罐。

"今天的布道很鼓舞人心啊。"她对着她们说道。

艾弗斯太太激动得浑身颤抖，微笑着说："是的，的确如此。"

"神父的表现很精彩。"默多克太太补充了一句，伸出她的杯子。

奥黛尔往杯子里倒入奶油。

毕业典礼那天早上，我戴上贝雷帽，穿上贡纳·萨克斯品牌的裙装，拿上演讲稿，去了奥黛尔家。一群知更鸟正在草坪上啄食。你也差点就变成了一只小知更鸟。勇敢点。哦，妈妈，我已经试过了……

我要高中毕业了，奥黛尔跟我一样兴奋。她甚至没系那条红腰带，嫌它有点旧了,而是换了一条时尚的黑腰带。

"真漂亮!"我评价说。

她的脸羞红了:"让我听听你的演讲吧。"

我假装自己站在演讲台上。

"人们总是说十几岁的孩子不会倾听。嗯,其实我们很会倾听。我们不但能听到你们说出来的,还能听到你们没说出来的。有时我们需要你们的建议,但并不是每次都需要。当人们告诉你不要打扰某个人的时候,别听他们的。伸出你的手,和那个人交个朋友。人们并不是每次都知道自己该做什么,该说什么。试着别对他们怀有成见,你永远不知道他们在想什么。不要害怕与众不同。不要随波逐流,要坚持你的立场。在逆境中要相信,一切都会过去的。接受人们真实的一面,而不是你想要他们展现的那面。试着把你放到他们的鞋子里去感受,或者,就像奥黛尔说的那样,'放到他们的身体里'。"

她笑着看着我:"你心里装了那么多人。"

我抱紧她。她抱起来是那么小、那么轻盈,像一只蜂鸟。

埃莉带着相机过来拍照。在摆姿势之前,奥黛尔坚持要补补妆,涂涂口红。出发的时候到了。弟弟们想让奥黛尔坐在后面,和他们一起。埃莉和珠儿外婆坐在中间。爸爸让我开车。一路上他甚至都没给我"建议"。以前只要我一摸方向盘,他就开始大喊大叫:"人行道上有小孩在玩儿,当心别碰着他们!"

在学校,玛丽·路易斯走上前来,穿着学位长袍,戴着学位帽。她把一条黑色流苏戴在我的贝雷帽上。我们班有50位同学,大家坐在体育馆的前排座位上。就像那些沉甸甸的麦穗弯下了腰,我们也低着头"咬耳朵",嗡嗡声像水波一样荡漾开来。

我回头看了一眼,后面坐的是来捧场的朋友和家人。这个小镇马上就要被我们甩在后面了。他们也要被我们甩在后面了。这是一场对旧日子的告别,这也是一场对新生活的问候。我在这里的任务已经结束,可以离开了。这么多年,我一直盼着这一天:离开这个小镇,可是……

轮到我上台了,我的声音有些颤抖。我扫了一眼观众席,看到了爸爸骄傲的表情。我补充道:"作为一位银行家的女儿,我最后给大家一些建议,找到你的激情,但也要确保你有一份工作,能让你支付账单。"所有人都笑了起来。

乐队开始演奏征途乐队的《青春无敌》。台上念出每个毕业生的名字,一个接一个。我们走上讲台,领取自己的毕业证书。随后,伴随着兴奋的喊叫声,我们把学位帽扔上天空,让它们在空中飞翔。玛丽·路易斯和我紧紧拥抱在一起。我们的心扉又打开了。

回到家后,我和乔伊、本吉连滚带爬地从车里跑了出来,大人们跟在后面。朋友们都来参加这场庆祝,埃莉把他们赶进屋子。"卡罗尔·安做了个蛋糕,是巧克力味儿的,莉莉喜欢的味道!"

我看着奥黛尔:"今天还有法语课吗?"

"嗯,一小堂课。"

在她的餐桌旁坐下,我很高兴能有点时间和她独处。她递给我一个信封,里面是一张去巴黎的机票,还有一张黑白明信片。我给了她一个大大的拥抱:"真不敢相信!"

我确认了一下,机票只有一张。

"你的呢?"我问,"你不一起去吗?"

"这次我不去。"

我读着明信片上的字——"献给莉莉,为你的夏天,爱你"。巴黎!真是不可思议。可是到了巴黎我住哪儿啊?去纽约上大学,学校会安排宿舍，还有迎新会，我可以应付得绰绰有余。但到了巴黎怎么办？我谁都不认识。我去哪儿啊？

我把明信片翻了个面，看到上面的照片，答案一下子清楚了。在一座雄伟的老建筑面前，有一条鹅卵石小径，两旁长满了三色堇和矮牵牛花。一个白衣女孩儿正站在里面，向窗外望去。她的脸被宽大的帽檐遮住了。照片下面写着一行字："巴黎亚米利加图书馆，每日开放。"

作者手记

2010年，我在巴黎亚米利加图书馆担任项目经理，结识了两位同事——奈达·肯德里克·卡尔肖和西蒙·加洛。他们给我讲了一个动人的故事：勇敢的图书管理员们在整个二战期间以及战后，坚持让图书馆向全员开放。

奈达曾策划过一个展览——"二战之中及之后的亚米利加图书馆"，为此他向当年的图书馆员了解情况，他们中最远的已经在爱达荷州博伊西定居。奈达很聪明，在我心目中，她就是我的里德小姐。

西蒙在这座图书馆工作了五十年，对这里的一切都了如指掌。除了分享他的知识，他还帮我把关本书中所有的杜威十进制编码。要说明的是，这些分类编码是今天所使用的，而不是1939年人们使用的。他解释说，每个图书馆都有自己的图书分类方法。

当年那些前辈的勇敢和奉献精神令人惊讶。时至今日这一精神仍在图书馆里传承延续。本书的研究历经数年。在此期间，我得到了馆长奥黛丽·查普伊斯和馆长助理阿比盖尔·奥尔特曼的鼎力支持,他们给我分享故事、档案和人员的联系方式。我去拜访鲍里斯·内特切夫的孩子——埃琳娜和奥列格。从他们那里,我了解到鲍里斯在军队的经历,还有他的家庭情况。鲍里斯的妻子安娜是位女伯爵(格拉贝伯爵夫人),鲍里斯没有爵位,但他的祖辈要么是王子,要么是公爵。后来他们逃离了俄国,把一切都抛诸脑后。图书馆有份档案文件提到了埃琳娜——盖世太保闯进公寓,开枪击中了她的父亲。她写道:"童年时,我经常在图书馆里玩耍……我几个月大的时候,爸爸就带我去了图书馆……我还记得有人快速走动时,漂亮的拼花地板会发出嘎吱声,我还记得书籍发出的味道。还有其他细节,比如有些房间紧闭着,我不能进去。我曾好奇为什么,到现在我仍然认为有人就藏在里面……"图书馆会把每一寸空间用到极致,所以埃琳娜的话让我怀疑,战争期间图书管理员们把一些犹太读者藏在了里面。

鲍里斯一直在亚米利加图书馆工作,65 岁才退休,15 年后才安然离世。埃琳娜说,当年盖世太保对着他开了三枪,打中了他的肺部,而且他每天都抽一包香烟,能活到 80 岁高龄,真是有些不可思议。

多萝西·里德小姐回到美国后,为佛罗里达州红十字会筹集资金并推广。之后,她在位于波哥大市的哥伦比亚国家图书馆就职,后来又重回国会图书馆工作。多亏美国图书馆协会的档案,我可以在网上查阅到里德小姐提交的绝密报告,提到了战时的巴黎生活。对此我要感谢美国图书馆协会资料室的卡拉·伯特伦和丽迪亚·唐。里德小姐的信件读来令人愉悦,我也把它们放在本书中与大家共享。我最喜欢的那封信是她写给同事海伦·菲克威勒的。

"请求你和彼得离开图书馆回家,这是我做过的最艰难的决定,但我知道这个决定是对的,是唯一正确的选择。当我知道你安然无恙地回到纽约,我才真正放心,大脑中绷紧的那根弦也才彻底放松。

"你和我们一起度过了如此艰难的时刻,对你的忠诚和奉献,我深表感激。你的工作极为出色,没有了你的识见和高效,我怀疑我们是否能够继续经营下去。"

里德小姐在信中还提到,海伦可以从纽约的图书馆基金会收到100美元,这相当于她一个月的薪水,以及一封推荐信。这封信是这样收尾的:"无论我在哪里,如果需要合作伙伴,我都会把你第一个列为考虑对象。亲爱的海伦,我该怎么表达对你的感谢,或说出我的感受呢?"

海伦·菲克威勒和彼得·奥斯蒂诺夫回到美国后结婚了。普罗维登斯公共图书馆的凯特·威尔斯分享了1941年6月19日《晚报》上的一篇文章:"在纳粹占领巴黎期间,菲克威勒小姐瘦了12磅,她还说有生之年她不想再看到一个萝卜,因为这段时间她被迫吃了那么多萝卜,各种烹饪方式,各种口味……"海伦和彼得的孙女亚历克西丝写道:"海伦一直在为巴黎的抵抗组织工作,在那里遇到了彼得。彼得前期为盟军工作,后来为美国、法国以及苏联的武装部队工作。回到美国后,海伦先是成为纽约化学家俱乐部的图书管理员,后来在佛蒙特大学就职。"

簿记员韦德小姐从拘留营出来后,一直在亚米利加图书馆工作,直到退休。我有一张她的照片,是在她退休派对上拍摄的。照片里的她容光焕发,戴着胸花,非常可爱。伊万杰琳·特恩布尔夫人和她的女儿都在图书馆工作,直到英德宣战。她们是加拿大人。加拿大是英联邦的成员国,因此她们被认为是敌对国公民。她们于1940年6月返回加拿大。

"图书馆保护者"赫尔曼·福克斯博士负责法国、比利时和荷兰占领区的文化活动,在战争结束后回到柏林,继续在图书馆工作。福克斯博士没有组织抢劫巴黎斯拉夫图书馆,那是维斯博士和莱勃兰特博士干的,后两人是研究东欧问题的专家。法国图书馆专家马丁·普兰写道:"我们还难以确定,福克斯博士到底扮演了什么角色。考虑到战前、期间及战后,他的法国同事所表现出的善意程度,有一点可以肯定,福克斯博士卷入纳粹不法行为的程度,比大家记得的要深得多。"

1944年8月14日,福克斯博士随德国军队离开巴黎。在一封写给法国同事的信中他这样说:"我是法国图书馆的朋友,也是某些图书馆馆员的朋友。我来的时候如此,我走的时候也一样……首先,我执行韦姆克先生下达的命令。其次,作为负责人,我尽了最大努力不让各个图书馆之间的纽带断裂。我无法成功地完成所有我想做的事情,我也不能满足所有提出要求的人。大多数情况下,形势不由人。大多数情况下,出于军事需要,我往往被迫放弃已经开始的行动。现在,由你们法国人来评判我的作为吧。"

克拉拉·德·尚布伦伯爵夫人在她的回忆录《影子拉长》中写道,福克斯博士曾警告亚米利加图书馆的工作人员要小心,因为盖世太保在设陷阱。她后来被博士传唤,解释为什么图书馆藏书中有反德材料。伯爵夫人还描述过一个事件,一位读者威胁说要举报图书馆。在那个时期举报信非常猖獗。一则消息声称,这类信件有300万至500万封,另一个途径统计的结果是15万至50万封。本书中跟图书馆有关的举报信是我创作出来的,但并非凭空杜撰。我在法国大屠杀博物馆的档案里找到一些信件,在此基础上进行了加工。

奥黛尔在她父亲办公室里找到的信是真实存在的。这些信里充满了仇恨和愤怒,让我很难读下去。许多信里充满暴力和荒谬。大多数是匿名的。除了举报犹太人,也会指控家庭成员、朋友和同事。指控的范围也很广,从听BBC的报道到说德国人的坏话,从举报战俘妻子的不忠行为,再到在黑市上买卖商品的行径。

本书故事基于真实的人和事件,但在一些细节方面进行了改编。实际上,是秘书弗里卡特小姐陪同伯爵夫人去了纳粹总部,回答福克斯博士的问题。"唯有书籍具有那种神秘的魔力,让我们用别人的眼睛观察"是里德小姐对书籍的意义的评价。同样是她,在发布"军人服务计划"时说道:"图书馆是通往不同文化的桥梁,一道由书铺就的桥梁。"还有,我把里德小姐第一次见到福克斯博士后的时间压缩了。当时伯爵夫人住在乡下的家里,几个月后,她才与里德小姐和工作人员见面。

我写这本书,是想和读者朋友们分享这一鲜为人知的历史篇章,留住那些勇敢无畏的图书馆员的声音。为了帮助读者,分享对文学的爱,他们挺身而出,对抗纳粹。我想探索人与人之间的关系,是什么让我们变成现在这个样子,我们是怎么互相帮助,又是怎么成为彼此的阻碍的。语言是一扇通向他人的门,可以打开也可以关闭。我们所用的词语塑造了我们的感知,如同我们读过的书,我们向他人讲述的故事,以及我们给自己讲述的故事。

外籍图书管理员和读者一度被认为是"敌对国公民",其中一些人被拘留。犹太读者不允许进入图书馆,许多人后来在集中营中被杀害。一位朋友说,在阅读以二战为背景的故事时人们会扪心自问,如果重新回到那个时代,你会怎么做。我认为一个更好的问题是,把视角移到现在,问问自己现在能做些什么,让每个人都能去图书馆,都拥有学习的权利。我们还要问自己,该怎样给人们尊严,该怎样保持自己的怜悯之心。